20世纪中国古代文化经典域外传播研究书系

张西平　　总主编

# 20世纪韩国关于韩国文学对中国古典文学接受情况的研究

李丽秋　著

中原出版传媒集团
大地传媒

大象出版社
·郑州·

图书在版编目(CIP)数据

20世纪韩国关于韩国文学对中国古典文学接受情况的研究 / 李丽秋著. — 郑州：大象出版社，2017.12
（20世纪中国古代文化经典域外传播研究书系）
ISBN 978-7-5347-9176-5

Ⅰ.①2… Ⅱ.①李… Ⅲ.①中国文学—古典文学—影响—现代文学—文学研究—韩国 Ⅳ.①I206.2 ②I312.606.5

中国版本图书馆 CIP 数据核字（2017）第 040139 号

20世纪中国古代文化经典域外传播研究书系

## 20世纪韩国关于韩国文学对中国古典文学接受情况的研究
20 SHIJI HANGUO GUANYU HANGUO WENXUE DUI ZHONGGUO GUDIAN WENXUE JIESHOU QINGKUANG DE YANJIU

李丽秋 著

| 出 版 人 | 王刘纯 |
| --- | --- |
| 项目统筹 | 张前进　刘东蓬 |
| 责任编辑 | 侯金芳 |
| 责任校对 | 钟　骄 |
| 装帧设计 | 张　帆 |

出版发行　大象出版社（郑州市开元路16号　邮政编码 450044）
　　　　　发行科　0371-63863551　总编室　0371-65597936
网　　址　www.daxiang.cn
印　　刷　郑州市毛庄印刷厂
经　　销　各地新华书店经销
开　　本　787mm×1092mm　1/16
印　　张　22
字　　数　332千字
版　　次　2017年12月第1版　2017年12月第1次印刷
定　　价　66.00元

若发现印、装质量问题，影响阅读，请与承印厂联系调换。
印厂地址　郑州市惠济区清华园路毛庄工业园
邮政编码　450044　　　　电话　0371-63784396

# 总　序

张西平①

呈现在读者面前的这套"20世纪中国古代文化经典域外传播研究书系"是我2007年所申请的教育部哲学社会科学研究重大课题攻关项目的成果。

这套丛书的基本设计是：导论1卷，编年8卷，中国古代文化域外传播专题研究10卷，共计19卷。

中国古代文化经典在域外的传播和影响是一个崭新的研究领域，之前中外学术界从未对此进行过系统研究。它突破了以往将中国古代文化经典的研究局限于中国本土的研究方法，将研究视野扩展到世界主要国家，研究中国古代文化经典在那里的传播和影响，以此说明中国文化的世界性意义。

我在申请本课题时，曾在申请表上如此写道：

　　研究20世纪中国古代文化经典在域外的传播和影响，可以使我们走出"东方与西方""现代与传统"的二元思维，在世界文化的范围内考察中国文化的价值，以一种全球视角来重新审视中国古代文化的影响和现代价值，揭示中国文化的普世性意义。这样的研究对于消除当前中国学术界、文化界所存在的对待中国古代文化的焦虑和彷徨，对于整个社会文化转型中的中国重新

---

① 北京外国语大学中国海外汉学研究中心（现在已经更名为"国际中国文化研究院"）原主任，中国文化走出去协同创新中心原副主任。

确立对自己传统文化的自信,树立文化自觉,都具有极其重要的思想文化意义。

通过了解20世纪中国古代文化经典在域外的传播与接受,我们也可以进一步了解世界各国的中国观,了解中国古代文化如何经过"变异",融合到世界各国的文化之中。通过对20世纪中国古代文化经典在域外传播和影响的研究,我们可以总结出中国文化向外部世界传播的基本规律、基本经验、基本方法,为国家制定全球文化战略做好前期的学术准备,为国家对外传播中国文化宏观政策的制定提供学术支持。

中国文化在海外的传播,域外汉学的形成和发展,昭示着中国文化的学术研究已经成为一个全球的学术事业。本课题的设立将打破国内学术界和域外汉学界的分隔与疏离,促进双方的学术互动。对中国学术来说,课题的重要意义在于:使国内学术界了解域外汉学界对中国古代文化研究的进展,以"它山之石"攻玉。通过本课题的研究,国内学术界了解了域外汉学界在20世纪关于中国古代文化经典的研究成果和方法,从而在观念上认识到:对中国古代文化经典的研究已经不再仅仅属于中国学术界本身,而应以更加开阔的学术视野展开对中国古代文化经典的研究与探索。

这样一个想法,在我们这项研究中基本实现了。但我们应该看到,对中国古代文化经典在域外的传播与影响的研究绝非我们这样一个课题就可以完成的。这是一个崭新的学术方向和领域,需要学术界长期关注与研究。基于这样的考虑,在课题设计的布局上我们的原则是:立足基础,面向未来,着眼长远。我们希望本课题的研究为今后学术的进一步发展打下坚实的基础。为此,在导论中,我们初步勾勒出中国古代文化经典在西方传播的轨迹,并从理论和文献两个角度对这个研究领域的方法论做了初步的探讨。在编年系列部分,我们从文献目录入手,系统整理出20世纪以来中国古代文化经典在世界主要国家的传播编年。编年体是中国传统记史的一个重要体裁,这样大规模的中国文化域外传播的编年研究在世界上是首次。专题研究则是从不同的角度对这个主题的深化。

为完成这个课题,30余位国内外学者奋斗了7年,到出版时几乎是用了10年时间。尽管我们取得了一定的成绩,这个研究还是刚刚开始,待继续努力的方向还很多。如:这里的中国古代文化经典主要侧重于以汉文化为主体,但中国古代文化是一个"多元一体"的文化,在其长期发展中,少数民族的古代文化经典已经逐步融合到汉文化的主干之中，成为中华文化充满活力、不断发展的动力和原因之一。由于时间和知识的限制，在本丛书中对中国古代少数民族的经典在域外的传播研究尚未全面展开，只是在个别卷中有所涉猎。在语言的广度上也待扩展，如在欧洲语言中尚未把西班牙语、瑞典语、荷兰语等包括进去，在亚洲语言中尚未把印地语、孟加拉语、僧伽罗语、乌尔都语、波斯语等包括进去。因此，我们只是迈开了第一步，我们希望在今后几年继续完成中国古代文化在使用以上语言的国家中传播的编年研究工作。希望在第二版时，我们能把编年卷做得更好，使其成为方便学术界使用的工具书。

中国文化是全球性的文化，它不仅在东亚文化圈、欧美文化圈产生过重要影响，在东南亚、南亚、阿拉伯世界也都产生过重要影响。因此，本丛书尽力将中国古代文化经典在多种文化区域传播的图景展现出来。或许这些研究仍待深化，但这样一个图景会使读者对中国文化的影响力有一个更为全面的认识。

中国古代文化经典的域外传播研究近年来逐步受到学术界的重视，据初步统计，目前出版的相关专著已经有十几本之多，相关博士论文已经有几十篇，国家社科基金课题及教育部课题中与此相关的也有十余个。随着国家"一带一路"倡议的提出，中国文化"走出去"战略也开始更加关注这个方向。应该说，这个领域的研究进步很大，成果显著。但由于这是一个跨学科的崭新研究领域，尚有不少问题需要我们深入思考。例如，如何更加深入地展开这一领域的研究？如何从知识和学科上把握这个研究领域？通过什么样的路径和方法展开这个领域的研究？这个领域的研究在学术上的价值和意义何在？对这些问题笔者在这里进行初步的探讨。

## 一、历史：展开中国典籍外译研究的基础

根据目前研究，中国古代文化典籍第一次被翻译为欧洲语言是在1592年，由来自西班牙的传教士高母羡（Juan Cobo,1546—1592）[①]第一次将元末明初的中国

---

[①] "'Juan Cobo'，是他在1590年寄给危地马拉会友信末的落款签名，也是同时代的欧洲作家对他的称呼；'高母羡'，是1593年马尼拉出版的中文著作《辩正教真传实录》一书扉页上的作者；'羡高茂'，是1592年他在翻译菲律宾总督致丰臣秀吉的回信中使用的署名。"蒋薇：《1592年高母羡（Fr.Juan Cobo）出使日本之行再议》，硕士论文抽样本，北京：北京外国语大学；方豪：《中国天主教史人物传》（上），北京：中华书局，1988年，第83—89页。

文人范立本所编著的收录中国文化先贤格言的蒙学教材《明心宝鉴》翻译成西班牙文。《明心宝鉴》收入了孔子、孟子、庄子、老子、朱熹等先哲的格言，于洪武二十六年（1393）刊行。如此算来，欧洲人对中国古代文化典籍的翻译至今已有424年的历史。要想展开相关研究，对研究者最基本的要求就是熟知西方汉学的历史。

仅仅拿着一个译本，做单独的文本研究是远远不够的。这些译本是谁翻译的？他的身份是什么？他是哪个时期的汉学家？他翻译时的中国助手是谁？他所用的中文底本是哪个时代的刻本？……这些都涉及对汉学史及中国文化史的了解。例如，如果对《明心宝鉴》的西班牙译本进行研究，就要知道高母羡的身份，他是道明会的传教士，在菲律宾完成此书的翻译，此书当时为生活在菲律宾的道明会传教士学习汉语所用。他为何选择了《明心宝鉴》而不是其他儒家经典呢？因为这个本子是他从当时来到菲律宾的中国渔民那里得到的，这些侨民只是粗通文墨，不可能带有很经典的儒家本子，而《菜根谭》和《明心宝鉴》是晚明时期民间流传最为广泛的儒家伦理格言书籍。由于这是以闽南话为基础的西班牙译本，因此书名、人名及部分难以意译的地方，均采取音译方式，其所注字音当然也是闽南语音。我们对这个译本进行研究就必须熟悉闽南语。同时，由于译者是天主教传教士，因此研究者只有对欧洲天主教的历史发展和天主教神学思想有一定的了解，才能深入其文本的翻译研究之中。

又如，法国第一位专业汉学家雷慕沙（Jean Pierre Abel Rémusat, 1788—1832）的博士论文是关于中医研究的《论中医舌苔诊病》（*Dissertatio de glossosemeiotice sive de signis morborum quae è linguâ sumuntur, praesertim apud sinenses*, 1813, Thése, Paris）。论文中翻译了中医的一些基本文献，这是中医传向西方的一个重要环节。如果做雷慕沙这篇文献的研究，就必须熟悉西方汉学史，因为雷慕沙并未来过中国，他关于中医的知识是从哪里得来的呢？这些知识是从波兰传教士卜弥格（Michel Boym, 1612—1659）那里得来的。卜弥格的《中国植物志》"是西方研究中国动植物的第一部科学著作，曾于1656年在维也纳出版，还保存了原著中介绍的每一种动植物的中文名称和卜弥格为它们绘制的二十七幅图像。后来因为这部著作受到欧洲读者极大的欢迎，在1664年，又发表了它的法文译本，名为《耶稣会士卜弥格神父写的一篇论特别是来自中国的花、水果、植物和个别动物的论文》。……

荷兰东印度公司一位首席大夫阿德列亚斯·克莱耶尔（Andreas Clayer）……1682年在德国出版的一部《中医指南》中，便将他所得到的卜弥格的《中医处方大全》《通过舌头的颜色和外部状况诊断疾病》《一篇论脉的文章》和《医学的钥匙》的部分章节以他的名义发表了"①。这就是雷慕沙研究中医的基本材料的来源。如果对卜弥格没有研究，那就无法展开对雷慕沙的研究，更谈不上对中医西传的研究和翻译时的历史性把握。

这说明研究者要熟悉从传教士汉学到专业汉学的发展历史，只有如此才能展开研究。西方汉学如果从游记汉学算起已经有七百多年的历史，如果从传教士汉学算起已经有四百多年的历史，如果从专业汉学算起也有近二百年的历史。在西方东方学的历史中，汉学作为一个独立学科存在的时间并不长，但学术的传统和人脉一直在延续。正像中国学者做研究必须熟悉本国学术史一样，做中国文化典籍在域外的传播研究首先也要熟悉域外各国的汉学史，因为绝大多数的中国古代文化典籍的译介是由汉学家们完成的。不熟悉汉学家的师承、流派和学术背景，自然就很难做好中国文化的海外传播研究。

上面这两个例子还说明，虽然西方汉学从属于东方学，但它是在中西文化交流的历史中产生的。这就要求研究者不仅要熟悉西方汉学史，也要熟悉中西文化交流史。例如，如果不熟悉元代的中西文化交流史，那就无法读懂《马可·波罗游记》；如果不熟悉明清之际的中西文化交流史，也就无法了解以利玛窦为代表的传教士汉学家们的汉学著作，甚至完全可能如堕烟海，不知从何下手。上面讲的卜弥格是中医西传第一人，在中国古代文化典籍西传方面贡献很大，但他同时又是南明王朝派往梵蒂冈教廷的中国特使，在明清时期中西文化交流史上占有重要的地位。如果不熟悉明清之际的中西文化交流史，那就无法深入展开研究。即使一些没有来过中国的当代汉学家，在其进行中国典籍的翻译时，也会和中国当时的历史与人物发生联系并受到影响。例如20世纪中国古代文化经典最重要的翻译家阿瑟·韦利（Arthur David Waley, 1889—1966）与中国作家萧乾、胡适的交往，都对他的翻译活动产生过影响。

历史是进行一切人文学科研究的基础，做中国古代文化经典在域外的传播研

---

① 张振辉：《卜弥格与明清之际中学的西传》，《中国史研究》2011年第3期，第184—185页。

究尤其如此。

中国学术界对西方汉学的典籍翻译的研究起源于清末民初之际。辜鸿铭对西方汉学家的典籍翻译多有微词。那时的中国学术界对西方汉学界已经不陌生，不仅不陌生，实际上晚清时期对中国学问产生影响的西学中也包括汉学。① 近代以来，中国学术的发展是西方汉学界与中国学界互动的结果，我们只要提到伯希和、高本汉、葛兰言在民国时的影响就可以知道。② 但中国学术界自觉地将西方汉学作为一个学科对象加以研究和分梳的历史并不长，研究者大多是从自己的专业领域对西方汉学发表评论，对西方汉学的学术历史研究甚少。莫东言的《汉学发达史》到1936年才出版，实际上这本书中的绝大多数知识来源于日本学者石田干之助的《欧人之汉学研究》③。近30年来中国学术界对西方汉学的研究有了长足进展，个案研究、专书和专人研究及国别史研究都有了重大突破。像徐光华的《国外汉学史》、阎纯德主编的《列国汉学史》等都可以为我们的研究提供初步的线索。但应看到，对国别汉学史的研究才刚刚开始，每一位从事中国典籍外译研究的学者都要注意对汉学史的梳理。我们应承认，至今令学术界满意的中国典籍外译史的专著并不多见，即便是国别体的中国典籍外译的专题历史研究著作都尚未出现。④ 因为这涉及太多的语言和国家，绝非短期内可以完成。随着国家"一带一路"倡议的提出，了解沿路国家文化与中国文化之间的互动历史是学术研究的题中应有之义。但一旦我们翻阅学术史文献就会感到，在这个领域我们需要做的事情还有很多，尤其需要增强对沿路国家文化与中国文化互动的了解。百年以西为师，我们似乎忘记了家园和邻居，悲矣！学术的发展总是一步步向前的，愿我们沿着季羡林先生开辟的中国东方学之路，由历史而入，拓展中国学术发展的新空间。

---

① 罗志田:《西学冲击下近代中国学术分科的演变》,《社会科学研究》2003年第1期。
② 桑兵:《国学与汉学——近代中外学界交往录》,北京:中国人民大学出版社,2010年；李孝迁:《葛兰言在民国学界的反响》,《华东师范大学学报》(哲学社会科学版)2010年第4期。
③ [日]石田干之助:《欧人之汉学研究》,朱滋萃译,北京:北平中法大学出版社,1934年。
④ 马祖毅、任荣珍:《汉籍外译史》,武汉:湖北教育出版社,1997年。这本书尽管是汉籍外译研究的开创性著作,但书中的错误颇多,注释方式也不规范,完全分不清资料的来源。关键在于作者对域外汉学史并未深入了解,仅在二手文献基础上展开研究。学术界对这本书提出了批评,见许冬平《〈汉籍外译史〉还是〈汉籍歪译史〉?》,光明网,2011年8月21日。

## 二、文献：西方汉学文献学亟待建立

张之洞在《书目答问》中开卷就说："诸生好学者来问应读何书，书以何本为善。偏举既嫌挂漏，志趣学业亦各不同，因录此以告初学。"①学问由目入，读书自识字始，这是做中国传统学问的基本方法。此法也同样适用于中国文化在域外的传播研究及中国典籍外译研究。因为19世纪以前中国典籍的翻译者以传教士为主，传教士的译本在欧洲呈现出非常复杂的情况。17世纪时传教士的一些译本是拉丁文的，例如柏应理和一些耶稣会士联合翻译的《中国哲学家孔子》，其中包括《论语》《大学》《中庸》。这本书的影响很大，很快就有了各种欧洲语言的译本，有些是节译，有些是改译。如果我们没有西方汉学文献学的知识，就搞不清这些译本之间的关系。

18世纪欧洲的流行语言是法语，会法语是上流社会成员的标志。恰好此时来华的传教士由以意大利籍为主转变为以法国籍的耶稣会士为主。这些法国来华的传教士学问基础好，翻译中国典籍极为勤奋。法国传教士的汉学著作中包含了大量的对中国古代文化典籍的介绍和翻译，例如来华耶稣会士李明返回法国后所写的《中国近事报道》(*Nouveaux mémoires sur l'état présent de la Chine*)，1696年在巴黎出版。他在书中介绍了中国古代重要的典籍"五经"，同时介绍了孔子的生平。李明所介绍的孔子的生平在当时欧洲出版的来华耶稣会士的汉学著作中是最详细的。这本书出版后在四年内竟然重印五次，并有了多种译本。如果我们对法语文本和其他文本之间的关系不了解，就很难做好翻译研究。

进入19世纪后，英语逐步取得霸主地位，英文版的中国典籍译作逐渐增加，版本之间的关系也更加复杂。美国诗人庞德在翻译《论语》时，既参照早年由英国汉学家柯大卫(David Collie)翻译的第一本英文版"四书"②，也参考理雅各的译本，如果只是从理雅各的译本来研究庞德的翻译肯定不全面。

20世纪以来对中国典籍的翻译一直在继续，翻译的范围不断扩大。学者研

---

① 〔清〕张之洞著，范希曾补正：《书目答问补正》，上海：上海古籍出版社，2001年，第3页。
② David Collie, *The Four Books*, Malacca: Printed at Mission Press, 1828.

究百年的《论语》译本的数量就很多,《道德经》的译本更是不计其数。有的学者说世界上译本数量极其巨大的文化经典文本有两种,一种是《圣经》,另一种就是《道德经》。

这说明我们在从事文明互鉴的研究时,尤其在从事中国古代文化经典在域外的翻译和传播研究时,一定要从文献学入手,从目录学入手,这样才会保证我们在做翻译研究时能够对版本之间的复杂关系了解清楚,为研究打下坚实的基础。中国学术传统中的"辨章学术,考镜源流"在我们致力于域外汉学研究时同样需要。

目前,国家对汉籍外译项目投入了大量的经费,国内学术界也有相当一批学者投入这项事业中。但我们在开始这项工作时应该摸清世界各国已经做了哪些工作,哪些译本是受欢迎的,哪些译本问题较大,哪些译本是节译,哪些译本是全译。只有清楚了这些以后,我们才能确定恰当的翻译策略。显然,由于目前我们在域外汉学的文献学上做得不够理想,对中国古代文化经典的翻译情况若明若暗。因而,国内现在确立的一些翻译计划不少是重复的,在学术上是一种浪费。即便国内学者对这些典籍重译,也需要以前人的工作为基础。

就西方汉学而言,其基础性书目中最重要的是两本目录,一本是法国汉学家考狄编写的《汉学书目》(*Bibliotheca sinica*),另一本是中国著名学者、中国近代图书馆的奠基人之一袁同礼 1958 年出版的《西文汉学书目》(*China in Western Literature:a Continuation of Cordier's Bibliotheca Sinica*)①。

从西方最早对中国的记载到 1921 年西方出版的关于研究中国的书籍,四卷本的考狄书目都收集了,其中包括大量关于中国古代文化典籍的译本目录。袁同礼的《西文汉学书目》则是"接着说",其书名就表明是接着考狄来做的。他编制了 1921—1954 年期间西方出版的关于中国研究的书目,其中包括数量可观的关于中国古代文化典籍的译本目录。袁同礼之后,西方再没有编出一本类似的书目。究其原因,一方面是中国研究的进展速度太快,另一方面是中国研究的范围在快速扩大,在传统的人文学科的思路下已经很难把握快速发展的中国研究。

当然,国外学者近 50 年来还是编制了一些非常重要的专科性汉学研究文献

---

① 书名翻译为《西方文学作品里的中国书目——续考狄之汉学书目》更为准确,《西文汉学书目》简洁些。

目录,特别是关于中国古代文化经典的翻译也有了专题性书目。例如,美国学者编写的《中国古典小说研究与欣赏论文书目指南》①是一本很重要的专题性书目,对于展开中国古典文学在西方的传播研究奠定了基础。日本学者所编的《东洋学文献类目》是当代较权威的中国研究书目,收录了部分亚洲研究的文献目录,但涵盖语言数量有限。当然中国学术界也同样取得了较大的进步,台湾学者王尔敏所编的《中国文献西译书目》②无疑是中国学术界较早的西方汉学书目。汪次昕所编的《英译中文诗词曲索引:五代至清末》③、王丽娜的《中国古典小说戏曲名著在国外》④是新时期第一批从目录文献学上研究西方汉学的著作。林舒俐、郭英德所编的《中国古典戏曲研究英文论著目录》⑤,顾钧、杨慧玲在美国汉学家卫三畏研究的基础上编制的《〈中国丛报〉篇名目录及分类索引》,王国强在其《〈中国评论〉(1872—1901)与西方汉学》中所附的《中国评论》目录和《中国评论》文章分类索引等,都代表了域外汉学和中国古代文化外译研究的最新进展。

从学术的角度看,无论是海外汉学界还是中国学术界在汉学的文献学和目录学上都仍有继续展开基础性研究和学术建设的极大空间。例如,在17世纪和18世纪"礼仪之争"后来华传教士所写的关于在中国传教的未刊文献至今没有基础性书目,这里主要指出傅圣泽和白晋的有关文献就足以说明问题。⑥ 在罗马传信部档案馆、梵蒂冈档案馆、耶稣会档案馆有着大量未刊的耶稣会士关于"礼仪之争"的文献,这些文献多涉及中国典籍的翻译问题。在巴黎外方传教会、方济各传教会也有大量的"礼仪之争"期间关于中国历史文化研究的未刊文献。这些文献目录未整理出来以前,我们仍很难书写一部完整的中国古代文献西文翻译史。

由于中国文化研究已经成为一个国际化的学术事业,无论是美国亚洲学会的

---

① Winston L.Y.Yang, Peter Li and Nathan K.Mao, *Classical Chinese Fiction: A Guide to Its Study and Appreciation—Essays and Bibliographies*, Boston: G.K.Hall & Co., 1978.
② 王尔敏编:《中国文献西译书目》,台北:台湾商务印书馆,1975年。
③ 汪次昕编:《英译中文诗词曲索引:五代至清末》,台北:汉学研究中心,2000年。
④ 王丽娜:《中国古典小说戏曲名著在国外》,上海:学林出版社,1988年。
⑤ 林舒俐、郭英德编:《中国古典戏曲研究英文论著目录》(上),《戏曲研究》2009年第3期;《中国古典戏曲研究英文论著目录》(下),《戏曲研究》2010年第1期。
⑥ [美]魏若望:《耶稣会士傅圣泽神甫传:索隐派思想在中国及欧洲》,吴莉苇译,郑州:大象出版社,2006年;[丹]龙伯格:《清代来华传教士马若瑟研究》,李真、骆洁译,郑州:大象出版社,2009年;[德]柯兰霓:《耶稣会士白晋的生平与著作》,李岩译,郑州:大象出版社,2009年;[法]维吉尔·毕诺:《中国对法国哲学思想形成的影响》,耿昇译,北京:商务印书馆,2000年。

中国学研究网站所编的目录,还是日本学者所编的目录,都已经不能满足学术发展的需要。我们希望了解伊朗的中国历史研究状况,希望了解孟加拉国对中国文学的翻译状况,但目前没有目录能提供这些。袁同礼先生当年主持北平图书馆工作时曾说过,中国国家图书馆应成为世界各国的中国研究文献的中心,编制世界的汉学研究书目应是我们的责任。先生身体力行,晚年依然坚持每天在美国国会图书馆的目录架旁抄录海外中国学研究目录,终于继考狄之后完成了《西文汉学书目》,开启了中国学者对域外中国研究文献学研究的先河。今日的中国国家图书馆的同人和中国文献学的同行们能否继承前辈之遗产,为飞出国门的中国文化研究提供一个新时期的文献学的阶梯,提供一个真正能涵盖多种语言,特别是非通用语的中国文化研究书目呢?我们期待着。正是基于这样的考虑,10年前我承担教育部重大攻关项目"20世纪中国古代文化经典在域外的传播与影响"时,决心接续袁先生的工作做一点尝试。我们中国海外汉学研究中心和北京外国语大学与其他院校学界的同人以10年之力,编写了一套10卷本的中国文化传播编年,它涵盖了22种语言,涉及20余个国家。据我了解,这或许是目前世界上第一次涉及如此多语言的中国文化外传文献编年。

尽管这些编年略显幼稚,多有不足,但中国的学者们是第一次把自己的语言能力与中国学术的基础性建设有机地结合起来。我们总算在袁同礼先生的事业上前进了一步。

学术界对于加强海外汉学文献学研究的呼声很高。李学勤当年主编的《国际汉学著作提要》就是希望从基础文献入手加强对西方汉学名著的了解。程章灿更是提出了十分具体的方案,他认为如果把欧美汉学作为学术资源,应该从以下四方面着手:"第一,从学术文献整理的角度,分学科、系统编纂中外文对照的专业论著索引。就欧美学者的中国文学研究而言,这一工作显得相当迫切。这些论著至少应该包括汉学专著、汉籍外译本及其附论(尤其是其前言、后记)、各种教材(包括文学史与作品选)、期刊论文、学位论文等几大项。其中,汉籍外译本与学位论文这两项比较容易被人忽略。这些论著中提出或涉及的学术问题林林总总,如果并没有广为中国学术界所知,当然也就谈不上批判或吸收。第二,从学术史角度清理学术积累,编纂重要论著的书目提要。从汉学史上已出版的研究中国文学的专著中,选取有价值的、有影响的,特别是有学术史意义的著作,每种写一篇两三千字的书目提要,述其内容大要、方法特点,并对其作学术史之源流梳理。对这些海外汉学文献的整理,就是学术史的建设,其道理与第一点是一样的。第三,从学术术语与话语沟通的角度,编纂一册中英文术语对照词典。就中国文学研究而言,目前在世界范围内,英语与汉语是两种最重要的工作语言。但是,对于同一个中国文学专有名词,往往有多种不同的英语表达法,国内学界英译中国文学术语时,词不达意、生拉硬扯的现象时或可见,极不利于中外学者的沟通和中外学术的交流。如有一册较好的中英文中国文学术语词典,不仅对于中国研究者,而且对于学习中国文学的外国人,都有很大的实用价值。第四,在系统清理研判的基础上,编写一部国际汉学史略。"[1]

历史期待着我们这一代学人,从基础做起,从文献做起,构建起国际中国文化研究的学术大厦。

## 三、语言:中译外翻译理论与实践有待探索

翻译研究是做中国古代文化对外传播研究的重要环节,没有这个环节,整个研究就不能建立在坚实的学术基础之上。在翻译研究中如何创造出切实可行的中译外理论是一个亟待解决的问题。如果翻译理论、翻译的指导观念不发生变革,一味依赖西方的理论,并将其套用在中译外的实践中,那么中国典籍的外译将不会有更大的发展。

外译中和中译外是两种翻译实践活动。前者说的是将外部世界的文化经典翻译成中文,后者说的是将中国古代文化的经典翻译成外文。几乎每一种有影响的文化都会面临这两方面的问题。

中国文化史告诉我们,我们有着悠久的外译中的历史,例如从汉代以来中国对佛经的翻译和近百年来中国对西学和日本学术著作的翻译。中国典籍的外译最早可以追溯到玄奘译老子的《道德经》,但真正形成规模则始于明清之际来华的传教士,即上面所讲的高母羡、利玛窦等人。中国人独立开展这项工作则应从晚清时期的陈季同和辜鸿铭算起。外译中和中译外作为不同语言之间的转换有

---

[1] 程章灿:《作为学术文献资源的欧美汉学研究》,《文学遗产》2012年第2期,第134—135页。

共同性,这是毋庸置疑的。但二者的区别也很明显,目的语和源语言在外译中和中译外中都发生了根本性置换,这种目的语和源语言的差别对译者提出了完全不同的要求。因此,将中译外作为一个独立的翻译实践来展开研究是必要的,正如刘宓庆所说:"实际上东方学术著作的外译如何解决文化问题还是一块丰腴的亟待开发的处女地。"①

由于在翻译目的、译本选择、语言转换等方面的不同,在研究中译外时完全照搬西方的翻译理论是有问题的。当然,并不是说西方的翻译理论不可用,而是这些理论的创造者的翻译实践大都是建立在西方语言之间的互译之上。在此基础上产生的翻译理论面对东方文化时,特别是面对以汉字为基础的汉语文化时会产生一些问题。潘文国认为,至今为止,西方的翻译理论基本上是对印欧语系内部翻译实践的总结和提升,那套理论是"西西互译"的结果,用到"中西互译"是有问题的,"西西互译"多在"均质印欧语"中发生,而"中西互译"则是在相距遥远的语言之间发生。因此他认为"只有把'西西互译'与'中西互译'看作是两种不同性质的翻译,因而需要不同的理论,才能以更为主动的态度来致力于中国译论的创新"②。

语言是存在的家园。语言具有本体论作用,而不仅仅是外在表达。刘勰在《文心雕龙·原道》中写道:"文之为德也大矣,与天地并生者何哉?夫玄黄色杂,方圆体分,日月叠璧,以垂丽天之象;山川焕绮,以铺理地之形:此盖道之文也。仰观吐曜,俯察含章,高卑定位,故两仪既生矣。惟人参之,性灵所钟,是谓三才。为五行之秀,实天地之心。心生而言立,言立而文明,自然之道也。傍及万品,动植皆文:龙凤以藻绘呈瑞,虎豹以炳蔚凝姿;云霞雕色,有逾画工之妙;草木贲华,无待锦匠之奇。夫岂外饰,盖自然耳。至于林籁结响,调如竽瑟;泉石激韵,和若球锽:故形立则章成矣,声发则文生矣。夫以无识之物,郁然有彩,有心之器,其无文欤?"③刘勰这段对语言和文字功能的论述绝不亚于海德格尔关于语言性质的论述,他强调"文"的本体意义和内涵。

---

① 刘宓庆:《中西翻译思想比较研究》,北京:中国对外翻译出版公司,2005 年,第 272 页。
② 潘文国:《中籍外译,此其时也——关于中译外问题的宏观思考》,《杭州师范学院学报》(社会科学版)2007 年第 6 期。
③ 〔南朝梁〕刘勰著,周振甫译注:《文心雕龙选译》,北京:中华书局,1980 年,第 19—20 页。

中西两种语言，对应两种思维、两种逻辑。外译中是将抽象概念具象化的过程，将逻辑思维转换成伦理思维的过程；中译外是将具象思维的概念抽象化，将伦理思维转换成逻辑思维的过程。当代美国著名汉学家安乐哲（Roger T. Ames）与其合作者也有这样的思路：在中国典籍的翻译上反对用一般的西方哲学思想概念来表达中国的思想概念。因此，他在翻译中国典籍时着力揭示中国思想异于西方思想的特质。

语言是世界的边界，不同的思维方式、不同的语言特点决定了外译中和中译外具有不同的规律，由此，在翻译过程中就要注意其各自的特点。基于语言和哲学思维的不同所形成的中外互译是两种不同的翻译实践，我们应该重视对中译外理论的总结，现在流行的用"西西互译"的翻译理论来解释"中西互译"是有问题的，来解释中译外问题更大。这对中国翻译界来说应是一个新课题，因为在"中西互译"中，我们留下的学术遗产主要是外译中。尽管我们也有辜鸿铭、林语堂、陈季同、吴经熊、杨宪益、许渊冲等前辈的可贵实践，但中国学术界的翻译实践并未留下多少中译外的经验。所以，认真总结这些前辈的翻译实践经验，提炼中译外的理论是一个亟待努力开展的工作。同时，在比较语言学和比较哲学的研究上也应着力，以此为中译外的翻译理论打下坚实的基础。

在此意义上，许渊冲在翻译理论及实践方面的探索尤其值得我国学术界关注。许渊冲在20世纪中国翻译史上是一个奇迹，他在中译外和外译中两方面均有很深造诣，这十分少见。而且，在中国典籍外译过程中，他在英、法两个语种上同时展开，更是难能可贵。"书销中外五十本，诗译英法唯一人"的确是他的真实写照。从陈季同、辜鸿铭、林语堂等开始，中国学者在中译外道路上不断探索，到许渊冲这里达到一个高峰。他的中译外的翻译数量在中国学者中居于领先地位，在古典诗词的翻译水平上，更是成就卓著，即便和西方汉学家（例如英国汉学家韦利）相比也毫不逊色。他的翻译水平也得到了西方读者的认可，译著先后被英国和美国的出版社出版，这是目前中国学者中译外作品直接进入西方阅读市场最多的一位译者。

特别值得一提的是，许渊冲从中国文化本身出发总结出一套完整的翻译理论。这套理论目前是中国翻译界较为系统并获得翻译实践支撑的理论。面对铺天盖地而来的西方翻译理论，他坚持从中国翻译的实践出发，坚持走自己的学术道路，自成体系，面对指责和批评，他不为所动。他这种坚持文化本位的精神，这种坚持从实践出发探讨理论的风格，值得我们学习和发扬。

许渊冲把自己的翻译理论概括为"美化之艺术，创优似竞赛"。"实际上，这十个字是拆分开来解释的。'美'是许渊冲翻译理论的'三美'论，诗歌翻译应做到译文的'意美、音美和形美'，这是许渊冲诗歌翻译的本体论；'化'是翻译诗歌时，可以采用'等化、浅化、深化'的具体方法，这是许氏诗歌翻译的方法论；'之'是许氏诗歌翻译的意图或最终想要达成的结果，使读者对译文能够'知之、乐之并好之'，这是许氏译论的目的论；'艺术'是认识论，许渊冲认为文学翻译，尤其是诗词翻译是一种艺术，是一种研究'美'的艺术。'创'是许渊冲的'创造论'，译文是译者在原诗规定范围内对原诗的再创造；'优'指的是翻译的'信达优'标准和许氏译论的'三势'（优势、劣势和均势）说，在诗歌翻译中应发挥译语优势，用最好的译语表达方式来翻译；'似'是'神似'说，许渊冲认为忠实并不等于形似，更重要的是神似；'竞赛'指文学翻译是原文和译文两种语言与两种文化的竞赛。"①

许渊冲的翻译理论不去套用当下时髦的西方语汇，而是从中国文化本身汲取智慧，并努力使理论的表述通俗化、汉语化和民族化。例如他的"三美"之说就来源于鲁迅，鲁迅在《汉文学史纲要》中指出："诵习一字，当识形音义三：口诵耳闻其音，目察其形，心通其义，三识并用，一字之功乃全。其在文章，则写山曰峻嶒嵯峨，状水曰汪洋澎湃，蔽芾葱茏，恍逢丰木，鳟鲂鳗鲤，如见多鱼。故其所函，遂具三美：意美以感心，一也；音美以感耳，二也；形美以感目，三也。"②许渊冲的"三之"理论，即在翻译中做到"知之、乐之并好之"，则来自孔子《论语·雍也》中的"知之者不如好之者，好之者不如乐之者"。他套用《道德经》中的语句所总结的翻译理论精练而完备，是近百年来中国学者对翻译理论最精彩的总结：

译可译，非常译。

忘其形，得其意。

得意，理解之始；

忘形，表达之母。

---

① 张进：《许渊冲唐诗英译研究》，硕士论文抽样本，西安：西北大学，2011 年，第 19 页；张智中：《许渊冲与翻译艺术》，武汉：湖北教育出版社，2006 年。
② 鲁迅：《鲁迅全集》（第九卷），北京：人民文学出版社，2005 年，第 354—355 页。

> 故应得意,以求其同;
> 故可忘形,以存其异。
> 两者同出,异名同理。
> 得意忘形,求同存异;
> 翻译之道。

2014年,在第二十二届世界翻译大会上,由中国翻译学会推荐,许渊冲获得了国际译学界的最高奖项"北极光"杰出文学翻译奖。他也是该奖项自1999年设立以来,第一个获此殊荣的亚洲翻译家。许渊冲为我们奠定了新时期中译外翻译理论与实践的坚实学术基础,这个事业有待后学发扬光大。

## 四、知识:跨学科的知识结构是对研究者的基本要求

中国古代文化经典在域外的翻译与传播研究属于跨学科研究领域,语言能力只是进入这个研究领域的一张门票,但能否坐在前排,能否登台演出则是另一回事。因为很显然,语言能力尽管重要,但它只是展开研究的基础条件,而非全部条件。

研究者还应该具备中国传统文化知识与修养。我们面对的研究对象是整个海外汉学界,汉学家们所翻译的中国典籍内容十分丰富,除了我们熟知的经、史、子、集,还有许多关于中国的专业知识。例如,俄罗斯汉学家阿列克谢耶夫对宋代历史文学极其关注,翻译宋代文学作品数量之大令人吃惊。如果研究他,仅仅俄语专业毕业是不够的,研究者还必须通晓中国古代文学,尤其是宋代文学。清中前期,来华的法国耶稣会士已经将中国的法医学著作《洗冤集录》翻译成法文,至今尚未有一个中国学者研究这个译本,因为这要求译者不仅要懂宋代历史,还要具备中国古代法医学知识。

中国典籍的外译相当大一部分产生于中外文化交流的历史之中,如果缺乏中西文化交流史的知识,常识性错误就会出现。研究18世纪的中国典籍外译要熟悉明末清初的中西文化交流史,研究19世纪的中国典籍外译要熟悉晚清时期的中西文化交流史,研究东亚之间文学交流要精通中日、中韩文化交流史。

同时,由于某些译者有国外学术背景,想对译者和文本展开研究就必须熟悉

译者国家的历史与文化、学术与传承,那么,知识面的扩展、知识储备的丰富必不可少。

目前,绝大多数中国古代文化外译的研究者是外语专业出身,这些学者的语言能力使其成为这个领域的主力军,但由于目前教育分科严重细化,全国外语类大学缺乏系统的中国历史文化的教育训练,因此目前的翻译及其研究在广度和深度上尚难以展开。有些译本作为国内外语系的阅读材料尚可,要拿到对象国出版还有很大的难度,因为这些译本大都无视对象国汉学界译本的存在。的确,研究中国文化在域外的传播和发展是一个崭新的领域,是青年学者成长的天堂。但同时,这也是一个有难度的跨学科研究领域,它对研究者的知识结构提出了新挑战。研究者必须走出单一学科的知识结构,全面了解中国文化的历史与文献,唯此才能对中国古代文化经典的域外传播和中国文化的域外发展进行更深入的研究。当然,术业有专攻,在当下的知识分工条件下,研究者已经不太可能系统地掌握中国全部传统文化知识,但掌握其中的一部分,领会其精神仍十分必要。这对中国外语类大学的教学体系改革提出了更高的要求,中国历史文化课程必须进入外语大学的必修课中,否则,未来的学子们很难承担起这一历史重任。

## 五、方法:比较文化理论是其基本的方法

从本质上讲,中国文化域外传播与发展研究是一种文化间关系的研究,是在跨语言、跨学科、跨文化、跨国别的背景下展开的,这和中国本土的国学研究有区别。关于这一点,严绍璗先生有过十分清楚的论述,他说:"国际中国学(汉学)就其学术研究的客体对象而言,是指中国的人文学术,诸如文学、历史、哲学、艺术、宗教、考古等等,实际上,这一学术研究本身就是中国人文学科在域外的延伸。所以,从这样的意义上说,国际中国学(汉学)的学术成果都可以归入中国的人文学术之中。但是,作为从事于这样的学术的研究者,却又是生活在与中国文化很不相同的文化语境中,他们所受到的教育,包括价值观念、人文意识、美学理念、道德伦理和意识形态等等,和我们中国本土很不相同。他们是以他们的文化为背景而从事中国文化的研究,通过这些研究所表现的价值观念,从根本上说,是他们的'母体文化'观念。所以,从这样的意义上说,国际中国学(汉学)的学术成果,其

实也是他们'母体文化'研究的一种。从这样的视角来考察国际中国学(汉学),那么,我们可以说,这是一门在国际文化中涉及双边或多边文化关系的近代边缘性的学术,它具有'比较文化研究'的性质。"①严先生的观点对于我们从事中国古代文化典籍外译和传播研究有重要的指导意义。有些学者认为西方汉学家翻译中的误读太多,因此,中国文化经典只有经中国人来翻译才忠实可信。显然,这样的看法缺乏比较文学和跨文化的视角。

"误读"是翻译中的常态,无论是外译中还是中译外,除了由于语言转换过程中知识储备不足产生的误读②,文化理解上的误读也比比皆是。有的译者甚至故意误译,完全按照自己的理解阐释中国典籍,最明显的例子就是美国诗人庞德。1937年他译《论语》时只带着理雅各的译本,没有带词典,由于理雅各的译本有中文原文,他就盯着书中的汉字,从中理解《论语》,并称其为"注视字本身",看汉字三遍就有了新意,便可开始翻译。例如"《论语·公冶长第五》,'子曰:道不行,乘桴浮于海。从我者,其由与?子路闻之喜。子曰:由也,好勇过我,无所取材。'最后四字,朱熹注:'不能裁度事理。'理雅各按朱注译。庞德不同意,因为他从'材'字中看到'一棵树加半棵树',马上想到孔子需要一个'桴'。于是庞德译成'Yu like danger better than I do. But he wouldn't bother about getting the logs.'(由比我喜欢危险,但他不屑去取树木。)庞德还指责理雅各译文'失去了林肯式的幽默'。后来他甚至把理雅各译本称为'丢脸'(an infamy)"③。庞德完全按自己的理解来翻译,谈不上忠实,但庞德的译文却在美国和其他西方国家产生了巨大影响。日本比较文学家大塚幸男说:"翻译文学,在对接受国文学的影响中,误解具有异乎寻常的力量。有时拙劣的译文意外地产生极大的影响。"④庞德就是这样的翻译家,他翻译《论语》《中庸》《孟子》《诗经》等中国典籍时,完全借助理雅各的译本,但又能超越理雅各的译本,在此基础上根据自己的想法来翻译。他把《中庸》翻

---

① 严绍璗:《我对国际中国学(汉学)的认识》,《国际汉学》(第五辑),郑州:大象出版社,2000年,第11页。
② 英国著名汉学家阿瑟·韦利在翻译陶渊明的《责子》时将"阿舒已二八"翻译成"A-Shu is eighteen",显然是他不知在中文中"二八"是指16岁,而不是18岁。这样知识性的翻译错误是常有的。
③ 赵毅衡:《诗神远游:中国如何改变了美国现代诗》,成都:四川文艺出版社,2013年,第277—278页。
④ [日]大塚幸男:《比较文学原理》,陈秋峰、杨国华译,西安:陕西人民出版社,1985年,第101页。

译为 Unwobbling Pivot（不动摇的枢纽），将"君子而时中"翻译成"The master man's axis does not wobble"（君子的轴不摇动），这里的关键在于他认为"中"是"一个动作过程，一个某物围绕旋转的轴"①。只有具备比较文学和跨文化理论的视角，我们才能理解庞德这样的翻译。

从比较文学角度来看，文学著作一旦被翻译成不同的语言，它就成为各国文学历史的一部分，"在翻译中，创造性叛逆几乎是不可避免的"②。这种叛逆就是在翻译时对源语言文本的改写，任何译本只有在符合本国文化时，才会获得第二生命。正是在这个意义上，谢天振主张将近代以来的中国学者对外国文学的翻译作为中国近代文学的一部分，使它不再隶属于外国文学，为此，他专门撰写了《中国现代翻译文学史》③。他的观点向我们提供了理解被翻译成西方语言的中国古代文化典籍的新视角。

尽管中国学者也有在中国典籍外译上取得成功的先例，例如林语堂、许渊冲，但这毕竟不是主流。目前国内的许多译本并未在域外产生真正的影响。对此，王宏印指出："毋庸讳言，虽然我们取得的成就很大，但国内的翻译、出版的组织和质量良莠不齐，加之推广和运作方面的困难，使得外文形式的中国典籍的出版发行多数限于国内，难以进入世界文学的视野和教学研究领域。有些译作甚至成了名副其实的'出口转内销'产品，只供学外语的学生学习外语和翻译技巧，或者作为某些懂外语的人士的业余消遣了。在现有译作精品的评价研究方面，由于信息来源的局限和读者反应调查的费钱费力费时，大大地限制了这一方面的实证研究和有根有据的评论。一个突出的困难就是，很难得知外国读者对于中国典籍及其译本的阅读经验和评价情况，以至于影响了研究和评论的视野和效果，有些译作难免变成译者和学界自作自评和自我欣赏的对象。"④

王宏印这段话揭示了目前国内学术界中国典籍外译的现状。目前由政府各部门主导的中国文化、中国学术外译工程大多建立在依靠中国学者来完成的基本思路上，但此思路存在两个误区。第一，忽视了一个基本的语言学规律：外语再

---

① 赵毅衡：《诗神远游：中国如何改变了美国现代诗》，成都：四川文艺出版社，2013年，第278页。
② ［美］乌尔利希·韦斯坦因：《比较文学与文学理论》，刘象愚译，沈阳：辽宁人民出版社，1987年，第36页。
③ 谢天振：《中国现代翻译文学史》，上海：上海外语教育出版社，2004年。
④ 王宏印：《中国文化典籍英译》，北京：外语教学与研究出版社，2009年，第6页。

好,也好不过母语,翻译时没有对象国汉学家的合作,在知识和语言上都会遇到不少问题。应该认识到林语堂、杨宪益、许渊冲毕竟是少数,中国学者不可能成为中国文化外译的主力。第二,这些项目的设计主要面向西方发达国家而忽视了发展中国家。中国"一带一路"倡议涉及 60 余个国家,其中大多数是发展中国家,非通用语是主要语言形态[1]。此时,如果完全依靠中国非通用语界学者们的努力是很难完成的[2],因此,团结世界各国的汉学家具有重要性与迫切性。

莫言获诺贝尔文学奖后,相关部门开启了中国当代小说的翻译工程,这项工程的重要进步之一就是面向海外汉学家招标,而不是仅寄希望于中国外语界的学者来完成。小说的翻译和中国典籍文化的翻译有着重要区别,前者更多体现了跨文化研究的特点。

以上从历史、文献、语言、知识、方法五个方面探讨了开展中国古代文化典籍域外传播研究必备的学术修养。应该看到,中国文化的域外传播以及海外汉学界的学术研究标示着中国学术与国际学术接轨,这样一种学术形态揭示了中国文化发展的多样性和丰富性。在从事中国文化学术研究时,已经不能无视域外汉学家们的研究成果,我们必须与其对话,或者认同,或者批评,域外汉学已经成为中国学术与文化重建过程中一个不能忽视的对象。

在世界范围内开展中国文化研究,揭示中国典籍外译的世界性意义,并不是要求对象国家完全按照我们的意愿接受中国文化的精神,而是说,中国文化通过典籍翻译进入世界各国文化之中,开启他们对中国的全面认识,这种理解和接受已经构成了他们文化的一部分。尽管中国文化于不同时期在各国文化史中呈现出不同形态,但它们总是和真实的中国发生这样或那样的联系,都说明了中国文化作为他者存在的价值和意义。与此同时,必须承认已经融入世界各国的中国文化和中国自身的文化是两种形态,不能用对中国自身文化的理解来看待被西方塑形的中国文化;反之,也不能以变了形的中国文化作为标准来判断真实发展中的

---

[1] 在非通用语领域也有像林语堂、许渊冲这样的翻译大家,例如北京外国语大学亚非学院的泰语教授邱苏伦,她已经将《大唐西域记》《洛阳伽蓝记》等中国典籍翻译成泰文,受到泰国读者的欢迎,她也因此获得了泰国的最高翻译奖。
[2] 很高兴看到中华外译项目的语种大大扩展了,莫言获诺贝尔文学奖后,中国小说的翻译也开始面向全球招标,这是进步的开始。

中国文化。

在当代西方文化理论中,后殖民主义理论从批判的立场说明西方所持有的东方文化观的特点和产生的原因。赛义德的理论有其深刻性和批判性,但他不熟悉西方世界对中国文化理解和接受的全部历史,例如,18世纪的"中国热"实则是从肯定的方面说明中国对欧洲的影响。其实,无论是持批判立场还是持肯定立场,中国作为西方的他者,成为西方文化眼中的变色龙是注定的。这些变化并不能改变中国文化自身的价值和它在世界文化史中的地位,但西方在不同时期对中国持有不同认知这一事实,恰恰说明中国文化已成为塑造西方文化的一个重要外部因素,中国文化的世界性意义因而彰显出来。

从中国文化史角度来看,这种远游在外、已经进入世界文化史的中国古代文化并非和中国自身文化完全脱离关系。笔者不认同套用赛义德的"东方主义"的后现代理论对西方汉学和译本的解释,这种解释完全隔断了被误读的中国文化与真实的中国文化之间的精神关联。我们不能跟着后现代殖民主义思潮跑,将这种被误读的中国文化看成纯粹是西方人的幻觉,似乎这种中国形象和真实的中国没有任何关系。笔者认为,被误读的中国文化和真实的中国文化之间的关系,可被比拟为云端飞翔的风筝和牵动着它的放风筝者之间的关系。一只飞出去的风筝随风飘动,但线还在,只是细长的线已经无法解释风筝上下起舞的原因,因为那是风的作用。将风筝的飞翔说成完全是放风筝者的作用是片面的,但将飞翔的风筝说成是不受外力自由翱翔也是荒唐的。

正是在这个意义上,笔者对建立在19世纪实证主义哲学基础上的兰克史学理论持一种谨慎的接受态度,同时,对20世纪后现代主义的文化理论更是保持时刻的警觉,因为这两种理论都无法说明中国和世界之间复杂多变的文化关系,都无法说清世界上的中国形象。中国文化在世界的传播和影响及世界对中国文化的接受需要用一种全新的理论加以说明。长期以来,那种套用西方社会科学理论来解释中国与外部世界关系的研究方法应该结束了,中国学术界应该走出对西方学术顶礼膜拜的"学徒"心态,以从容、大度的文化态度吸收外来文化,自觉坚守自身文化立场。这点在当下的跨文化研究领域显得格外重要。

学术研究需要不断进步,不断完善。在10年内我们课题组不可能将这样一个丰富的研究领域做得尽善尽美。我们在做好导论研究、编年研究的基础性工作之外,还做了一些专题研究。它们以点的突破、个案的深入分析给我们展示了在跨文化视域下中国文化向外部的传播与发展。这是未来的研究路径,亟待后来者不断丰富与开拓。

这个课题由中外学者共同完成。意大利罗马智慧大学的马西尼教授指导中国青年学者王苏娜主编了《20世纪中国古代文化经典在意大利的传播编年》,法国汉学家何碧玉、安必诺和中国青年学者刘国敏、张明明一起主编了《20世纪中国古代文化经典在法国的传播编年》。他们的参与对于本项目的完成非常重要。对于这些汉学家的参与,作为丛书的主编,我表示十分的感谢。同时,本丛书也是国内学术界老中青学者合作的结果。北京大学的严绍璗先生是中国文化在域外传播和影响这个学术领域的开拓者,他带领弟子王广生完成了《20世纪中国古代文化经典在日本的传播编年》;福建师范大学的葛桂录教授是这个项目的重要参与者,他承担了本项目2卷的写作——《20世纪中国古代文学在英国的传播与影响》和《中国古典文学的英国之旅——英国三大汉学家年谱:翟理斯、韦利、霍克思》。正是由于中外学者的合作,老中青学者的合作,这个项目才得以完成,而且展示了中外学术界在这些研究领域中最新的研究成果。

这个课题也是北京外国语大学近年来第一个教育部社科司的重大攻关项目,学校领导高度重视,北京外国语大学的欧洲语言文化学院、亚非学院、阿拉伯语系、中国语言文学学院、哲学社会科学学院、英语学院、法语系等几十位老师参加了这个项目,使得这个项目的语种多达20余个。其中一些研究具有开创性,特别是关于中国古代文化在亚洲和东欧一些国家的传播研究,在国内更是首次展开。开创性的研究也就意味着需要不断完善,我希望在今后的一个时期,会有更为全面深入的文稿出现,能够体现出本课题作为学术孵化器的推动作用。

北京外国语大学中国海外汉学研究中心(现在已经更名为"国际中国文化研究院")成立已经20年了,从一个人的研究所变成一所大学的重点研究院,它所取得的进步与学校领导的长期支持分不开,也与汉学中心各位同人的精诚合作分不开。一个重大项目的完成,团队的合作是关键,在这里我对参与这个项目的所有学者表示衷心的感谢。20世纪是动荡的世纪,是历史巨变的世纪,是世界大转机的世纪。

20世纪初,美国逐步接替英国坐上西方资本主义世界的头把交椅。苏联社会主义制度在20世纪初的胜利和世纪末苏联的解体成为本世纪最重要的事件，并影响了历史进程。目前，世界体系仍由西方主导，西方的话语权成为其资本与意识形态扩张的重要手段，全球化发展、跨国公司在全球更广泛地扩张和组织生产正是这种形势的真实写照。

20世纪后期，中国的崛起无疑是本世纪最重大的事件。中国不仅作为一个政治大国和经济大国跻身于世界舞台，也必将作为文化大国向世界展示自己的丰富性和多样性，展示中国古代文化的智慧。因此，正像中国的崛起必将改变已有的世界政治格局和经济格局一样，中国文化的海外传播，中国古代文化典籍的外译和传播，必将把中国思想和文化带到世界各地，这将从根本上逐渐改变19世纪以来形成的世界文化格局。

20世纪下半叶，随着中国实施改革开放政策和国力增强，西方汉学界加大了对中国典籍的翻译，其翻译的品种、数量都是前所未有的，中国古代文化的影响力进一步增强[1]。虽然至今我们尚不能将其放在一个学术框架中统一研究与考量，但大势已定，中国文化必将随中国的整体崛起而日益成为具有更大影响的文化，西方文化独霸世界的格局必将被打破。

世界仍在巨变之中，一切尚未清晰，意大利著名经济学家阿锐基从宏观经济与政治的角度对21世纪世界格局的发展做出了略带有悲观色彩的预测。他认为今后世界有三种结局：

  第一，旧的中心有可能成功地终止资本主义历史的进程。在过去500多年时间里，资本主义历史的进程是一系列金融扩张。在此过程中，发生了资本主义世界经济制高点上卫士换岗的现象。在当今的金融扩张中，也存在着产生这种结果的倾向。但是，这种倾向被老卫士强大的立国和战争能力抵消了。他们很可能有能力通过武力、计谋或劝说占用积累在新的中心的剩余资本，从而通过组建一个真正全球意义上的世界帝国来结束资本主义历史。

  第二，老卫士有可能无力终止资本主义历史的进程，东亚资本有可能渐

---

[1] 李国庆：《美国对中国古典及当代作品翻译概述》，载朱政惠、崔丕主编《北美中国学的历史与现状》，上海：上海辞书出版社，2013年，第126—141页；[美]张海惠主编：《北美中国学：研究概述与文献资源》，北京：中华书局，2010年；[德]马汉茂、[德]汉雅娜、张西平、李雪涛主编：《德国汉学：历史、发展、人物与视角》，郑州：大象出版社，2005年。

渐占据体系资本积累过程中的一个制高点。那样的话,资本主义历史将会继续下去,但是情况会跟自建立现代国际制度以来的情况截然不同。资本主义世界经济制高点上的新卫士可能缺少立国和战争能力,在历史上,这种能力始终跟世界经济的市场表层上面的资本主义表层的扩大再生产很有联系。亚当·斯密和布罗代尔认为,一旦失去这种联系,资本主义就不能存活。如果他们的看法是正确的,那么资本主义历史不会像第一种结果那样由于某个机构的有意识行动而被迫终止,而会由于世界市场形成过程中的无意识结果而自动终止。资本主义(那个"反市场"[anti-market])会跟发迹于当代的国家权力一起消亡,市场经济的底层会回到某种无政府主义状态。

最后,用熊彼特的话来说,人类在地狱般的(或天堂般的)后资本主义的世界帝国或后资本主义的世界市场社会里窒息(或享福)前,很可能会在伴随冷战世界秩序的瓦解而出现的不断升级的暴力恐怖(或荣光)中化为灰烬。如果出现这种情况的话,资本主义历史也会自动终止,不过是以永远回到体系混乱状态的方式来实现的。600年以前,资本主义历史就从这里开始,并且随着每次过渡而在越来越大的范围里获得新生。这将意味着什么?仅仅是资本主义历史的结束,还是整个人类历史的结束?我们无法说得清楚。①

就此而言,中国文化的世界影响力从根本上是与中国崛起后的世界秩序重塑紧密联系在一起的,是与中国的国家命运联系在一起的。国衰文化衰,国强文化强,千古恒理。20世纪已经结束,21世纪刚刚开始,一切尚在进程之中。我们处在"三千年未有之大变局之中",我们期盼一个以传统文化为底蕴的东方大国全面崛起,为多元的世界文化贡献出她的智慧。路曼曼其远矣,吾将上下求索。

张西平

2017年6月6日定稿于游心书屋

---

① [意]杰奥瓦尼·阿锐基:《漫长的20世纪——金钱、权力与我们社会的根源》,姚乃强等译,南京:江苏人民出版社,2001年,第418—419页。

# 目　录

## 第一章　20世纪韩国关于韩国文学对中国古典文学接受情况的研究综述　1
一、前言　2
二、韩国的中韩比较文学研究历史　3
三、结语　10

## 第二章　韩国古典小说对中国古典小说接受情况的研究　11
一、前言　12
二、传奇文学　13
三、《水浒传》　15
四、《三国演义》等演义类小说　16
五、《西游记》《封神演义》等神魔小说　18
六、爱情小说　19
七、结语　22

## 第三章　韩国古典诗歌对中国古典诗歌接受情况的研究　23

　　一、前言　24

　　二、研究历史　25

　　三、各种诗歌体裁的研究情况　27

　　四、结语　34

## 第四章　韩国古典文学对中国古典戏曲接受情况的研究　37

　　一、前言　38

　　二、对《西厢记》接受情况的研究　38

　　三、对《伍伦全备记》接受情况的研究　44

　　四、对《荆钗记》接受情况的研究　47

　　五、结语　49

## 第五章　韩国口碑文学对中国民间文学接受情况的研究　51

　　一、前言　52

　　二、韩国口碑文学对中国文学接受情况的研究历史　53

　　三、结语　62

## 参考文献　64

## 附　录　韩国的代表性研究论文　85

　　韩国的中国古典散文史研究史　85

　　对中国古典小说的接受与嬗变的考察　126

　　扩张与迎合之间：21世纪韩国中国语言文学研究现状　144

　　重新评价汉文遗产——《东亚文明论》节选　177

　　现代韩国的《论语》研究——以翻译为中心　191

　　《剪灯新话》与《聊斋志异》在韩国和日本的流传、变化与接受轨迹　209

《三国志》与韩国语言文化教育　225
中日韩大众文化中的沙悟净形象特征　239
鲁迅文学在韩国的接受情况　259

**索　引** 287

**后　记** 319

第一章

20世纪韩国关于韩国文学对中国古典文学接受情况的研究综述

## 一、前言

　　本书所探讨的韩中文学比较研究的范围是指韩国的汉文学和中国的汉文学，韩国和中国的汉文学指以非白话文的中国古汉文创作的所有作品。提到汉文学，人们就会习惯性地联想到以诗、赋、论、策、序、记、跋为主的文学体裁，而这里所说的汉文学囊括所有汉文作品，因此也包括说话、假传体、小说、民谣等内容。

　　汉字大约在公元前4世纪传入朝鲜半岛[1]，随着与中国交往的深入，高丽在公元1世纪中期，百济和新罗在3世纪末期左右开始正式学习吸收汉字文化和汉文文学。在《三国史记·高句丽本纪》中可以看到关于《尚书》《春秋》《周礼》《老子》《列子》《管子》《孙子》《韩非子》《史记》等中国文献的相关记载，通过保存至今的《广开土大王碑文》以及《公无渡河歌》《黄鸟歌》《龟旨歌》等古代诗歌也可以推测出当时的汉文文学达到了很高的水平。

　　在新罗时期，崔致远等留学生前往唐朝留学，甚至担任官职，人员交流十分频

---

[1] [韩]南丰铉:《韩国汉文的语言学性质》,《韩国文学研究入门》,首尔:知识产业社,1982年,第171页;[韩]梁光锡:《韩国汉文学的形成过程研究》,高丽大学博士论文,1985年,第26页。

繁。直至 15 世纪韩文被创造出来之前,韩国的文学史可以说是处于汉文学时代。

高丽时代的诗歌《翰林别曲》中就曾经提到《唐书》《汉书》《老子》《庄子》《柳宗元文集》《杜甫诗集》《兰台集》《白居易集》《毛诗》《尚书》《周易》《春秋》《礼记》《太平广记》等。随着宋朝性理学的兴盛,《朱子书》和《二程全书》等儒家书籍大量传入韩国,这为韩国文臣的出现及士大夫阶层的形成奠定了基础。

除此之外,苏轼、黄庭坚、欧阳修、陶渊明等人的诗文,《三国演义》《水浒传》《西游记》《金瓶梅》《红楼梦》等小说,《西厢记》等戏曲以及各种诗话和文学理论方面的书籍也传入韩国。中国文化及文学的传入对韩国文学的发展起到了重要作用,因此,韩国学者对韩国汉文学的研究热情一直未减,成果斐然。而且有些重要发现往往是韩国文学研究者首先提出来的,这些又可以和中国的研究形成互补。因此,本书将对 20 世纪韩国汉文学对中国文学的接受研究进行梳理,为中国学界提供参考,以便进一步探索今后的研究方向。

## 二、韩国的中韩比较文学研究历史

韩国汉文学对中国文学的接受问题从高丽时代起就备受韩国文人关注,当时李仁老的《破闲集》、李奎报的《白云小说》、李齐贤的《栎翁稗说》,朝鲜时代徐居正的《东人诗话》、许筠的《国朝诗删》、洪万宗的《诗话丛林》等诗话集、诗选集、诗文集的序和跋、杂录、日记等各种文献中常常谈论到这一问题。

朝鲜时代初期,徐居正在《东人诗话》中就指出,李仁老的《潇湘八景》源自苏舜钦的"云头艳艳开金饼,水面沉沉卧彩虹",李混的《浮碧楼》与李白及陈后山的诗句有关;金安老在《龙泉谈寂记》中指出,《金鳌新话》受中国《剪灯新话》影响,李植在《泽堂集》中指出许筠的《洪吉童传》以中国的《水浒传》为母本创作而成。

这一时期为今后韩中汉文学比较研究提供了许多资料,可以说是以整理资料为主,但并未形成现代研究方法。但这些资料都为下一阶段韩中比较文学研究的正式形成打下了基础,提供了重要支持。时至今日,这一经久不衰的课题仍然摆在我们面前。

在日本殖民统治时期,崔南善最早开始探索中韩文学之间的关联,对金时习的传奇小说《金鳌新话》与明代瞿佑的《剪灯新话》进行了比较,认为前者受到了后者的影响。① 其后金台俊在对《金鳌新话》和《剪灯新话》进行比较研究的过程中指出,为了正确评价《金鳌新话》的价值,应将作品的内在根源和外在渊源结合起来研究。②

1945年8月15日解放之后,韩国重寻民族财富的国学精神兴起,对民族文化的热情及近代治学精神的兴起促使一批研究论文诞生。但关于韩国文学与中国文学的比较研究,直到20世纪50年代才由李庆善、金东旭等人将比较文学理论引入韩国。

然而,韩国文学与中国文学关系的研究尚未深入到韩中汉文学比较研究的层面。20世纪50年代,金庠基、朴晟义、李庆善的三篇论文中,后两位作者虽然意识到了比较文学这一概念,而且是在之前崔南善《〈金鳌新话〉题解》及金台俊《朝鲜小说史》的基础之上完成的,但都没有提及对韩中汉文学的比较。而金庠基的《秋史金正喜一家与吴兰雪在文学上的关联》却在无心插柳的情况下成为正式研究韩中汉文学关系的首篇重要论文。③

20世纪50年代以后,学者们倾向于文献实证主义研究,关于《金鳌新话》与《剪灯新话》、《洪吉童传》与《水浒传》、《春香传》与明代戏曲、韩国军谈小说与《三国演义》《西游记》以及杜甫、陶渊明与韩国汉诗之间关系的研究层出不穷。代表性研究有朴晟义的《中国小说对韩国小说的影响》④、李钟殷的《中国小说对韩国小说的影响》⑤、丁奎福的《韩国古代军谈小说考——以〈三国演义〉的影响为中心》⑥、丁来东的《中国作品对〈春香传〉的影响——以〈西厢记〉〈玉堂春〉等为中心》⑦、李炳赫的《〈诗经〉对韩国文学的影响》⑧、李家源的《明曲对〈春香歌〉

---

① [韩]崔南善:《〈金鳌新话〉题解》,《启明》第19期,1927年。
② [韩]金台俊:《增补朝鲜小说史》,首尔:学艺社,1939年。
③ [韩]金庠基:《秋史金正喜一家与吴兰雪在文学上的关联》,《斗溪李丙焘博士回甲纪念论文集》,1956年。
④ [韩]朴晟义:《中国小说对韩国小说的影响》,《高丽大学建校50周年纪念论文集》,1955年。
⑤ [韩]李钟殷:《中国小说对韩国小说的影响》,延世大学硕士论文,1956年。
⑥ [韩]丁奎福:《韩国古代军谈小说考——以〈三国演义〉的影响为中心》,高丽大学硕士论文,1958年。
⑦ [韩]丁来东:《对〈春香传〉产生影响的中国作品——以〈西厢记〉〈玉堂春〉等为中心》,《大东文化研究》第1辑,成均馆大学大东文化研究院,1963年。
⑧ [韩]李炳赫:《〈诗经〉对韩国文学的影响》,《国语国文学志》第5辑,釜山大学国语国文学会,1966年。

的影响——以〈三元记〉〈还魂记〉为中心》①,李丙畴的《杜诗研究——以对韩国文学的影响为中心》②、李昌龙的《高丽诗人与陶渊明》③等。

这些研究者大都从小学习汉文,在中国文学方面造诣颇深,因此可以识别出中国文学对韩国文学作品的具体影响,包括中国的诗歌和《三国演义》《西游记》《水浒传》等小说的影响,以及《西厢记》等作品对韩国戏曲的影响等,通过这些研究可以充分了解中国文学作品对韩国文学的影响。

20世纪60年代,权五惇的《韩国文人之中国文学评论》④和李钟灿的《韩国乐章与中国乐府的对比》⑤这两篇论文尤其值得关注。前者从材料层面收集了金昌协、正祖、李晬光、李瀷等人对朝鲜半岛"三国时代"之后中国文学影响情况的评析,后者从中国乐府及韩国乐章均为四言形式、均始于王朝初建之时两方面对它们进行了对比分析。虽然这两篇论文是作者站在汉文学者的角度著述的,堪称是这一时期最重要的论文,但并没有采用比较文学的方法论,尤其是前者,只是单纯的材料收集而已。

同时,为了以实证分析的方法向人们阐述中国文学对韩国的影响,一些研究者还引入了比较文学研究方法。代表性研究成果包括朴晟义的《从比较文学视角看〈金鳌新话〉与〈剪灯新话〉》⑥、李相翊的《〈洪吉童传〉与〈水浒传〉的比较研究》⑦、叶乾坤的《〈春香传〉与诸宫调〈西厢记〉的比较研究》⑧、金起东的《〈彩凤感别曲〉的比较文学考察》⑨、李明九的《李朝小说的比较文学研究》⑩、权五惇的《韩国文人之中国文学评论》⑪、李钟灿的《韩国乐章与中国乐府的对比》⑫、李庆

---

① [韩]李家源:《明曲对〈春香歌〉的影响》,《国语国文学》第34、35辑,国语国文学会,1967年。
② [韩]李丙畴:《杜诗研究——以对韩国文学的影响为中心》,首尔:探求堂,1970年。
③ [韩]李昌龙:《高丽诗人与陶渊明》,《建大学术志》第16辑,建国大学,1973年。
④ [韩]权五惇:《韩国文人之中国文学评论》,《东方学志》第5辑,延世大学国学研究院,1961年。
⑤ [韩]李钟灿:《韩国乐章与中国乐府的对比》,《国语国文学》第7辑,东国大学,1969年。
⑥ [韩]朴晟义:《从比较文学视角看〈金鳌新话〉与〈剪灯新话〉》,《高丽大学文理论集》第3辑,首尔:高丽大学出版部,1958年。
⑦ [韩]李相翊:《〈洪吉童传〉与〈水浒传〉的比较研究》,《国语教育》第4辑,国语教育学会,1962年。
⑧ 叶乾坤:《〈春香传〉与诸宫调〈西厢记〉的比较研究》,成均馆大学博士论文,1963年。
⑨ [韩]金起东:《〈彩凤感别曲〉的比较文学考察》,《东国大学论文集》第1辑,东国大学,1964年。
⑩ [韩]李明九:《李朝小说的比较文学研究》,《大东文化研究》第5辑,成均馆大学出版部,1968年。
⑪ [韩]权五惇:《韩国文人之中国文学评论》,《东方学志》第5辑,延世大学国学研究院,1961年。
⑫ [韩]李钟灿:《韩国乐章与中国乐府的对比》,《国语国文学》第7辑,东国大学,1969年。

善的《韩国军谈小说〈九云梦〉〈玉楼梦〉与〈三国演义〉的比较》①、李丙畴的《杜诗的比较文学研究》②、金铉龙的《韩中小说说话比较研究》③、韩荣焕的《〈剪灯新话〉与〈金鳌新话〉构成的比较研究》④等。

20世纪60年代和70年代比较文学研究尤为盛行,但这种比较文学层面的研究与以文献实证主义方法进行的影响研究没有本质区别。当时的比较文学研究以传播论为前提进行,这种研究方法论过于重视文学作品创作者的作用,从而低估了传播者和接受者对作品的发展及再创造,将所有文学现象都理解为以一种文化为中心进行放射性传播的过程。这种方法论虽然揭示了外来文学对韩国文学的影响,但却忽视了韩国作为接受主体的主观能动性。由此来看,这种比较文学研究者的观点与主张以影响为主的实证主义者的观点别无二致。

这一时期的论文在数量上明显超过了以前,关于诗歌研究的论文在此时期占了很大比重,其中又以围绕陶渊明和杜甫进行研究的论文最多,其他关于诗歌、小说、批评的论文主要是从研究史的角度出发的。诗歌领域的论文之所以远远多于小说等其他体裁,主要是因为中国文学本身便是以诗歌文学为中心形成的,因此,在韩中汉文学比较研究方面,诗歌文学自然占有举足轻重的地位。进一步讲,屈原、陶渊明和杜甫均为中国诗文学史上的领军人物,韩国深受中国文化影响,推崇陶渊明和杜甫也不足为怪。在这一时期,12篇诗文学论文中关于陶渊明和杜甫的各占了4篇,明显多于王维和苏东坡,其原因正在于此。

值得一提的是,许世旭的《韩中诗话渊源考》一书在台湾发行。⑤ 此书首先叙述了中国诗话传入韩国的内容,接着通过李仁老的《破闲集》、徐居正的《东人诗话》和李睟光的《芝峰类说》等30篇诗话纵观了中国诗话对韩国的影响。尽管以今日的眼光来看,这部著述还存在着许多不足,但在当时研究环境并不完善的情况下,这本书作为韩中汉文学比较研究领域的首部专著,仍然具有非同一般的意义。

---

① [韩]李庆善:《韩国军谈小说〈九云梦〉〈玉楼梦〉与〈三国演义〉的比较》,《车相辕博士颂寿论文集》,1971年。
② [韩]李丙畴:《杜诗的比较文学研究》,首尔:亚细亚文化社,1976年。
③ [韩]金铉龙:《韩中小说说话比较研究》,首尔:一志社,1976年。
④ [韩]韩荣焕:《〈剪灯新话〉与〈金鳌新话〉构成的比较研究》,首尔:开文社,1975年。
⑤ [韩]许世旭:《韩中诗话渊源考》,台北:黎明文化事业公司,1979年。

20世纪70年代,中国文学和韩国汉文学的比较研究正式起步,特别是李昌龙首次运用了当时引入的比较文学方法论,对陶渊明、杜甫与韩国文学的关联进行了研究。从这个角度来看,李昌龙的《高丽诗人与陶渊明》在研究史上具有重要意义。①

这一时期,一部分学者认识到了实证主义研究和比较文学研究的问题,开始采用历史主义研究方法来探索韩国汉文学的能动性及自我发展过程。例如,李慧淳的《韩国乐府研究》就指出汉乐府在传入韩国之后不仅发展为小乐府、咏史乐府、记俗乐府等多种形式,还在朝鲜时代后期摆脱原有素材的束缚开始融入本民族的历史人物和风俗民情,开辟了一片新天地。② 这一乐府文学研究的论调之后在沈庆昊的《海东乐府体研究》③、张孝铉的《朝鲜后期竹枝词研究》④以及朴惠淑的《形成期的韩国乐府诗研究》⑤等研究中得到延续。诸如此类强调民族主体意识的自我发展论是在当时时代背景及学术需求的情况下应运而生的,并且取得了许多成果。

20世纪80年代之后,摆在研究者面前的主要课题是加深对中国文学的理解,并研究中国文学在传入韩国后是怎样对韩国文学的发展起到推动作用的。

带着这种问题意识来看80年代以后的研究成果,首先值得注意的是金明昊的《燕岩文学与〈史记〉》,作者为了更广泛深入地阐释朴趾源小说的价值,着眼于东方文学的传统脉络,首先对司马迁《史记》中的"列传"的散文特色进行了研究,并以此为基础,探索出朴趾源小说的文学及历史意义。作者认为朴趾源对司马迁的文学成就融会贯通,并进行了发展再创造。⑥

此类研究还有朴熙秉的《〈金鳌新话〉的创作渊源与背景》。朴熙秉认为韩国小说的起源应追溯到新罗末期、高丽初期的传奇,对《金鳌新话》创作的内因和外因进行了综合探索,认为其内因在于传统说话,外因则是受到了《剪灯新话》的影

---

① [韩]李昌龙:《高丽诗人与陶渊明》,《建大学术志》第16辑,建国大学,1973年。
② [韩]李慧淳:《韩国乐府研究》(一),《韩国文化研究院论丛》第39辑,梨花女子大学韩国文化研究院,1981年。
③ [韩]沈庆昊:《海东乐府体研究》,首尔大学硕士论文,1981年。
④ [韩]张孝铉:《朝鲜后期竹枝词研究》,《韩国学报》第10卷第1期,1984年。
⑤ [韩]朴惠淑:《形成期的韩国乐府诗研究》,首尔大学博士论文,1989年。
⑥ [韩]金明昊:《燕岩文学与〈史记〉》,《重新审视李朝后期汉文学》,首尔:创作与批评社,1983年。

响。更为具体地说,内因包括与龙相关的说话、檀君神话、东明王神话等民间说话及民俗信仰,新罗和高丽时代的传奇小说、《列女传》之类的汉文学传统,充满了忧愁、悔恨、孤独与悲伤的作家个人审美情趣与旅行体验等。而外因则在于金时习对于《金鳌新话》格外关注,进行了深入的解读,对《题〈剪灯新话〉后》进行了缜密的分析,认为金时习正确地认识到了《剪灯新话》综合了多种汉文文学体裁、具有戏谑滑稽的风格,并理解了其文学手法的感动效果,对《剪灯新话》的审美价值给予了高度评价,尤其是对其中的艳情小说印象深刻。通过这一研究可以确认《剪灯新话》对金时习关于小说的认识以及创作过程产生的深刻影响。①

此外,尹柱弼的《道家谈论的反模仿性与寓言小说的近代意识》也属于同类研究,既承认中国文学的影响,同时不忘挖掘韩国小说的内在价值。该论文认为,老子和庄子的寓言中体现了一种以类比语言观为基础的反模仿性写作方式,而金时习的《南炎浮洲志》、林悌的《愁城志》、权韠的《酒肆丈人传》、柳梦寅的《虎阱文》、崔孝蹇的《柳与梅争春》、洪大容的《医山问答》、朴趾源的《虎叱》等寓言小说都体现了道家思想在文学上的变相接受。②

尹柱弼、李慧淳和丁奎福都同时研究中国文学和韩国文学,丁奎福注重发掘中韩文学的相同点,李慧淳却注重探索中韩文学的民族性,尹柱弼则重点关注表现方式。

这一时期关于诗文学的论文依旧是以陶渊明和杜甫为中心进行的。关于陶渊明和杜甫的论文各有 8 篇,其中宋政宪的《陶渊明与李穑诗之比较研究》③和南胤秀的《韩国和陶辞研究》④值得注意。宋政宪的论文对于李穑作品中与隐逸思想相关的诗进行了研究,最后得出两人田园诗的对比结果:陶渊明的特点是亲身体验了田园生活,但李穑却并非以农夫的身份而只是从一个旁观者的角度对田园诗进行了浪漫的创作。遗憾的是,作者虽然指出了这一点,但却没有更为深入地探讨两者之间的关联。这是韩国韩中汉文学领域首篇以陶渊明为研究对象获得博士学位的论文。

---

① [韩]朴熙秉:《〈金鳌新话〉的创作渊源与背景》,《韩国传奇小说创作美学》,首尔:石枕,1997 年。
② [韩]尹柱弼:《道家谈论的反模仿性与寓言小说的近代意识》,《国文学与道教》,首尔:太学社,1998 年。
③ [韩]宋政宪:《陶渊明与李穑诗之比较研究》,台湾师范大学博士论文,1985 年。
④ [韩]南胤秀:《韩国和陶辞研究》,高丽大学博士论文,1985 年。

除上述论文外,还有一些韩中汉文学比较研究的单行本出版,例如柳晟俊的《中国王维与李朝申纬诗之比较研究》①和金昌龙的《韩中假传文学研究》②等。柳晟俊的论文将中国的王维和朝鲜时代的申纬进行对比,并以此论文获得了台湾师范大学博士学位,作为对王维和申纬进行系统研究的首篇论文,它具有非凡的意义。

赵钟业的《中日韩诗话比较研究》首次对以中、日、韩为中心形成的东亚文明圈的内部关联进行了探索,为今后的研究提供了重要参考。③

到了20世纪90年代,李秀雄的单行本《朱熹与李退溪诗比较研究》综合了之前的研究成果,从性理学角度出发,首次将二者的诗分为形式和内容两方面进行了分析比较。④ 受台湾《〈剪灯新话〉与〈传奇漫录〉之比较研究》和《〈剪灯新话〉的激荡》两部论文集的影响⑤,韩国学者张介钟和全惠卿各自著有同样题为《韩中越传奇小说比较研究》的论文,将研究范围扩大到了越南。⑥

此外,研究发现,这一时期韩国汉文小说《九云梦》在清朝时传入中国,并衍生出《九云记》这一长篇小说。这证明了韩中汉文学乃至韩中文学方面的比较研究都可以摆脱过去韩国文学隶属于中国文学的单线影响论观点,而转向如西欧国家一样的比较文学相互影响论,因此具有重大意义。⑦

中国文学在韩国的接受问题在中国学界同样受到关注,这一点从在台湾留学的韩国中文专业学者们的学位论文题目中即可看出,如柳晟俊的《中国王维与李朝申纬诗之比较研究》(1980年台湾师范大学博士论文)、宋政宪的《陶渊明与李穑诗之比较研究》(1985年台湾师范大学博士论文)、金周淳的《陶渊明诗对朝鲜

---

① [韩]柳晟俊:《中国王维与李朝申纬诗之比较研究》,台湾师范大学博士论文,1980年。
② [韩]金昌龙:《韩中假传文学研究》,首尔:开文社,1985年。
③ [韩]赵钟业:《中日韩诗话比较研究》,台北:学海出版社,1984年。
④ [韩]李秀雄:《朱熹与李退溪诗比较研究》,北京:北京大学出版部,1991年。
⑤ 陈益源:《〈剪灯新话〉与〈传奇漫录〉之比较研究》,台北:台湾学生书局有限公司,1990年;[韩]丁奎福:《〈剪灯新话〉的激荡》,《域外汉文小说研究》,台北:台湾学生书局有限公司,1990年。
⑥ [韩]张介钟:《韩中越传奇小说比较研究》,成均馆大学博士论文,1994年;[韩]全惠卿:《韩中越传奇小说比较研究》,崇实大学博士论文,1994年。
⑦ [韩]张孝铉:《〈九云梦〉的主题及其接受史研究》,《金万重文学研究》,首尔:国学资料院,1993年;[韩]丁奎福:《〈九云梦〉与〈九云记〉之比较研究》,《中国学论丛》第9辑,高丽大学中文系,1992年;[韩]崔溶澈:《〈九云梦〉中体现出的〈红楼梦〉影响研究》,《中国语文论丛》第5辑,高丽大学中国语文研究会,1992年。

诗歌影响之研究》(1985年台湾师范大学博士论文)等。除这些留学派外,许多韩国的中国文学研究者也对这一课题尤为青睐,出现了如李炳汉的《对中国与韩国古典小说发展与影响的比较考察》①、车柱环的《中韩词文学比较研究》②等多篇论文。

## 三、结语

古代的韩国致力于学习中国文化,韩国文学的研究者们不仅注重关于中国文学对韩国文学的影响研究,同时也十分注重关于中国文化的接受方式和创造性发展的研究,这些从20世纪末的汉文文学研究成果中也可窥见一斑。例如,对崔致远与李齐贤的诗歌文学研究,朝鲜王朝后期四家与《韩客巾衍集》,对中国出版的朝鲜诗选与海东诗选的研究,金明昊对董文涣与《韩客诗存》及中韩文学交流的研究等。关于中国文学在韩国的接受和影响,以后应从更新的方法论方面继续研究,并以对中国文学的深度理解为基础,考察探索其在韩国的变化和创新过程。

现有研究成果中,赵东一关于东亚文学比较研究的一系列宏观论述颇为引人注目。《既成一体又各自独立的东亚文学》一书中关于"汉诗"的看法对今后的研究提出了一定的启示③,作者着眼于东亚文学这一广阔的视角,对乐府诗在中国、韩国、日本、越南地区的多样性发展进行了考察。赵东一认为,中世纪时期中国的汉诗处于文学的中心地位,其他地区深受中国的影响。但是在中世纪向近代过渡的过程中,中国失去了中心地位。韩国、日本、越南在接受乐府之后,对汉诗的传统规范进行了创新,开拓了多种形式的乐府诗,如韩国的小乐府、咏史乐府、纪俗乐府,日本的翻译乐府、咏史乐府、纪俗乐府及被称为"狂诗"的戏作乐府,越南的纪俗乐府。这些正是东亚文学统一性和多样性共存的表现。赵东一的这种构想和展望日后仍然需要通过其他学者不断研究来具体证明,但从韩国文学对外国文学接受的角度来考虑,这一视角十分新颖,值得我们参考并开阔研究视野。

---

① [韩]李炳汉:《对中国与韩国古曲小说发展与影响的比较考察》,《中国学报》第9辑,1968年。
② [韩]车柱环:《中韩词文学比较研究》,首尔:国学资料院,1992年。
③ [韩]赵东一:《既成一体又各自独立的东亚文学》,首尔:知识产业社,1999年。

# 第二章 韩国古典小说对中国古典小说接受情况的研究

## 一、前言

韩国古典文学在产生和发展的过程中深受中国文学的影响,这主要是因为两国地理位置相邻,韩国也乐于接受中国的先进文化,古典小说在发展过程中也同样在不同时代深受中国小说的影响。

韩国关于中国小说对韩国古典小说影响的研究成果非常多。金台俊最先提出了中韩两国古典小说比较的必要性①,最早的研究论文是朴晟义的《中国小说对韩国小说的影响》,这篇论文对整个韩国小说史进行了广泛的比较文学考察,重点考察了《三国演义》《水浒传》《剪灯新话》《列女传》及清代小说的影响关系。

---

① [韩]金台俊:《朝鲜小说史》,首尔:学艺社,1939年。

之后,同类研究成为学界的研究热点,成绩斐然①,并且出现了对个别作品的具体比较研究②。李能雨、朴在渊、崔溶澈、闵宽东的研究对影响接受的文献记录进行了发掘和梳理,为后来的具体比较奠定了基础。③ 下面就根据不同时代中国小说对韩国小说影响的研究情况进行一下梳理和总结。

## 二、传奇文学

通常认为韩国的传奇文学形成于新罗末期、高丽初期,《太平通载》中收录的《崔致远》(又名《双女坟记》《仙女红袋》)、《三国遗事》中收录的《调信》《金现感虎》等作品明显受到唐代传奇的影响。传奇文学在题材方面继承了六朝时代的志怪主题,作家带着创作意识,充分发挥了唐诗和古文功底。当时新罗和唐朝的交流十分频繁,这对于新罗文人接受和创作传奇作品产生了很大的影响。

---

① [韩]李在秀:《中国小说在韩国小说发展过程中的影响》,《庆尚北道大学论文集》第 1 辑,1956 年;[韩]李钟殷:《中国小说对韩国小说的影响》,延世大学硕士学位论文,1956 年;[韩]洪永杓:《韩国古代小说的发展与中国小说的影响》,《国文学》第 1 辑,公州师范大学,1959 年;[韩]丁来东:《中国小说对韩国文学的影响》,《国语国文学》第 27 辑,国语国文学会,1964 年;[韩]李炳汉:《中国与韩国古曲小说》,《中国学报》第 9 辑,1968 年;[韩]李明九:《李朝小说的比较文学研究》,《大东文化研究》第 5 辑,成均馆大学出版部,1968 年;[韩]车相辕:《韩中古典小说比较研究》,《中国学报》第 13 辑,1971 年;[韩]李庆善:《韩国比较文学论考》,首尔:一潮阁,1976 年;[韩]李明九:《李朝小说对中国小说的接受姿态》,《中国研究》第 4 辑,韩国外国语大学,1979 年;[韩]丁奎福:《韩中文学比较研究》,首尔:高丽大学出版部,1987 年;[韩]金铉龙:《中国说话、小说对古小说史的影响》,《古小说史的诸问题》,首尔:集文堂,1993 年;[韩]丁奎福:《韩国文学与中国文学》,首尔:国学资料院,2001 年。
② [韩]丁奎福:《〈九云梦〉的比较文学考察》,《论文集》第 16 辑,首尔:高丽大学出版部,1970 年;[韩]丁来东:《对〈春香传〉产生影响的中国作品——以〈西厢记〉〈玉堂春〉等为中心》,《大东文化研究》第 1 辑,成均馆大学大东文化研究院,1963 年;[韩]叶乾坤:《〈春香传〉与诸宫调〈西厢记〉的比较研究》,成均馆大学博士学位论文,1963 年;[韩]金基平:《〈西厢记〉与〈春香传〉》,《论文集》第 1 辑,公州教育大学,1964 年;[韩]丁奎福:《〈梁山伯传〉考》,《中国研究》第 4 辑,1979 年;[韩]金起东:《〈彩凤感别曲〉的比较文学考察》,《东国大学论文集》第 1 辑,东国大学,1964 年。
③ [韩]李能雨:《中国小说类韩来记事》,《论文集》第 7 辑,淑明女子大学,1968 年;[韩]朴在渊:《朝鲜时代中国通俗小说翻译本研究》,韩国外国语大学博士论文,1993 年;[韩]朴在渊:《关于完山李氏〈中国小说绘模本〉》,《韩国古小说史的视角》,首尔:国学资料院,1996 年;[韩]崔溶澈:《国内中国小说资料与最近小说研究概况》,《韩国古小说史的视角》,首尔:国学资料院,1996 年;[韩]闵宽东:《中国古典小说在韩国之传播》,上海:学林出版社,1998 年;[韩]闵宽东:《中国古典小说史丛考》,首尔:亚细亚文化社,2001 年。

一系列研究认为,《崔致远》出自高丽初期某位文人之手①,朝鲜前期成任编撰的《太平通载》中指出该作品出自《新罗殊异传》,从题材到文饰以及作家意识等诸多方面都表现出深受唐传奇的直接影响,《崔致远》受《游仙窟》的影响尤其明显②。

《太平广记》也是一部在韩国文学史上影响深远的作品,研究认为其传入朝鲜的时间为1072—1080年间,并对朴寅亮的《殊异传》产生了影响。③《太平广记》传入朝鲜之后广受欢迎,1462年4月,成任编撰并刊行了50卷的缩略本《太平广记详节》,并收录了从其他书籍中节选的内容,合在一起编成了《太平通载》。之后还出现了多种版本的《〈太平广记〉谚解》,并被广泛阅读,对韩国文学产生了深远影响。金铉龙的《韩中小说说话比较研究》是关于《太平广记》对韩国文学影响研究方面的代表性著作,作者广泛考察了《太平广记》的形成过程以及如何传入韩国,并对韩国的说话和小说产生了影响,堪称对《太平广记》影响研究的集大成之作。

朝鲜时代金时习的《金鳌新话》则深受明代瞿佑《剪灯新话》的影响,关于《剪灯新话》影响的研究不仅仅局限于中韩两国,还出现了一系列同时与越南的《传奇漫录》以及日本的《伽婢子》的比较研究。④ 最早研究《剪灯新话》对《金鳌新话》影响情况的论文是朴晟义的《从比较文学视角看〈金鳌新话〉与〈剪灯新

---

① [韩]朴熙秉:《新罗高丽时代传奇小说研究》,《大东文化研究》第30辑,成均馆大学,1995年,第15页。
② [韩]曹寿鹤:《〈崔致远传〉的小说性》,《岭南语文学》第2辑,岭南语文学会,1975年;[韩]车溶柱:《〈双女坟〉说话与〈游仙窟〉的比较研究》,《语文论丛》第23辑,高丽大学国语国文学研究会,1982年;[韩]韩荣焕:《〈崔致远传〉与〈游仙窟〉》,东方文学比较研究会编,《冲击与和谐》,首尔:国学资料院,1992年。
③ [韩]赵维国:《〈太平广记〉传入韩国时间考》,《中国小说研究会报》第46期,2001年6月。
④ [韩]韩荣焕:《韩中日小说比较研究——以〈剪灯新话〉〈金鳌新话〉和〈伽婢子〉为中心》,首尔:正音社,1985年;[韩]张介钟:《韩中越传奇小说比较研究——以〈金鳌新话〉〈剪灯新话〉〈传奇漫录〉为中心》,成均馆大学博士学位论文,1994年;[韩]全惠卿:《韩中越传奇小说的比较研究——以〈金鳌新话〉〈剪灯新话〉〈传奇漫录〉为中心》,崇实大学博士学位论文,1994年;[韩]李学主:《东亚传奇小说的艺术特征研究——以〈剪灯新话〉〈金鳌新话〉〈伽婢子〉〈传奇漫录〉为中心》,成均馆大学博士论文,1999年。

话〉》①，之后出现了一系列研究《剪灯新话》对韩国文学作品影响的论文②。

关于《剪灯新话》中受到《金鳌新话》的影响最明显的当属深受《水宫庆会录》影响而创作的《龙宫赴宴录》，两部作品从形式到内容都非常相似，《金鳌新话》中的其他作品也能看出《剪灯新话》的影子。通过相关研究可以确认，《剪灯新话》热潮一直持续到朝鲜时代后期，在知识阶层中得以广泛阅读，并且产生了深远的影响。③

传奇小说进入17世纪之后开始迅速发展，《云英传》《周生传》《崔陟传》《相思洞记》《韦敬天传》等作品反映了激烈的战乱以及波澜起伏的生活体验，在题材和手法方面，现实主义倾向加强，作品也开始向长篇发展，这些作品也明显受到了中国传奇小说的影响。郑焕国的研究表明，17世纪的《娇红记》《贾云华还魂记》等传奇小说也明显受到了元明传奇小说的影响。④

## 三、《水浒传》

《水浒传》传入韩国之后非常受欢迎。为了帮助人们更好地阅读这部名著，朝鲜时代的人还编出了《〈水浒传〉语录解》，而且出现了韩文版的翻译本和笔写本。韩国学界很早就开始了对《水浒传》影响的研究⑤，郑沃根还对《水浒传》与

---

① ［韩］朴晟义：《从比较文学视角看〈金鳌新话〉与〈剪灯新话〉》，《高丽大学文理论集》第3辑，首尔：高丽大学出版部，1958年。
② ［韩］李明九：《〈李生窥墙传〉与〈剪灯新话〉的比较》，《成大文学》第8期，成均馆大学，1961年；［韩］金琇成：《〈金鳌新话〉的自然背景考——与〈剪灯新话〉的比较》，《中国学报》第9辑，1968年；［韩］金琇成：《〈万福寺樗蒲记〉与〈剪灯新话〉的比较研究》，《京畿工业专科大学论文集》第4辑，1971年；［韩］李相翊：《韩中小说比较研究——以〈金鳌新话〉与〈剪灯新话〉为中心》，《教育论丛》第2辑，首尔大学，1972年；［韩］韩荣焕：《〈剪灯新话〉与〈金鳌新话〉构成的比较研究》，首尔：开文社，1975年。
③ ［韩］柳铎一：《〈剪灯新话〉及其传入与接受》，《古小说研究论丛》，首尔：景仁文化社，1988年；［韩］崔溶澈：《中国小说与文化——〈剪灯新话〉的刊行及其在朝鲜的传播》，《中国小说论丛》第11辑，韩国中国小说学会，2000年；［韩］崔溶澈：《明清小说在东亚的传播与交流——以〈剪灯新话〉为中心》，《中国学论丛》第13辑，高丽大学，2000年。
④ ［韩］郑焕国：《关于元明传奇小说对17世纪初小说的影响》，《汉文学报》第1辑，韩国汉文学会，1999年。
⑤ ［韩］崔博光：《〈水浒传〉的接受》，《师大论丛》第2辑，建国大学，1979年。

《三国演义》在韩国的传播情况进行了比较①,有的研究还考察了《水浒传》与其他作品对韩国文学的影响②。

许筠的《洪吉童传》多次成为《水浒传》的比较对象,这两部作品均刻画出了深入人心的义贼形象,因此对《洪吉童传》和《水浒传》之间的比较研究一直是备受关注的研究主题。③ 许敬仁对《洪吉童传》对《水浒传》的接受情况及其独创性进行了总结。④ 李慧淳则认为,《洪吉童传》的创作虽然受到了《水浒传》的影响,但是二者在素材方面并不相同,其共同点仅仅表现在"反抗性"方面。⑤

朝鲜时代另一部小说《洪允成传》则明显受到《水浒传》的影响,主要是模仿了《水浒传》第 23 回到第 25 回武松的故事。由于这部作品具有明显的模仿痕迹,在韩国对它的研究反而并不活跃。

## 四、《三国演义》等演义类小说

在朝鲜后期历史军谈小说的形成和创作过程中,中国的演义小说产生了一定的影响,其中以《三国演义》的影响最大。《三国演义》等中国演义小说在 15 世纪、16 世纪已经大量传入韩国,并得到广泛阅读。⑥ 韩国《三国演义》的版本很多,但后来均被毛宗岗本所替代。⑦

《壬辰录》《林庆业传》《朴氏传》等历史军谈小说均创作于壬辰倭乱和丙子胡乱之后,根据相关说话改编、润色而成,回顾了战争中的成与败,刻画出了民众英

---

① [韩]郑沃根:《〈水浒传〉在古代朝鲜的传播和影响》,《中国学论丛》第 6 辑,韩国中国文化学会,1997 年;[韩]郑沃根:《中国古代通俗小说在古代朝鲜的传播与影响》,华东师范大学博士论文,1997 年。
② [韩]金洪哲、[韩]金裕凤:《四大奇书对韩国的影响》,《清州大学学术论集》第 3 辑,清州大学学术研究所,2004 年。
③ [韩]李凤麟:《〈水浒传〉对〈洪吉童传〉的影响》,大邱大学硕士论文,1966 年;[韩]张柱玉:《〈水浒传〉与〈洪吉童传〉的比较》,诚信女子大学硕士论文,1974 年。
④ [韩]许敬仁:《〈洪吉童传〉的接受与独创性研究》,《中国语文学论集》第 19 辑,中国语文学研究会,2002 年。
⑤ [韩]李慧淳:《〈水浒传〉研究》,首尔:正音社,1985 年。
⑥ [韩]柳铎一:《15、16 世纪中国小说在韩国的传播与接受》,《语文教育论丛》第 10 辑,釜山大学国语教育系,1988 年。
⑦ [韩]朴在渊:《朝鲜时代中国通俗小说翻译本研究》,韩国外国语大学博士论文,1993 年,第 70—81 页。

雄形象,在民众英雄和军谈的描写方面主要受到《三国演义》的影响。

与此同时,一部分作品从军谈小说中分化出来,形成了另一类小说——家门小说。18世纪后期出现的《苏大成传》《张风云传》等通俗英雄小说均顺应大众化潮流,以单册坊刻本的形式流通,这些作品也明显受到《三国演义》的影响。

关于《三国演义》影响的研究始于丁奎福的《韩国古代军谈小说考——以〈三国演义〉的影响为中心》①,之后出现了多篇论文②,李庆善的《〈三国演义〉的比较文学研究》堪称一部集大成之作③,该书分为源泉研究、媒介研究、影响研究几个部分进行了深入研究,成果显著。

此外,以隋唐历史为题材的一系列小说也对韩国小说产生了不小的影响,《唐晋演义》便是鼓词本《大唐秦王词话》的翻译本,而英雄小说《张伯传》在一定程度上受到了《唐晋演义》的影响。④

《残唐五代史演义传》又名《五代残唐》或《残唐五代史演义》,乐善斋文库有翻译本刊行。金镇世认为《残唐五代史演义》与《泉水石》《华山仙界录》和《南宋演义》是相关的连作小说⑤,但后来的研究表明,《残唐五代史演义》和《南宋演义》均为中国小说的翻译本⑥。

此外,中国小说《薛仁贵传》也对朝鲜后期英雄小说的形成产生了重要影响。《薛仁贵传》最早出现在赵秀三(1762—1845)关于传奇叟的记录中。朴在渊对于韩国国内的《薛仁贵传》版本情况进行了考察⑦,徐大锡根据这一研究成果推测认

---

① [韩]丁奎福:《韩国古代军谈小说考——以〈三国演义〉的影响为中心》,高丽大学硕士论文,1958年。
② [韩]丁奎福:《〈三国演义〉对韩国军谈类小说的影响序说》,《国文学》第4期,高丽大学,1960年;[韩]崔根德:《中国〈三国演义〉对朝鲜古代军谈小说的影响》,成均馆大学硕士论文,1961年;[韩]崔英柱:《〈三国演义〉对韩国古代小说的影响——以〈九云梦〉和〈玉楼梦〉为中心》,延世大学硕士论文,1973年;[韩]吴秀美:《〈三国演义〉的演变与比较文学研究》,首尔大学硕士论文,1974年;[韩]李相翊:《军谈类小说与〈三国演义〉》,文教部学术研究报告,1974年;[韩]徐大锡:《军谈小说的结构与背景》,首尔:梨花女子大学出版部,1985年。
③ [韩]李庆善:《〈三国演义〉的比较文学研究》,首尔:一志社,1976年。
④ [韩]沈载淑:《通过〈张伯传〉与演义小说〈唐晋演义〉的关系看英雄小说的形成的一个侧面》,《语文论集》第32辑,高丽大学,1993年。
⑤ [韩]金镇世:《〈残唐五代史演义〉考》,《冠岳语文研究》第10辑,首尔:首尔大学,1985年。
⑥ [韩]朴在渊:《关于乐善斋本〈残唐五代史演义〉》,《中国小说论丛》第1辑,中国小说研究会,1992年。
⑦ [韩]朴在渊:《朝鲜时代中国通俗小说翻译本研究》,韩国外国语大学博士论文,1993年,第140—143页。

为,《薛仁贵传》传入朝鲜的时间为英祖十二年(1736)以后①。

## 五、《西游记》《封神演义》等神魔小说

《西游记》和《封神演义》等所谓神魔小说也深受韩国读者喜爱,《朴通事谚解》中有关于《古本西游记》的记载,可见高丽中期到末期之间《古本西游记》已经传入韩国。关于《西游记》影响的研究始于丁奎福的《〈西游记〉与韩国古小说》以及《〈西游记〉与〈王郎返魂传〉》②。之后经过一段时间的研究,李相翊的《韩国小说的比较文学研究——以〈西游记〉的影响为中心》已经十分系统③,他对《西游记》《九云梦》《玉楼梦》《三韩拾遗》《洪吉童传》及《田禹治传》产生的影响进行了详细的考察。

《唐太宗传》受《西游记》的影响最为明显,该作品作者与创作年代均不详,主要是将《西游记》第 10 回至第 12 回插入的唐太宗故事进行了翻案,只是登场人物的名字稍有改变,其他内容大致相同。④

朝鲜时代文人对《西游记》格外感兴趣。由于《西游记》是白话小说,有很多口语,因此为了便于朝鲜读者理解,还出现了《〈西游记〉语录解》,该书以手抄本的形式流行了一段时间之后,最终得以版刻发行。在朝鲜时代传入朝鲜的 18 种神魔小说中,《西游记》和《封神演义》的版本最多,可见这两部作品受欢迎的程度。17 世纪,《封神演义》在朝鲜被翻译成韩文,名为《西周演义》,得到了广泛阅读。⑤

---

① [韩]徐大锡:《军谈小说的结构与背景》,首尔:梨花女子大学出版部,1985 年。
② [韩]丁奎福:《〈西游记〉与韩国古小说》,《亚细亚研究》第 48 辑,1972 年;[韩]丁奎福:《〈西游记〉与〈王郎返魂传〉》,《月岩朴晟义博士还历纪念论丛》,1977 年。
③ [韩]李相翊:《韩国小说的比较文学研究——以〈西游记〉的影响为中心》,首尔大学博士论文,1980 年。
④ [韩]丁奎福:《〈西游记〉与韩国古小说》,《亚细亚研究》第 48 辑,1972 年。
⑤ [韩]朴在渊:《朝鲜时代中国通俗小说翻译本研究》,韩国外国语大学博士论文,1993 年。

## 六、爱情小说

朝鲜后期出现了很多反映现实、描写男女爱情和世态矛盾的爱情小说,这些作品也深受中国人情小说、话本小说与公案小说的影响。

关于才子佳人小说何时传入韩国,并无确切的相关记录,只是从文献中推测可知,17、18世纪时,这些小说已经在朝鲜时代的士大夫阶层中被广泛传阅。而从17世纪后期的朝鲜时代长篇爱情小说到19世纪的《折花奇谈》《布衣交集》等爱情和世态小说,都受到了才子佳人小说不小的影响。①

《今古奇观》是一部从"三言二拍"里选出来的话本集,其中有不少故事被翻译成韩文,或是创作成翻案小说,包括受到《喻世明言》第28卷中《李秀卿义结黄贞女》影响的《梁山伯传》,受到《警世通言》第11卷《苏知县罗衫再合》影响的《月峰山记》《苏学士传》《凤凰琴》《江陵秋月》,受到《喻世明言》第31卷《闹阴司司马貌断狱》影响的《梦决楚汉讼》《诸马武传》等。② 之后出现了一系列对《苏知县罗衫再合》系列翻案小说进行研究的论文,使得研究更加深入。③

对于《今古奇观》的影响,金台俊很早就曾指出,其中8篇故事被翻译或翻案成韩文小说④,之后出现了一大批关于"三言二拍"及《今古奇观》等短篇小说集

---

① [韩]田晟云:《〈九云梦〉的创作与明末清初艳情小说》,《古小说研究》第12辑,2001年。
② [韩]李明九:《李朝小说的比较文学研究》,《大东文化研究》第5辑,成均馆大学出版部,1968年。
③ [韩]徐大锡:《苏知县罗衫再合系列翻案小说研究》,《东西文化》第5辑,启明大学,1973年;[韩]李明九:《〈月峰山记〉研究》,《论文集》第29辑,成均馆大学,1981年;[韩]沈载淑:《对〈苏云传〉〈月峰山记〉系列作品群的类型变异与创作阶层研究》,高丽大学硕士论文,1990年;[韩]陆在龙:《〈〈月峰山记〉的异本研究》,西江大学博士论文,1994年。
④ [韩]金台俊:《朝鲜小说史》,首尔:学艺社,1939年,第96页。

对韩国小说的影响及翻案情况进行研究的学术论文①。

《今古奇观》40卷并未全部被翻译成韩文,只有第1、3、6、7、11、12、18、19、20、22卷被完整地翻译成了韩文,其余均为改写作品,以《今古奇观》故事为基础,将人物和背景根据韩国的情况进行了适当的修改。具体情况如下:

第1卷　三孝廉让产立高名:新旧书林刊《今古奇观》第2卷;

第2卷　两县令竞义婚孤女:京城书籍刊《御史朴文秀》第2卷;

第3卷　腾大尹鬼断家私:乐善斋本《今古奇观》第1卷/东洋书院刊《行乐图》;

第4卷　裴晋公义还原配:新旧书林刊《今古奇观》第4卷/京城书籍刊《御史朴文秀》;

第5卷　杜十娘怒沉百宝箱:《大韩每日申报》《青楼义女传》;

第6卷　李谪仙醉草吓蛮书:新旧书林刊《今古奇观》第3卷/《酒中奇仙李太白实记》;

第7卷　卖油郎独占花魁:韩文版《今古奇观》;

第11卷　吴保安弃家赎友:新旧书林刊《今古奇观》第6卷;

第12卷　羊角哀舍命全交:新旧书林刊《今古奇观》第5卷/《义人之墓》;

第14卷　宋金郎团圆破毡笠:高丽大学本《今古奇观》第1卷;

第17卷　苏小妹三难新郎:新旧书林刊《今古奇观》第8卷/《苏小妹传》;

第18卷　刘元普双生贵子:高丽大学本《今古奇观》第3卷/新旧书林刊《今古奇观》第10卷/大韩每日申报《积善余庆录》;

---

① [韩]李相翊:《〈彩凤感别曲〉与〈玉娇鸾百年长恨〉》,《莲圃异河润先生华甲纪念论文集》,1966年;[韩]徐大锡:《新小说〈明月亭〉的翻案情况》,《比较文学》第1辑,1977年;[韩]曹喜雄:《乐善斋本翻案小说研究》,《国语国文学》第62、63辑合辑,国语国文学会,1973年;[韩]申东益:《〈锦香亭记〉研究》,《国语国文学》第65、66辑合辑,国语国文学会,1973年;[韩]赵英规:《三言故事的渊源与影响考察》,《中国学报》第21辑,1980年;[韩]申东益:《关于〈乔太守乱点鸳鸯谱〉》,《韩国古典散文研究》,首尔:同和文化社,1981年;[韩]李慧淳:《韩国古代翻译小说研究序说——以乐善斋本〈今古奇观〉为中心》,《韩国古典散文研究》,首尔:同和文化社,1981年;[韩]赵惠兰:《〈锦香亭记〉研究》,梨花女大硕士论文,1985年;[韩]金延浩:《〈今古奇观〉的翻译情况》,《石轩丁奎福博士还历纪念论丛》,高丽大学,1987年;[韩]李在春:《〈青楼义女传〉研究——以与中国小说〈杜十娘怒沉百宝箱〉的关系为中心》,《语文学》第50辑,韩国语文学会,1989年;[韩]柳渊焕:《韩国古典翻案小说研究》,高丽大学博士论文,1990年;[韩]孙秉国:《明代话本小说对韩国古典小说的影响——以三言二拍为中心》,东国大学博士论文,1992年;[韩]曾天富:《韩国小说对明代话本小说接受的研究》,釜山大学博士论文,1995年。

第 19 卷　俞伯牙摔琴谢知音:《俞伯牙传》/《金鱼传》/京城书籍刊《御史朴文秀》《伯牙琴》/新旧书林刊《今古奇观》第 7 卷;

第 20 卷　庄子休鼓盆成大道:高丽大学本《今古奇观》第 2 卷/京城书籍刊《御史朴文秀》《庄子叩盆歌》/新旧书林刊《今古奇观》第 9 卷;

第 22 卷　钝秀才一朝交泰:乐善斋本《今古奇观》第 2 卷;

第 27 卷　钝秀才错占凤凰俦:大昌书院,普及书馆刊《钱秀才传》/德兴书林刊《弄假成真双新郎》/韩文版《今古奇观》;

第 31 卷　吕大郎还金完骨肉:《大韩每日申报》《报应》;

第 32 卷　金玉奴棒打薄情郎:高丽大学本《今古奇观》第 4 卷;

第 35 卷　玉娇鸾百年长恨:《锦香亭记》/《彩凤感别曲》;

第 36 卷　十三郎五岁朝天:唯一书馆/汉城书馆/朝鲜图书株式会社刊《明月亭》。

韩国国立中央图书馆所藏的手抄本《啖蔗》与《今古奇观》和《续今古奇观》有着千丝万缕的联系,这本书分为乾、坤两册,共收录了 29 篇文言作品,这些作品均为《今古奇观》和《续今古奇观》的收录作品。对此,韩国学界共有三种观点:第一种认为该作品是"三言二拍"原本[1];第二种认为是朝鲜时代文人对《今古奇观》和《续今古奇观》进行修改的小说集[2];第三种则认为是清代文人从"三言二拍"中挑选出来的抄本。其中第二种观点相对得到韩国学界的认同[3]。

据推测,中国公案小说大约在壬辰倭乱前后大量传入朝鲜,韩国首尔大学奎章阁所藏的金陵万卷楼万历二十五年(1597 年)刊行的《新镌全像包孝肃公神断百家公案演义》5 册是世界上流传至今的唯一版本,也是研究《包公演义》初期形态的宝贵资料。

乐善斋本《包公演义》以《龙图公案》为底本,只翻译了其中 80 篇。《皇城新闻》于 1906 年 5 月 19 日至 12 月 31 日连载的《神断公案》将 7 卷故事汇编成短篇集,均为汉文悬吐体短篇小说,《神断公案》第 1、2、3 卷与乐善斋本《包公演义》中

---

[1]　陈妙如:《〈啖蔗〉研究》,文化大学中国文学研究所博士论文,1988 年。
[2]　王国良:《韩国抄本汉文小说集〈啖蔗〉考辨》,《汉学研究》第 6 卷第 1 期,1988 年,第 243 页。
[3]　[韩]朴在渊:《朝鲜时代中国通俗小说翻译本研究》,韩国外国语大学博士论文,1993 年,第 20—21 页。

的《阿弥陀佛讲和》《观音菩萨托梦》和《三宝殿》内容相同①,实为《龙图公案》的翻案作品②。同时,《神断公案》第5卷被证实实为《初刻拍案惊奇》卷17和《续今古奇观》卷17中收录的《西山观设辇度亡魂　开封府备棺迫活命》的翻案作品③。

## 七、结语

通过以上研究可知,在韩国古典小说发展过程中,每个时代都深受中国小说的影响。朝鲜读者或是直接阅读原文,或是将其翻译成韩文,也有一些作品虽然深受中国作品的影响,但却根据韩民族的生活与情感进行了重新创作④,留下了像《金鳌新话》《洪吉童传》和一系列军谈小说之类颇富有民族特色的作品。

尽管目前的研究已经取得了大量的成果,但是考虑到中韩两国古典小说作品数量众多、规模庞大,而且不断有新资料被发掘出来,因此,这种比较研究仍需要持续深入地进行下去,有些领域需要两国学者合作进行共同研究,才能使中韩两国乃至整个东亚的古典小说研究不断发展。

---

① ［韩］李宪洪:《朝鲜时代讼事小说研究》,釜山大学博士论文,1987年,第72页。
② ［韩］沈庆昊:《朝鲜后期小说考证(一)》,《韩国学报》第56辑,1989年。
③ 曾天富:《韩国小说对明代拟话本小说接受的考察》,釜山大学硕士论文,1988年,第55—67页。
④ ［韩］宋晟旭:《明末清初小说的翻案与韩国小说——以长篇小说为中心》,韩国古小说学会夏季国际学术大会论文,中国延边科技大学,2001年7月9日。

# 第三章 韩国古典诗歌对中国古典诗歌接受情况的研究

## 一、前言

本章所说的韩国古典诗歌并非用古汉语创作的古诗(韩国称之为汉诗),而是指用韩文创作的韩国本土诗歌。这是因为韩国的汉诗创作一直深受中国的影响,几乎与中国古诗发展轨迹相同,影响关系十分明显。而韩国本土的诗歌尽管是用自己的民族语言创作的,但是在发展过程中仍然不同程度地受到中国各种诗歌体裁的影响,因此,本章只针对韩国古典诗歌的研究情况进行总结。

诗歌历史悠久,形式多样。诗歌的形成既与继承发展自身传统有关,也离不开外来文化的影响。韩国自三国时代初期至19世纪,古典诗歌的发展深受中国诗歌影响,因此,为了全面、正确地了解韩国诗歌的发展状况,应从比较文学角度研究中国诗歌对韩国的影响。

中国诗歌对韩国诗歌的影响体现在体裁、文体、主题、思想感情以及文学理论、文学思潮、主旨、文学形态和文学关系等各方面,由于篇幅有限,本章只以中国诗歌体裁对韩国古典诗歌的影响为中心,从比较文学的视角纵观研究动向。本章将针对迄今为止的研究成果,按照体裁和年代对韩国古典诗歌对中国文学接受情况进行梳理。

## 二、研究历史

到目前为止,由于韩国古典小说与中国小说的关系十分密切,作品数量众多,因此关于中国小说对韩国古典小说的影响的研究明显多于中国诗歌对韩国诗歌的影响的研究。此外,由于之前对韩国诗歌的研究注重其自我形成发展过程,因此相对忽视了中国诗歌的传入和接受情况,这也是导致古典诗歌方面的比较研究与接受研究不够活跃的原因之一。尽管如此,韩国学界仍然一直对此有所关注,并且取得了一些成果,下面首先根据其倾向和特征,按照时间顺序来看一下现有研究情况。

20世纪20年代后期至50年代前期,这一时期关于中国诗歌对韩国诗歌影响的研究已经起步,主要是以中国诗歌对时调的产生及发展的影响为中心展开的。

这一时期,孙晋泰等学者虽然没有完全否定时调始于汉诗译本的可能性,但总体上还是认为时调起源于本土文学传统,是对之前诗歌形式的继承和发展。① 与此同时,安廓提出了外来起源说,认为时调是模仿汉诗绝句和明朝时传入的佛曲的曲调形成的②,丁来东推测认为时调是在汉诗的翻译过程中形成的一种诗文形式③,金台俊也提出了景几体歌受到中国词文学影响的可能性④。

赵润济认为景几体歌是中国的词和四六骈俪文与韩国传统诗歌形式相结合的产物⑤,李能雨认为赋、表、辞等是刺激歌辞产生的主要原因⑥。

20世纪50年代后期起,随着人们对比较文学关注度的提高,韩国比较文学的理论介绍及实际研究都十分活跃。但对古典文学的比较研究依旧主要集中在小说方面,诗歌方面没有大的进展,尽管如此,还是出现了一些不错的研究成果。

李庆善立足于清晰的比较文学观点,通过对歌辞和中国辞赋的具体比较研

---

① [韩]孙晋泰:《时调及时调所表现的朝鲜人》,《新民》1926年7月。
② [韩]安廓:《时调的渊源》,《东亚日报》1930年9月24日;[韩]安廓:《时调的体格和风格》,《东亚日报》,1931年4月2日。
③ [韩]丁来东:《〈中国民间文学概论〉读后感》,《东亚日报》1931年12月27日。
④ [韩]金台俊:《中国时调小论》,《东亚日报》1932年1月11日。
⑤ [韩]赵润济:《国文学史》,首尔:东国文化社,1949年。
⑥ [韩]李能雨:《中国学概论入门》,国语国文学会,1954年。

究,推测认为歌辞是受辞赋影响产生的。之后又通过对共同点的系统比较,认为歌辞的确是受到辞赋的影响而形成的。①

李能雨推测认为,景几体歌虽然没有模仿某种特定的诗歌形式,但却是深受中国辞赋的影响而形成的,而歌辞则是属于中国乐府类诗歌的一些诗歌体材在创作态度及创作精神转化为韩语的过程中产生的。②

李明九对于金台俊和赵润济的推测提出了更加具体的见解,认为景几体歌是受到中国宋词的影响而形成的,并且认为高丽俗谣中的联章体作品也是受到宋词联章体的影响,或是出于对宋词的模仿而形成的。③

尹贵燮将一些具有代表性的宋词作品和高丽俗谣进行了比较,总结出了二者在主题及修辞方面的共同点,推测出俗谣极有可能是受到了宋词的影响。④

同时这一时期的研究对象范围扩大。朴晟义认为,骈俪文和词文学有可能对景几体歌、高丽俗谣和歌辞的发生产生了影响,时调也很有可能受到了古代四言诗和近体诗的影响。⑤ 丁奎福受此影响,也对古代诗歌、四句体乡歌与《诗经》的四行诗之间的关系以及景几体歌与骈俪文和词、歌辞和词以及时调与汉诗绝句之间的关系进行了假设。⑥ 金云学认为,乡歌可能受到了中国俗文学变文和民间歌谣俚曲句末的和声以及唱导的影响。⑦

这一时期的许多研究对前一时期提出的许多猜测进行了具体考察,但大部分论据不足,推论过程缺乏逻辑性,因此结论也不具备充分的说服力。李慧淳是提倡民族文学论的代表性学者之一,她认为这一时期的研究存在的另一问题是过分强调中国诗歌的影响,容易使人将韩国诗歌误解为是对中国诗歌的复制。⑧

20世纪80年代至90年代,关于韩国比较文学的研究热情持续高涨,但关于

---

① [韩]李庆善:《松江歌辞的比较文学试考》,《Cogito》第1辑,釜山大学人文学研究所,1958年;[韩]李庆善:《歌辞和辞赋的比较研究》,《中国学报》第6辑,韩国中国学会,1967年。
② [韩]李能雨:《韩中律文的比较》,《现代文学》第5辑,现代文学社,1959年。
③ [韩]李明九:《景几体歌形成过程小考》,《成均馆大学校论文集》第5辑,1960年。
④ [韩]尹贵燮:《高丽俗谣和宋词的比较试论》,《成大文学》第11辑,成大国文学会,1965年。
⑤ [韩]朴晟义:《韩国诗歌和汉诗考》,《文理论集》第1辑,高丽大学文理科学院,1955年。
⑥ [韩]丁奎福:《韩国文学和中国文学》,《韩国学报》第3辑,中央大学韩国学研究所,1974年。
⑦ [韩]金云学:《新罗佛教文学研究》,首尔:玄岩社,1976年。
⑧ [韩]李慧淳:《比较文学(一)》,首尔:中央出版印刷株式会社,1981年;[韩]黄浿江、金容稷等:《韩国文学研究入门》,首尔:知识产业社,1982年。

中韩古典诗歌之间关系的研究依旧没有大的进展。即便如此,人们还是认识到认为高丽后期诗歌主要是受到宋词影响的看法存在一定的局限性,因此开始重视元散曲的影响。

成镐周提出,景几体歌是模仿元散曲产生的一种本土化音乐形式①,洪亿善论证了散曲对高丽俗谣的影响②,成昊庆具体论述了散曲对高丽后期诗歌的影响,尤其体现在诗歌的构成、乐曲的排列等方面③。这些研究大都有一个共同的前提条件,就是将景几体歌的发生时期和现存的大多数高丽俗谣作品的创作时期都推测为受到元代文化的影响之后。因此,在这些研究成果的影响下,散曲影响说逐渐得到学界认同。

此外,林基中和曹平焕也注意到了20世纪初在中国新发现的敦煌文学,探讨了唐代变文等对韩国古典诗歌诸多体裁产生的影响。④

## 三、各种诗歌体裁的研究情况

韩国古典诗歌体裁十分多样,中韩两国古典诗歌方面的比较研究与接受研究相对集中在各个时代的代表性体裁上,其中尤其以新罗时代的乡歌、高丽时代的景几体歌、朝鲜时代的时调与歌辞最受关注,下面就分别来看一下这几种诗歌体裁对中国文学接受情况的研究。

1. 乡歌

乡歌产生于新罗时代,止于高丽时代,现存25首作品,其中14首载于《三国遗事》中,11首载于《均如传》中。乡歌也被称为"词脑歌",但"词脑歌"只是指新罗的乡歌,乡歌有四句体、八句体、十句体,而"词脑歌"这一名称只与十句体乡歌有关。

---

① [韩]成镐周:《景几体歌的形成研究》,釜山大学博士论文,1988年;[韩]成镐周:《景几体歌与散曲的比较考察》,《文学韩文》第2辑,韩文学会,1988年。
② [韩]洪亿善:《元散曲对高丽诗歌的影响考察》,岭南大学硕士论文,1993年。
③ [韩]成昊庆:《元散曲对高丽诗歌的影响考察》,《国语国文学》第112辑,国语国文学会,1994年;[韩]成昊庆:《元散曲对韩国诗歌的影响考察》,《韩国诗歌研究》第3辑,韩国诗歌学会,1998年。
④ [韩]林基中:《和请和歌辞文学(发言概要)》,《国语国文学》第97辑,国语国文学会,1987年;[韩]林基中:《古典诗歌的实证研究》,首尔:东国大学出版部,1992年;[韩]曹平焕:《关于中国变文的研究》,《韩国诗歌研究》第5辑,韩国诗歌学会,1999年。

现存的25首作品采用"乡札"的方式记录下来，"乡札"是在韩文字母产生之前，韩国人为了记录自己的语言而发明的一种独特的文字记录方法，它利用汉字的音和训来标记汉文。由于这种记录方法难以破解，对于诗歌的真正含义，韩国学界众说纷纭，尚未达成一致意见，因此，关于中国诗歌对新罗时代诗歌影响的研究无论在质量上还是在数量上，成果都不显著。

丁奎福等人推测古代歌谣和四句体乡歌都是受《诗经》的四句形式影响而形成的。① 这一观点具有一定的根据，但是若想证明其影响关系，除了形式上的相似性，还应该提出更有说服力的证据。

关于十句体乡歌(即"词脑歌")与中国诗歌关系的论述相对较为成熟，其中金云学的观点值得关注。他认为乡歌可能受三方面的影响而成：一是7世纪末到9世纪初的变文文学，二是唐代俚曲的句末和声，三是中国佛教唱导中的声韵。② 但是，由于乡歌的具体形成时期尚存在争议，因此，若想证明变文文学的产生及繁荣期早于乡歌，仍须进一步论证。

曹平焕认为，乡歌和变文的共同之处在于二者都受到佛典偈颂的影响，但正因为如此，论述二者之间的直接影响关系反而有难度。同时，他认为乡歌的形成是内因和外因共同作用的结果，内因是受到了韩国古代民谣的影响，外因则为佛典偈颂的影响。③

据推测，从三国时期起韩国受到的中国文学的影响主要来自以知识分子阶层为中心的传统文学。因此，为了证明民间文学对新罗文学的影响，还需要找出民间文学传入新罗并对乡歌产生影响的更加具体的论据。

在这方面，高丽时代的崔行归的研究值得一提。他对10世纪初均如的"词脑歌"《普贤十愿歌》与中国的赋进行了比较，他的比较没有停留于作品的文学价值，而是以"词脑歌"和赋的形式与体裁的相似性为基础，从而证明了中国诗歌体裁对韩国的十句体乡歌产生的影响。④

---

① ［韩］丁奎福：《韩国文学和中国文学》，《韩国学报》第3辑，中央大学韩国学研究所，1974年。
② ［韩］金云学：《新罗佛教文学研究》，首尔：玄岩社，1976年。
③ ［韩］曹平焕：《关于中国变文的研究》，《韩国诗歌研究》第5辑，韩国诗歌学会，1999年。
④ 赫连挺：《均如传》，首尔：二友出版社，1981年。

2.景几体歌

中韩古典诗歌关系的研究中关于高丽时代诗歌的研究最为活跃,其中又以对景几体歌的研究为主。13 世纪初,景几体歌以《翰林别曲》的创作为起点,并一直延续到朝鲜时代。景几体歌这一名称来自诗歌中反复出现的"景几何如",内容表现了儒生们的学识和阅历,以诗文、景色及遐想为题材。进入朝鲜时期,景几体歌这种特性为士大夫阶层所接受并且流传下来。由于景几体歌中出现了大量汉字词的罗列,偶尔也会形成对偶,与汉诗关系十分密切,因此,相关的比较研究也相对较多。

关于景几体歌起源的研究有两种观点:一种是外来起源论,另一种是折中论。持外来起源论的学者认为景几体歌起源于中国诗歌。最早提出这一看法的是金台俊,他认为景几体歌这种文学形式是中国的词与韩国的吏读相结合的产物,是在与汉乐府乐章歌相抗衡的过程中产生的。① 赵润济认为景几体歌是中国的词或骈俪文与韩国传统诗歌形式巧妙结合的产物,并推测其三三四的结构可能是模仿词或骈俪文而来,这一观点对后来的研究影响深远。② 金俊荣认为,从形式来看,景几体歌很可能是受到中国词乐的影响而产生的,至于唱法,则是在词的衍生曲中加入了韩国的音乐情调。朴炳旭认为,《翰林别曲》并非自然形成的,而是模仿中国的宋词创作的作品。朴京珠认为,从乐曲和标记上的特征来看,《翰林别曲》受到了高丽以来流行的唐乐歌词及宋词的影响。③

持折中论的代表性学者为李明九,他认为宋乐和宋词在高丽时代传入,并在贵族社会中盛行,对当时的文人产生了巨大的影响。于是他们根据宋乐创作了一种具有宋词风格的诗歌,使用了大量的汉文诗句,表现出了贵族的自豪感,同时又摆脱了复杂而难懂的宋词的束缚,创作出一种自由无韵的新型诗歌,采用联章体形式,这就是"翰林别曲"。他认为,高丽俗谣中的联章体作品是对联章体宋词的

---

① [韩]金台俊:《别曲的研究(1)—(3)》,《东亚日报》1932 年 1 月,第 15—17 页。
② [韩]赵润济:《国文学史》,首尔:东国文化社,1949 年。
③ [韩]金俊荣:《景几体歌与俗歌的性质与系统考察》,《韩国语言文学》第 13 辑,1975 年;[韩]朴炳旭:《〈翰林别曲〉研究》,《京畿语文学》第 9 辑,京畿大学,1991 年;[韩]朴京珠:《景几体歌研究》,首尔:以会文化社,1996 年。

模仿,并受到宋词的影响创作而成。① 尹贵燮也将北宋词人柳永的《雨霖铃》等作品与高丽俗谣作品进行了比较,认为它们的主题和修辞都很相似,主题多以恋情、别离与失意为主,在修辞方面也采用了很多口语表达方式,因此推测认为高丽俗谣可能是受到了宋词的影响。② 但是也有学者认为,中国的联章词不多且持续时间不长,因此难以断定其对高丽后期的诗歌产生了直接影响。

朴晟义十分重视骈俪文的影响,认为景几体歌的三三四结构可能是直接受到了骈俪文的影响,同时也不排除间接受宋词影响的可能。③ 丁奎福也认为景几体歌三四调的基本形式和前后节的分节方式是受到了骈文的四句体和对偶方法的影响,可以说是同时受到了骈俪文和宋词的影响。④ 但也有学者认为,由四字句和六字句组成的骈俪文十分注重对偶,而景几体歌却几乎没有对字数和对偶的苛刻限制,因此若想证明骈俪文对景几体歌的影响,仍须提出更多的证据,进行更充分的论证。

长期以来,学界一直认为高丽时期文学所受外来影响主要来自宋代文学,但不可否认,元朝文学的影响也是十分深刻的,因此后期开始出现了元朝文学,尤其是散曲对高丽文学的影响方面的相关研究,其代表性学者为成昊庆和成镐周。

成昊庆认为,元散曲极有可能对高丽末期及朝鲜初期诗歌产生了影响。⑤ 他认为翰林别曲有可能创作于13世纪后半叶之后,因此,散曲极有可能对其创作产生了影响。他还认为,13世纪下半叶以来,高丽和元朝之间文化交流频繁,通过对两国诗人之间交流记录的考察发现,高丽后期的诗歌极有可能受到了散曲的影响。并且从诗歌形式与音乐构成等体裁方面考察了散曲与高丽诗歌之间的共同点,推测了高丽诗歌受到散曲影响的可能性。之后又从文化与音乐两方面对散曲对高丽末期与朝鲜王朝初期各种诗歌产生的影响进行了系统的总结。

成镐周也延续了这一观点,从形式和内容风格两方面对景几体歌和散曲进行

---

① [韩]李明九:《景几体歌形成过程小考》,《成均馆大学校论文集》第5辑,1960年;[韩]李明九:《丽谣形态的分类试论》,《赵润济博士回甲纪念论文集》,首尔:新雅社,1964年。
② [韩]尹贵燮:《高丽俗谣和宋词的比较试论》,《成大文学》第11辑,成大国文学会,1965年。
③ [韩]朴晟义:《韩国诗歌和汉诗文》,《文理论集》第1辑,高丽大学文理科学院,1955年。
④ [韩]丁奎福:《韩国文学和中国文学》,《韩国学报》第3辑,中央大学韩国学研究所,1974年。
⑤ [韩]成昊庆:《"腔"和"叶"的性质推论》,《雨田辛镐烈先生古稀纪念论丛》,首尔:创作与批评社,1983年。

了比较,总结出了二者的共同点。① 从形式来看,景几体歌的联章体和散曲的重头一致,景几体歌的三三四或者四四四形式与散曲有着密切的关联,景几体歌的套句也与"散曲俳体 25 种"中的"重句体"一致,而景几体歌中列举事物、最后总结的形式同样也出现在散曲中。从内容来看,与词相比,景几体歌更接近于曲。13 世纪、14 世纪,高丽深受元朝的影响,考虑到这些因素,可以认为这些共同点是受到了散曲的影响,景几体歌很有可能是接受并模仿元散曲而创作的韩国"别曲"。

3.时调

时调是朝鲜王朝 500 年间集中创作并广为流传的文学形式,其创作一直持续到今天,堪称韩国最具生命力的代表性诗歌形式。从形式来看,时调由初章、中章、终章组成,每章由三四个音节的四个词语或音节组成,称为句、段或音步。时调这一名称取自"时节歌调",也可以理解为含有"古歌乐"或"原始歌乐"之意的"古调"。时调有时也可以称为短歌,它本身便是歌曲,采用唱的形式。时调原本是音乐名称,进入 20 世纪以后才成为这种文学形式的名称。

对于时调的形成和发展原因的研究始于 20 世纪 20 年代后期,当时的学者虽然没有完全排除其受汉诗影响这一见解,但主流思想强调韩国诗歌自身传统的影响,认为时调是在乡歌、高丽俗谣等形式的基础上形成的,对中国诗歌影响的研究并不活跃。

1930 年,安廓首先提出了时调的外来起源说,认为时调是模仿汉诗绝句的调子而形成的,并认为主要是受到从明朝传入的佛歌调子的影响,结构上的初章、中章、终章三章形式可能是受到了佛歌"三分说"的影响。②

丁来东也持有同样的看法,推测认为时调是在翻译汉诗的过程中产生的,并且"时调"这一名称有可能直接沿用了中国民间文学中同样被称为"时调"的一种歌谣形式的名称。③ 朴晟义认为,形成时调中心的三四调很有可能是受到了四言

---

① [韩]成镐周:《景几体歌的形成研究》,釜山大学博士论文,1988 年;[韩]成镐周:《景几体歌与散曲的比较考察》,《文学韩文》第 2 辑,韩文学会,1988 年。
② [韩]安廓:《时调的渊源》,《东亚日报》1930 年 9 月 24 日。
③ [韩]丁来东:《〈中国民间文学概论〉读后感》,《东亚日报》1931 年 12 月 27 日。

古诗、七言绝句的三四调、五言绝句的二三调的影响。①

　　之后的学者仍然注重从外因和内因两方面着手来探讨时调的起源,在关注中国诗歌的外来影响的同时,也强调本国诗歌形式的影响。金重烈认为,十句体乡歌是模仿唐诗"起、承、转、结"结构中的"转、结"部分形成的,而时调很有可能是乡歌增添了后句而形成的诗歌形式。② 丁奎福认为,时调的三章形式与汉诗绝句的"起、承、转、结"结构有关联,时调的内容也有很多是对汉诗的引用和模仿,因此时调的发生同时受到了乡歌、闾谣与汉诗的影响。③

　　汉诗起源说乃至汉诗影响说的论据主要集中在以下几个方面:汉诗的展开方式与时调有共同点,时调一句七音节或五音节的形式受汉诗七言及五言绝句影响,在翻译汉诗的过程中形成的时调较多等。而金台俊、郑炳昱和权斗焕等人先后对此进行了否定论证。金台俊认为,中国虽然也有"时调"的说法,但是与韩国的"时调"相距甚远,时调中的汉诗翻译也只是形成初期出现的一部分现象。郑炳昱认为,时调的三章形式和汉诗绝句的"起、承、转、结"展开方式有着本质区别。权斗焕认为,如果把汉诗改写成时调,不但会出现音节上的偏差,而且汉诗"起、承、转、结"的结构也无法套用在时调上,因此主张时调起源于汉诗的看法并不妥当。④

　　但是,长期以来,这两种看法一直在韩国学界并存,而且关于时调受到中国文学影响的研究也从未间断。许世旭就认为,时调起源于韩国传统的三章六句体诗歌形式,并且受到魏小乐府、唐绝句、宋词及元散曲小令等中国文学中常见的短形诗体的影响。⑤

　　时调初期兴起于较为了解中国文学的士大夫阶层,因此不可否认其必然直接或间接地受到中国文学的影响。为了更准确地把握其影响来源,研究者应仔细参考当时及临近那个时代的人们留下的资料,并有必要将汉诗,特别是近体诗,以及

---

① [韩]朴晟义:《韩国诗歌和汉诗文》,《文理论集》第1辑,高丽大学文理科学院,1955年。
② [韩]金重烈:《时调和唐诗的比较研究》,高丽大学硕士论文,1966年。
③ [韩]丁奎福:《韩国文学和中国文学》,《韩国学报》第3辑,中央大学韩国学研究所,1974年。
④ [韩]金台俊:《中国时调小论》,《东亚日报》1932年1月11日;[韩]郑炳昱:《汉诗绝句和时调的比较》,《韩国汉文学研究》第3、4辑,韩国汉文学研究会,1979年;[韩]权斗焕:《时调的产生与起源》,《冠岳语文研究》第18辑,首尔大学国语国文系,1993年。
⑤ [韩]许世旭:《时调的外来性探讨》,《冲击与和谐》,东方文学比较研究会,1992年。

词等中国诗歌形式对时调的影响进行更为具体系统的论述。

4.歌辞

歌辞是由每两句为一组的韵文构成的文体,内容不限,因其可以任意延长,所以又称为"长歌"。由于格式简单,因此得以广泛流传,这也是其内容丰富多彩的一个重要原因。大部分歌辞作品是用韩文创作的,但也有个别作品使用汉字,并用乡札标记法标出词尾和助词。歌辞没有旋律感,是一种单纯乏味的朗诵,因此可以说是韩国古典诗歌形式中唯一与音乐分离的文学形式。对于歌辞的形成时期和起源众说纷纭,尚无定论。由于歌辞中含有大量汉字,因此歌辞与中国文学的关系一直成为韩国学界的研究对象。

20世纪50年代,关于歌辞受中国诗歌影响的见解开始出现。李能雨推测认为,歌辞的产生受到赋、表、辞等文学形式的影响,并将辞赋、魏晋南北朝及唐代的长韵文、骈俪文、宋代文章、慢词等文学体裁的创作思路和主旨进行了本土化的转换。①

朴晟义强调骈俪文的影响,认为歌辞是退出历史舞台的景几体歌的继承者,因此与景几体歌一样,主要受到骈俪文影响,同时也不排除宋词的影响。② 丁奎福主要强调词的影响,认为中国诗歌对于高丽景几体歌的形式产生了影响,并且影响到了朝鲜时代的歌辞,歌辞的三四调和四四调的字数规律与名称都受到词的影响,而朝鲜王朝的歌辞同时兼具韵文和散文的性质,这一点也和词相同。③ 林基中认为歌辞是佛教在向民众传播过程中产生的佛教文学体裁,佛教进入中国之后,产生了变文这一文学体裁,而歌辞就相当于韩国的变文。④

朝鲜时代的许多文人认为歌辞是一种与中国的辞赋相似的文体,在对辞赋影响的研究中,李庆善认为,歌辞是在形式及文学精神方面与辞赋最相近的一种文体,并且对两者的共同特点进行了较为系统的考察,得出结论认为歌辞是受到辞赋的影响而产生的。

二者在文学性质上都属于朗诵体文学,具有描写和叙述的性质,可以抒情、叙

---

① [韩]李能雨:《中国学概论入门》,国语国文学会,1954年。
② [韩]朴晟义:《韩国诗歌和汉诗文》,《文理论集》第1辑,高丽大学文理科学院,1955年。
③ [韩]丁奎福:《韩国文学和中国文学》,《韩国学报》第3辑,中央大学韩国学研究所,1974年。
④ [韩]林基中:《和请与歌辞文学(发言概要)》,《国语国文学》第97辑,国语国文学会,1987年。

事和咏物,是一种题材十分广泛的文学形式。它还体现出发现自然美和亲近自然的思想,大部分采用直叙法,也有问答式构成法。在歌辞出现之前,前代的文人曾经十分狂热地接受了辞赋,因此辞赋对歌辞有明显的影响。同时,由于骈俪文与辞赋有直接关联,歌辞体所具有的多用对偶、句调整齐、音调和谐、典故颇多和文辞华美等特点与骈俪文相似。①

这种观点论证缜密,而且颇具说服力,但仍有学者认为关于骈俪文影响的论述存在问题。歌辞与骈俪文在文体上的共同点是魏晋南北朝直至唐朝时中国形式主义文学所具备的共同特征,非骈俪文所独有。此外,歌辞和辞赋是韵文文学,而骈俪文是散文文学,两者文体迥异。

20世纪90年代,关于歌辞与中国文学关系的研究仍然在持续,不但有个别诗人作品之间的比较,还有对韩国歌辞作品与韩国辞赋作品进行的比较,研究目的都在于揭示歌辞与辞赋这两种诗歌体裁之间的关系,其代表性研究者为全英兰和金星洙。

全英兰对比了屈原的赋与郑澈的歌辞,认为郑澈的歌辞作品受到了屈原的影响。金星洙对郑澈的《关东别曲》与韩国辞赋作品——许筠的《东征赋》进行了比较,并根据其结构框架与思想内容的相似性考察了歌辞和辞赋的相关关系。②

虽然歌辞的发展受辞赋影响是不争的事实,但在歌辞形成发展初期辞赋究竟起了怎样的作用,从目前的研究来看,结论依旧不甚明晰,还须进一步论证。

## 四、结语

根据以上对迄今为止韩中古典诗歌影响关系研究的分析可知,虽然尚存在部分争议,但基本可以认为,高丽时期的景几体歌和俗谣受宋词和元散曲的影响,歌辞受辞赋的影响。此外,从当时文人的记载也可推测出,词对时调产生了影响。

为了厘清韩国古典诗歌对中国诗歌的接受情况,有必要清楚地掌握韩国及中

---

① [韩]李庆善:《松江歌辞的比较文学试考》,《Cogito》第1辑,釜山大学人文学研究所,1958年;[韩]李庆善:《歌辞与辞赋的比较研究》,《中国学报》第6辑,韩国中国学会,1967年。
② [韩]全英兰:《屈赋与郑澈歌辞之比较研究》,台湾师范大学硕士论文,1981年;[韩]金星洙:《韩国辞赋的理解》,首尔:国学资料院,1996年;[韩]金星洙:《通过郑澈的〈关东别曲〉和许筠的〈东征赋〉考察歌辞与辞赋的因缘关系》,《汉语文教育》第4辑,1996年。

国各种诗歌体裁的本质特征和产生发展时期,进行更加科学的论述。为了丰富在体裁方面的影响研究成果,还应与文体、主题、思想感情、文学批评、文学理论、文学史和文学关系等多领域相结合进行研究,以便得出更加明确而有说服力的结论。

# 第四章
# 韩国古典文学对中国古典戏曲接受情况的研究

## 一、前言

从三国时代到 19 世纪末期,韩国文学一直深受中国文学的影响,将中国文学作为本国文学创作的滋养成分。从高丽末期、朝鲜初期开始,元杂剧、明清传奇以及宋、元、明的南戏等各种中国戏剧作品就已经传入韩国,在上层社会文人中间得以广泛阅读。这些作品被韩国文学所接受,对韩国汉文戏曲作品的创作做出了极大贡献,同时还作为小说因素被吸收,对韩国古典小说的创作和发展也产生了不小的影响。

由于中国的戏曲创作具有一定的口语特点以及方言等其他各种困难,韩国留下的汉文戏曲作品并不多,但是这些作品都留下了中国戏曲作品的鲜明烙印。本章将针对在韩国影响最为广泛的三部中国戏曲作品——《西厢记》《伍伦全备记》和《荆钗记》在韩国接受情况的研究进行总结和梳理。

## 二、对《西厢记》接受情况的研究

《西厢记》是中国早期杂剧创作中的一部优秀作品。《西厢记》的题材最早出于唐代元稹的传奇小说《莺莺传》,它通过崔莺莺与张生的爱情发生、发展、遭到破坏及最终取得胜利的曲折过程,揭露了封建家长的虚伪、冷酷,批判了封建婚姻的不合理性,肯定了青年男女要求爱情自由、婚姻自主的愿望,赞扬了他们反抗封建礼教和封建婚姻做斗争的精神,表达了"愿天下有情人终成眷属"的理想。《西厢记》以爱情故事为题材,表现反封建的主题,把爱情婚姻问题与反封建的历史任务相联系,具有鲜明的民主思想倾向和历史进步性,它对封建社会青年男女反对封建礼教的束缚和封建婚姻的压迫、争取爱情与婚姻自由有着很大的鼓舞作用。

朝鲜文人在16世纪初已经知道了《西厢记》这本书,其后不少文人都在文集和笔记中屡次提及。到了18世纪,金圣叹批注本传入朝鲜,得以广泛传阅,朝鲜文人对《西厢记》故事已经非常熟悉,甚至有人误以为该作品的作者是金圣叹,而不知道王实甫。[①] 由此可以推测,18世纪以前,最晚在18世纪,《西厢记》一书已经传入朝鲜。

朝鲜文人对《西厢记》进行了注解和批注,出现了各种注译本。由于朝鲜文人对杂剧的形式了解不多,因而把它当作与《水浒传》《三国演义》一样的案头文学来阅读。但是它崭新的思想内容、鲜明的人物形象、曲折诱人的故事情节、丰富多彩的表现手法以及生动优美的语言文字都对朝鲜文坛产生了积极影响。

韩国受《西厢记》影响最直接的作品有三部,这就是《东厢记》《满江红》和《春香传》,下面分别来看一下韩国国内对以上三部作品的研究情况。

1.《东厢记》

在韩国,在与《西厢记》的直接关系的研究中,最引人关注的作品是《东厢记》。《东厢记》创作于1791年,又名《东床记》《金申夫妇赐婚记》《金申赐婚记》,其中既包括戏曲,也包括传奇。《东厢记》单指戏曲部分,是韩国文学史上有记载的具备戏曲形式的首部作品。《金申夫妇传》是李德懋(1741—1793)奉正祖之命而创作的,但对于《金申赐婚记》的作者却众说纷纭,有李德懋、李钰及史学派文人乃至与之相关的文士等各种说法,至今尚无定论。

《东厢记》主要描述了由于贫穷而无法娶妻的金禧在国王的撮合之下与申氏女喜结良缘的故事,称颂了国家政策与国王的恩德。关于《东厢记》与《西厢记》

---

① [韩]李锡浩:《〈西厢记〉的文体与翻译》,《中国学报》第10辑,韩国中国学会,1969年。

关系的研究观点主要可以分为两种，一种认为《东厢记》是对《西厢记》的模仿，另一种则认为《东厢记》是一部独创的作品。持"模仿"观点的学者主要有金台俊、朴晟义、赵润济和金学主。

金台俊认为，从名称来看，《东厢记》具有与《西厢记》相对峙的意义，意味着它是朝鲜本土的作品，与中国的作品相对应，是《西厢记》的翻案作品。① 朴晟义也持有同样的看法。② 赵润济认为该作品是好事者模仿中国戏曲创作的作品，并认为其只是单纯的模仿，对《东厢记》的戏曲价值评价极低。③ 金学主尝试全面探索《东厢记》的中国戏剧特点，并具体指出了该作品受到中国作品影响的证据，最后得出结论认为，顾名思义，《东厢记》就是模仿了王实甫的《西厢记》。④

相反，朴善英、金仁顺、权纯宗则认为《东厢记》是一部独创的作品。朴善英既承认元杂剧和明传奇对《东厢记》的影响，又指出了《东厢记》本身的独特之处，认为《西厢记》是元杂剧的传统代表作品，而《东厢记》既具备元杂剧的基本框架，同时又结合了传奇性因素，而且还具有韩国本身的固有特点。⑤ 金仁顺也持有同样的看法，承认《东厢记》在形式方面的确有很多模仿《西厢记》的痕迹，但是在内容方面又有其独到之处。

尹日受和朴有京对中国传统戏曲传入韩国的情况进行了探讨⑥，探索出了《东厢记》创作的内因背景，同时在形式方面对之前的研究进行了综合梳理，但依然没有突破"《东厢记》是元杂剧与明传奇相结合的作品"这一结论。

无论是"模仿说"还是"独创说"，争论的焦点只是在于内容是模仿还是独创，然而对于《东厢记》在形式方面模仿了《西厢记》这一点，却是毫无争议的。

2.《满江红》

《满江红》的作者李钟麟(1883—1950)5岁开始学习汉文，19岁进入成均馆，22岁成为成均馆博士。先后担任《大韩协会会报》《大韩民报》《天道教会月报》

---

① [韩]金台俊:《朝鲜小说史》,首尔:学艺社,1939年。
② [韩]朴晟义:《韩国古典小说论与历史》,首尔:集文堂,1986年。
③ [韩]赵润济:《国文学史》,首尔:探求堂,1974年。
④ [韩]金学主:《读〈东厢记〉》,《亚细亚研究》第8卷第2号,高丽大学亚细亚问题研究所,1965年。
⑤ [韩]朴善英:《〈东厢记〉研究》,梨花女子大学硕士论文,1984年。
⑥ [韩]尹日受:《汉文戏曲〈东厢记〉对中国戏剧的接受情况》,《韩民族语文学》第32辑,1997年；[韩]尹日受:《中国戏剧在韩国的接受情况研究》,岭南大学国语国文系博士论文,2001年；[韩]朴有京:《〈东厢记〉的形成与戏曲特性》,釜山大学国语国文系硕士论文,2000年。

主笔,有200多首汉诗传世。《满江红》创作于1914年,是一部汉文作品,1914年由汇东书馆出版,同年9月,其韩文译本《映山红》由诚文社刊行。作品中标明了话者,并且插入了很多汉文诗。作品形式独特,采用了"看官"这一说法,将话者和观众引入作品之中。这是继1791年创作的汉文作品《东厢记》之后,时隔100多年出现的第二部汉文戏曲作品,因此引起了很多学者的关注。

金台俊很早就在《朝鲜小说史》中认为,《满江红》和《东厢记》一样,模仿了中国戏剧的体裁,但却未能进行唱演,只是一部纸上谈兵、专供阅读的剧本而已。① 自从金台俊提出这一见解以来,很多人都对《满江红》的体裁问题进行过探讨。和金台俊一样,权泽茂和权纯宗也都认为这部作品是戏曲。②

相反,申基亨、李圭昊和赵东一却认为它是一部具有戏曲性质的小说。③ 尤其是赵东一,认为该作品采用了中国戏曲的手法,并且使用了白话体,加以悬吐说明,难以理解的内容后面还加上了括号,用韩文加入了说明,尽管如此,这些都是与小说的真实性毫无关联的表面装饰而已。因此他认为《满江红》的形式特征仅仅是与其小说这一体裁毫不相干的修饰手法。

尽管《东厢记》和《满江红》形式十分相似,但由于创作时代不同,看待作品的视角也发生了很大的变化。对《东厢记》的研究都是在"受到中国戏剧影响的韩国戏曲"这一前提条件下进行的,而《满江红》的争论焦点却在于其体裁究竟是汉文戏曲还是汉文小说。

成昊庆认为,汉文戏曲《满江红》明显受到了中国戏曲的影响,同时具有传奇的特性,并表现出与杂剧相似的特点。④ 这一方面是因为韩国文人很早就开始阅读中国作品,不可避免地受到影响,也可能是继承了《东厢记》等韩国戏剧文学本身的传统。同时,20世纪初,明清时代的传奇和清朝的地方戏作品曾在首尔上演,这使得很多韩国人有机会经常近距离地接触和了解这些作品,这也可能对《满

---

① [韩]金台俊:《朝鲜小说史》,首尔:学艺社,1939年。
② [韩]权泽茂:《朝鲜的民间剧》,首尔:艺尼出版社,1989年;[韩]权纯宗:《韩国戏曲的持续与变化》,首尔:中文出版社,1991年。
③ [韩]申基亨:《韩国小说发达史》,首尔:创文社,1960年;[韩]李圭昊:《开化期汉文小说〈满江红〉研究》,《雨田辛镐烈先生古稀纪念论丛》,首尔:创作与批评社,1983年;[韩]赵东一:《韩国文学通史》第4卷,首尔:知识产业社,1988年。
④ [韩]成昊庆:《中国戏曲对韩国戏剧文学的影响考察》,《国语国文学》第121辑,首尔:国语国文学会,1998年。

江红》的创作产生了影响。

3.《春香传》

盘瑟俚小说《春香传》以盘瑟俚《春香歌》为底本创作而成,堪称韩国古典文学最经典的代表作之一。现存的版本中,柳振汉写于1754年的《漫画本春香歌》最为古老,由此可以推测,《春香传》大约创作于17世纪末18世纪初。《春香传》作者不详,但可以推测出它的作者首先应该是盘瑟俚歌唱家。① 但很难断定《春香传》是一部单一的作品,因为它拥有多种版本:手抄本、木版本、活字本等,虽然梗概大同小异,但具体内容却都有所不同。因此可以说,《春香传》是一部根据诸多版本形成的集体作品。

《春香传》在形成过程中深受中国文学作品的影响,现有研究中提到对其产生影响的中国文学作品有《西厢记》《玉堂春》《桃花扇》《牡丹亭》《窦娥冤》等,其中将《春香传》和《西厢记》作为比较对象的研究最多。这是因为这两部作品不仅叙事结构相似,而且人物、主题、体裁等方面都具有很多共同点。

在韩国,周王山在《朝鲜古代小说史》中最早开始探讨《春香传》与中国作品的影响关系,他认为,由于两部作品在情节、人物安排和唱的表演形式等方面都十分相似,因此,《春香传》极有可能是朝鲜时代的文人在看了《西厢记》之后创作或是加以润色的作品。②

20世纪50年代末,金东旭主要着眼于诸宫调和盘瑟俚形式上的共同之处,提出了《春香传》受到元曲影响的可能性。③ 进入20世纪60年代,韩国学界开始对《春香传》与中国小说和戏曲之间的关系进行全面探讨,车柱环认为《春香传》在感情的表达手法方面受到了《会真记》和《西厢记》的影响,妓女身份的设定和《李娃传》相似,在构成和润色阶段则主要是受了《玉玦记》和《桃花扇》的影响。④ 丁来东认为《春香传》受到了《玉堂春》和《西厢记》的影响,在人物设定、构成和表

---

① [韩]金钟澈:《正典〈春香传〉的性质》,《先清语文》第33辑,先清语文学会,2005年。
② [韩]周王山:《朝鲜古代小说史》,首尔:正音社,1950年。
③ [韩]金东旭:《盘瑟俚发生考(二)》,《论文集》第3辑,首尔大学,1956年。
④ [韩]李熙升([韩]郑炳昱、[韩]金钟仁、[韩]马秉根、[韩]金东旭、[韩]姜翰荣、[韩]张德顺、[韩]车柱环):《〈春香传〉的综合探讨》,《震檀学报》第一届东洋学研讨会速记,震檀学会,1962年。

现手法等方面与后两者均十分类似,是对这两部作品的模仿之作。①

20世纪70年代,李在秀对之前的研究重新进行了探讨,并总结出了《春香传》和《西厢记》的11个共同点与7个不同点,认为《春香传》是在《西厢记》的影响之下创作的,同时加入了民俗歌谣等乡土因素,形成了盘瑟俚作品。②

20世纪80年代,朴晟义总结出了《春香传》和《西厢记》的诸多共同之处,认为《春香传》受到了《西厢记》的影响。③ 丁奎福通过对两部作品的比较,认为两部作品的讲唱因素相似,都是针对听众创作的艳情作品。④

20世纪90年代以后,学者们开始再次关注《春香传》与中国文学作品的关联,但进展并不大。吴承姬考察了《西厢记》对《春香传》的影响及其变异过程。⑤ 2000年之后,《春香传》的比较对象更是扩展到了《李娃传》《窦娥冤》《牡丹亭》《阿诗玛》《红楼梦》等,开始尝试新的研究。

除了以上三部作品,韩国还在2008年新发掘出了一部深受《西厢记》影响的戏曲作品——《北厢记》,作者为东皋渔樵,是一位没落的士大夫作家,该作品采用了白话文的形式,据推测创作于1840年。根据安大会的研究,该作品背景为1840年的江原道洪川,主要人物有18岁的妓女舜玉、61岁的两班儒生乐安先生以及退妓蓬莱仙。该作品深受金圣叹评批本《西厢记》的影响,并采取了明传奇的方式,但其内容并非才子佳人的风月故事,而是61岁的老人与18岁的妓女奇怪的爱情,其中有对性爱的露骨描写。⑥ 这一作品的发掘不仅丰富了朝鲜时代汉文戏曲的创作历史,更是再次证明了中国文学对韩国戏曲的影响。

除《西厢记》这部作品本身外,也有一些专门针对金圣叹评批本《西厢记》的研究,比如郑雨峰对于金圣叹的"不亦快哉"如何被朝鲜后期的文人所接受,如何变用并应用到作品中去,以及这种变用过程中体现了怎样的接受主体意识等问题

---

① [韩]丁来东:《对〈春香传〉产生影响的中国作品——以〈西厢记〉〈玉堂春〉等为中心》,《大东文化研究》第1辑,成均馆大学大东文化研究院,1963年。
② [韩]李在秀:《〈春香传〉与〈西厢记〉的比较》,《〈春香传〉与〈玉堂春〉的比较》,《韩国小说研究》,首尔:萤雪出版社,1973年。
③ [韩]朴晟义:《韩国文学背景研究》,首尔:二友出版社,1980年。
④ [韩]丁奎福:《中国小说对韩国小说的影响》,《亚细亚研究》第26辑,高丽大学亚细亚问题研究所,1983年。
⑤ [韩]吴承姬:《〈西厢记〉与〈春香传〉的变异影响研究》,中央大学硕士论文,1991年。
⑥ [韩]安大会:《19世纪戏曲〈北厢记〉研究》,《古典文学研究》第33辑,韩国古典文学会,2008年5月。

进行了研究。① 这些由作品衍生出来的问题成为新的研究主题,使得这种接受研究的主题日益丰富,范围日益扩大。

## 三、对《伍伦全备记》接受情况的研究

《伍伦全备记》又名《伍伦记》《忠孝记》《纲常记》,是明前中期理学大儒、礼部尚书兼文渊阁大学士邱浚(1421—1495)创作的一部南戏。《伍伦全备记》剧中描写了伍伦全、伍伦备兄弟孝义友悌的故事,将为臣、为母、为妻、为兄弟、为朋友的封建德行标准都组织在一部戏中。该书成书的年代正处于明前期严厉的封建高压政治思想统治之下,在文学上奉行支持程朱理学的"文道合一"说和道统文学观。《伍伦全备记》在这一时期完成,被中国文学界看作是"以道德理念为核心的台阁体文学强有力的扩展"。在明代,文人们对它褒贬不一,贬多于褒。但《伍伦全备记》流入韩国后,却与当时的朝鲜时代的社会理念一拍即合。当时性理学传入了朝鲜,由于李氏王朝大力推行性理学,加之中宗时期加强了儒教政治,因此该书颇受欢迎,得以广泛流传,出现了家家户户争相阅读的情形,对韩国文学产生了深远的影响,但它的影响更多体现在小说方面。

目前,在韩国能看到的《伍伦全备记》主要有三种版本:其一是收入《庆北安东金氏文集》的韩文小说《伍伦全传》,其二是韩国首尔大学奎章阁收藏的《新编劝化风俗南北雅曲伍伦全备记》,其三是司译馆的译学课本《伍伦全备记谚解》。

其中第一种版本小说本出现时间最早,经沈庆昊发掘才为学界所知。该版本卷首刊有"洛西居士"的序,以及刊行者的三篇跋文,为16世纪韩国小说文学流通研究提供了宝贵的资料。② 通过小说本的卷首"洛西居士"的序可知,"独伍伦全兄弟之事……是书时方争相传习,家藏而人诵"。1531年之前,《伍伦全备记》的韩文本已经在韩国民间广泛流行。但由于各种传本错字和叙述错误较多,因此,"洛西居士"对流行版本加以厘正和润色,并改编成小说,又翻译成韩文,使得伍伦全的故事妇孺皆知。

---

① [韩]郑雨峰:《朝鲜后期汉文学中"不亦快哉"的嬗变及其意义》,《古典文学研究》第34辑,2008年。
② [韩]沈庆昊:《朝鲜中期翻案小说〈伍伦全传〉》,《国文学研究与文献学》,首尔:太学社,2002年。

通过柳彦遇和沈守庆的跋可知,该书于1550年首印,为最早的韩文版本。韩文本在韩国流行了100余年之后,韩希卨于1665年出版了汉文本《伍伦全传》。与中国的《伍伦全备记》相比,重新被翻译成汉文本的《伍伦全传》在内容上大大缩略,并且进行了一些修改。成昊庆对原作和修改后的作品进行了具体的比较,认为再次汉译后的《伍伦全传》并没有将原作作为戏曲,而是作为叙事文学小说来接受并加以变用,这种情况在韩国的韩文本中也同样存在。①

尹柱弼经考证认为,"洛西居士"为李沆(1474—1533),号为"洛西"或"洛西轩"。② 最近又发现了两个新的版本——《伍伦全兄弟传》和《伍伦全伦备传》③,这又为学界提供了新的研究资料。

韩国首尔大学奎章阁收藏的《新编劝化风俗南北雅曲伍伦全备记》为2卷2册缺本,木刻,封面题名为《伍伦全传》。正文之前有玉山高并的序文和关于用作演出脚本的三点说明。沈庆昊经考证认为,此书成于1592年之前,并且是中国戏曲在韩国流传过程中唯一上演过的剧本。④

《伍伦全备谚解》是朝鲜时代司译院的汉学教科书,现存谚解本8卷5册,木刻,版心书名为《伍伦全备谚解》,封面书名为《伍伦全备》。卷首有高时彦序,序后是凡例,还有引用书目。汉字之下有韩文注音,有的词语下面有释义或出处。它成书过程较长,自始至终共用了24年,前后参加编撰者多达十几人,是研究18世纪韩国语法的重要参考资料。

至今为止,韩国学者对《伍伦全备记》的文学研究主要分为作品的翻案改写问题、版本问题以及作者问题等,对谚解本的研究则主要从语言学方面着手。

关于《伍伦全备记》最早的研究是从文献方面开始入手的。田光铉认为,《伍伦全备记》和《老乞大》《朴通事》一样,作为汉语教科书,以对话为主,便于学习汉语。而且汉字下面还加上了雅俗音,将课文内容翻译成了韩文,并且对具体的内

---

① [韩]成昊庆:《韩国文学对中国戏曲接受情况研究》,《中国戏曲》第9卷第1期,2004年。
② [韩]尹柱弼:《16世纪士林的分化与洛西居士李沆〈伍伦全传〉翻案的意义》,《国语国文学》第131辑,国语国文学会,2002年。
③ [韩]尹柱弼:《〈伍伦全兄弟传〉异本研究》,《第57次定期学术会议发言概要集》,韩国古小说学会,2002年。
④ [韩]沈庆昊:《对〈伍伦全传〉的考察》,《爱山学报》第8辑,1989年。

容进行了比较和探讨。①

沈庆昊对《伍伦全传》进行了全面考察，探讨了安东义城金氏手写本的解释、《伍伦全备谚解》8卷的内容以及朝鲜小说史的叙述问题。② 1990年，金永根随后也开始对《伍伦全备谚解》的汉字音进行考察，之后又对其中的疑问法进行了研究。③

李坯渊对《伍伦全传》的内容及序跋进行了分析，认为该作品的润色和刊行可以利用小说这种形式来宣扬儒家思想。与同时代的其他小说相比，由于《伍伦全传》的故事的趣味性被去掉了，这种典教性小说观显得十分枯燥，可以说，这是刊行者的文学偏好和教化意志带来的结果。④

之后，吴秀卿对《伍伦全备记》的版本和作者进行了研究，对《伍伦全备记》作者、改变及演出等问题都提出了新的看法，认为奎章阁所藏的《伍伦全备记》在朝鲜并不是专供演出使用的戏曲台本，而是作为教授汉语的课本来使用，正因为如此，其本来面目保存得更为完整。奎章阁本《伍伦全备记》原来可能是元代南戏剧目，在明代舞台上也活跃地传演下来，但仍然保持着诸多元代南戏的特征。⑤

朴相珍通过与《伍伦全备记》和《伍伦全传》的比较，对《伍伦全备谚解》作为译学书的地位、刊行经过及书志考体系和内容进行了具体考察，认为这一资料在进行汉语教育的第二阶段替代了《直指小学》，其使用目的是提醒读者注意《老乞大》和《朴通事》过于商业化的语言。但是，出于实用目的，《老乞大》和《朴通事》的记叙风格进行了修改，这一功能被削弱。之后《伍伦全备记》被《译语类解》所替代，这是因为《译语类解》是一种具有辞典性质的对译词汇集，由此可以猜测到后期译学书追求实用型的倾向。⑥

高奈延结合朝鲜时代统治者的治国理念和时代背景，对《伍伦全备记》流入

---

① [韩]田光铉：《伍伦全备谚解》，韩国学文献研究所，首尔：亚细亚文化社，1982年。
② [韩]沈庆昊：《对〈伍伦全传〉的考察》，《爱山学报》第8辑，1989年。
③ [韩]金永根：《〈伍伦全备谚解〉的汉字音研究》，《语文学》第51辑，1990年；[韩]金永根：《〈伍伦全备谚解〉的疑问法研究》，《语文学》第65辑，1998年。
④ [韩]李坯渊：《通过〈伍伦全传〉的序跋来看小说的典教功能》，《韩国文学论丛》第12辑，1991年。
⑤ [韩]吴秀卿：《〈伍伦全备记〉研究——版本系统与作者问题》，《中国文学》第29辑，1998年；[韩]吴秀卿：《奎章阁本〈伍伦全备记〉研究2》，《中国文学》第30辑，1998年。
⑥ [韩]朴相珍：《〈伍伦全备谚解〉一考》，《国文学论集》第19辑，2003年。

韩国并被接受的情况进行了研究,认为朝鲜王朝为了巩固统治,将儒家思想作为统治理念,宣扬性理学,通过三纲五伦思想的教育来进行教化,出版了各种性理学相关书籍,《伍伦全备记》正是在这种情况下被接受的,这和李埰渊的看法一致。虽然国家的这种政策因素是《伍伦全备记》在朝鲜经久不衰的原因之一,但到了后代它却越来越被接受者所重视,成为真正的经典作品之一。①

此外,还有一些关于《伍伦全备记》的异体字、动词重叠式等语言学方面的研究,尤其是学位论文,大都偏重语言方面的研究。② 柳在元、郑莲实、赵娟廷等从2006年起分阶段对《伍伦全备记》进行了译注,其成果先后登在《中国语文论译丛刊》上,这项工作目前仍在进行当中。③

## 四、对《荆钗记》接受情况的研究

《荆钗记》是四大南戏作品之一,与其他三部作品相比,相关研究并不多。但它传入韩国之后却以小说的形式被接受,并产生了两部作品:一部是韩文小说《王十朋传》,另一部是汉文小说《王十朋奇遇记》。下面就来具体了解一下韩国的相关研究情况。

1997年,李福摞将新发现的作品《王十朋传》介绍给了韩国学界。④ 据李福摞考证,《王十朋传》抄写在《默斋日记》第三册折叠纸张的背面。《默斋日记》是默斋李文楗(1494—1567)所著的汉文生活日记,写于1535—1567年间。1996年,李福摞受国史编撰委员会史料调查室的委托,参与《默斋日记》的脱草工作时,发现了在空白处抄写的五篇韩文小说,这部作品便是其中之一,全文24页,7000余

---

① [韩]高奈延:《〈伍伦全备记〉在韩国接受情况的研究》,《中国学论丛》第19辑,2005年。
② [韩]石朱娟:《〈伍伦全备谚解〉的国语学研究》,《震檀学报》第96辑,2003年;[韩]苏恩希:《〈伍伦全备谚解〉中的动词重叠式》,《中国文化研究》第3辑,2004年;[韩]郑莲实:《〈伍伦全备记〉异体字的类型分析》,《中国学研究》第40辑,2007年;[韩]郑桂顺:《〈伍伦全备谚解〉的国语学研究》,庆南大学硕士论文,1986年;[韩]林光淑:《〈伍伦全备谚解〉的国语学研究》,德成女子大学硕士论文,1990年;[韩]李承妍:《〈伍伦全备谚解〉研究》,高丽大学硕士论文,1995年;[韩]朴尚权:《〈伍伦全备谚解〉的词汇研究》,庆南大学硕士论文,2003年;[韩]朴宙明:《〈伍伦全备谚解〉前置词研究》,韩国外国语大学硕士论文,2010年。
③ [韩]柳在元、郑莲实、赵娟廷:《〈伍伦全备谚解〉译注》(1—11),《中国语文论译丛刊》第17—29辑,2006—2011年。
④ [韩]李福摞:《新发掘的初期国文、国文本小说》,首尔:博而精出版社,1998年。

字。从末尾所署的"乙丑季秋"来看,可以推测时间为1565年或1625年。根据对其他几部作品的考证,《王十朋传》的出现不晚于1625年。李福撰向学界介绍了这部作品中的登场人物、具体内容等,并进行了详细的注解。① 之后这部作品便引起了韩国学界的关注,陆续出现了一些研究。

其实汉文小说《王十朋奇遇记》早在1955年便已被学界所知,它收录在《慎独斋手泽本传奇集》中,是慎独斋(1547—1656)亲手校阅的一本传奇集,可见《王十朋奇遇记》也形成于17世纪中叶以前。尽管如此,当时《王十朋奇遇记》与《荆钗记》的关系并不清楚,韩文小说《王十朋传》被发现以后才又重新受到重视。后经朴在渊考证,断定《王十朋传》正是中国的南戏《荆钗记》的翻译本。② 其后郑学城对《王十朋传》和《王十朋奇遇记》进行了比较,证明了二者是异本关系。郑学城认为,《王十朋传》是较为忠实专著的翻译,而《王十朋奇遇记》则对原著进行了较大的修改。③

成昊庆在考察韩国文学对中国戏曲的接受情况的相关论文中,对《王十朋传》对原著《荆钗记》的接受情况进行了考察,并总结出了其文学史意义。④ 郑吉秀在唐代传奇小说的版图内对《王十朋奇遇记》和《王十朋传》的修改情况以及修改途径进行了详细探讨。⑤

之后中国学者对《荆钗记》异本的研究成果被韩国的中国戏曲研究者介绍到韩国,证实了这些小说本属于古本系列,在韩国文学研究者和韩国的中国文学研究者的共同努力下,三者之间的关系开始逐渐浮出水面。

郑学城认为,《王十朋传》《王十朋奇遇记》与《荆钗记》之间的关系有两种可能性:第一种是《王十朋传》《王十朋奇遇记》以特殊的同类《荆钗记》不同版本为底本,分别由不同的作家润色、改写而成;第二种是二者均以《荆钗记》的

---

① [韩]李福撰:《〈默斋日记〉所载国文小说〈王十朋传〉的题解与原文》,《新国语教育》第55辑,1998年。
② [韩]朴在渊:《〈王十朋传〉——中国戏曲〈荆钗记〉的翻译》,《中国学论丛》第7辑,韩国中国文化学会,1998年。
③ [韩]郑学城:《〈折花奇谈〉研究》,首尔大学硕士论文,1999年;[韩]郑学城:《对〈王十朋奇遇记〉的考察》,《古小说研究》第8辑,韩国古小说学会,1999年。
④ [韩]成昊庆:《韩国文学对中国戏曲接受情况研究》,《省谷论丛》第31辑,2000年。
⑤ [韩]郑吉秀:《〈王十朋奇遇记〉修改情况及其小说史地位》,《古典文学研究》第19辑,韩国古典文学研究会,2001年。

某一特定版本为底本,一部作品被改编成小说之后,又被翻译和修改成另一部作品。①

之后李福摈继续之前的研究,对《荆钗记》的异本《原本荆钗记》和《古本荆钗记》进行了详细比较,同时对《王十朋传》《王十朋奇遇记》与《荆钗记》之间的关系进行了比较分析,认为《古本荆钗记》的口述故事有几种版本,其中一个版本被记述为韩文的《王十朋传》,另一个版本则被记述为汉文的《王十朋奇遇记》。②

## 五、结语

本文针对在韩国影响最为广泛的三部中国戏曲作品——《西厢记》《伍伦全备记》和《荆钗记》在韩国接受情况的影响进行了总结和梳理。其中对《西厢记》的接受情况主要体现在《东厢记》《满江红》和《春香传》这三部作品上。《伍伦全备记》在韩国既有韩文译本小说,后来又重新出现了内容大量缩略的汉文译本小说,还有作为汉语教材使用的谚解本。《王十朋传》有韩文本和汉文本,是以《荆钗记》为底本创作的。

韩国对中国戏曲的接受,更多表现为小说的形式。这是因为中国戏曲,尤其是南戏传奇文本的篇幅较长,而且使用白话体,较难理解,朝鲜没有与之相对应的文学形式,因此经常采用小说的形式来编撰压缩本。

韩国对《西厢记》的接受十分广泛和复杂,由于篇幅所限,本文仅针对接受情况最明显的三部代表作品进行了总结,而关于《西厢记》对其他韩国文学作品的影响情况的研究仍然值得我们关注和研究。《伍伦全备记》在中国的影响并不大,但对韩国文学的影响却十分深远。通过总结可以发现,初期的研究以文学为主,但后期却越来越偏重语言学研究。考虑到其版本和接受的复杂性,今后相关研究仍有深入进展的可能性。《荆钗记》在韩国衍生的作品虽然发现较晚,经过

---

① [韩]郑学城:《17 世纪汉文小说集》,首尔:三庆文化社,2000 年。
② [韩]李福摈:《〈王十朋传〉〈王十朋奇遇记〉的形成过程再论》,《温知论丛》第 7 辑,2001 年;[韩]李福摈:《〈王十朋传〉〈王十朋奇遇记〉与〈荆钗记〉的比较研究——以阐明相关关系为中心》,《韩国文学论丛》第 29 辑,2001 年。

中韩学界的共同努力,对其的研究已经取得了一定的进展,但是对于具体的传播途径、韩文和汉文版本的先后问题等仍然有待于进一步研究。因此,今后在韩国戏曲对中国戏曲文学接受情况的研究方面,仍有待中韩两国学者的共同努力。

# 第五章

# 韩国口碑文学对中国民间文学接受情况的研究

## 一、前言

韩国口碑文学对中国文学接受情况的相关研究可以分为两大类：第一类是对传播途径、传播过程的考察，包括传入之后的变化及其意义。第二类是从比较文学的观点出发，通过韩国文学与中国文学的比较来挖掘出韩国文学的普遍性与特殊性。

其中对传播途径与过程的考察又可以分为口传与文献两种，主要是通过民族迁移、战争、使臣往来、贸易、旅行和进口书籍等方式传播。然而口传的传入方式证明起来却十分困难，即便是作品内容类似，也很难确定是受到了外来文学的影响，因为一些以人类普遍思维为基础的故事或歌曲在任何地方都有可能出现。文献传入方式的证明也存在着同样的困难，因为很难断定文献记录一定早于口传。

对于作品的改编，有的是对原作品内容进行修改，有的只传承了原作品的一部分。其中前者的研究更有意义，因为通过对这些改编的研究可以发现原作品有哪些内容与韩民族的民族感情不相符合，从而发掘出韩国文学作品的特殊性。

关于韩国口碑文学对中国文学的接受情况主要反映在说话、民谣、巫歌、盘瑟俚、民俗剧、谚语、谜语等方面，其中说话的接受内容最多，这主要是因为与其他体裁相比,说话的传播相对容易,也容易被证明,因此,本文主要总结一下韩国口碑文学对中国文学接受情况的相关研究。

## 二、韩国口碑文学对中国文学接受情况的研究历史

1.韩国口碑文学各种体裁的研究情况

(1)说话

韩国的说话可以分为记载于各种古代和近代文献中的汉文文献说话,以及现在民间流行的口碑说话。文献说话大部分是关于建国始祖、高僧、名将、名臣等历史名人的故事,在口碑说话中,主流故事则是以娱乐为主的虚构幽默故事。口碑说话和文献说话都反映了韩国人的精神世界,韩国的说话包括神话、传说和民谭(民间寓言或演义故事)。

韩国最早关于说话传播的研究是孙晋泰的《韩国民族说话研究》。书中认为,一个民族的文化并非孤立的,而是彼此之间存在着影响关系,在此前提之下,对韩国说话的传播途径进行了考察,认为其传播关系可以总结为"中国→蒙古→韩国→日本",并且分为"受中国影响的民族说话""受北方民族影响的民族说话""佛典中的民族说话",对大部分韩国说话进行了考察。[①] 这一研究比较忠实地考察了韩国说话传播的过程,对说话的比较研究做出了较大的贡献。

之后,这一研究通过金铉龙、成耆说、姜在哲得到了进一步的证实。金铉龙的《韩中小说说话比较研究——以〈太平广记〉的影响为中心》考察了《太平广记》对韩国小说和说话产生的影响。[②]《太平广记》进入韩国的年代并不确切,通过《高丽史》和《乐章歌词》的相关记录可以推测出是在高丽高宗时代之前传入的。之后朝鲜时代的成任(1421—1484)编撰并出版了50卷的缩写本《太平广记详节》,使得《太平广记》得以广泛传播。这套50卷的缩写本同时附有谚解,通俗易懂,使得普通人也可以阅读,因此对韩国的说话和小说都产生了较大的影响。

金铉龙对中韩两国的浴身禁忌和田螺姑娘等说话进行了对比,考察了中国说

---

[①] [韩]孙晋泰:《韩国民族说话研究》,首尔:乙酉文化社,1947年。
[②] [韩]金铉龙:《韩中小说说话比较研究——以〈太平广记〉的影响为中心》,首尔:一志社,1976年。

话进入韩国之后发生的变化及其意义。成耆说的研究与孙晋泰、金铉龙的观点基本一致，但更加注重对实际传播过程的考察。① 姜在哲则选择了老獭稚说话，进行了缜密的考证，探讨了该说话体现出来的韩国民族文化特点，并且对原型与传播关系进行了考察。②

这一时期研究的特点是注重阐明中韩之间说话的传播关系，之后的研究开始注重发掘韩民族说话类型的特点。曹喜雄的说话比较研究便是一个典型的例子，他既注重传播，同时又发掘出了韩国说话的类型特点。③

中国四大民间故事在韩国也得到广泛传播，其中《梁山伯与祝英台》的影响最大，因此相关研究也最多。根据文献记载，梁祝故事在高丽时期便已传入韩国，韩国以梁祝故事为底本创作出了古典小说《梁山伯传》，成为一部典型的民间文学作品。韩国关于梁祝传承的研究基本是以韩国的叙事文学对梁祝故事的接受情况为主进行的，这种研究始于对《梁山伯传》根源说话的探讨。

金台俊认为《梁山伯传》的根源说话来自《情史》，并以叙事段落的相似性为基础进行了比较。④ 李明九否认了金台俊的看法，认为《梁山伯传》的根源说话是《喻世明言》中的《李秀卿义结黄贞女》。⑤ 尽管如此，他们都认为《梁山伯传》具有翻案小说的性质。但丁奎福认为该作品具有原创小说的性质，他指出了金台俊误将《古今情史》视为《情史》的错误，对《宣室志》《古今情史》《古今小说》中的作品进行了比较考察，探讨了《梁山伯传》从梁祝故事中演变而来的过程，同时根据素材的相似性，证明了《门神巫戏》《慰灵台与梁山伯》是受到《梁山伯传》的影响而形成的。⑥

关于《梁山伯传》的形成时期，金台俊认为《梁山伯传》大约形成于朝鲜时代英祖、正祖时期，金永善和金明恩认为民间说话在明代固定为讲唱文学之后，通过使臣和译官传入韩国。⑦

---

① ［韩］成耆说：《韩国口碑传承研究》，首尔：一潮阁，1976 年。
② ［韩］姜在哲：《韩越老獭稚说话研究》，《东亚古代学》第 1 辑，东亚古代学会，2000 年。
③ ［韩］曹喜雄：《韩国说话的类型》，首尔：一潮阁，1983 年。
④ ［韩］金台俊：《朝鲜小说史》，首尔：学艺社，1939 年。
⑤ ［韩］李明九：《李朝小说比较文学研究》，《大东文化研究》第 5 辑，成均馆大学出版部，1968 年。
⑥ ［韩］丁奎福：《〈梁山伯传〉考》，《韩中文学比较研究》，高丽大学出版部，1994 年。
⑦ ［韩］金永善：《〈梁山伯传〉研究》，《青蓝语文学》第 4 辑，青蓝语文会，1991 年；［韩］金明恩：《〈梁山伯传〉研究》，汉阳大学硕士论文，1995 年。

除了《梁山伯传》,研究者们还注意到与梁祝故事相关的其他体裁作品,扩大了研究范围。徐大锡将咸镜道巫歌《门神巫戏》中的叙事结构与梁祝故事进行比较,又对将这一故事化为小说作品的《梁山伯传》进行比较,探讨了不同的文学形式对于同一素材各自是如何接受的。①

朴镇泰对于与中国梁祝传承相关的韩国作品体裁和作品之间的相互关系进行了集中考察,认为中国的梁祝故事是在南朝时代的政治社会和思想脉络之下根据梁山伯与祝英台的真实故事创作的传说。梁祝故事传入韩国之后,首先被加入死而复生情节,将悲剧结局改变为喜剧结局,又被加入谪降结构的表象,重新创作成《梁山伯传》。之后《梁山伯传》中梁山伯和祝英台死亡的故事分离出来,在咸镜道变为慰灵巫歌,在济州岛则被害虫由来说话和喜事巫戏所接受,变为巫歌。也就是说,梁祝故事与《梁山伯传》是直接的影响关系,与其他叙事巫歌则为间接影响关系。他认为中国的梁祝故事之所以能够被韩国文学所接受,是因为政治上的殉节、信仰上的冤死与解冤、风俗上的男女殉情。②

对于中韩两国神话比较研究方面的成果也为数不少,既有总体研究,也有个别类型和作品之间的比较研究。陈文琴最早对中韩两国的洪水神话、巨人神话、卵生弃儿神话等进行了比较。③ 金龙兴从思想方面对韩国的檀君神话和中国的盘古神话进行了比较,总结出了14个不同点和4个共同点,分析了两国神话之间相互产生的影响。④ 李仁泽对中韩两国的石头神话进行了比较,在此基础之上,对中韩两国与石头相关的母题进行了比较,将石头神话分为几种类型,对两国与石头相关的信仰与神话中体现出来的石头的象征性及差异进行了总结。⑤ 刘丽雅对檀君神话和黄帝神话的情节进行了分析,阐明了二者的结构差异,总结出了韩国神话与中国神话的特殊性和普遍性,并且对檀君神话中的"熊"与黄帝神话

---

① [韩]徐大锡:《叙事巫歌研究》,《国文学研究》第8辑,1968年。
② [韩]朴镇泰:《中国梁祝说话的接受与改变》,《韩国古典戏曲历史Ⅱ》,大邱:大邱大学出版部,2002年。
③ 陈文琴:《韩中神话比较研究》,成均馆大学硕士论文,1974年。
④ [韩]金龙兴:《檀君神话和盘古神话的比较研究》,《晓大论文集》第21辑,晓星女大研究,1979年。
⑤ [韩]李仁泽:《中韩石头神话的比较探讨》,《KRF研究结果论文》,韩国学术振兴财团,1998年;
[韩]李仁泽:《中国的石头信仰、神话与象征性》,《中国语文学论集》第9辑,中国语文学研究会,1997年。

中的"龙"的象征性动物进行了比较分析。① 尹顺则对中韩两国的卵生神话进行了比较。②

（2）盘瑟俚

盘瑟俚是韩国传统的口头叙事诗，在鼓手的伴奏下，职业歌手以说唱交替的形式将一个较长的故事表演给观众。盘瑟俚的"盘"是指场面、舞台、多人聚集的地方，"瑟俚"是声音的意思，也有人将其翻译成"板声"。盘瑟俚的演出不仅仅依靠鼓手和演员，观众的参与也非常重要，这三者缺一不可，堪称最具韩国民族特色的艺术形式。

韩国的盘瑟俚深受中国讲唱文学的影响，这一点已经得到韩国学术界的公认，下面就来看一下关于讲唱文学与盘瑟俚关系的研究。

最早提出盘瑟俚受到讲唱文学影响的是金东旭，他以《春香传》为例，将其与元曲的代表性作品《西厢记》进行比较，提出了元曲影响论。他认为，元曲深受诸宫调的影响，而诸宫调与盘瑟俚形态相同，因此不能排除盘瑟俚与讲唱文学之间的关系，但这只是一种假设，对于起源与接受关系的具体情况尚有待证明。③ 金学主认为，中国文学对讲唱的影响首先应能从弹词和鼓词着手，而且韩国的"打令"一词很可能也是从中国传入的。④

郑元祉认为中国的讲唱与韩国的盘瑟俚十分相似，提出了对二者进行比较的可能性，主张韩国自古以来也存在着与讲唱十分相似的形式，"盘瑟俚"这一名称是指18世纪前后形成的讲唱艺术。⑤ 他还认为，盘瑟俚说唱结合的构成方式与中国讲唱艺术的代表变文、诸宫调和词话构成相似，并且立足于音乐特征。他提出可以根据中国古典戏剧的由来与性质来推测盘瑟俚的形成与发展过程。在演

---

① 刘丽雅：《韩国与中国神话的比较研究》，《人文科学研究论丛》第13辑，1995年。
② ［韩］尹顺：《古代中国与〈三国遗事〉的卵生神话研究——以"宇宙卵"和"弃卵母题"为中心》，《清大学术论集》第2辑，清州大学学术研究所，2004年。
③ ［韩］金东旭：《盘瑟俚发生考（二）》，《论文集》第3辑，首尔大学，1956年。
④ ［韩］金学主：《中国的讲唱文学与盘瑟俚》，《东亚文化》第6辑，首尔大学东亚文化研究所，1966年。
⑤ ［韩］郑元祉：《从中国古代诗歌传统与说唱艺术形式看韩国盘瑟俚的发生背景》，《盘瑟俚研究》第14辑，盘瑟俚学会，2002年；［韩］史在东：《佛教系讲唱文学的盘瑟俚式展开》，《韩国佛教文化研究》第3辑，韩国佛教文化学会，2004年。

出方面,盘瑟俚可以说是中国古典剧的缩小版。①

张筹根指出,韩国也有和中国的讲唱文学、日本的唱导文学相同的文学体裁,而且也和中国、日本一样,作为后代国民文艺的母胎,对国民文艺思想起到了巨大作用。② 他认为韩国的叙事巫歌、佛典说话、李朝小说都与中国的讲唱文学关系密切。由于盘瑟俚是叙事巫歌的子承体,因此它可以被纳入韩国讲唱文学的范畴,而且是一种具有强烈的流浪艺人与民众独创性的文艺形态。③

成贤子首先提出了有必要探讨中国讲唱文学在盘瑟俚形成过程中的影响,并且强调:从社会发生论角度来看,盘瑟俚体现为双重性主题;在口演形态中,与讲唱相比,盘瑟俚可以进行立体的戏剧展开;从叙述结构来看,盘瑟俚的艺术形式更加复杂。④

史在东对讲唱文学在后来向讲唱剧发展和展开的过程中变化发展为盘瑟俚的相关性进行了探讨,他通过剧本、唱本的实际情况、演出条件、演出形态等将盘瑟俚与韩国佛教讲唱文学联系在一起,并认为,虽然有一些细微的差别,但讲唱剧在变化过程中发展为盘瑟俚,二者之间可以说是一脉相承的,因此认为盘瑟俚继承和发扬了讲唱剧的所有因素,是朝鲜时代重新出现的"讲唱剧"。⑤

盘瑟俚在形成过程中深受韩国说话的影响,而韩国说话又深受中国小说的影响。例如《赤壁歌》便是取自中国小说《三国演义》中有关赤壁大战的故事。尽管如此,韩国的盘瑟俚却是民族特色最明显的一种文学体裁,虽然它有很多母题都来自中国文学,但是却发生了较大的变化。比如《沈清歌》和《水宫歌》深受佛经的影响,《兴夫歌》则是接受了中国北方蒙古族说话。由于这些影响关系过于明显,无可辩驳,因此学界的研究反而并不活跃。

(3)叙事巫歌

叙事巫歌也称为"释本",它解释巫俗神的来历,从这一点上来说,它是巫俗

---

① [韩]郑元祉等:《盘瑟俚的公演艺术特点》,首尔:民俗苑,2004年。
② [韩]张筹根:《叙事巫歌的起源与民俗文艺思想的位置——为了提倡韩国讲唱文学的存在》,《文化人类学》第5辑,韩国文化人类学会,1972年。
③ [韩]张筹根:《韩国的盘瑟俚与中国的讲唱文学》,《京畿语文学》第2辑,京畿大学,1981年。
④ [韩]成贤子:《盘瑟俚与中国讲唱文学的对比研究》,《震檀学报》第53、54辑,震檀学会,1982年。
⑤ [韩]史在东:《佛教系讲唱文学的盘瑟俚式展开》,《韩国佛教文化研究》第3辑,韩国佛教文化学会,2004年。

神话。它的表演形式是配合乐器,用唱歌的形式把有趣的故事讲给人听,因此又可以称为"口碑叙事"。"叙事巫歌"是韩国重要的文化遗产,至今仍被巫师们广为传唱。

在叙事巫歌的研究方面,中国神话的影响主要体现在《圣人巫戏》之中。《圣人巫戏》中有用黄泥造人的故事,徐大锡认为这是中国的女娲神话元素传入韩国之后对巫歌产生的影响。① 但也有人认为,这种泥土造人的内容是人类创始神话中的普遍主题,因此也可能是韩国原生神话。

除此之外,徐大锡还证明了咸镜道巫歌《门神巫戏》和济州岛巫歌《唐太宗释本》也受到了中国说话的影响。《门神巫戏》深受中国梁祝传说的影响,中国的梁祝传说主要突出了祝英台的义妇形象,而在韩国的巫歌重点或烘托梁祝二人的悲剧之死,或突出二者的浪漫爱情故事。②

(4) 民俗剧

韩国的民俗剧是指民间盛行的话剧,有巫剧、假面剧和木偶剧三种。巫剧是指在巫戏中表演的巫术活动,木偶剧是指一群被称为"南士党牌"的流浪艺人团体演出过的木偶戏,假面剧是指在各个地方盛行的鬼面舞。

韩国的民俗剧也同样受到中国的影响,田耕旭从音乐的角度对中国傩礼对韩国民俗剧的影响关系进行了综合的考察,认为韩国的民俗剧深受中国傩礼的影响。比如,二者中有很多相同的戏剧形式,汉城的山台戏与假面舞戏的演员都表演过傩礼,并且在迎接中国使臣时进行过表演等。③ 朴镇泰从文学的角度对中韩两国的木偶剧进行了比较,认为韩国傀儡戏中的朴金知和洪同之的原型是中国的木偶剧人物鲍老与郭郎④,现存的韩国傀儡戏是对15世纪传入韩国的中国宋代傀儡戏的传承与模仿,到了19世纪才完全实现本土化。⑤

2.中国文学在韩国发生的变化的研究

以上研究主要注重揭示韩国口碑文学对中国文学的接受情况,另外还有一类

---

① [韩]徐大锡:《创世始祖神话的意义与变异》,《口碑文学》第4期,韩国精神文化研究院,1980年,第13—14页。
② [韩]徐大锡:《叙事巫歌研究》,《国文学研究》第8辑,1968年。
③ [韩]田耕旭:《传统演剧史、传统演剧史研究的成果与展望》,《学术研讨会》第1辑,2000年。
④ [韩]朴镇泰:《假面舞的起源与结构》,首尔:新文社,1990年。
⑤ [韩]朴镇泰:《中国木偶剧的传入与本土化过程》,《历史民俗学》第9辑,历史民俗学会,1999年。

研究,主要阐明中国文学在韩国发生的变化,这种研究在说话领域最为活跃。成耆说认为中国和日本民谭在韩国化的过程中主要反映了"孝"和"男性中心"的意识结构。①

孙志凤则对姜太公、扁鹊、东方朔、石崇、郭璞、邵康节、朱元璋等一系列中国人物形象在韩国说话中的变化情况进行了考察,从而揭示了韩国说话接受阶层的内在认识。比如,石崇和朱元璋在中国说话中主要被描写为滥用财富和职权的人物,而在韩国说话中却被着重烘托出身的贫贱及最终获得与众不同的财富与地位。这说明韩国人并没有把他们当作历史人物,而是认为他们的荣华富贵更引人瞩目,因为对于平民来说,获得财富远比炫耀财富更为实际和急迫。孙志凤的研究并不局限于个别作品,而是从素材的角度入手,考察中国人物形象被韩国接受之后发生的变化,拓宽了比较文学的范围。②

李秀子、黄仁德对田螺姑娘说话在韩国的变化情况及其意义进行了研究。李秀子认为韩国的田螺姑娘说话以《搜神记》中《白水素女说话》为基础,并加入了韩国人的情感与背景,进行了重新创作。③ 黄仁德认为,该说话综合反映了韩国的自然背景、历史经验、传承人的意识倾向等。④

在盘瑟俚的研究方面主要是对《赤壁歌》与原著《三国演义》进行比较,并总结出韩国盘瑟俚作品的独创之处。崔来沃认为,韩国盘瑟俚《赤壁歌》的素材虽然取自《三国演义》,但是从内容和性质来看,都与原著差距较大,是一部独立于原著的新作品。⑤ 该研究分为事件导入、诸葛亮登场、孙刘联手、赤壁之战的准备、赤壁大战、结局等六大部分,对于名字、介绍、引用、插入、作者独白等进行了比较,认为原作是声势浩大的战争与英雄故事,而《赤壁歌》却演变成为凡夫俗子的人情故事。从对立结构来看,由于曹操阵营的内部分裂,导致盘瑟俚作品的后半部分三国英雄的对立内容缩小。尤其是登场人物的改变较大,在韩国的作品中,曹操成了逆贼,失去了权势,沦为庸夫和恶人。曹操的谋士程昱在曹操战败之后

---

① [韩]成耆说:《韩国说话研究》,仁川:仁荷大学出版部,1988年,第30页。
② [韩]孙志凤:《韩国说话的中国人物研究》,韩国精神文化研究院博士论文,1998年。
③ [韩]李秀子:《田螺姑娘说话在韩国的变化情况与意义》,《韩中日说话比较研究》,首尔:民俗苑,1999年。
④ [韩]黄仁德:《韩中田螺姑娘说话比较》,《韩中日说话比较研究》,首尔:民俗苑,1999年。
⑤ [韩]崔来沃:《〈赤壁歌〉的戏谑结构》,《韩国小说文学探索》,首尔:一潮阁,1978年。

便摆脱曹操,站在了与曹操对立的立场,成为一个戏谑性人物。士兵们也和程昱一样与曹操作对,并通过一些粗俗无理的玩笑令曹操威严扫地,成为突出盘瑟俚戏谑性质的配角。相比之下,诸葛亮和关羽依然是受人尊敬与爱戴的忠义型代表人物,并没有被改编为负面人物形象。这主要是因为他们在战争中相对处于劣势,这与盘瑟俚的观众处境相同,令他们产生一种同病相怜的共鸣。

3. 从东亚视角进行的比较研究

此外,还有一些研究着重于从整个东亚的视角来阐释韩国口碑文学的普遍性。徐大锡对韩国神话与满族神话进行了比较,并对东北亚英雄叙事文学进行了比较。① 崔元午则对韩国说话与中国少数民族说话进行了比较研究。② 这些研究都很有深度。

这种东亚视角的比较研究始于20世纪80年代,尹学老结合弓矢这一母题相关的"弓矢说话",对中、日、韩三国的弓矢说话进行了分类,考察了弓矢与王权的关系,总结出这一说话的意义及其文化史、政治史性质。③ 金献善对越南、中国、韩国、日本四国的神话进行了比较,对神话资料的存在情况、神话的传承范围和主题进行了研究。④ 柳映先对韩国和满族的始祖神话进行了比较研究,分析了二者的变异过程,总结出了各自的神话特征和精神价值,以及两个民族之间的历史文化渊源和相互之间的影响。⑤

徐大锡很早就开始关注比较文学,主要针对满族神话和韩国神话进行了对比。在口碑叙事诗方面,徐大锡的研究以一般巫歌为资料进行了比较研究。通过巫俗神话的比较,他认为两个民族的萨满教的共同之处在于它们都是一种信仰,司祭者尝试通过与神的直接沟通来解决人类的各种问题。但是在萨满的权能和

---

① [韩]徐大锡:《韩国神话与满族神话比较研究》,《古典文学研究》第7辑,韩国古典文学会,1992年12月;[韩]徐大锡:《东北亚英雄叙事文学对比研究》,《韩半岛与中国东北三省的历史文化》,首尔:首尔大学出版部,1999年。
② [韩]崔元午:《韩国说话与中国少数民族说话的比较研究——以文化起源说话为中心》,《民俗文学与传统文化》,首尔:博而精出版社,1997年。
③ [韩]尹学老:《古代东亚神话的一个截面——以弓矢母题为中心》,东国大学史学科硕士论文,1986年。
④ [韩]金献善:《东亚细亚神话比较研究》,《韩国民俗学》第29辑,首尔:民俗学会,1997年。
⑤ [韩]柳映先:《韩、满族始祖神话比较研究》,《亚细亚文化研究》第5辑,曦园大学亚细亚文化研究所,2001年。

异界观方面,二者却有所不同:满族是人神合一,韩国则是人神分离的;满族的女神较为突出,而韩国的男神占据优势;满族的巫俗中更重视家庭神,韩国的巫俗神多为保护村庄和部落的神,描述与自然或部落之间战争的英雄故事占据主流。通过与中国、日本的英雄神话进行进一步比较之后,徐大锡认为虽然各个国家都有英雄神话,但随着传承地区的自然环境和人文条件的变化而形成了不同的神话并传承下来。①

李钟周主要对满族等东北亚地区的神话与韩国神话进行了比较分析,他主要的关注点是神话因素。他首先注意到了东北亚地区广泛流传的青蛙神话,对满族与朝鲜半岛的关联进行了研究,认为青蛙主要象征着女阴,具有性、生育、共同体的形成与救援等生产与富饶的原理。同样,他注意到了高句丽建国神话中柳花的"柳",认为"柳"同样存在于满族、蒙古族和鄂温克族神话当中,它象征着女阴,而柳花则是这种象征物的化身,因此,柳花具有与富饶和生命原理相关的圣母性质。② 他试图通过这种神话因素在东北亚地区的普遍性和各种变异来探索其普遍意义,并确认这一地区的文化同源性。

赵显卨在东亚口碑文学的比较研究方面成果最为显著,他以东亚神话为资料,试图建立神话理论,并且尝试总结出神话资料中蕴含的普遍意义。在博士论文中,他尝试了与之前的建国神话研究完全不同的比较研究。首先,该论文对于之前并不为人所知或是被排除在外的藏族、蒙古族和满族建国神话文献资料进行了全面探讨,并且在此基础之上树立了神话的形成与重组的观点。他立足于神学功能体系论,阐述了始祖神话和建国神话之间的差异,并将之与世界观的问题联系起来,树立了发展的脉络。之后,他又尝试对东亚的兄妹婚神话、洪水神话、纹

---

① [韩]徐大锡:《韩国神话与满族神话的比较研究》,《古典文学研究》第7辑,韩国古典文学会,1992年;[韩]徐大锡:《韩国巫歌与满族巫歌的比较研究》,《耘亭李相翊博士回甲纪念论文集——如何教授古典文学》,首尔:集文堂,1994年;[韩]徐大锡:《口碑文学的比较文学研究课题》,《口碑文学研究》第1辑,韩国口碑文学会,1994年;[韩]徐大锡:《东亚英雄神话的比较研究》,《口碑文学研究》第11辑,韩国口碑文学会,2000年;[韩]徐大锡:《韩国语满族巫俗神话的对比探讨》,《东北亚萨满文化》,首尔:昭明出版社,2000年;[韩]徐大锡:《21世纪口碑文学研究的新观点》,《古典文学研究》第18辑,韩国古典文学会,2000年。
② [韩]李钟周:《东北亚蛙说话的传承与意义体系》,《口碑文学研究》第3辑,韩国口碑文学会,1996年;[韩]李钟周:《东北亚的圣母柳花》,《口碑文学研究》第4辑,韩国口碑文学会,1997年;[韩]李钟周:《东北亚始祖神话话素构成原理与诸面貌》,《东北亚萨满文化》,首尔:昭明出版社,2000年。

身神话、观音菩萨等相关神话进行了广泛的比较研究,并且十分关注中国少数民族神话,对满族、藏族、彝族等相关神话也进行了研究,取得了大量的研究成果。①之前徐大锡等人的研究旨在阐明韩国说话的特殊性,而赵显卤等人的比较研究主要目的在于强调普遍性。

赵东一和崔元午的研究揭示了巫俗叙事诗等东亚口碑叙事诗的存在情况,并在此基础之上进行文学史探讨,尝试建立口碑叙事诗理论。② 尤其是崔元午将盘瑟俚与中国东北地区少数民族赫哲族的"伊玛堪"进行了比较,尝试突出韩国盘瑟俚的口碑叙事诗地位。③

相比之下,民俗剧的研究较为冷门,朴镇泰主要针对西藏地区的萨满话剧与假面舞剧进行了比较研究,再次确认了学界提出的巫教祭祀起源说。④

## 三、结语

以上分说话、盘瑟俚、叙事巫歌和民俗剧对韩国口碑文学对中国文学接受情况的研究进行了总结,并且梳理了对中国文学在韩国发生变化的研究以及从东亚

---

① [韩]赵显卤:《建国神话的形成与重编的研究——以对西藏、蒙古、满洲、韩国神话的比较为中心》,东国大学博士论文,1997年;[韩]赵显卤:《西藏神话研究——文献建国神话的传承情况与意义》,《韩国文学研究》第20辑,1998年;[韩]赵显卤:《天地断绝神话的亚洲情况与变迁的意义》,《民族文学史研究》第13辑,民族文学史研究所,1998年;[韩]赵显卤:《从神学功能体系论看亚洲建国神话》,《口碑文学研究》第8辑,韩国口碑文学会,1999年;[韩]赵显卤:《佛教的东进与神话的嬗变》,《东亚比较文学》创刊号,东亚比较文化国际会议,2000年;[韩]赵显卤:《东亚神话学的黎明与近代想象地理的形成》,《民族文学史研究》第16辑,2000年;[韩]赵显卤:《东亚创世神话研究(1)——兄妹婚姻神话与近亲结婚禁忌的伦理学》,《口碑文学研究》第11辑,韩国口碑文学会,2000年12月;[韩]赵显卤:《东亚人神婚型洪水神话的结构探索》,《口碑文学研究》第12辑,2001年;[韩]赵显卤:《说话研究的新潮流和展望》,《韩国语文学研究》第37辑,2001年;[韩]赵显卤:《东亚创世神话的世界认识与哲学宇宙观的关系》,《口碑文学研究》第13辑,2001年;[韩]赵显卤:《东亚纹身的由来及其变异试论》,《韩国民俗学》第35辑,2002年;[韩]赵显卤:《东亚洪水神话比较研究》,《口碑文学研究》第16辑,2003年;[韩]赵显卤:《东亚观音菩萨的女神性质试论》,《东亚古代学》第7辑,2003年;[韩]赵显卤:《三个神话,三种现实》,《民族语文学》第33辑,2004年;[韩]赵显卤:《东亚神话中女神创造原理的持续及其意义》,《口碑文学研究》第31辑,2010年;[韩]赵显卤:《彝族神话及口碑叙事诗研究》,《韩国语文学研究》第55辑,2010年。
② [韩]赵东一:《东亚口碑叙事诗的面貌与变迁》,首尔:文学与知性社,1997年。
③ [韩]崔元午:《韩国与中国少数民族口碑叙事诗比较研究》,《口碑文学研究》第12辑,韩国口碑文学会,2001年6月。
④ [韩]朴镇泰:《中国木偶剧的传入与本土化过程》,《历史民俗学》第9辑,历史民俗学会,1999年。
[韩]朴镇泰:《东亚萨满话剧与假面》,首尔:博而精出版社,1999年。

视角进行研究的情况。通过总结可以发现，20世纪90年代以前口碑文学的比较研究并不活跃，90年代以后，从东亚视角进行的研究呈明显增加趋势，但是仍有几个问题需要注意。

  首先是资料问题，比较神话领域还应该扩充资料，使资料的整理和翻译更加准确。目前研究者们只是根据个人需要来搜集和整理资料，并未进行资料的汇总，而且一些术语尚未统一，这些可以通过共同研究和学术会议来进行规范。目前的研究大部分只是通过对异同点进行比较，从而揭示一些特殊性和普遍性，因此对于比较研究的方向和视角还应该进行共同探讨。在口碑文学的比较研究中，大部分都集中在神话上，传说和民谭的比较研究相对不够活跃。民谭是探知人类普遍精神或者说民族特性的故事，因此这方面的研究仍须加强。

# 参考文献

[1][韩]车柱环.中国词文学研究[M].首尔:首尔大学出版部,1982.

[2][韩]东方文学比较研究会.冲击与和谐[M].首尔:国学资料院,1992.

[3][韩]车柱环.转移与接受:通过诗歌看韩中文学思想[J].东方文学比较研究丛书,1985(1):557-584.

[4][韩]曹喜雄.韩国说话的类型[M].首尔:一潮阁,1983.

[5][韩]崔来沃.《赤壁歌》的戏谑结构[J].韩国小说文学探索,1978(1):57-82.

[6][韩]崔仁鹤.韩中日说话比较研究[M].首尔:民俗苑,1999.

[7][韩]丁奎福,崔溶澈,等.韩国古小说史的视角[M].首尔:国学资料院,1996.

[8][韩]金泰坤,崔元午,等.民俗文学与传统文化[M].首尔:博而精出版社,1997.

[9][韩]崔元午.东亚比较叙事诗学[M].首尔:月印出版社,2001.

[10]陈益源.《剪灯新话》与《传奇漫录》之比较研究[M].台北:台湾学生书局有限公司,1990.

[11][韩]成耆说.韩国口碑传承研究[M].首尔:一潮阁,1976.

[12][韩]成耆说.韩国说话研究[M].仁川:仁荷大学出版部,1988.

# 参考文献

[13] [韩]辛镐烈,成昊庆,等.雨田辛镐烈先生古稀纪念论丛[M].首尔:创作与批评社,1983.

[14] [韩]成贤子.晚清小说对韩国新小说的影响[M].首尔:正音社,1985.

[15] [韩]丁奎福.韩国文学与中国文学[M].首尔:国学资料院,2001.

[16] 中国古典文学研究会.域外汉文小论究[M].台北:台湾学生书局有限公司,1989.

[17] [韩]丁奎福.韩中文学比较研究[M].首尔:高丽大学出版部,1987.

[18] [韩]丁奎福.《梁山伯传》考[J].中国研究,1979(4):33-60.

[19] [韩]韩荣焕.韩中日小说比较研究——以《剪灯新话》《金鳌新话》和《伽婢子》为中心[M].首尔:正音社,1985.

[20] [韩]韩荣焕.《剪灯新话》与《金鳌新话》构成的比较研究[M].首尔:开文社,1975.

[21] [韩]崔仁鹤.韩中日说话比较研究[M].首尔:民俗苑,1999.

[22] [韩]金台俊.增补朝鲜小说史[M].首尔:学艺社,1939.

[23] [韩]丘仁焕.莲圃异河润先生华甲纪念论文集[M].首尔:莲圃异河润先生华甲纪念论文集发行委员会,1966.

[24] [韩]金昌龙.韩国假传文学研究[M].首尔:开文社,1985.

[25] [韩]宋载邵,金明昊,等.重新审视李朝后期汉文学[M].首尔:创作与批评出版社,1983.

[26] 全北大学人文学院研究所.东亚萨满文化[M].首尔:昭明出版社,2000.

[27] 李丙畴先生周甲纪念论丛刊行委员会.李丙畴先生周甲纪念论丛[M].首尔:二友文化社,1981.

[28] [韩]金台俊.朝鲜小说史[M].首尔:学艺社,1939.

[29] [韩]金铉龙.韩中小说说话比较研究[M].首尔:一志社,1976.

[30] 韩国古小说研究会.古小说的著作与传播[M].首尔:亚细亚文化社,1994.

[31] [韩]苏在英,印权焕,等.古小说史的诸问题[M].首尔:集文堂,1993.

[32] [韩]金学成.国文学的探求[M].首尔:成均馆大学出版部,1987.

[33] [韩]金学主.韩中两国的歌舞与杂戏[M].首尔:首尔大学出版部,1994.

[34][韩]金学主.中国文学概论[M].首尔:新雅社,1977.

[35][韩]金星洙.韩国辞赋的理解[M].首尔:国学资料院,1996.

[36][韩]金云学.新罗佛教文学研究[M].首尔:玄岩社,1976.

[37][韩]李炳汉.汉诗批评的体例研究[M].首尔:通文馆,1974.

[38][韩]李丙畴.杜诗研究——以对韩国文学的影响为中心[M].首尔:探求堂,1970.

[39][韩]李丙畴.杜诗的比较文学研究[M].首尔:亚细亚文化社,1976.

[40]张德顺先生华甲纪念论文集刊行委员会.韩国古典散文研究——张德顺先生华甲纪念[M].首尔:同和文化社,1981.

[41][韩]李慧淳.《水浒传》研究[M].首尔:正音社,1985.

[42][韩]李慧淳.比较文学(一)[M].首尔:中央出版印刷株式会社,1981.

[43][韩]李明九.高丽歌谣研究[M].首尔:新雅社,1973.

[44][韩]李能雨.中国学概论入门[M].首尔:国语国文学会,1954.

[45][韩]李庆善.韩国文学与传统文化[M].首尔:新丘文化社,1988.

[46][韩]李庆善.《三国演义》比较文学研究[M].首尔:一志社,1976.

[47][韩]李庆善.韩国比较文学论考[M].首尔:一潮阁,1976.

[48][韩]李相翊.韩中小说的比较文学研究[M].首尔:博英社,1983.

[49][韩]崔仁鹤.韩中日说话比较研究[M].首尔:民俗苑,1999.

[50][韩]李在秀.韩国小说研究[M].首尔:宣明文化社,1969.

[51][韩]李在秀.韩中诗歌比较文学研究[M].首尔:一志社,1984.

[52][韩]林基中.景几体歌研究[M].首尔:太学社,1997.

[53][韩]林荧泽.实事求是的韩国学[M].首尔:创作与批评社,2000.

[54]茶谷李树凤先生回甲纪念论丛刊行委员会.古小说研究论丛——茶谷李树凤先生回甲纪念论丛[M].首尔:景仁文化社,1988.

[55][韩]闵宽东.中国古典小说在韩国之传播[M].上海:学林出版社,1998.

[56][韩]闵宽东.中国古典小说史丛考[M].首尔:亚细亚文化社,2001.

[57][韩]朴晟义.韩国文学背景研究[M].首尔:二友出版社,1980.

[58][韩]朴镇泰.东亚萨满话剧与假面[M].首尔:博而精出版社,1999.

[59][韩]朴镇泰.韩国古典戏曲历史[M].首尔:民俗苑,2002.

[60][韩]朴京珠.景几体歌研究[M].首尔:以会文化社,1996.

[61][韩]朴晟义.韩国古典小说论与历史[M].首尔:集文堂,1986.

[62][韩]朴熙秉.韩国传奇小说美学[M].首尔:石枕,1997.

[63][韩]丁奎福,张孝铉,等.韩国古小说史的视角[M].首尔:国学资料院,1996.

[64]韩国学文献研究所.伍伦全备谚解[M].首尔:亚细亚文化社,1982.

[65][韩]权纯宗.韩国戏曲的持续与变化[M].首尔:中文出版社,1991.

[66][韩]权泽茂.朝鲜的民间剧[M].首尔:艺尼出版社,1989.

[67][韩]申基亨.韩国小说发达史[M].首尔:创文社,1960.

[68][韩]沈庆昊.国文学研究与文献学[M].首尔:太学社,2002.

[69][韩]孙晋泰.韩国民族说话研究[M].首尔:乙酉文化社,1947.

[70][韩]申东益.韩国古典散文研究[M].首尔:同和文化社,1981.

[71][韩]田耕旭.韩国假面剧的历史与原理[M].首尔:悦话堂,1998.

[72]韦旭昇.中国文学对韩国文学的影响[M].李海山,[韩]禹快济,译.首尔:亚细亚文化社,1994.

[73][韩]文璇奎.韩国汉文学[M].首尔:二友出版社,1980.

[74][韩]徐大锡.军谈小说的结构与背景[M].首尔:梨花女子大学出版部,1985.

[75][韩]金时俊,徐大锡,等.韩半岛与中国东北三省的历史文化[M].首尔:首尔大学出版部,1999.

[76][韩]徐大锡.韩国神话研究[M].首尔:集文堂,2001.

[77][韩]李在秀.常山李在秀博士还历纪念论文集[M].首尔:萤雪出版社,1972.

[78][韩]许世旭.韩中诗话渊源考[M].台北:黎明文化事业公司,1979.

[79]叶乾坤.梁启超与旧韩末文学[M].首尔:法典出版社,1980.

[80]韩国古典文学会.国文学与道教[M].首尔:太学社,1998.

[81][韩]丁奎福,张孝铉,等.金万重文学研究[M].首尔:国学资料院,1998.

[82][韩]赵东一.既成一体又各自独立的东亚文学[M].首尔:知识产业社,1999.

[83][韩]赵钟业.中韩日诗话比较研究[M].台北:学海出版社,1984.

[84][韩]郑学城.17世纪汉文小说集[M].首尔:三庆出版社,2000.

[85][韩]李相泽,赵东一,等.韩国古典小说与叙事文学[M].首尔:集文堂,1998.

[86][韩]赵东一.韩国文学通史第4卷[M].首尔:知识产业社,1988.

[87][韩]赵东一.东亚口碑叙事诗的面貌与变迁[M].首尔:文学与知性社,1997.

[88][韩]赵东一.韩国文学与世界文学[M].首尔:知识产业社,1991.

[89][韩]赵东一.韩国文学与世界文学[M].首尔:三知院,1994.

[90][韩]赵润济.国文学史[M].首尔:东国文化社,1949.

[91][韩]赵润济.国文学概说[M].首尔:东国文化社,1955.

[92][韩]郑炳昱.韩国诗歌文学的探求[M].首尔:新丘文化社,1999.

[93][韩]郑蕙瑗.韩国古典诗歌的内在美学[M].首尔:新丘文化社,2001.

[94][韩]郑学城.17世纪汉文小说集[M].首尔:三庆文化社,2000.

[95][韩]郑元祉.盘瑟俚的公演艺术特点[M].首尔:民俗苑,2003.

[96][韩]周王山.朝鲜古代小说史[M].首尔:正音社,1950.

[97][韩]安大会.19世纪戏曲《北厢记》研究[J].古典文学研究,2008(33):407-442.

[98][韩]安廓.时调的渊源[N].东亚日报,1930-9-24.

[99][韩]安廓.时调的体格及风格[N].东亚日报,1931-4-2.

[100][韩]安祥馥.韩中优戏的关联情况考察[J].口碑文学研究,1999(8):315-348.

[101][韩]安祥馥.韩国假面具的形成与宋代杂剧[J].口碑文学研究,2000(10):159-188.

[102][韩]赵兴旭.时调中使用的汉诗句研究[J].语文学论丛,2006(25):67-85.

[103][韩]曹平焕.关于中国变文的研究[J].韩国诗歌研究.1999(5):135-155.

[104][韩]曹喜雄.乐善斋本翻案小说研究[J].国语国文学,1973

(62/63):257-273.

[105][韩]曹寿鹤.《崔致远传》的小说性[J].岭南语文学,1975(2):92-107.

[106][韩]赵英规.三言故事的渊源与影响考察[J].中国学报,1980(21):21-40.

[107][韩]成昊庆.《翰林别曲》的创作时期论辩[J].韩国学报,1989(49):56-78.

[108][韩]成昊庆.韩国古典诗歌的比较文学研究动向与展望[J].古典文学研究,2001(20):409-432.

[109][韩]成昊庆.韩国文学对中国戏曲接受情况研究[J].中国戏曲,2004,9(1):147-194.

[110][韩]成昊庆.元散曲对高丽诗歌的影响考察[J].国语国文学,1994(112):97-136.

[111][韩]成昊庆.元散曲对韩国诗歌的影响考察[J].韩国诗歌研究,1998(3):223-252.

[112][韩]成昊庆.中国诗歌对韩国古典诗歌的影响研究[J].韩国文化,2003(32):49-77.

[113][韩]成昊庆.中国戏曲对韩国戏剧文学的影响考察[J].国语国文学,1998(121):139-168.

[114][韩]成镐周.景几体歌与散曲的比较考察[J].文学韩文,1988(2):338-340.

[115][韩]成贤子.盘瑟俚与中国讲唱文学的对比研究[J].震檀学报,1982(53/54):207-227.

[116][韩]崔博光.《水浒传》的接受[J].师大论丛,1979(2):41-49.

[117][韩]崔根德.军谈小说与《三国演义》人物考[J].成均,1962(15).

[118][韩]崔南善.《金鳌新话》题解[J].启明,1927(19).

[119][韩]崔溶澈.韩中义贼人物——一枝梅故事的演变[J].中国语文论丛,2006(30):279-308.

[120][韩]崔溶澈.朝鲜刊本中国笑话《钟离葫芦》的发掘[J].中国小说论丛,2002(16):267-306.

[121][韩]崔溶澈.明清小说在东亚的传播与交流——以《剪灯新话》为中心[J].中国学论丛,2000(13):39-63.

[122][韩]崔溶澈.《九云梦》中体现出的《红楼梦》影响研究[J].中国语文论丛,1992(5):211-225.

[123][韩]崔元午.韩国与中国少数民族口碑叙事诗比较研究[J].口碑文学研究,2001(12):427-474.

[124][韩]车溶柱.《双女坟》说话与《游仙窟》的比较研究[J].语文论丛,1982(23):121-136.

[125][韩]车相辕.韩中古曲小说比较研究[J].中国学报,1972(13):25-58.

[126][韩]丁来东.对《春香传》产生影响的中国作品——以《西厢记》《玉堂春》等为中心[J].大东文化研究,1963(1):189-209.

[127][韩]丁来东.《中国民间文学概论》读后感[N].东亚日报,1931-12-27.

[128][韩]丁来东.中国小说对韩国文学的影响[J].国语国文,1964(27):215-219.

[129][韩]丁奎福.韩国文学与中国文学[J].韩国学,1974(3).

[130][韩]丁奎福.韩中文学比较的研究史[J].人文论集,1985(30).

[131][韩]丁奎福.《梁山伯传》考[J].中国研究,1979(4):33-60.

[132][韩]丁奎福.《九云梦》的比较文学考察[J].人文社会论文集 1970(16):17-49.

[133][韩]丁奎福.《九云梦》与《九云记》之比较研究[J].中国学论丛,1992(9):1-5.

[134][韩]丁奎福.《西游记》与韩国古小说[J].亚细亚研究,1972(48):109-151.

[135][韩]丁奎福.《玉郎返魂传》与《古本西游记》[J].韩中人文学研究,1977(2):75-80.

[136][韩]丁奎福.《三国演义》对韩国军谈类小说的影响序说[J].语文论集,1960(4):20-31.

[137][韩]丁奎福.中国小说对韩国小说的影响[J].亚细亚研究,1983(26):131-178.

[138][韩]黄渭周.汉文初期扎根过程研究(二)[J].大东汉文学,2000(13):89-130.

[139][韩]洪永杓.韩国古代小说的发展与中国小说的影响[J].国文学,1959(1).

[140][韩]高奈延.《伍伦全备记》在韩国接受情况研究[J].中国学论丛,2005(19):289-310.

[141][韩]姜在哲.韩越老獭稚说话研究[J].东亚古代学,2000(1):101-144.

[142]韩国精神文化研究院.韩国古代文化与邻接文化的关系[M].城南:韩国精神文化研究院,1981.

[143][韩]金东旭.盘瑟俚发生考(二)[J].首尔大学论文集,1956(3):239-301.

[144][韩]金炯敦.唐传奇与古小说的比较[J].新国语教育,2000(59):321-338.

[145][韩]金洪哲,金裕凤.四大奇书对韩国的影响[J].清州大学学术论文集,2004(3):91-107.

[146][韩]金龙兴.檀君神话和盘古神话的比较研究[J].研究论文集,1979(21):293-317.

[147][韩]金基平.《西厢记》与《春香传》[J].公州教育大学论文集,1964(1).

[148][韩]金俊荣.景几体歌与俗歌的性质与系统考察[J].韩国语言文学,1975(13):69-83.

[149][韩]金明昊.董文焕的《韩客诗存》与韩中文学交流[J].韩国汉文学研究,2000(26):394-418.

[150][韩]金起东.《彩凤感别曲》的比较文学考察[J].东国大学论文集,1964(1):73-88.

[151][韩]金圣基.高丽中期文人对陶渊明接受情况的考察[J].蔚山语文论丛,1987(3):79-105.

[152][韩]金时鄴.丽元之间的文学交流[J].韩国汉文学研究,1980(5):211-220.

[153][韩]金台俊.中国时调小论[N].东亚日报,1932-1-11.

[154][韩]金台俊.别曲的研究(1)—(3)[N].东亚日报,1932-1-15-17.

[155][韩]金献善.东北亚熊神话比较研究——以韩国、满洲和爱伊努熊神话为中心[J].韩国民俗与文化,2005(10):157-235.

[156][韩]金献善.东亚细亚神话比较研究[J].韩国民俗学,1997(29):293-318.

[157][韩]金学主.读《东厢记》[J].亚细亚研究,1965,8(2):173-183.

[158]成均馆大学大东文化研究院.韩国思想大系(一)——文学艺术思想篇[M].首尔:成均馆大学大东文化研究院,1973.

[159][韩]金学主.中国的讲唱文学与盘瑟俚[J].东亚文化,1966(6):208-210.

[160][韩]金琫成.《金鳌新话》的自然背景考——与《剪灯新话》的比较[J].中国学报,1968(9):85-105.

[161][韩]金琫成.《万福寺樗蒲记》与《剪灯新话》的比较研究[J].首尔产业大学论文集,1971,4(1):3-19.

[162][韩]金星洙.通过郑澈的《关东别曲》和许筠的《东征赋》考察歌辞与辞赋的因缘关系[J].汉语文教育,1996(4):133-145.

[163][韩]金永根.《伍伦全备谚解》的汉字音研究[J].语文学,1990(51):1-23.

[164][韩]金永根.《伍伦全备谚解》的疑问法研究[J].语文学,1998(65):1-36.

[165][韩]金永善.《梁山伯传》研究[J].青蓝语文教育,1991,4(1):7-89.

[166][韩]金在勇.东北亚神话的矛盾结构研究[J].文学理论与批评,1997(1):121-143.

[167][韩]金在勇.东北亚洪水神话中的神与人的问题[J].韩国文学理论与批评,1999(6):178-201.

[168][韩]金在勇.东北亚创始神话与两性原理[J].口碑文学研究,2001(12):85-117.

[169][韩]金镇世.《残唐五代演义》考[J].冠岳语文研究,1985,10

(1):35-49.

[170][韩]金钟澈.正典《春香传》的性质[J].先清语文,2005(33):153-169.

[171]碧史李佑成停年退任纪念论丛刊行委员会.民族史的展开及其文化——碧史李佑成停年退任纪念论丛[M].首尔:创作与批评社,1990.

[172][韩]李炳赫.《诗经》对韩国文学的影响[J].国语国文学志,1966(5):36-35.

[173][韩]李炳汉.独创、模仿与抄袭——汉诗批评体例比较[J].东亚文化,1973(12):57-86.

[174][韩]李炳汉.对中国与韩国古曲小说发展与影响的比较考察[J].中国学报,1968(9):65-84.

[175][韩]李炳汉.韩国古典诗论的民族文学论性质分析[J].中国学报,1989(29):193-228.

[176][韩]李炳汉.中国与韩国古曲小说[J].中国学报,1968(9):65-84.

[177][韩]李埰渊.通过《伍伦全传》的序跋来看小说的典教功能[J].韩国文学论丛,1991(12):53-70.

[178][韩]李昌龙.韩国诗歌对杜甫诗歌的接受[J].比较文学,1981(6):85-106.

[179][韩]李昌龙.高丽诗人与陶渊明[J].建大学术志,1973(16):117-139.

[180][韩]李昌龙.李朝文学素材来源研究[J].学术志,1978(22):33-58.

[181][韩]李东欢.朝鲜后期汉诗中出现的民谣倾向[J].韩国汉文学研究,1978(3):29-71.

[182][韩]李东欢.汉文学[J].韩国史,1994(17).

[183][韩]李福揆.《默斋日记》所载国文小说《王十朋传》的题解与原文[J].新国语教育,1997,55(1):325-344.

[184][韩]李福揆.《王十朋传》《王十朋奇遇记》的形成过程再论[J].温知论丛,2001(7):199-212.

[185][韩]李福揆.《王十朋传》《王十朋奇遇记》与《荆钗记》的比较研究——以阐明相关关系为中心[J].韩国文学论丛,2001(29):47-74.

[186][韩]李慧淳.高丽后期士大夫文学与元代文学的关联情况[J].韩国汉

文学研究,1985(8):1-37.

[187][韩]李慧淳.韩国乐府研究(一)[J].韩国文化研究院论丛,1981(39):7-42.

[188][韩]李慧淳.韩国乐府研究(二)[J].东洋学,1982(12):85-122.

[189][韩]李慧淳.中国小说对韩国小说的影响——以义气问题为中心[J].国语国文学,1975(68/69):171-185.

[190][韩]李家源.朝鲜时代与清朝的文学交流[J].韩国汉文学研究,1981,5.

[191][韩]李家源.明曲对《春香歌》的影响[J].国语国文学,1967(34/35):204-205.

[192][韩]李家源.改稿《春香传》注释[M].首尔:正音社,1986.

[193][韩]李庆善.歌辞和辞赋的比较研究[J].中国学报,1967,6(1):3-19.

[194]渊坡车相辕博士颂寿论文集刊行委员会.渊坡车相辕博士颂寿论文集[C].首尔:渊坡车相辕博士颂寿论文集刊行委员会,1971.

[195][韩]李庆善.松江歌辞的比较文学试考[J].Cogito,1958(1):23-42.

[196][韩]李明九.李朝小说的比较文学研究[J].大东文化研究,1968(5):1-41.

[197][韩]黄浿江,金容稷,赵东一,等.韩国文学研究入门[M].首尔:知识产业社,1982.

[198][韩]李明九.《李生窥墙传》与《剪灯新话》的比较[J].成大文学,1961(8):59-69.

[199][韩]李明九.李朝小说研究序说[J].成均馆大学论文集,1968(13):21-44.

[200][韩]李明九.李朝小说对中国小说的接受姿态——以与《剪灯新话》及《三言》的比较为中心[J].中国研究,1979(4):7-31.

[201]陶南赵润济博士回甲纪念论文集刊行委员会.陶南赵润济博士回甲纪念论文集[M].首尔:新雅社,1964.

[202]国语国文学会.高丽歌谣研究[M].首尔:正音社,1990.

[203][韩]李能雨.中国小说类来韩记事[J].淑明女子大学论文集,1968

（7）:53-72.

[204][韩]李能雨.韩中律文的比较[J].现代文学,1959,5(3).

[205][韩]李润石.关于《薛仁贵传》的起源[J].渊民学志,2001(9):195-223.

[206][韩]李润石.军谈类小说与《三国演义》[R].文教部学术研究报告,1974.

[207][韩]李庭卓.松岩与杜甫的比较研究[J].开新语文研究,1988(5/6):57-80.

[208][韩]李熙升,郑炳昱,金钟仁,等.《春香传》的综合探讨[C]//《震檀学报》第一届东洋学研讨会速记.1962.

[209][韩]李相翊.韩中小说比较研究[M].首尔:三英社,1983.

[210][韩]李相翊.《洪吉童传》与《水浒传》的比较研究[J].国语教育,1962(4).

[211][韩]李在春.《青楼义女传》研究——以与中国小说《杜十娘怒沉百宝箱》的关系为中心[J].语文学,1989(50):249-261.

[212][韩]李在秀.中国小说在韩国小说发展过程中的影响[J].庆北大学论文集,1956(1):43-89.

[213][韩]李钟灿.韩国乐章与中国乐府的对比[J].国语国文学论文集,1969(7/8):241-254.

[214][韩]李钟建.徐居正诗文学中体现出来的杜诗影响[J].韩国语文学研究,1981(15):265-278.

[215][韩]李钟周.东北亚蛙说话的传承与意义体系[J].口碑文学研究,1996(3):237-263.

[216][韩]李钟周.东北亚的圣母柳花——满洲与韩半岛对柳花神的崇拜[J].口碑文学研究,1997(4):35-63.

[217][韩]李钟周.东北亚建国神话——以创造论与男女结合生殖论的再现情况为中心[J].口碑文学研究,2001(12):279-317.

[218][韩]李锡浩.《西厢记》的文体与翻译[J].中国学报,1969(10):35-50.

[219][韩]林基中.和请与歌辞文学(发言概要)[J].国语国文,1987(97):

241-251.

[220][韩]林基中.古典诗歌的实证研究[M].首尔:东国大学出版部,1992.

[221][韩]林荧泽.《洪吉童传》的新考察:下[J].创作与批评,1977,12(1):127-138.

[222][韩]林娗炫.通过对东亚三国军谈的比较来寻找韩国军谈小说的特征——以《刘忠烈传》《平家物语》和《三国演义》为中心[J].东洋古典研究,2000(14):31-57.

[223][韩]林钟灿.时调的汉译诗与汉诗时调译的问题研究[J].时调学论丛,2007(27):177-191.

[224][韩]柳铎一.15、16世纪中国小说在韩国的传播与接受[J].语文教育论丛,1988(10).

[225][韩]柳浚景.乐善斋本中国翻译小说与长篇小说史[J].韩国文学论丛,2000(26):109-133.

[226][韩]柳晟俊.罗唐诗人交流考[J].韩国汉文学研究,1985(1):631-657.

[227][韩]柳映先.韩、满族始祖神话比较研究[J].亚细亚文化研究,2001(5):337-374.

[228][韩]柳在元,[韩]郑莲实,[韩]赵娟廷.《伍伦全备谚解》译注(1-11)[J].中国语文论译丛刊,2006(1):17-29.

[229][韩]朴炳旭.《翰林别曲》研究[J].京畿语文学,1991(9):327-354.

[230][韩]朴晟义.从比较文学视角看《金鳌新话》与《剪灯新话》[J].高丽大学文理论集,1958(3).

[231][韩]朴晟义.韩国诗歌和汉诗文[J].高丽大学文理论集,1955(1).

[232][韩]朴晟义.高丽大学建校50周年纪念论文集[C].首尔:高丽大学,1955.

[233][韩]朴现圭.在中国刊行的朝鲜后四家著作物总览[J].韩国汉文学研究,1999(24):273-292.

[234][韩]朴熙秉.新罗高丽时代传奇小说研究[J].大东文化研究,1995(30):33-78.

[235][韩]朴相珍.《伍伦全备记谚解》一考[J].国文学论集,2003(19):

31-55.

[236][韩]朴英姬.长篇家门小说对明史的接受及其意义——以靖难之变为中心[J].韩国古典研究,2000(6):191-216.

[237][韩]朴在渊.《剪灯余话》与乐善斋本《聘聘传》研究[J].中国小说论丛,1995(4):371-396.

[238][韩]朴在渊.关于乐善斋本《残唐五代演义》[J].中国小说论丛,1992(1):113-133.

[239][韩]朴在渊.《王十朋传》——中国戏曲《荆钗记》的翻译[J].中国学论丛,1998(7):323-342.

[240][韩]朴镇泰.中国木偶剧的传入与变化过程[J].历史民俗学,1999(9):97-120.

[241][韩]朴完镐.通过田螺姑娘故事对韩中两国文化普遍性与特殊性的考察[J].中国人文科学,2008(40):507-532.

[242][韩]朴钟声.东亚创世神话研究——满洲、蒙古和韩国创世神话的面貌与变迁[J].口碑文学研究,2001(12):119-165.

[243][韩]朴钟声.韩国、满洲、蒙古创世神话变迁的意义[J].口碑文学研究,2000(11):63-105.

[244][韩]琴知雅.继承与超越的交点——中国文学与韩国汉文学[J].比较韩国学,2008,16(1):169-193.

[245][韩]全圭泰.东里文学的比较文学试考[J].比较文化论丛,1993(4):3-17.

[246][韩]全台焕.歌辞文学对汉文学接受情况的研究[J].国语国文学,1995(115):83-109.

[247][韩]权纯肯.《三国演义》的接受及其目的[J].泮桥语文研究,1998(9):293-329.

[248][韩]权五惇.韩国文人之中国文学评论[J].东方学志,1961(5):121-140.

[249][韩]权斗焕.时调的产生与起源[J].冠岳语文研究,1993(18):21-45.

[250][韩]申东益.《锦香亭记》研究[J].国语国文学,1973(65/66):177-197.

[251] [韩]沈庆昊.朝鲜后期小说考证(一)[J].韩国学报,1989,15(3):79-104.

[252] [韩]沈庆昊.对《伍伦全传》的考察[J].爱山学报,1989(8):111-130.

[253] [韩]沈载淑.通过《张伯传》与演义小说《唐晋演义》的关系看英雄小说的形成的一个侧面[J].语文论集,1993(32):261-284.

[254] [韩]石朱娟.《伍伦全备谚解》的国语学研究[J].震檀学报,2003(96):173-201.

[255] [韩]宋晟旭.韩国古小说学会夏季国际学术大会论文[M].延边:中国延边科技大学,2001.

[256] [韩]宋政宪.陶渊明与丽末三隐诗的研究[J].东方文学比较研究丛书,1984(1):133-184.

[257] [韩]史在东.佛教系讲唱文学的盘瑟俚式展开[J].佛教文化研究,2004(3):153-212.

[258] [韩]苏恩希.《伍伦全备谚解》中的动词重叠式[J].中国文化研究,2004(3):199-208.

[259] [韩]孙晋泰.时调及时调所表现的朝鲜人[J].新民,1926(7).

[260] [韩]孙志凤.韩中城隍说话比较研究[J].口碑文学研究,2001(12):167-201.

[261] [韩]郑沃根,谭帆.朝鲜时代中国评点本小说的传播与影响[J].中国小说论丛,1999(10):109-127.

[262] [韩]田耕旭.传统演剧史、传统演戏史研究的成果与展望[J].学术研讨会,2000(1):11-48.

[263] [韩]田晟云.《九云梦》的创作与明末清初艳情小说[J].古小说研究,2001(12):65-94.

[264] 王国良.韩国抄本汉文小说集《唊蔗》考辨[J].汉学研究,1988,6(1):243-248.

[265] [韩]尹光凤.韩国假面具的形成过程——以傩礼的变异情况为中心[J].比较民俗学,1992(9):83-113.

[266] [韩]尹日受.汉文戏曲《东厢记》对中国剧的接受情况[J].韩民族语文

学,1997(32):257-278.

[267][韩]尹顺.古代中国与《三国遗事》的卵生神话研究——以"宇宙卵"和"弃卵母题"为中心[J].清大学术论集,2004(2):93-115.

[268][韩]尹柱弼.《楚辞》接受的文学史展开与批判性历史意识[J].韩国汉文学研究,1987(9/10):423-475.

[269][韩]尹柱弼.16世纪士林的分化与洛西居士李沉《伍伦全传》翻案的意义[J].国语国文学,2002(131):317-342.

[270][韩]尹柱弼.伦理的叙事化——《伍伦全传》的接受研究[M].首尔:国学资料院,2004.

[271][韩]南恩暻.晦斋的山水诗中体现出来的朱子与庄子的影响[J].研究论集,1989(16):7-29.

[272][韩]吴秀卿.《伍伦全备记》研究——版本系统与作者问题[J].中国文学,1998(29):95-113.

[273][韩]吴秀卿.奎章阁本《伍伦全备记》研究(二)[J].中国文学,1998(30):387-403.

[274][韩]徐大锡.创世始祖神话的意义与变异[J].口碑文学,1980(4):13-14.

[275][韩]徐大锡.东亚英雄神话的比较研究[J].口碑文学研究,2000(11):107-142.

[276][韩]徐大锡.21世纪口碑文学研究的新观点[J].古典文学研究,2000(18):23-40.

[277][韩]徐大锡.口碑文学的比较文学研究课题——以神话与叙事诗为中心[J].口碑文学研究,1994(1):1-27.

[278][韩]徐大锡.苏知县罗衫再合系列翻案小说研究[J].东西文化,1973(5).

[279][韩]徐大锡.新小说《明月亭》的翻案情况[J].比较文学,1977(1):45-64.

[280][韩]徐大锡.叙事巫歌研究[J].国文学研究,1968(8).

[281][韩]许敬仁.《洪吉童传》的接受性与独创性研究[J].中国语文学论集,2002(19):491-524.

[282][韩]许元基.西浦金万重对《三国志》的评说[J].精神文化研究,2000,23(3):127-153.

[283][韩]尹贵燮.高丽俗谣和宋词的比较试论[J].成大文学,1965(11):70-83.

[284][韩]赵麒永.河西金麟厚的杜诗接受情况[J].洌上古典研究,1995(8):29-50.

[285]赵维国.《太平广记》传入韩国时间考[J].中国小说研究会报,2001(46).

[286][韩]赵显卨.西藏神话研究——文献建国神话的传承情况与意义[J].韩国文学研究,1998(20):303-347.

[287][韩]赵显卨.天地断绝神话的亚洲情况与变迁的意义[J].民族文学史研究,1998(13):146-173.

[288][韩]赵显卨.从神学功能体系论看亚洲建国神话[J].口碑文学研究,1999(8):119-149.

[289][韩]赵显卨.中国民间文学研究现状[J].口碑文学研究,2002(15):165-185.

[290][韩]赵显卨.东亚神话学的黎明与近代想象地理的形成[J].民族文学史研究,2000(16):102-128.

[291][韩]赵显卨.东亚创世神话研究(1)——兄妹婚姻神话与近亲结婚禁忌的伦理学[J].口碑文学研究,2000(11):201-221.

[292][韩]赵显卨.东亚人神婚型洪水神话的结构探索[J].口碑文学研究,2001(12):395-425.

[293][韩]赵显卨.说话研究的新潮流和展望[J].韩国语文学研究,2001(37):239-272.

[294][韩]赵显卨.东亚创世神话的世界认识与哲学宇宙观的关系[J].口碑文学研究,2001(13):99-135.

[295][韩]赵显卨.东亚纹身的由来及其变异试论[J].韩国民俗学,2002(35):151-173.

[296][韩]赵显卨.东亚洪水神话比较研究[J].口碑文学研究,2003

(16):461-496.

[297][韩]赵显卨.东亚观音菩萨的女神性质试论[J].东亚古代学,2003(7):61-80.

[298][韩]赵显卨.三个神话,三种现实[J].民族语文学,2004(33):205-231.

[299][韩]赵显卨.东亚神话中女神创造原理的持续及其意义[J].口碑文学研究,2010(31):269-298.

[300][韩]赵显卨.彝族神话及口碑叙事诗研究[J].韩国语文学研究,2010(55):167-198.

[301][韩]张孝铉.朝鲜后期竹枝词研究[J].韩国学报,1984,10(1):132-158.

[302][韩]张筹根.韩国的盘瑟俚与中国的讲唱文学[J].京畿语文学,1981(2):89-114.

[303][韩]郑炳昱.汉诗绝句和时调的比较[J].韩国汉文学研究,1978(3):81-86.

[304][韩]郑焕国.关于元明传奇小说对17世纪初小说的影响[J].汉文学报,1999(1):177-202.

[305][韩]郑莲实.《伍伦全备记》异体字的类型分析[J].中国学研究,2007(40):33-68.

[306][韩]郑吉秀.《王十朋奇遇记》修改情况及其小说史地位[J].古典文学研究,2001(19):177-206.

[307][韩]郑沃根.《水浒传》在古代朝鲜的传播和影响[J].中国学论丛,1997(6):95-117.

[308][韩]郑学城.对《王十朋奇遇记》的考察[J].古小说研究,1999(8):165-191.

[309][韩]郑雨峰.朝鲜后期汉文学中"不亦快哉"的嬗变及其意义[J].古典文学研究,2008(34):267-302.

[310][韩]郑元祉.从中国古代诗歌传统与说唱艺术形式看韩国盘瑟俚的发生背景[J].盘瑟俚研究,2002(14):159-279.

[311]刘丽雅.韩国与中国神话的比较研究[J].人文科学研究论丛,1995

(13):341-349.

[312][韩]卞钟铉.高丽朝汉诗对唐宋诗歌接受情况与韩国的改观[D].首尔:延世大学,1993.

[313]陈妙如.《啖蔗》研究[D].云林:中国文化大学中国文学研究所,1988.

[314]陈文琴.韩中神话比较研究[D].首尔:成均馆大学,1974.

[315][韩]成镐周.景几体歌的形成研究[D].釜山:釜山大学,1988.

[316][韩]池妍淑.《女娲传》系列小说批评研究[D].首尔:高丽大学,2001.

[317][韩]崔根德.中国《三国演义》对朝鲜古代军谈小说的影响[D].首尔:成均馆大学,1961.

[318][韩]崔英柱.《三国演义》对韩国古代小说的影响——以《九云梦》和《玉楼梦》为中心[D].首尔:延世大学,1973.

[319][韩]丁奎福.韩国古代军谈小说考——以《三国演义》的影响为中心[D].首尔:高丽大学,1958.

[320][韩]洪亿善.元散曲对高丽诗歌的影响考察[D].庆山:岭南大学,1993.

[321][韩]金明恩.《梁山伯传》研究[D].首尔:汉阳大学,1995.

[322][韩]金重烈.时调和唐诗的比较研究[D].首尔:高丽大学,1966.

[323][韩]金周淳.陶渊明诗对朝鲜诗歌影响之研究[D].台北:台湾师范大学,1985.

[324][韩]李承妍.《伍伦全备谚解》研究[D].首尔:高丽大学,1995.

[325][韩]李庚秀.汉诗四家对清朝诗歌接受的研究[D].首尔:首尔大学,1993.

[326][韩]李凤麟.《水浒传》对《洪吉童传》的影响[D].大邱:大邱大学,1966.

[327][韩]李宪洪.朝鲜时代讼事小说研究[D].釜山:釜山大学,1987.

[328][韩]李相翊.韩国小说的比较文学研究——以《西游记》的影响为中心[D].首尔:首尔大学,1980.

[329][韩]李学主.东亚传奇小说的艺术特征研究——以《剪灯新话》《金鳌新话》《伽婢子》《传奇漫录》为中心[D].首尔:成均馆大学,1999.

[330][韩]李钟殷.中国小说对韩国小说的影响[D].首尔:延世大学,1956.

[331][韩]柳晟俊.中国王维与李朝申纬诗之比较研究[D].台北:台湾师范大学,1980.

[332][韩]柳渊焕.韩国古典翻案小说研究[D].首尔:高丽大学,1990.

[333][韩]陆在龙.《月峰记》的异本研究[D].首尔:西江大学,1994.

[334][韩]全惠卿.韩中越传奇小说比较研究——以《金鳌新话》《剪灯新话》《传奇漫录》为中心[D].首尔:崇实大学,1995.

[335][韩]南胤秀.韩国和陶辞研究[D].首尔:高丽大学,1985.

[336][韩]朴惠淑.形成期的韩国乐府诗研究[D].首尔:首尔大学,1989.

[337][韩]朴有京.《东厢记》的形成与戏曲特性[D].釜山:釜山大学,2000.

[338][韩]朴尚权.《伍伦全备谚解》的词汇研究[D].昌原:庆南大学,2003.

[339][韩]朴善英.《东厢记》研究[D].首尔:梨花女子大学,1984.

[340][韩]朴在渊.朝鲜时代中国通俗小说翻译本研究[D].首尔:韩国外国语大学,1993.

[341][韩]朴宙明.《伍伦全备谚解》前置词研究[D].首尔:韩国外国语大学,2010.

[342][韩]全英兰.屈原与郑澈歌辞之比较研究[D].台北:台湾师范大学,1981.

[343][韩]申东益.明代短篇小说对韩国古典小说的影响[D].首尔:首尔大学,1985.

[344][韩]沈庆昊.海东乐府体研究[D].首尔:首尔大学,1981.

[345][韩]沈载淑.对《苏云传》《月峰记》系列作品群的类型变异与创作阶层研究[D].首尔:高丽大学,1990.

[346][韩]孙秉国.明代话本小说对韩国古典小说的影响——以三言二拍为中心[D].首尔:东国大学,1992.

[347][韩]孙志凤.韩国说话的中国人物研究[D].城南:韩国精神文化研究院,1998.

[348][韩]宋振瀚.朝鲜王朝演义小说研究[D].清州:忠北大学,1993.

[349][韩]宋政宪.陶渊明与李穑诗之对比研究[D].台北:台湾师范大学,1985.

［350］［韩］吴承姬.《西厢记》与《春香传》的变异影响研究［D］.首尔:中央大学,1991.

［351］［韩］吴秀美.《三国演义》的演变与比较文学研究［D］.首尔:首尔大学,1974.

［352］［韩］徐大锡.叙事巫歌研究——以和说话、小说的关系为中心［D］.首尔:首尔大学,1968.

［353］叶乾坤.《春香传》与诸宫调《西厢记》的比较研究［D］.首尔:成均馆大学,1963.

［354］［韩］尹日受.中国戏剧在韩国的接受情况研究［D］.庆山:岭南大学国语国文系,2001.

［355］［韩］尹学老.古代东亚神话的一个截面——以弓矢母题为中心［D］.首尔:东国大学,1986.

［356］曾天富.韩国小说对明代话本小说接受的研究［D］.釜山:釜山大学,1995.

［357］曾天富.韩国小说对明代拟话本小说接受的考察［D］.釜山:釜山大学,1988.

［358］［韩］张介钟.韩中越传奇小说的比较研究——《金鳌新话》《剪灯新话》《传奇漫录》［D］.首尔:成均馆大学,1992.

［359］［韩］张柱玉.《水浒传》与《洪吉童传》的比较［D］.首尔:诚信女子大学,1974.

［360］［韩］赵惠兰.《锦香亭记》研究［D］.首尔:梨花女子大学,1985.

［361］［韩］赵显卨.建国神话的形成与重组的研究——以对西藏、蒙古、满洲、韩国神话的比较为中心［D］.首尔:东国大学,1997.

［362］［韩］郑蕙瑗.时调的意思结构分析［D］.首尔:首尔大学,1970.

［363］［韩］郑桂顺.《伍伦全备谚解》的国语学研究［D］.庆山:庆南大学,1986.

［364］［韩］郑沃根.中国古代通俗小说在古代朝鲜的传播与影响［D］.上海:华东师范大学,1997.

［365］［韩］郑学城.折花奇谈［D］.首尔:首尔大学,1999.

# 附录　韩国的代表性研究论文

## 韩国的中国古典散文史研究史

[韩]权锡焕　文　倪建波　译

### 一、审视散文研究史的必要性

"中国古典散文"①(以下均称散文)作为一种可以反映中国文化整体的文学形式,同诗歌一道并称为"文笔",形成了两大文风。散文与被称为支流的俗文学不同,在中国文化史上占据着主流地位,因而可以毫不怀疑地说它是中国文人知

---

① 可以称其为"古文"。但是对于这一称谓仍存有争议,这里仍然沿用。在此讨论一下"古代"和"古典"这两个词的区别。"古代"一词体现的是单纯的时间概念,而"古典"则偏重于"典范"的意思。因而笔者认为在这篇论文中使用"古典"一词较为恰当。
同样,"散文"这一称谓并不是"韵·散"概念上的文学类型。本文中使用的"散文"一词没有确切的分类依据,只是基于"诗""小说""散文""戏曲"这种形式上的划分方法。对于这种分类方法在此不做详述。

识分子阶层①的专利品,亦被称为"雅堂文学"。

在中国古代文化史的每一个转折期,散文总会以新的面貌出现。在西周统治阶级的宗法思想渐渐崩溃,向春秋战国的百家争鸣转换的过程中,起主导推动作用的便是诸子散文。到了汉代,史传散文推动文学从经学和史学的范畴里渐渐独立,成为一种新的文化领域。唐宋时期的古文运动改变了魏晋南北朝时期崇尚唯美主义的浮华文风,赋予文章朴素的格调与丰富的内容。古文运动中所追求的"文道合一"这一终极目标并非只是针对骈文的文体解放运动,更是象征着新的文人阶层的形成以及这一阶层逐渐上升为文化核心集团的这一过程。宋代以后,平民文学日益发达,小说和戏剧逐渐成为新的文化主流。即使是在这样的大背景下,散文作者依然坚守其文化本质。明代以后,散文界兴起了复古与反复古,模仿与反模仿的论战,其自身也渐渐认识到这一文化形式正在没落。中世纪社会到近代的转折期,清末桐城派作家在散文史上书写了最后一抹辉煌。在此之后,古典散文日趋没落。

最初,散文是一种承载宗教与文学的重要形式,在之后的很长一段时期内,散文都是散布于"文史哲"这一综合系统里。之后散文逐渐演变为承载统治集团政治理念的一种形式,标榜着"经国之文"的同时渐渐脱离哲学和史学。同时随着文人知识分子阶层的形成,散文也成为他们抒发个人的浪漫情怀与冷静透彻的现实认识的重要文学形式。总而言之,中国古代散文的发展脉络呈现出两种趋势,一种是反映统治阶层的指导思想,另一种是个人对于真实生活的探查与感悟。因此只有在文章里渗透的感性与理性在相互对峙的紧张中获得平衡的时候,散文的美学价值才能实现。

但是到了近代,西方的主流文化理念与文学作品开始侵蚀中国散文的正统性与本质。散文承载着古代文化与中世纪文化,随着这种文体的渐渐崩溃,它的权威和与文化总体的联系,及其支配地位都开始渐渐削弱。如今,散文这种文体正在成为"消失的形式",既缺乏创作阶层,又缺乏读者层和评论员。也有一些人秉持中世纪文人的散文精神,继续坚持创作。比如学位论文或者书的序言,夹在木

---

① "文人知识分子阶层"是"士大夫""统治阶级"的一部分。但是对于这一阶层的严格区分在古代和中世社会并不容易。本文中的"文人知识分子阶层"指通过文字或文学来实现对于社会的统治的特定阶层。

板中的文件或者书信(推荐信或是公文,书信中的常用语等),或者碑文以及致辞等。但是这样的文字已经失去了散文作为"经国之文"或是"统治阶级文学"的文化力量,再加上作者既是读者又是评论家,沦为一种不折不扣的"单一创作"行为。或许会有人提出这样的疑问:小说和诗歌不也遇到了同样的情况吗?但不同的是,近代以后的诗歌和小说是以白话文的形式创作的,可以说其形式上的生命力得到了延续。从这一点来说,它们同散文的情况是完全不同的。散文不仅经历了形式上的湮灭,其独有的文化力量与本质也都烟消云散。下面就以笔者的研究和授课经验为例对这样的现象作一下说明。笔者上大学的时候主要研究"古典散文"和"古文",并连续几年教授相关课程。因为当时正研究寓言,所以选择散文作为专业课程来教授。笔者的研究领域和授课内容一致,坚信散文是一个极具整体性的学术领域。但是现实并非如此。笔者在教授这门课的过程中始终得观察学生的脸色。说得重一点就是和学生之间的关系并不友好,一直很紧张,临近期末总是匆匆忙忙地结束课程。原因是极少有学生对这门课感兴趣,甚至有的学生还说"古文"课就是"受刑"课。笔者绝不是指自己所在的大学的学生有问题,当然也不是说自己的研究或是授课方式老套无趣(也许存在这样的因素)。这并不是笔者个人的经验,在和学界同人们的交流中经常会听说同样的情况,他们对散文这种文学形式的态度也是越来越疑惑。根本原因和首要责任是什么呢?虽然在此还无法对这个问题作出明确说明,但这无疑是我们所面临的严酷现实,是一个严重的问题。

审视中国散文研究史的必要性便在于此。这意味着现在正是对散文研究提出本质问题的时候。中国古典散文在中国文学史上究竟具有怎样的特点和意义?韩国人是不是该无条件地接受在中国被视为正统典范的《古文观止》或是《古文真宝》?为什么至今没能以韩国人自己的视角选出一部优秀的古典散文集?怎样继承古典散文的优秀传统,怎样看待继古典散文之后出现的新文体,以及如何看待古典散文的近代性等问题①,现在已经到了需要一一进行解释说明的阶段。

正是在这样的层面上,笔者把散文研究史的整理这一课题放在了首位。对于研究史的探索不能停留于单纯地介绍研究动向、公式化地对研究领域进行分类说

---

① 笔者将"中国散文研究的重要性及相关课题"确定为后续论文。

明以及研究方向的展望上。对于散文研究史的真正探索,不仅要针对散文研究的学界积累进行整理,更要把以上问题同相关的史学观点联系起来。但由于目前韩国散文学界研究成果的积累尚不足以用来建立史学观点,本文旨在为建立新的研究范式奠定基础,因此,只能对国内现有研究成果加以汇总。

## 二、韩国国内外散文研究动向

首先了解一下学会的动向。最近,韩中两国的散文学会几乎是在同一时间内纷纷涌现。在中国,相关学会的设立主要受三大因素的影响:对"文革"的反思,在高考和各种升学考试中把古文作为考试内容的现实需求,以及蔓延全社会的"复古主义"和"尚古主义"思潮。朴晟镇的报告如实反映了这样的社会现实。

> 由于在中国大陆盛行的尚古主义倾向以及古文在各种考试中的比重不断增加,不仅是知识分子,普通民众对于古代散文的兴趣也是日益浓厚。这样的社会氛围十分有利于白话译本以及普及型选注本的出版。①

再来了解一下各学会的具体情况。1996年,中国古代散文学会筹备委员会②在北京成立,为学会的正式成立作准备。该学会旨在通过展开关于中国古代散文的学术研究和交流活动来促进富有深度的传统文化研究,繁荣学术文化事业,每年举办全国性的年会并出一期《中国古代散文学会简报》。在条件成熟的情况下,出版《中国古代散文研究》或《通讯》③。现在以首都师范大学为中心,于1996年和1997年分别出版了《中国古代散文学会简报》第1、2期,第3期预计于1998

---

① [韩]朴晟镇:《大陆的中国古代散文学会报告》,韩国中国散文学会,1989年9月,月谈会,首尔大学第一人文馆402号。

② 中国古代散文学会的人员结构如下:周振甫等9人为顾问,会长为北京师范大学的郭预衡教授,社会科学院的谭家健教授等6人为副会长,北京大学的费振刚教授等12人为常务理事,首都师范大学的朱鸿恩教授任秘书长,副秘书长为首都师范大学的李勤印教授,理事包括湖南教育学院的陈蒲清教授等37人。这个学会规模庞大,囊括了全国范围内的古代散文研究者,尤其是众多当代散文学界的大家。
在该学会成立之前,1988年3月10日曾在北京召开过敦促散文研究的座谈会。主题是"关于中国古代散文研究问题",针对散文的名称、定义、范围、文学性及研究状况进行了讨论。此次座谈会的研究成果收录于《文学遗产》(1988年4月)。([韩]李钟汉:《韩愈散文的分析研究》,首尔大学博士论文,1992年,第5页)

③ 《中国古代散文学会章程》(草案)、《中国古代散文学会简报》,第1期,第3页。

年末出版发行。第1期刊载的内容①中《中国古代散文学会(筹)会员著作情况简介》②和谭家健编著的《十年来古典散文选本简目》都是了解现代中国散文研究情况的极有价值的资料。正如这些资料所体现的,对于散文的时期划分中国散文学界更倾向于用"古代"或是"历代"这两个称谓,而不是"古典"。也可以看出"古文"和"散文"这两个称谓混用的情况正趋向于使用"散文",可以说使用"散文"这一专业称谓是大势所趋。重要的是散文中也包含了杂文、骈文、辞赋和笔记等文体,这体现了他们的散文观与散文的形式范畴。第2期的内容极为丰富,囊括了《学者探访录》、《古代散文笔谈》、《台湾之中国古代散文研究著作要》(谭家健辑录)、《学术机构简介》、《学术活动简讯》、《课题进展》、《出版信息》等内容。尤其值得一提的是谭家健对台湾的散文研究相关著作进行了介绍,把《国外之中国古代散文研究举隅》③作为附录列举了出来,这对于了解世界范围内的中国散文研究动向是十分有价值的。

　　第一届古代散文研讨会于1996年9月24日在北京首都师范大学举行。在此次会议上,发表的论文包括学会会长郭预衡教授的《关于中国古代散文特征的几点看法》等。第二届会议据说于1998年的秋天举行(未能了解到关于此次会议的时间、地点、主题等具体信息)。衷心希望该学会能够开拓中国散文研究的新领域。

--------

① 以下是《中国古代散文学会简报》第1期的目录:
　中国古代散文学会(筹)负责人名单
　中国古代散文学会章程(草案)
　中国古代散文学会(筹)会员著作情况简介
　四十年来古典散文选本简目(谭家健辑)
　关于第一届中国古代散文学术讨论会报道情况
　诗二首(章明寿)
　编后记
　通知
② 介绍了中国古代散文学会71名会员的著作目录,也包括散文之外的文体著作。
③ 根据谭家健的研究成果,韩国的散文研究目录如下:
　[韩]洪淳旭:《史记的世界》,庆山:岭南大学出版部,1982年。
　[韩]李星:《史记——中国古代社会的形成》,首尔:首尔大学出版部,1989年。
　[韩]朴宰雨:《〈史记〉〈汉书〉比较研究》(侧重文学),北京:中国文学出版社,1994年,第426页。
　由此可见,韩国学界对中国散文学界相关信息的收集水平相当滞后,也可以看出韩国学界的现状以及同中国学界的交流情况。

下面来关注一下韩国的情况。随着中国的改革开放以及1992年中韩建交,两国文化交流日益频繁,"中国学"重新获得了举足轻重的地位。中文文学学界蓬勃发展,各个分支分别成立自己的学会。可以说散文学会也是在这样的氛围中建立起来的,比如韩国古文研究会和韩国中国散文学会。虽然前者的研究对象是韩国古文,后者的研究对象是中国古文,两者探求的内容与研究对象却是十分接近的,因而会在后面的章节中立足于相互交流的层面对此进行介绍。

韩国古文研究会致力于整理尚未发表的古文,并将研究成果发布于《古文研究》上,向世人普及古文的真正价值。[①] 1957年,边时渊先生在选编《文苑》的过程中成立了文苑编刊会来整理韩国历代文集中的古文。这个研究会即是在这样的背景下开始起步。卷帙浩繁的《文苑》历经30年的艰辛,于1986年完成,共计74册(原编66册,续集7册,《文苑同刊录》1册)。这套书的编纂是一个庞大的工程[②],收录了2530名作家的6730余篇作品,字数达538.5万字(每页14行,每行32字)。这里需要我们注意的是《文苑》的编刊宗旨。边时渊先生所作的《文苑序》《文苑编刊通文》《再通文》等文章里[③],处处渗透着"文以载道"的观点,即《文苑》的宗旨同唐宋道学家主导的古文运动的基本主张是一脉相传的,并且认为"古文"的概念范畴不应局限于文章(也可以称之为文学),而应是包括文史哲的综合概念。对于怎样在现代的视角上分析中国古文的概念范畴,以下的分类具有很大的参考价值。因此有必要分析一下《文苑》里收录的文章类型。以下是《文苑》的"凡例"中记载的文章类型。

经　玉册文　竹册文　哀册文　颁教文　教命文　教书　致祭文　赐祭文　谕祭文　祈祷文　赐额文　批答　立案文　完文　上疏　表　启

---

[①] [韩]朴浚圭教授在《古文研究》的第10期中如此定义研究会的目标,第264页的《会责》里也明确记载了研究会的主旨:"本会旨在继承文苑编刊会的工作,挖掘普及未发表文献及进行古文研究。"韩国古文学会的会长为边时渊,尹丝淳等4人为副会长,琴章泰等21人为理事,另有监事2人,校订和干事各3人。

[②] 《文苑同刊录》的"凡例"中指出,《文苑》的编刊工作始于1957年1月,至1986年结束,历时30年,被认为是"我国有文以来初有之巨编"。(普典出版社印刷,韩国古典研究会刊,1986年11月20日)

[③] 《文苑序》:"文者,述意之言,载道之具。"
《文苑编刊通文》:"藉以文者,载道之器也。"
《再通文》:"窃以文以载道,道以文显。"

封事、状奏、上言、献议、策、国书、书牍文、训、说、志、禄、辨论、解、杂著、序、记、跋、颂、铭、箴、赞、启、歌、辞、别曲、青词、操、词、赋、混书、疑、义、上梁文、祝文、告由文、奉安文、祈雨文、祭文、露布、檄、儒状、通文、神道碑、碑、墓志、墓碣铭、墓表、谥状、行状、家状、行录、遗事、行绩、事绩、事实、实记、叙述、行略、宝状、传(86类)①

以上列举的大多是歌、辞、别曲、青词、词等韵文，"抒情之文"相对较少。但是这是研究中国散文分类的一大标准。笔者预测对于这个分类标准，今后将会有更为深入广泛的讨论。

为了古文研究事业的进一步发展，"文苑编刊会"于1976年更名为"韩国古文研究会"。自1989年《古文研究》的首刊发行到1997年8月份第10集的出版为止，共登载了包括梅轩朴行重逸稿、直斋许炳遗稿等各类文集137种，总数为251卷。韩国古文研究会并没有单纯地跟随中国的文风或是依赖于中国的研究成果，而是在确保韩国古文独立性的基础上以自身的视角进行整理和研究。正是由于这一点，韩国古文研究会的活动进展值得期待。笔者万分敬重这个研究会所取得的累累硕果，如果说还要提一点建议，就是现在已经到了以文章的选择工作为基础进行系统的分类，进而确定古文研究学术理论的阶段。这可以改变数千年以来在古文研究领域所盛行的"韩国接受中国影响"的单方体系，是开始相互沟通交流新篇章的关键。

韩国中国散文学会于1998年6月26日在首尔大学正式成立。在此之前的1997年10月2日开始，为了使学会成功创办，在祥明大学举办了包括发起大会在

---

① 86文类载于1957年向全罗南道和全罗北道各乡校和书院发送的通文里。此后的每次说明中，文类的数字都有所变动。例如边时渊先生在《古文研究》的首刊(1989年)中写道："文的种类包括玉册、竹册、致祭、疏箚、书、杂著、序、记、跋、碑、状等七十余种。"[韩]任昌淳先生的书评虽然认为"《文苑》是继承了《东文选》形式的最庞大的编著"，但是并没有提及文类的总数。另一方面，李家源先生认为"从玉册文到传，共45类"。姜周镇先生则认为《文苑》是遵循朝鲜时代初期徐居正的《东文选》编辑而成，虽然缺乏一定的原则，但也包括以教书、论书、批答、致祭文、疏箚为主的书、杂著、序、记、碑、志、状、传共55类。

内的三次预备会议。① 除了传统散文,中国散文学会以包容的态度吸纳了骈文、经学、诸子学、辞赋、史传文、现代散文、文艺理论等文体。为了使中国散文教学更加准确以及实现将其韩国化、现代化的目标,该学会把相关教材和散文选集的发行列为首要任务。目的是在中国学者编写的选集的基础上加上韩国学者的视角,创造出更为完整的选集。现在每个月都在首尔大学举行例会,交流对于原文、原文的注解、题解、赏析以及分析工作的最新成果。同时也在推行中国古代散文的大众化进程,编纂翻译质量较高、易于被大众接受的散文读物。在中国古典散文正淡出大众视野的背景下,笔者认为这项工程正是旨在恢复散文的生命力。之后将会开展"国内外中国散文相关论著目录"项目的编纂工作。这一系列的工程可以说是打开韩国中国散文研究新篇章的基础工作。虽然该学会的成立时间不长,开展的学术活动不算多,学术成果也还不够丰硕,但是它集结了众多意气风发的年轻学者,今后必然会建立新的研究体系并且取得丰硕的成果。

韩中两国中国散文学会的诞生对于建立系统高效的研究体系具有极其重要的意义。

现在来了解一下研究动向。在中国出版的与散文相关的刊物中,除选集②之外,还有文体论以及散文通论、散文史、散文美学、散文鉴赏辞典等多方面的研究

---

① 学会人员构成情况如下:会长吴洙亨(首尔大学)教授,副会长金容构(韩神大学)、朴璟实(蔚山大学),总务干事权锡焕(祥明大学)教授,编辑干事洪承直(顺天乡大学)教授,研究干事金钟声(崇实大学)教授,涉外干事张永伯(建国大学)教授。
② 谭家健主编的《四十年来古典散文选本简目》(《中国古代散文学会简报》第1期)详细记载了选集的出版情况,具体如下:
(1)历代散文综合选本(40种)。
(2)历代散文分类选本:
A.骈文选(5种);B.辞赋选(11种);C.游记选(33种);D.寓言选(17种);E.书信选(22种);F.传奇选(13种);G.笔记小品选(20种);H.其他选本(22种)。
(3)断代散文选本:
A.先秦(21种);B.汉魏六朝(18种);C.唐宋(33种);D.元明清(23种)。
(4)作家作品先注举要(86种)。

成果。但是整体上同中国文学的其他领域相比较还是十分滞后的。① 正式的研究始于 20 世纪 70 年代。早期的研究主要集中于散文和骈文的比较以及散文的概念与范畴。② 与此相关的散文文体论的研究日益活跃,出现了许多富有深度的著述。中国人在西方对于传统文学的诗歌、小说、戏剧三分法的基础上增加了散文这一类型,主要采用四分法③。其中散文又可以分为四类,主要有两种观点:谭家健的记事、写景、抒情、说理和谢楚发的记叙文、论辩文、讽喻文和实用文。这两种分类方法都在中国传统分类的基础上添加了西方元素或者现代元素,虽然存在分类标准模糊的一面,但也都各具特色。在散文史方面,陈柱编写的《中国散文

---

① 针对这种现象的解释众说纷纭。
王运熙认为"五四运动以后学界兴起了以西方文艺理论来诠释中国古典文学的风潮,因而渐渐产生了重视诗歌、轻视散文的倾向"(《多研究一点唐代散文》,《唐代文学研究年鉴》,1985 年)。相反,谭家健认为问题在于学术研究大家们对于中国散文的范畴等基本理论问题意见不一致(《关于古典散文的若干问题》,《文学评论丛刊》第 5 辑)。前者指出了西方文艺理论这一外在因素,后者则是强调散文自身的内在问题。但是这两种见解都具有各自的局限性。笔者认为根本原因在于近代以后中国古典散文这一文学形式的生命力不断消退,失去了其文化核心功能。

② 以下是关于这一部分的代表性著述:
王葆心:《古文辞通义》,台北:台湾中华书局,1984 年。
蒋伯潜:《骈文与散文》,台北:世界书局,1983 年。
谢楚发:《散文》,北京:人民文学出版社,1994 年。
褚斌杰:《中国古代问题概论》,北京:北京大学出版社,1990 年。
郭绍虞:《文章辨体序说,文章明辨序说》,1959 年。
张仁青:《骈文学》,台北:文史哲出版社,1984 年。
叶幼明:《辞赋通论》,长沙:湖南教育出版社,1991 年 5 月。
刘国华:《中国散文学通论》,合肥:安徽教育出版社,1995 年。
冯书耕、金仞千:《古文通论》(上、中、下),北京:中华丛书编审委员会,1979 年。

③ 这一分类方法是中国人为了方便而采用的,不能说是基于形式本质上的分类。严格来说,中国只存在韵文和散文,即文和笔的两分法。出于方便,中国在引入西方的文学分类方法时添加了"散文"。按照赵东一所主张的抒情、叙事、戏剧、教述的四分法,散文应当属于教述类。

史》以及郭预衡的《中国散文史》比较具有代表性。① 前者包括了中国散文史上韵文和骈文以及文学和非文学的两大对立形式。而后者则是坚持从汉语文学的实际出发来判断散文的传统,从历史的角度来捕捉散文的特征。总而言之,前者将文学自身的发展规律作为重点,后者则是坚持传统的文史哲综合观点。

在前期研究成果的基础上,20世纪80年代以后集中出现了一批关于散文美学②与鉴赏③的著作。集中谈论散文美学的目的在于把散文从文史哲的综合系统中独立出来,根据文艺理论的标准进行研究。在这样的趋势下,散文鉴赏辞典开

---

① 包括这些著述在内,统括中国散文史的代表性著述如下:
张仁青:《中国骈文发展史》(上、下),台北:台湾中华书局,1970年。
陈柱:《中国散文史》,台北:台湾商务印书馆,1971年第6版。
张仁青:《中国骈文发展史》(上、下),台北:台湾中华书局,1979年。
张高评等:《中国散文之变貌》,台北:中央文物供应社,1984年。
倪志:《中国散文演进史》(上、下),台北:长白出版社,1985年。
韩兆琦:《汉代散文史稿》,太原:山西人民出版社,1986年。
李曰刚:《辞赋流变史》,台北:文津出版社,1987年。
郭预衡:《中国散文史》(上、中、下),上海:上海古籍出版社,1986年。
韩兆琦:《中国传记文学史》,石家庄:河北教育出版社,1992年8月。
刘振东、高洪奎、杜豫:《中国古代散文发展史》,郑州:中州古籍出版社,1992年。
谢楚发:《中国散文简史》,武汉:长江文艺出版社,1992年10月。
漆绪邦主编:《中国散文通史》,长春:吉林教育出版社,1992年10月。
郭预衡:《中国散文简史》,北京:北京师范大学出版社,1994年4月。
刘衍主编:《中国散文史纲》,长沙:湖南教育出版社,1994年6月。
刘一沾、石旭红:《中国散文史》,台北:文津出版社,1995年。
程福宁:《中国文章史要略》,拉萨:西藏人民出版社,1996年10月。
陈书良:《中国小品史》,长沙:湖南出版社,1991年。
② 散文的美学与艺术相关著述如下:
吴小林:《中国散文美学史》,哈尔滨:黑龙江人民出版社,1993年。
陈必祥:《古代散文艺术论》,西安:陕西人民出版社,1964年。
李正西:《中国散文艺术论》,西宁:青海人民出版社,1989年7月。
周明:《中国古代散文艺术》,南京:江苏教育出版社,1994年12月。
谭家健:《先秦散文艺术新探》,北京:首都师范大学出版社,1995年10月。
章沧授:《先秦诸子散文艺术论》,合肥:安徽大学出版社,1996年。
③ 20世纪80年代末以后出版的散文鉴赏辞典如下:
吴功正主编:《古文鉴赏辞典》,南京:江苏文艺出版社,1988年。
徐中玉主编:《古文鉴赏大辞典》,杭州:浙江教育出版社,1989年11月。
王彬:《古代散文鉴赏辞典》,北京:农村读物出版社,1989年。
关永礼:《古文观止·续古文观止》,上海:同济大学出版社,1990年。
王洪:《中国散文百科大辞典》,武汉:学苑出版社,1991年。
来克让等主编:《中国杂文鉴赏大辞典》,太原:山西人民出版社,1991年。

始面世。

　　针对出土的帛书、竹简等资料的文学研究可以说是当代中国的研究趋势中比较奇特的方面之一。这些资料在以前只被用为文字学或是社会科学的素材。而现在还被用于同现有文献的对比或是各个文体间的继承关系等多种研究领域，有效拓展了古代散文研究的深度。同样，青铜器铭文也摆脱了原先的研究视角，作为古代散文或是教学书籍的研究对象正越来越受到关注。①

对于帛书、竹简、青铜器铭文的研究，在研究方法的多样化以及新领域的开拓这两个层面上具有积极的意义。在确立散文的范畴以及叙述散文史的时候，这些问题都应该深入探讨。

现在来关注一下韩国国内的中国散文学会的情况。韩国国内不仅没有散文理论书籍，甚至连概论型的著述都没有，也从未以自身的视角来编纂中国散文选集。我们主要通过《古文真宝》和《古文观止》这两本书来学习散文，再把它们作为教科书指导后人，仅满足于对这两本书的影印和翻译。② 编纂的一些散文选集

---

① ［韩］朴晟镇：《大陆的中国古代散文学会报告》。
② 《古文珍宝》和《古文观止》的影印和译本如下：
　　［韩］金达镇：《古文真宝》，首尔：青羽出版社，1958年。
　　［韩］崔仁旭：《古文真宝》，首尔：乙酉文化社，1964年。
　　［韩］卢台俊：《古文真宝》，首尔：弘新文化社，1970年。
　　［宋］黄坚：《悬吐备旨》、《古文真宝》（2册），首尔：明文堂，1979年。
　　［韩］韩武熙：《古文真宝》，首尔：明知大学出版社，1979年。
　　［宋］黄坚：《详说古文真宝大全》，首尔：保景文化社，1983年。
　　［韩］朴一峰：《古文真宝》，首尔：育文社，1986年。
　　［韩］金学主：《古文真宝》，首尔：明文堂，1986年。
　　［韩］韩武熙：《古文真宝》，首尔：惠园出版社，1990年。
　　［韩］朴一峰：《古文观止》，首尔：智英社，1998年。
以上著述大多是针对《古文真宝》。最近《古文观止》的译本也已出版。关于《古文真宝》的相关论文参见金仑寿的《详说古文真宝》和《批点古文》（《中国语文学》第15辑，岭南中国语文学会，1988年12月）。

也多是教学所需,大多数是中国研究成果的译本。① 可以说我们现在迫切需要能够反映散文的范畴和文体以及相关研究成果的选集。

现在来看一下相关论文的情况。以 1968 年李章佑的《韩退之散文研究》为起点到 1999 年 2 月为止,共有相关硕士学位论文 51 篇。博士论文则是从 1978 年洪禹钦的《苏东坡文学之研究》开始到 1998 年 8 月为止,共有 33 篇。小论文从韩武熙的《唐代古文运动和影响》开始到 1999 年 12 月为止,共有 238 篇。

从出现第一篇学位论文的 1968 年到 1999 年间共有 51 篇硕士论文,其中有 31 篇完成于 80 年代;有博士论文 33 篇,其中的 28 篇完成于 90 年代。由此看出散文研究的实际历史不过只有 20 年,而且 84 篇硕博论文中有 39 篇都集中于唐宋散文研究。

最近,吴洙享教授发表了论文《中国古代散文研究的几个问题》,针对散文的名称和范畴、文体分类、韩国国内散文研究的概况和课题等中国散文研究的基本问题进行了翔实而广泛的论述。吴教授的这篇论文对于开启散文研究的新篇章具有十分重要的意义,但是笔者认为对于中国文学史中散文的重要性以及散文研究与近代性等更为本质的问题有必要进行更为深入的探讨。本论文意在立足于吴教授的研究成果之上作一下补充与扩展。

以上便是笔者所掌握的中国散文研究的趋势,虽然学术活动和研究成果同其

---

① 以下为具有代表性的散文译本及选集:
[韩]文璇奎:《唐宋八大家文选》(上、下),韩国自由教育协会,1971 年(上),1974 年(下)。
[韩]沈德潜编,金喆洙译:《唐宋八家文》,《博英文库》,首尔:博英社,1974 年。
[韩]李章佑:《中国历代散文选》,首尔:新雅社,1975 年(1977 年修订版)。
[韩]李基奭:《唐宋八家文》,首尔:弘新文化社,1979 年。
[韩]韩武熙:《唐宋八大家文选》,首尔:新雅社,1981 年。
许璧:《白话本唐宋散文选》,首尔:延世大学出版部,1981 年。
[韩]柳晟俊:《新选中国古文》,首尔:松山出版社,1982 年。
[韩]韩武熙:《中国历代散文选》,首尔:檀国大学出版部,1982 年。
[韩]中国文学研究会:《中国古文选读》,首尔:学研社,1984 年。
[韩]柳晟俊:《基本中国古文》,首尔:萤雪出版社,1985 年。
[韩]韩武熙:《先秦诸子文选》,首尔:诚信女子大学出版社,1985 年。
[韩]李东三:《经书讲读》,首尔:韩国广播放学大学出版部,1987 年。
[韩]李永朱、崔完植:《中国历代散文选读》,首尔:韩国广播放送大学出版部,1987 年。
[韩]柳晟俊:《中国基础古文》,首尔:萤雪出版社,1990 年。
[韩]金喆洙:《中国古文》,首尔:成均馆大学出版部,2000 年。
[韩]尹正铉:《中国历代文选》,首尔:文音社,1997 年。

他领域相比略有不足,但是最近在中韩两国都成立了相关学会,散文研究正呈现出越来越活跃的趋势。这可以说是在用学术的力量来应对近代以来的古典散文危机。

## 三、韩国国内的中国散文研究成果

现在来梳理一下韩国国内的中国散文研究成果。为了更好地掌握研究成果,笔者将《国内中国古代散文研究目录》(以下简称《目录》)列为本论文的附录以备参考。《目录》不仅收录了传统散文,也收录了经学及诸子学、辞赋、骈文等文体,也包括一些研究某位作家的诗歌和文章的论文;不仅包括外国学者在韩国的学术杂志上发表的内容,也包括韩国的学者在国外杂志上发表的研究成果。笔者将研究的时间范围设定为1945年至今,但是没能找到1962年之前的论著目录。根据研究论著的发表形式,分为硕士论文、博士论文、研究著述及选集韩译本、学术论文等,总数为352篇。但是同国内发表的有关中国小说的论文相比较,这只不过是三分之一而已。①

韩国国内的散文研究成果按照类型来分主要有以下几种。

第一,唐宋散文及古文运动研究;

第二,先秦两汉散文研究;

第三,寓言文研究;

第四,明清散文研究。

本论文探讨的对象主要是学位论文,必要时也会涉及一些学术论文。

1.唐宋散文及古文运动研究

首先对唐宋散文和古文运动进行一下说明。鉴于在理论和创作的统一中诞生的两者形成了中国散文的主流,因而将它们放到一起讨论较为合适。从《目录》中可以得出结论,针对唐宋散文和古文运动的论文数量占据了中国古代散文研究的最大比重。共有硕士论文25篇、博士论文14篇、学术论文91篇,在《目

---

① 根据赵宽熙的论文《韩国的中国小说研究——解放以来(1945—1997)》所述,在韩国发表的与中国小说相关的硕士、博士论文共有990篇左右。(《中国小说论丛》第7辑,1998年3月)

录》中所罗列的352篇中占据了三分之一。虽说是唐宋散文研究,但实际的研究对象几乎全都针对"唐宋八大家"。硕士论文中只有《唐代山水游记》这一篇脱离了"唐宋八大家"的轨道;博士论文中也只有李圣浩的《陈师道散文研究》和南宗镇的《唐代文人的短篇传研究》以及黄珵喜的《皮日休文学研究》不属于这一领域。

这也说明了现在的散文研究现状。下面了解一下中国的情况以作参考,他们不仅创造了"唐宋八大家"这一称谓,更是高度评价古文运动的文化价值,但是研究对象的范围并不像我们这般狭窄。前面引用过的谭家健的《四十年来古典散文选本简目》收录了先秦时代的选本21种,汉魏六朝选本18种,元明清时代的选本23种。由此可以看出,虽然唐宋时代的选本数量略占优势,但是没有达到严重倾斜的程度。

鉴于唐宋散文同中国散文史上最大的事件古文运动密切相关的事实以及优秀作品的思想性、艺术性和多样化的文体风格,增加研究力度也是无可厚非的。但是必须指出的是,对于"唐宋八大家"的研究已是过度偏重了①,把针对富有时代性和社会性的散文的研究局限在同一个时间段内也是不合时宜的。

来了解一下同"唐宋八大家"有关的论文。同韩愈有关的硕士论文有6篇,博士学位论文2篇②,还有12篇学术论文。两篇博士学位论文的题材和内容十分相似,针对韩愈散文的形成背景、分类及内容、散文理论、艺术造诣等方面进行了综合论述。硕士论文则主要是针对文体、文学思想、古文理论以及墓志铭进行了探讨。学术论文则主要偏向于古文理论的研究,能深刻省察原作的风格和形式的论

---

① 金宗燮在其论文《"唐宋八大家"的形成背景之考察》(《中国文学》第28辑,1997年10月)指出散文研究过度偏向"唐宋八大家"这个问题。他认为"唐宋八大家"并不能代表整个唐宋时期的散文,只不过是"以欧阳修为中心的文人集团"。"唐宋八大家"不能代表中国,有必要认清楚他们的散文其实只是散文整体中的一个分支。
② 同韩愈有关的硕士、博士论文如下:
[韩]李章佑:《韩退之散文研究》,首尔大学硕士论文,1965年。
[韩]李章佑:《韩昌黎文体研究》,台湾大学硕士论文,1968年。
[韩]张哲镐:《韩愈的文学思想》,成均馆大学硕士论文,1984年。
[韩]南宫远:《韩愈研究——以其文学思想为中心》,江原大学硕士论文,1986年。
[韩]金钟美:《韩愈古文理论研究》,首尔大学硕士论文,1990年。
[韩]南宗镇:《韩愈的墓志铭类文章研究》,成均馆大学硕士论文,1991年。
[韩]李钟汉:《韩愈散文的分析研究》,首尔大学博士论文,1992年。
[韩]朴璟实:《韩愈散文研究》,成均馆大学博士论文,1994年。

文并不多。

　　同柳宗元相关的有硕士论文6篇、博士论文2篇、学术论文16篇。① 对于柳宗元作品的研究情况和韩愈有所不同，更加侧重于对游记、寓言以及传记作品的剖析。

　　同欧阳修相关的有3篇硕士论文、1篇博士论文以及7篇学术论文。② 同欧阳修在唐宋散文界的中心地位相比，关于他的研究可以说略显不足。

　　关于"三苏"有6篇硕士论文、2篇博士论文及19篇学术论文，且研究对象大多以苏轼为主。③ 今后应该加大对苏洵和苏辙的研究力度，力求使研究成果同"三苏散文"这一称谓名实相符。

　　同曾巩相关的硕士论文和博士论文各1篇。关于王安石只有1篇博士论文

---

① 同柳宗元相关的学位论文如下：
　　[韩]洪寅杓:《柳宗元研究》，首尔大学硕士论文，1968年。
　　[韩]柳银姬:《柳宗元的传与山水记考察》，延世大学硕士论文，1985年。
　　[韩]金容杓:《柳宗元散文研究》，台湾大学硕士论文，1985年5月。
　　[韩]洪承直:《柳宗元寓言文的讽刺性研究》，高丽大学硕士论文，1987年。
　　[韩]朴璟兰:《柳河东"著述之文"的思想研究》，汉阳大学硕士论文，1991年。
　　[韩]白光俊:《柳宗元讽刺文学研究》，首尔大学硕士论文，1998年2月。
　　[韩]吴洙亨:《柳宗元散文研究》，首尔大学博士论文，1992年。
　　[韩]洪承直:《柳宗元散文的文体别研究》，高丽大学博士论文，1992年。
② 同欧阳修相关的学位论文如下：
　　[韩]郭鲁凤:《欧文的修辞研究》，韩国外国语大学硕士论文，1982年。
　　[韩]张秀烈:《欧阳修研究》，成均馆大学硕士论文，1983年。
　　[韩]金兰英:《欧阳修"记"文研究》，岭南大学硕士论文，1989年。
　　[韩]郭鲁凤:《欧阳修散文研究》，韩国外国语大学博士论文，1991年。
③ 同"三苏"相关的学位论文如下：
　　[韩]洪瑀钦:《苏东坡文学对韩国文学的影响》，岭南大学硕士论文，1972年。
　　[韩]禹埈浩:《苏东坡散文研究》，韩国外国语大学硕士论文，1980年。
　　[韩]陈玉卿:《苏东坡记文考》，首尔大学硕士论文，1982年。
　　[韩]朴相雨:《苏轼历史人物论研究——以思想为中心》，首尔大学硕士论文，1987年。
　　[韩]林俊相:《苏轼"记"体散文研究》，成均馆大学硕士论文，1992年。
　　[韩]李镇汉:《苏轼散文的创作论和风格研究》，汉阳大学硕士论文，1993年。
　　[韩]崔在赫:《苏洵散文研究》，汉阳大学硕士论文，1994年。
　　[韩]洪瑀钦:《苏东坡文学之研究》，台湾文化大学博士论文，1978年。
　　[韩]金钟擎:《苏辙散文研究》，首尔大学博士论文，1995年。

以及几篇学术论文。①

除"唐宋八大家"外,针对皮日休和陈师道的散文也有一些研究成果,衷心希望今后的唐宋散文研究能更加丰富多彩,取得丰硕成果。

由于1984年韩国中国学会曾经以唐宋古文运动为主题召开过国际学术会议②,因此比较容易了解这一方面的研究情况。那次大会之后,关于唐宋古文运动的研究得到持续不断的推进,逐渐成为重要课题。因此,针对这一课题的研究通过中国散文概论、中国文学史、学位论文、学术论文等形式不断地深化,硕果累累。主要有以下几个问题:

(1)古文和古文运动的名称以及起源问题。

(2)古文运动在中国思想史上的意义。

(3)古文运动家的"排佛兴儒"问题。

(4)古文与骈文的关系:对立还是互补?

(5)"文必秦汉"问题:古文运动是进步还是复古?

(6)文与道的问题:文与道的关系是矛盾还是统一?

对于第(1)个问题,"古文"这一称谓是韩愈最先提出的,但在当时这一用语并没有被广泛使用,相反"文"或是"文章"用得较多,是单行散体"笔"的意思。"古文运动"这个概念最先出现在1928年胡云翼的《中国文学史》中,之后渐渐普及开来,但是清代以前是没有这个词语的。唐代的古文作家只是站在个人的立场上提倡古文创作,并没有发起团体运动。根据这一见解,唐代的古文运动实际上

---

① 同曾巩和王安石相关的学位论文如下:
[韩]金钟燮:《曾巩散文研究》,首尔大学硕士论文,1989年。
[韩]金容杓:《曾巩散文研究》,台湾大学中国文学研究所博士论文,1994年。
[韩]吴宪必:《王安石经世文学研究》,高丽大学博士论文,1995年。
② 在以中国古文运动为主题的第四期中国学国际大会上发表的论文作为特辑刊登于《中国学报》第25期(1985年3月)。13篇论文中同散文相关的论文篇目如下:
[韩]车柱环:《中国文学与古文运动》,《中国学报》第25期,1985年。
[韩]李章佑:《韩愈和古文运动》,《中国学报》第25期,1985年。
罗联添:《论唐代古文运动的几个问题》,《中国学报》第25期,1985年。
[韩]洪寅杓:《唐代古文论的问题》,《中国学报》第25期,1985年。
张亨:《古文运动在中国思想史上的意义》,《中国学报》第25期,1985年。
[韩]金都炼:《韩国古文的发展过程与特色》,《中国学报》第25期,1985年。
叶庆炳:《论"文必秦汉,诗必盛唐"》,《中国学报》第25期,1985年。
赵令扬:《归有光和袁宏道:明代古文运动的反响》,《中国学报》第25期,1985年。

并不是当时社会上真正存在的事件,而是后人诠释下的"运动"。

关于第(2)个问题,古文运动并非单纯的文学运动,它也是一场文化思想运动。正如近代的新文学运动同新文化运动紧密相连,古文运动也是唐代文化思想运动的重要一环。即韩愈所标榜的"道"与胡适等提倡的"科学、民主、自由"的口号是一致的。根据这一主张,古文运动应该是产生了能改变当时文化系统的巨大影响力,但这同第一点又有所矛盾,即宋代的道学家们继承了唐代兴起的文学"新倾向",后人又持续不断地对此给予支持,导致古文运动升华扩大为一种文化运动,但它未曾具备改变文化流向的影响力。

这一部分需要更深层次的研究和讨论。笔者认为古文运动和新文化运动的比较研究对于掌握中国文化思想史的轨迹是十分有益的。

对于第(3)个问题,学者们对于唐代古文作家们所倡导的"兴儒"没有任何异议,只是对于韩愈个人的"排佛"给予很大的关注。韩愈倡导的"排佛兴儒"究竟是为了整顿由安史之乱后的地方割据所撼动的统治秩序和社会风气[1]还是为了构建新的文化系统,即"拥护封建统治秩序,保障新兴汉族地主阶级的政治地位以及恢复儒家思想的统治地位"[2]?

当然,以上两点可能都是原因之一,有必要对这一问题进行更为缜密的探讨。现在的概论型著述或是文学史中把韩愈和柳宗元进行比较的时候,普遍认为韩愈坚持"排佛",而柳宗元对佛教持包容的态度。但是最近的研究成果认为韩愈对于佛教的经典理论也是持接受态度,甚至有学者把韩愈对于佛教的立场模糊不清作为一大问题指了出来。

第(4)和第(5)个问题都是古文运动的重要议题。希望今后能出现更多关于这些问题的论述,以便于掌握古文运动的本质。

第(6)个问题是在与唐宋散文相关的论文中重点讨论的主题。对于这个问题的解答取决于怎样确立文与道的关系。所有的研究都得出了"文道合一"这一结论[3]。但是实际上唐宋古文家们所倡导的"文以载道""文以明道"指的是比起

---

[1] [韩]李钟汉:《韩愈散文的分析研究》,首尔大学博士论文,1992年,第15页。
[2] [韩]黄珵喜:《韩愈"排佛兴儒"的原因研究》,《中国语文论丛》第14期,1998年。
[3] 韩愈散文研究([韩]朴璟实,成均馆大学博士论文,1994年)以及欧阳修散文研究([韩]郭鲁凤,韩国外国语大学博士论文,1991年)等论文对此都得出了同样的结论。

形式,文章应当承载更多的实质内容。这就意味着"道"是排在首位的,"文"只是附属。因此主张"文道合一"之时应该明确说明两者之间的关系。

2.先秦两汉散文研究

我们所研究的先秦散文主要以春秋战国时期的文章为主。这个时代正值周代的宗法理念逐渐崩溃,新的社会秩序慢慢形成之时,需要新的信息,因而文章的作用也很快地改变。文章的功能超越了为统治理念服务的记录(公文、简略的历史记录、统治集团的活动情况报告等)层次,承载了更多个人的思想、知识等巨大的信息量。正是在这一时期,诸子散文、历史散文、经传散文等登上了历史舞台,它们决定了魏晋南北朝以前散文的内容和形式。

对于诸子散文的研究主要偏重于庄子的散文①,因为庄子的作品兼具优秀的文学性与思想性。对于庄子散文中所蕴含的美学与智慧的探索有助于了解中国散文在文学与思想的和谐,即文与质、骈与散的对立中的发展脉络。

历史散文不仅是中国散文研究的重要一环,对于了解中国叙事文学的发展轨迹也具有十分重要的意义。《左传》《战国策》《史记》等传记文学到了唐代以后同寓言相结合,形成了"寓言传记",之后又同传记体小说相互融合,不断发展。针对这一部分的研究成果相当丰富,这也反映出它的重要性。包括传记文学在内共

---

① 同庄子的散文相关的学位论文如下:
[韩]金在烈:《庄子的艺术论研究》,高丽大学硕士论文,1981年。
[韩]闵丙三:《庄子的文学构成研究》,韩国外国语大学硕士论文,1981年。
[韩]金世焕:《庄子寓言及其功用研究》,台湾辅仁大学硕士论文,1981年。
[韩]朴璟实:《孟子心性说研究》,台湾辅仁大学硕士论文,1985年。
[韩]权锡焕:《庄子文学研究》,成均馆大学硕士论文,1986年。
[韩]沈揆昊:《庄子散文的形象化研究》,韩国外国语大学硕士论文,1988年。
[韩]韩武熙:《庄子散文研究》,诚信女子大学硕士论文,1995年。
[韩]张昌虎:《孟子与庄子文学之比较研究》,台湾文化大学中国文学研究所博士论文,1993年。
[韩]李炳姬:《庄子散文研究——以内篇的主题意识为中心》,成均馆大学博士论文,1998年。

有硕士论文5篇、博士论文7篇、学术论文31篇。①

同诸子散文和历史散文相比,针对经传散文的研究非常少。② 虽然经传散文存在侧重于思想性的一面,但是鉴于其对之后散文发展的影响,也理应被置于重要研究对象之列。有必要从文、史、哲的综合角度对其进行新的诠释。

3.寓言文的研究

散文的各种形式中,寓言的生命线延伸得最长。从以理性代替原始神话思维的西周初期直至现当代,寓言的形式本质得到很好的延续。同中国古代散文中的游记相似,寓言具有极为优秀的文学性。寓言兴盛于春秋战国,并且在唐代古文运动家的笔下得到延续。进入19世纪以后,在中国延续了数千年的封建统治秩序开始崩溃,帝国主义的侵略日益猖獗。在这样的背景下,寓言成为中国人清算黑暗历史、呼唤美好未来的有力工具。中国近代文豪鲁迅和冯雪峰重新拾起寓言,顺应了这一历史潮流。正因如此,中国的寓言总是在启蒙时期或是新的时代

---

① 包括历史散文在内的传奇文学相关学位论文如下:
　[韩]朴宰雨:《〈史记〉的写作技巧研究》,台湾大学硕士论文,1982年。
　[韩]金圣日:《〈史记〉的写作技巧研究》,台湾高雄师范大学硕士论文,1984年。
　[韩]李寅浩:《司马迁述儒道法思想之研究》,台湾大学中文研究所硕士论文,1985年。
　[韩]林春城:《史记议论文的内容与技巧分析》,韩国外国语大学硕士论文,1986年。
　[韩]张哲镐:《韩愈的文学思想》,成均馆大学硕士论文,1984年。
　[韩]尹银淑:《曾国藩的古文论》,淑明女子大学硕士论文,1984年。
　[韩]柳银姬:《柳宗元的传与山水记考察》,延世大学硕士论文,1985年。
　[韩]金容构:《柳宗元散文研究》,台湾大学硕士论文,1985年5月。
　[韩]裴永信:《明代游记的体例与表现特色考》,韩国外国语大学硕士论文,1985年。
　[韩]李承信:《〈史记·列传〉人物形象研究》,梨花女子大学硕士论文,1994年。
　[韩]金苑:《史记列传义法研究》,台湾政治大学国文研究所博士论文,1989年。
　[韩]朴宰雨:《〈史记〉〈汉书〉传记文比较研究》,台湾大学博士论文,1990年。
　[韩]李寅浩:《史记文学价值与文章新探》,台湾大学国文研究所博士论文,1991年。
　[韩]金钟声:《〈战国策〉文学面之研究》,台湾文化大学博士论文,1993年。
　[韩]金圣日:《史记列传的人物描写技巧研究》,全南大学博士论文,1994年。
　[韩]南宗镇:《唐代文人的短篇传研究》,成均馆大学博士论文,1997年。
　[韩]朴晟镇:《〈左传〉文学价值研究》,北京师范大学博士论文,1998年。
② 同经传散文相关的学位论文如下:
　[韩]张昌虎:《孟子文章风格研究》,台湾东海大学硕士论文,1986年。
　[韩]文智成:《〈礼仪·丧服经传〉的校释——以武威汉简"丧服"三种为中心》,延世大学博士论文,1991年8月。
　[韩]张永伯:《中国古代人的天观研究》,延世大学博士论文,1994年。
　[韩]朴晟镇:《〈左传〉文学价值研究》,北京师范大学博士论文,1998年。

精神的大变革时期生根发芽,焕发出强劲的生命力。寓言被认为是能统领汉字文化圈的一种重要文学形式。最初,韩国文学界认为寓言是一种早期的叙述文学类型;也有观点认为因其蕴含着深刻内涵,应该被归为教述型文学。如今更进一层,寓言已经被认为是能说明两者之间互补关系的重要形式。

与其重要性相比,研究成果并不丰富。只能说是对于先秦寓言和唐宋寓言传记的探讨一直在持续。在吴洙亨的努力下,陈蒲清的《中国古代寓言史》被翻译出版。① 对于先秦寓言的研究主要以庄子和韩非为中心②,这些论文探讨了先秦寓言的起源和发展,说明了春秋战国时代士大夫阶层的哲学政治理念同语言之间的相互关系。安秉卨教授对于唐代寓言文学③的研究成果在学界占据着主导地位,他不仅创造了"寓言传记"这一称谓,大大加深了对于唐代寓言研究的深度,更是对寓言同韩国假传文学之间的相互关系作了明确说明。④

今后,针对寓言同笑话、童话、寓言小说等形式相互影响作用的过程、同韩国寓言的关系、印度寓言的传入对中国寓言的影响等方面有必要进行更深入的研究。

4.明清散文研究

序言中已经提到,明清时代的文学主流是小说和戏剧等俗文学(以韩国的视角来看即为平民文学或是民众文学)。但是是否仅凭数量的多寡就能断定一种文学体裁是否是当时社会的本质形式呢?这仍是一个值得商榷的问题。小说和戏剧的广泛流行并不意味着其他文学形式的退步或是消逝。说文学形式的生命力

---

① [韩]吴洙亨:《中国寓言文学史》,首尔:松树出版社,1994年。
② 同先秦寓言相关的学位论文如下:
  [韩]金世焕:《庄子寓言及其功用研究》,台湾辅仁大学硕士论文,1981年。
  [韩]金信赫:《韩非子寓言研究》,启明大学硕士论文,1997年。
  [韩]权锡焕:《先秦寓言研究》,成均馆大学博士论文,1993年8月。
  此外,针对庄子散文的研究主要以寓言为主。
③ 同唐代寓言文学相关的学位论文如下:
  [韩]柳银姬:《柳宗元的传和山水记考察》,延世大学硕士论文,1985年。
  [韩]洪承直:《柳宗元寓言文的讽刺性研究》,高丽大学硕士论文,1987年。
  [韩]白光俊:《柳宗元讽刺文学研究》,首尔大学硕士论文,1998年2月。
  [韩]安秉卨:《中国寓言传记研究》,台湾政治大学博士论文,1988年。
  此外,针对柳宗元散文的研究主要以寓言为主。
④ [韩]安秉卨:《中国寓言传记研究》,首尔:国民大学出版部,1988年。
  此外,金昌龙的《韩中假传文学研究》(首尔:开文社,1985年)是研究韩中假传文学的专著。

取决于相关作者也并不为过。明代中期以来,文人们仍然通过古文来发扬唐宋散文的复古思潮。以归有光为例,他"成功地传承了唐宋散文的精髓,并架起了一座通往清代桐城派的过渡桥梁","桐城派认为他传承了中国正统散文的灵魂,同时他自由奔放的文风不仅影响了徐渭、汤显祖,甚至影响了公安派的浪漫主义作家,对小品文的诞生产生了一定的影响"①。

由此可见,当时的古文作者排除了主流文学形式的影响,仍然继承了散文的文学传统。明清散文的研究对象包括明代中期归有光的散文②、明末张岱的小品文③、清末桐城派的散文以及古文理论。

小品文是流行于明朝末期的新型散文,比起传统意义上的散文精神更加注重表达人的"性灵"。④ 简而言之是感性大于理性。如果说小品文反映了新的文化环境,是传统散文的变形,那么必然存在着促进这种转换的因素。在明朝晚期这一历史转换期,当时的文人知识分子阶层的历史观是什么?是屈从于"环境决定论",还是主张人的意志能主导历史轨迹?或是徘徊在两者之间的矛盾地带?扩大针对小品文的研究角度并且把研究方向同这些问题联系起来是十分有价值的。

清末桐城派散文是中国古典散文的终结篇。韩国国内对于姚鼐和方苞的研究成果较为丰富⑤,但是针对桐城派散文的全貌及其理论的研究仍然留有很多空白。在中国散文史上,无论是持续的时间、作家的数量还是产生的影响力,桐城派都达到了顶峰。在中国的封建社会逐渐瓦解、向近代过渡的过程中,他们始终处于文化的中心区域。但是近代论者认为桐城派是封建文化的核心,对其持否定态度,认为桐城派用汉族的民族自尊为清朝的统治思想服务。为了指出这两种观点

---

① [韩]朴璟兰:《归有光散文研究》,延世大学博士论文,1998年。
② [韩]辛玉教:《归有光散文研究》,韩国外国语大学硕士论文,1990年。
③ 同张岱的小品文相关的学位论文如下:
　[韩]李准根:《晚明小品文研究》,台湾辅仁大学硕士论文,1982年。
　[韩]李济雨:《张岱小品文研究》,韩国外国语大学硕士论文,1986年。
　[韩]李济雨:《晚明小品之文艺理论及艺术表现》,台湾师范大学博士论文,1992年12月。
④ 参见李济雨:《晚明小品之文艺理论及艺术表现》,台湾师范大学博士论文,1992年12月。
⑤ 与桐城派相关的学位论文如下:
　[韩]尹银淑:《曾国藩的古文论》,淑明女子大学硕士论文,1984年。
　[韩]李康来:《桐城派方苞的古文理论研究》,首尔大学硕士论文,1987年。
　[韩]崔泳准:《姚鼐文论研究》,全北大学硕士论文,1987年。
　[韩]崔泳准:《姚鼐散文研究》,全南大学博士论文,1996年。

的局限性以及桐城派与朝鲜末期古文理论之间的关联,应该重新对其展开研究工作。

## 四、研究中的问题与新课题

以上是笔者关于韩国国内中国古典散文研究史的简要论述。现在来谈一下研究中所遇到的问题和这些问题所具有的意义,以便于综合整理。

第一点,解放后,韩国国内散文研究成果的特征主要聚焦于唐宋时期,或者说是"唐宋八大家"。因此不难指出的是针对中国散文的研究过于集中于某个时代或者说是某个集团,存在狭隘的一面。但是笔者认为这是理所应当的,因为唐宋散文是古典散文的核心。对于先秦两汉、明清散文的大量研究从某种意义上来说也是为了更好地了解唐宋散文。因而韩国的中国散文研究以唐宋散文为中心,将先秦两汉散文视为古文运动的根源,并且将明清散文视为古文运动的发展方向。

第二点是尚未具备散文史、散文美学、散文研究方法论及体裁问题等研究基础。虽然解放以来针对中国古典散文研究的领域不断扩大,论文的篇幅也不断增加,但由于基础性研究的不足这一制约因素,研究的深度和质量均不尽如人意。

第三点,针对论辩、寓言、假传、游记、碑志、小品、传记等的研究取得了令人瞩目的成果,但是并没有重视偏离了雅堂文学的"笑话"等俗文学以及以书信为代表的文学性稍显不足的实用文。这两类文体同样具有极大的价值,今后应该积极将其纳入研究范围。代表着散文源头的金石文、帛书、木竹简文等具有很强的记录文学性质,有必要从散文史的视角对其进行研究。与此同时,对于在中世纪文化末期书写了中国古典散文史最后篇章的桐城派散文,也有必要进行更为深入的研究。只有充分掌握了这一部分之后,中国散文的近代性这一问题才可能得以解决。

下面对新研究课题进行说明。

笔者写作这篇论文的目的在于奠定"韩国式散文研究"的基础。中国古典散文研究的第一个课题是确立我们自身的视角和研究方法论,起步工作应该是古典散文的翻译和大众化。现代人倾向于把古文理解成"古代的文字""旧的文字",而不是"古雅之文",其中最大的原因是语言沟通的障碍。无论古典散文中蕴含着多么优秀的思想精华,如果现代人无法理解,它也不会有长久的生命力。

　　第二个课题是通过中国古典散文对中世纪文化进行新的诠释。迎来中国散文史上最大的转折期与最强有力的文化霸权便是唐宋散文。这一时期科举制度的稳定施行导致文人知识分子取代地主阶级登上历史舞台,他们需要一种能帮助自身掌控社会文化的霸权,维护既得权益的工具,这种需求演化为古文运动,其核心在于"道"所体现的"典范"。正如近代初期的知识分子挖掘出古代社会的"自我中心主义"来对抗中世纪所盛行的"普世主义",身处后工业社会的我们也应该对"中世纪普世主义"进行新的诠释,以克服狭隘的"民族主义",恢复亚洲的共同体文化。唐宋古文运动家的"典范主义"可以成为后工业社会的文化新方案,针对这一点的研究也是时代赋予我们的新课题。

附：

# 国内中国古代散文研究论著目录（1945—1999）[①]

## 硕士学位论文

[1][韩]李章佑.《韩退之散文研究》.首尔：首尔大学,1965.

[2][韩]李章佑.《韩昌黎文体研究》.台北：台湾大学,1968.

[3][韩]洪寅杓.《柳宗元研究》.首尔：首尔大学,1968.

[4][韩]洪瑀钦.《苏东坡文学对韩国文学的影响》.庆山：岭南大学,1972.

[5][韩]安秉卨.《韩国假传文学研究——韩中比较文学的见地》.首尔：明知大学,1974.

[6][韩]徐银礼.《〈桃花源记〉研究》.首尔：高丽大学,1979.

[7][韩]禹埈浩.《苏东坡散文研究》.首尔：韩国外国语大学,1980.

[8][韩]金在烈.《庄子的艺术论研究》.首尔：高丽大学,1981.

[9][韩]闵丙三.《庄子的文学构成研究》.首尔：韩国外国语大学,1981.

[10][韩]金世焕.《庄子寓言及其功用研究》.新北：台湾辅仁大学,1981.

[11][韩]陈玉卿.《苏东坡记文考》.首尔：首尔大学,1982.

---

[①] 由于笔者的调查研究可能并不彻底，这份目录里也许还有所遗漏，也有可能存在不明确的情况或是错误信息，今后会对此加以补充，以使其尽量完整。
"韩国中国散文学会"将把《中国散文相关国内外论著目录》的编制作为学会的一项重要事业进行推进。这需要获取各个类别的研究资料，期待散文研究者的积极协助。

［12］［韩］郭鲁凤.《欧文的修辞研究》.首尔:韩国外国语大学,1982.

［13］［韩］李准根.《晚明小品文研究》.新北:台湾辅仁大学,1982.

［14］［韩］朴宰雨.《〈史记〉的写作技巧研究》.台北:台湾大学,1982.

［15］［韩］张秀烈.《欧阳修研究》.首尔:成均馆大学,1983.

［16］［韩］金圣日.《〈史记〉的写作技巧研究》.高雄:高雄师范大学,1984.

［17］［韩］张哲镐.《韩愈的文学思想》.首尔:成均馆大学,1984.

［18］［韩］尹银淑.《曾国藩的古文论》.首尔:淑明女子大学,1984.

［19］［韩］柳银姬.《柳宗元的传和山水记考察》.首尔:延世大学,1985.

［20］［韩］金容杓.《柳宗元散文研究》.台北:台湾大学,1985.

［21］［韩］裴永信.《明代游记的体例与表现特色考》.首尔:韩国外国语大学,1985.

［22］［韩］朴璟实.《孟子心性说研究》.新北:台湾辅仁大学,1985.

［23］［韩］权锡焕.《庄子文学研究》.首尔:成均馆大学,1986.

［24］［韩］李寅浩.《司马迁述儒道法思想之研究》.台北:台湾大学中文研究所,1985.

［25］［韩］林春城.《史记议论文的内容与技巧分析》.首尔:韩国外国语大学,1986.

［26］［韩］南宫远.《韩愈研究——以其文学思想为中心》.春川:江原大学,1986.

［27］［韩］张昌虎.《孟子文章风格研究》.台中:台湾东海大学,1986.

［28］［韩］李济雨.《张岱小品文研究》.首尔:韩国外国语大学,1986.

［29］［韩］李翼熙.《曹植赋研究》.首尔:韩国外国语大学,1987.

［30］［韩］李康来.《桐城派方苞的古文理论研究》.首尔:首尔大学,1987.

［31］［韩］洪承直.《柳宗元寓言文的讽刺性研究》.首尔:高丽大学,1987.

［32］［韩］崔泳准.《姚鼐文论研究》.全州:全北大学,1987.

［33］［韩］朴相雨.《苏轼历史人物论研究——以思想为中心》.首尔:首尔大学,1987.

［34］［韩］沈揆昊.《庄子散文的形象化研究》.首尔:韩国外国语大学,1988.

［35］［韩］金钟燮.《曾巩散文研究》.首尔:首尔大学,1989.

[36][韩]金兰英.《欧阳修"记"文研究》.庆山:岭南大学,1989.

[37][韩]权湖.《墓志铭的文学性试考》.首尔:成均馆大学,1989.

[38][韩]辛玉教.《归有光散文研究》.首尔:韩国外国语大学,1990.

[39][韩]金钟美.《韩愈古文理论研究》.首尔:首尔大学,1990.

[40][韩]姜炅范.《唐代山水游记研究》.首尔:成均馆大学,1991.

[41][韩]南宗镇.《韩愈的墓志铭类文章研究》.首尔:成均馆大学,1991.

[42][韩]朴璟兰.《柳河东"著述之文"思想研究》.首尔:汉阳大学,1991.

[43][韩]林俊相.《苏轼"记"体散文研究》.首尔:成均馆大学,1992.

[44][韩]李镇汉.《苏轼散文的创作论和风格研究》.首尔:汉阳大学,1993.

[45][韩]崔在赫.《苏洵散文研究》.首尔:汉阳大学,1994.

[46][韩]李承信.《〈史记·列传〉人物形象研究》.首尔:梨花女子大学,1994.

[47][韩]金信赫.《韩非子寓言研究》.大邱:启明大学,1997.

[48][韩]唐润熙.《宋代古文家的记文研究》.首尔:首尔大学,1997.

[49][韩]白光俊.《柳宗元讽刺文学研究》.首尔:首尔大学,1998.

[50][韩]刘光钟.《宋代山水游记译注》.首尔:祥明大学,1999.

[51][韩]朴美纯.《〈郁离子〉寓言译注》.首尔:祥明大学,1999.

## 博士学位论文

[1][韩]洪瑀钦.《苏东坡文学之研究》.台北:台湾文化大学,1978.

[2][韩]安秉卨.《中国寓言传记研究》.台北:台湾政治大学,1988.

[3][韩]金苑.《史记列传义法研究》.台北:台湾政治大学国文研究所,1989.

[4][韩]禹埈浩.《苏东坡辞赋研究》.首尔:韩国外国语大学,1990.

[5][韩]朴宰雨.《〈史记〉〈汉书〉传记文比较研究》.台北:台湾大学,1990.

[6][韩]姜贤敬.《中韩女诫文学研究》.台北:台湾师范大学,1990.

[7][韩]郭鲁凤.《欧阳修散文研究》.首尔:韩国外国语大学,1991.

[8][韩]李钟汉.《韩愈散文的分析研究》.首尔:首尔大学,1992.

[9][韩]李寅浩.《史记文学价值与文章新探》.台北:台湾大学国文研究所,1991.

[10][韩]文智成.《〈仪礼·丧服经传〉的校译——以武威汉简〈丧服〉三种为中心》.首尔:延世大学,1991.

[11][韩]吴洙亨.《柳宗元散文研究》.首尔:首尔大学,1992.

[12][韩]洪承直.《柳宗元散文的文体别研究》.首尔:高丽大学,1992.

[13][韩]李济雨.《晚明小品之文艺理论及其艺术表现》.台北:台湾师范大学,1992.

[14][韩]金钟声.《〈战国策〉文学面之研究》.台北:台湾文化大学,1993.

[15][韩]张昌虎.《孟子与庄子文学之比较研究》.台北:台湾文化大学中国文学研究所,1993.

[16][韩]权锡焕.《先秦寓言研究》.首尔:成均馆大学,1993.

[17][韩]金容杓.《曾巩散文研究》.台北:台湾大学中国文学研究所,1994.

[18][韩]朴璟实.《韩愈散文研究》.首尔:成均馆大学,1994.

[19][韩]金圣日.《史记列传的人物描写技巧研究》.光州:全南大学,1994.

[20][韩]张永伯.《中国古代人的天观研究》.首尔:延世大学,1994.

[21][韩]韩武熙.《庄子散文研究》.首尔:诚信女子大学,1995.

[22][韩]金钟燮.《苏辙散文研究》.首尔:首尔大学,1995.

[23][韩]朴仁成.《刘禹锡诗文研究》.首尔:高丽大学,1995.

[24][韩]吴宪必.《王安石经世文学研究》.首尔:高丽大学,1995.

[25][韩]崔泳准.《姚鼐散文研究》.光州:全南大学,1996.

[26][韩]黄珵喜.《皮日休文学研究》.首尔:高丽大学,1996.

[27][韩]朴英姬.《清代中期经学家的文论》.台北:台湾大学,1996.

[28][韩]李圣浩.《陈师道散文研究》.首尔:成均馆大学,1997.

[29][韩]南宗镇.《唐代文人的短篇传研究》.首尔:成均馆大学,1997.

[30][韩]李翼熙.《南朝咏物赋研究》.首尔:韩国外国语大学,1997.

[31][韩]朴璟兰.《归有光散文研究》.首尔:延世大学,1998.

[32][韩]朴晟镇.《〈左传〉文学价值研究》.北京:北京师范大学,1998.

[33][韩]李炳姬.《〈庄子〉散文研究——以内篇的主题意识为中心》.首尔:成均馆大学,1998.

## 与中国古代散文相关的研究著述及选集韩译本

[1][韩]金达镇.《古文真宝》.首尔:青羽出版社,1958.

[2][韩]崔仁旭.《古文真宝》.首尔:乙酉文化社,1964.

[3][韩]卢台俊.《古文真宝》.首尔:弘新文化社,1970.

[4]沈德潜编,[韩]金喆洙译.《唐宋八家文》.首尔:博英社,1974.

[5][韩]李章佑.《中国历代散文选》.首尔:新雅社,1975(1977年修订).

[6][宋]黄坚.《悬吐备旨》.首尔:明文堂,1979.

[7][韩]李基奭.《唐宋八家文》.首尔:弘新文化社,1979.

[8][韩]韩武熙.《古文真宝》.首尔:明知大学出版部,1979.

[9][韩]韩武熙.《唐宋八大家文选》.首尔:新雅社,1981.

[10]许璧.《白话本唐宋散文选》.首尔:延世大学出版部,1981.

[11][韩]许世旭.《中国随笔小史》.首尔:乙酉文化社,1981.

[12][韩]柳晟俊.《新选中国古文》.首尔:松山出版社,1982.

[13][韩]韩武熙.《中国历代散文选》.首尔:檀国大学出版部,1982.

[14][宋]黄坚.《详说古文真宝大全》.首尔:保景文化社,1983.

[15]中国文学研究会.《中国古文选读》.首尔:学研社,1984.

[16][韩]柳晟俊.《基本中国古文》.首尔:萤雪出版社,1985.

[17][韩]韩武熙(合著).《先秦诸子文选》.首尔:诚信女子大学出版部,1985.

[18][韩]金昌龙.《韩中假传文学的研究》.首尔:开文社,1985.

[19][韩]朴一峰.《古文真宝》.首尔:育文社,1986.

[20][韩]金学主.《古文真宝》.首尔:明文堂,1986.

[21][韩]李东三.《经书讲读》.首尔:韩国广播放送大学出版部,1987.

[22][韩]李永朱、崔完植.《中国历代散文选读》.首尔:韩国广播放送大学出版社,1987.

[23][韩]安秉卨.《中国寓言传记研究》.首尔:国民大学出版社,1988.

[24][韩]柳晟俊.《中国基础古文》.首尔:萤雪出版社,1990.

[25][韩]韩武熙.《古文真宝》.首尔:惠园出版社,1990.

[26][韩]金喆洙.《中国古文》.首尔:成均馆大学出版部,2000.

[27][韩]尹正铉.《中国历代文选》.首尔:文音社,1997.

[28][韩]朴一峰.《古文观止》.首尔:智英社,1998.

[29][韩]吴洙亨.《中国寓言文学史》.首尔:松树出版社,1994.

## 学术论文(含译文)

[1][韩]韩武熙.《唐代古文运动及其影响》.《中国文学》,1962(1):27-32.

[2][韩]李章佑.《韩愈文章小考》.《中国学报》,1965(3):37-52.

[3][韩]车相辕.《宋代古文运动理论与批评》.《首尔大论文集》,1967(13):3-43.

[4][韩]丁范镇.《唐代古文运动同传奇文学的关系》.《成均馆大学论文集》,1970(15):59-74.

[5][韩]李汉祚.《苏东坡的散文》.《首尔大学人文课程部论文集》,1970(2):137-158.

[6][韩]金云学.《庄子和文学》.《批评文学》,1971(1).

[7][韩]李章佑.《〈史记·伍子胥列传〉的构成》.《东洋学》,1972(2):179-204.

[8][韩]李汉祚.《关于项羽本纪》.《淑大论文集》,1972(12).

[9][韩]洪寅杓.《柳宗元的永州八记》.《明知语文学》,1972(5):34-42.

[10][韩]洪寅杓.《书启中体现的柳宗元思想》.《中国文学》,1973(1):57-68.

[11][韩]李章佑.《〈汉书·司马迁传〉考释》.《中国文学报》,1973(1):111-150.

[12][韩]李章佑.《文章流别类考释——中国文类研究一斑》.《檀国大学论文集》,1974(8):89-118.

[13][韩]千惠凤.《关于〈古文真宝大全〉》.《历史学报》,1974(61):103-122.

[14][韩]安秉卨.《中国假传文学研究——以其发展过程为中心》.《中国学报》,1974(15):23-51.

[15][韩]安秉卨.《〈苏东坡假传〉考》.《中国文学报》,1975(2):33-50.

[16][韩]安秉卨.《关于假传的异见散考——〈韩国假传文学研究〉节选》.《明知语文学》,1975(7):88-99.

[17][韩]安秉卨.《关于寓言文学的接受》.《国民大学论文集》,1977,12(1):99-118.

[18][韩]李章佑.《韩愈文研究序说(译)》.《中国文学报》,1976(3):1-16.

[19][韩]李汉祚.《关于〈出师表〉》.《人文论集》,1976(21).

[20]渊民李家源博士六秩颂寿纪念论丛刊行委员会.《渊民李家源博士六秩颂寿纪念论丛》.首尔:泛学图书,1977.

[21]李贞浩博士停年退任纪念论文集刊行委员会.《李贞浩博士停年退任纪念论文集》.首尔:萤雪出版社,1978.

[22][韩]洪瑀钦.《苏东坡文学的豪放性小考》.《国语教育研究》,1979.

[23]全海宗博士华甲纪念史学论丛刊行委员会.《全海宗博士华甲纪念史学论丛》.首尔:一潮阁,1979.

[24][韩]金都炼.《古文的源流与性格》.《韩国学论丛》,1980,2:155-183.

[25][韩]安秉卨.《传的文学嬗变》.《韩国学论丛》,1980(2):131-154.

[26][韩]许世旭.《中国随笔的传统(中国散文学史)》.《随笔文学》,1979.

[27][韩]许世旭.《中国小品文的性质研究》.《外大论文集》,1980(13):375-391.

[28][韩]李钟振.《从诗文的分合关系看中国文学的演进》.《中国语文学》,1980年创刊号:17-36.

[29][韩]洪瑀钦.《苏轼文论简介》.《中国语文学》,1980年创刊号:89-111.

[30][韩]姜信雄.《〈颜氏家训〉及其作家小考》.《中国语文学》,1980年创刊号:113-127.

[31][韩]李章佑.《关于朝鲜刊〈朱文公校昌黎先生集〉》.《中国语文学》,1981,4(1).

[32][韩]洪寅杓.《韩、柳、刘的天人关系论》.《中国语文学》,1981,4(1).

[33][韩]李弘子.《庄子养生主的修辞技巧考察》.《东亚文化》,1981(18):43-68.

［34］［韩］洪淳昶.《关于司马迁的文学观——以〈史记·屈原列传〉为中心》.《中国语文学》,1981(3):23-38.

［35］［韩］洪瑀钦.《苏东坡文学的特色》.《中国语文学》,1982(5):329-334.

［36］［韩］禹埈浩.《〈赤壁赋〉考》.《人文学研究》,1982,9(2):283-301.

［37］［韩］金亿洙.《庄子研究》.《公州师范大学论文集》,1982(21).

［38］［韩］朴佶长.《袁宏道散文考》.《外国文化研究》,1982(5):313-329.

［39］［韩］郭鲁凤.《〈醉翁亭记〉考》.《里门论丛》,1983(3):47-63.

［40］［韩］洪寅杓.《柳宗元的古赋研究》.《中国学报》,1983(23):49-70.

［41］［韩］金都炼.《古文的文体》.《韩国学论丛》,1983(6).

［42］［韩］申美子.《张岱及其散文的特色》.《比较文化研究》,1983,2(1).

［43］［韩］禹埈浩.《〈后赤壁赋〉考》.《人文学研究》,1983,10(1):59-75.

［44］［韩］禹埈浩.《〈东坡赋〉考(1)》.《中国语文学》,1983(6):91-110.

［45］［韩］禹埈浩.《〈东坡赋〉考(2)》.《中国学研究》,1984年创刊号:115-148.

［46］［韩］安秉卨.《先秦寓言的特质》.《语文学》,1984(3):487-505.

［47］［韩］安秉卨.《文体明辨考》.《语文学》,1984(3):507-521.

［48］［韩］朴宰雨.《〈史记〉写作技巧举例探讨》.《中文学》,1984(6):67-105.

［49］［韩］朴宰雨.《〈史记〉写作技巧的抽样分析——以项羽本纪与商君列传为例》.《中国研究》,1984(8):12-34.

［50］［韩］卢惠淑.《庄周梦蝶考》.《中国文化》,1984(2):61-70.

［51］［韩］吴锡焕.《桐城派的古文理论小考》.《汉文学》,1984(2).

［52］［韩］李章佑.《韩愈的古文理论(翻译)》.《东洋学》,1984(14):121-142.

［53］［韩］李准根.《晚明小品文考察》.《中国学研究》,1984年创刊号:149-173.

［54］［韩］申美子.《明代小品文兴盛的时代背景》.《人文论丛》,1984(7):295-322.

［55］［韩］文钟鸣.《扬雄的〈甘泉赋〉详释》.《中国语文学》,1984(8):73-104.

［56］［韩］朴宰雨.《〈史记〉写作技巧的追加抽样分析——以留侯列传·田单列传·李将军列传为例》.《韩国外国语大学论文集》,1985(18):97-111.

[57][韩]安秉卨.《中国寓言传记的源流——以辞赋和列传为中心》.《中国学论丛》,1985(1):35-64.

[58][韩]禹埈浩.《苏东坡文赋的特征》.《中国语文学》,1985(10):117-132.

[59][韩]车柱环.《〈中国文学〉与古文运动》.《中国学报》,1985(25):1-9.

[60][韩]李章佑.《韩愈和古文运动》.《中国学报》,1985(25):71-77.

[61]罗联添.《论唐代古文运动的几个问题》.《中国学报》,1985(25):43-57.

[62][韩]洪寅杓.《唐代古文论的问题》.《中国学报》,1985(25):103-118.

[63]张亨.《古文运动在中国思想史上的意义》.《中国学报》,1985(25):23-31.

[64][韩]金都炼.《韩国古文的发展过程与特色》.《中国学报》,1985(25):33-41.

[65]叶庆炳.《论"文必秦汉,诗必盛唐"》.《中国学报》,1985(25):79-84.

[66]赵令扬.《归有光和袁宏道:明代古文运动的反响》.《中国学报》,1985(25):85-91.

[67]张敬.《由古文运动影响下所见的宋词》.《中国学报》,1985(25):11-16.

[68]蔡根祥.《〈论语〉中孔子文言之研究》.《中国语文论集》,1985(2):65-100.

[69][韩]吴洙亨.《韩愈、柳宗元的论古书文章初探》.《人文论丛》,1985(10):5-22.

[70][韩]梁东淑.《〈进学解〉考释》.《中国语文学》,1985(9):127-140.

[71][韩]陈玉卿.《苏东坡散文疏探》.《中国语文学》,1985(10):103-116.

[72][韩]禹埈浩.《苏东坡文赋的特征》.《中国语文学》,1985(10):117-132.

[73][韩]洪瑀钦.《苏轼文学中的气高大节》.《中国语文学》,1985(10):153-169.

[74][韩]尹银淑.《曾国藩的古文创作论》.《中国文化》,1985(3):83-110.

[75][韩]金世焕.《文赋研究——注释1》.《人文论丛》,1985(27):17-33.

[76][韩]金世焕.《庄子的道与美的体验》.《中国语文学》,1985(9):9-24.

[77][韩]裴柄均.《〈桃花源记〉小考》.《中国语文学》,1985(7):41-66.

[78][韩]朴现圭.《曹植〈洛神赋〉写作年代考》.《中国语文学》,1985(7):29-40.

[79][韩]许捲洙.《韩愈诗文在韩国的接受》.《中国语文学》,1985,9(1):71-96.

[80][韩]朴现圭.《晋州断谷寺藏〈韩昌黎集〉考察》.《中国语文学》,1985(9):332-334.

[81][韩]金容杓.《柳宗元寓言文的发达过程研究》.《中国学研究》,1985.

[82][韩]安秉卨.《魏晋南北朝杂著与寓言之关系》.《中国学论丛》,1986(2):5-29.

[83][韩]林承杯.《柳宗元与古文运动》.《中国文学研究》,1987,5(1):113-133.

[84][韩]郭鲁凤.《欧阳修散文研究》.《中国学研究》,1987(3):91-118.

[85][韩]白承锡.《〈洞箫赋〉研究》.《中国语文学》,1986(12):21-39.

[86][韩]洪瑀钦.《苏轼文学的"法度"与"新意"》.《中国语文学》,1986(12):103-127.

[87][韩]林春城.《司马迁的文学理论与文艺批评——以〈史记〉的议论文为中心》.《中国学研究》,1987(3):19-39.

[88][韩]林春城.《〈史记〉议论文的修辞技巧分析》.《中国学》,1986(3):207-238.

[89][韩]李康来.《桐城派方苞的古文理论研究》.《中国文学》,1986(14):197-245.

[90][韩]柳种睦.《欧阳修的文论与实践》.《人文科学研究》,1987(5):37-53.

[91][韩]林东锡.《汉代经学的发展与古今文派的异见考察》.《人文科学论丛》,1987(19):141-156.

[92][韩]金圣日.《〈史记〉褒贬义法浅谈》.《中国人文科学》,1987(6):21-56.

[93][韩]金容杓.《柳宗元的〈永州八记〉和欧阳修的〈醉翁亭记〉的创作心境与主题风格比较》.《中国学》,1987(4):121-149.

[94][韩]禹埈浩.《苏东坡文学的思想形成初期背景研究》.《人文学研究》,1987,14(1):113-123.

[95][韩]安秉卨.《〈枕中记〉与〈毛颖传〉之寓言史笔》.《中国学论丛》,1987(3):95-112.

[96][韩]朴宰雨.《〈史记〉的文学性与特征考察》.《韩国外国语大学论文集》,1987(20):43-60.

[97][韩]李奭炯.《中国古文中的赠序文类考》.《中国语文学》,1987(13):107-129.

[98][韩]李钟振.《〈文选〉赋体"志"类的分类和目的及主题性质研究》.《韩国学论集》,1987(14):65-85.

[99][韩]安秉卨.《寓言传记的形式与题材》.《中国学论丛》,1988(4):5-40.

[100][韩]安秉卨.《〈史传〉中的假传和传奇》.《中国学论丛》,1989(5):65-86.

[101][韩]金容杓.《东坡〈进论〉25篇分析》.《中国学研究》,1988(4):201-227.

[102][韩]李翼熙.《〈曹植赋〉的形式分析》.《中国学研究》,1988(4):105-130.

[103][韩]金圣日.《〈史记〉褒贬义法浅谈》.《中国人文科学》,1987(6):21-56.

[104][韩]金都炼.《古文的几个概念与展开》.《中国学论丛》,1989(5):43-63.

[105][韩]吴洙亨.《柳宗元的师道观、史官观与佛教观》.《人与经历》,1988年创刊号:143-161.

[106][韩]沈揆昊.《〈庄子〉中的孔子像小考》.《中国学研究》,1988(4):71-103.

[107][韩]柳莹杓.《王安石文学观小考(1)》.《中国语文学》,1988(14):41-48.

[108][韩]陈英姬.《北宋古文家的道文观点小考》.《中国语文学》,1988(15):79-107.

[109][韩]金仑寿.《〈详说古文真宝〉和〈批点古文〉》.《中国语文学》,1988(15):179-228.

[110][韩]崔琴玉.《韩愈文论的特征与古文运动的展开》.《中国文学》,1988(16):103-121.

[111][韩]朴璟实.《孟子"以心言性"涵义》.《中国文学报》,1988(6):231-249.

[112][韩]李寅浩.《司马迁之思想渊源》.《中国语文学论丛》,1988(1):69-91.

[113][韩]白承锡.《〈贾谊赋〉研究》.《中国语文学》,1988(15):31-50.

[114][韩]李钟汉.《中国传统散文的性质研究》.《中国学志》,1989(5).

[115][韩]陆完贞.《〈桃花源记〉中的原型无意识》.《中国文学研究》,1989(7):137-156.

[116][韩]陈英姬.《北宋古文家的道文观小考》.《中国语文学》,1988,15(1):79-107.

[117][韩]尹浩镇.《古文范畴试论》.《中国语文学》,1989,16(1):153-181.

[118][韩]柳莹杓.《王安石文学观小考(2)》.《中国语文学》,1989,16(1):27-47.

[119][韩]洪承直.《柳宗元的"论"体研究》.《中国语文论丛》,1990(3):89-123.

[120][韩]洪瑀钦.《〈赤壁赋〉赏述》.《韩民族语文学》,1989(16):65-79.

[121][韩]权锡焕.《先秦寓言的形式研究》.《中国文学研究》,1989(7):105-135.

[122][韩]金圣日.《〈史记〉讽刺技巧小考》.《中国人文科学》,1989(8):153-192.

[123][韩]金学主.《朝鲜刊〈朱文公校昌黎先生集〉略考》.《中国文学》,1989(17):19-51.

[124][韩]李基勉.《袁宏道的自我确立论——以叙和尺牍为中心》.《中国语文论丛》,1989(2):115-133.

[125][韩]郭鲁凤.《欧阳修经学研究》.《中国学研究》,1990(5):85-113.

[126][韩]郭鲁凤.《关于欧阳修的"穷而后工"》.《中国研究》,1990(12):147-164.

[127][韩]沈揆昊.《从文艺美学角度看〈庄子〉——言意形神》.《中国学研究》,1990(5):1-25.

[128][韩]李国熙.《敦煌俗赋〈韩鹏赋〉的性质》.《中国语文学》,1990(17):145-160.

[129][韩]金永德.《论〈左传〉的人物形象》.《中国语文学》,1990(18):45-58.

[130][韩]吴洙亨.《柳宗元的传状类散文研究》.《人文论丛》,1990(19):5-30.

[131][韩]李相卨.《古代传记的本质与文学的展开》.《明知语文学》,1990

(19):419-440.

[132][韩]柳莹杓.《理解王安石文学的先行课题》.《中国文学》,1990(18):147-181.

[133][韩]柳莹杓,李根孝.《王安石经世思想研究》.《中国学报》,1990,30(1):127-152.

[134][韩]崔泳准.《桐城派古文研究》.《中国人文科学》,1990(9):363-397.

[135][韩]安秉卨.《天君系寓言的形成过程与特性》.《中国学论丛》,1991(7):45-68.

[136][韩]李钟汉.《韩愈散文理论中的文道关系论研究》.《中国学志》,1991(6).

[137][韩]金容杓.《曾巩记叙文中的实用主义精神》.《中国学研究》,1991(6):105-140.

[138][韩]李寅浩.《试析柳宗元〈参之太史以著其洁〉》.《中国语文论丛》,1991(4):115-136.

[139][韩]洪承直.《柳宗元游记研究》.《中国学论丛》,1991,5(1):9-32.

[140][韩]张永伯.《〈春秋〉概论》.《文镜》,1991.

[141][韩]权锡焕.《〈庄子〉寓言的无限形象与群体应世意识》.《中国文学研究》,1991,9(1):1-22.

[142][韩]权锡焕.《〈庄子〉寓言的寓意接受与群体意识之关系例谈(中文)》.《湖南教育学院学报》,1992,39(4).

[143][韩]权锡焕.《庄子寓言的丑恶形象与生命意识》.《中国文学研究》,1992,10(1):95-133.

[144][韩]李炳姬.《庄子认识论小考》.《中国文学研究》,1992,10(1):65-93.

[145][韩]朴壮远.《元结游记文内容考》.《中国学研究》,1992(7):75-99.

[146][韩]洪承直.《柳宗元碑志研究》.《中国语文论丛》,1992(5):17-41.

[147][韩]洪承直.《柳宗元赠序研究》.《中国学论丛》,1992,6(1):7-39.

[148][韩]金圣日.《〈史记〉列传人物描写技巧小考》.《中国人文科学》,1992(11):465-506.

[149][韩]崔泳准.《方苞的时文认识小考》.《人文论丛》,1992(22):165-185.

[150][韩]崔泳准.《八股体以前阶段的"时文"小考》.《中国人文科学》,1992(11):261-288.

[151][韩]吴洙亨.《欧阳修的记试探》.《中国文学》,1993(21):103-121.

[152][韩]吴洙亨.《柳宗元的寓言文研究》.《中国文学》,1993(21):83-109.

[153][韩]金圣桓.《司马迁的〈史记〉研究2——〈史记〉的文体》.《全州大学论文集》,1993(22):73-94.

[154][韩]金长焕.《再论〈笑林〉》.《中国小说论丛》,1993(2):85-116.

[155][韩]李圣浩.《朱熹山水游记小考》.《中国文学研究》,1993,11(1):95-104.

[156][韩]权锡焕.《先秦寓言的方法论探索》.《中国小说研究会报》,1993(13).

[157][韩]权锡焕.《先秦寓言的说教体裁本质与叙事指向性》.《中国小说论丛》,1993(2):55-83.

[158][韩]权锡焕.《〈庄子〉〈韩非子〉寓言的体裁继承关系》.《中国学论丛》,1993(2):1-30.

[159][韩]李翼熙.《两汉魏晋南朝赋论》.《中国学研究》,1993(8):53-84.

[160][韩]洪承直.《柳宗元的创作意识和散文成就》.《中国学论丛》,1993(7):1-22.

[161][韩]朴钟赫.《〈庄子〉的散文精神与警喻1》.《中国学论丛》,1993(9):57-80.

[162][韩]吴洙亨.《丽韩十家文钞中的杂记初探》.《中国语文学志》,1995(26):501-527.

[163][韩]李寅浩.《史记人物描写研究(1)——史记人物描写研究史略》.《中国语文论丛》,1994(7):49-81.

[164][韩]权锡焕.《先秦寓言研究纲要(中文)》.《湖南教育学院学报》,1994(1):48-51.

[165][韩]金容构.《古文音律的艺术效果研究——以"阳刚"和"阴柔"的旋律分析为中心》.《中国学研究》,1994(9):71-116.

[166][韩]姜贤敬.《试论〈争臣论〉和〈上范司谏书〉》.《中国学论丛》,1994

(3):39-67.

[167][韩]李圣浩.《朱熹堂室记初探》.《中国文学研究会》,1994,12(1):125-141.

[168][韩]朴钟赫.《〈庄子〉的散文精神与譬喻2》.《中国学论丛》,1994(10):25-59.

[169][韩]文范斗.《〈庄子〉寓言故事形式与〈虎叱〉》.《韩民族语文学》,1994(26):191-213.

[170][韩]李基勉.《袁宏道文学改革论的背景》.《中国语文论丛》,1994(9):141-162.

[171][韩]全弘哲.《敦煌本〈韩鹏赋〉的谈论构造》.《中国小说论丛》,1995(4):249-261.

[172][韩]金钟声.《先秦史传散文的文学体裁研究》.《中国语文论丛》,1995(9):1-26.

[173][韩]吴洙亨.《明代的语言文学研究》.《中国文学》,1995(24):239-268.

[174][韩]吴洙亨.《重审柳宗元散文》.《中国学报》,1995(35):81-94.

[175][韩]权锡焕.《盗跖寓言故事的叙事接受情况》.《中国小说论丛》,1995(4):15-23.

[176][韩]权锡焕.《〈史记〉传的体裁考察》.《中国小说论丛》,1995(3):61-75.

[177][韩]南宗镇.《韩愈的墓志铭类文章表达方式考》.《中国文学研究》,1994,12(1):71-95.

[178][韩]李寅浩.《〈史记〉引诗援文》.《中国语文论丛》,1995(8):51-71.

[179][韩]李宣伺.《庄子文学中"逍遥"的境界》.《东亚研究》,1995(30):185-213.

[180][韩]黄珵喜.《皮日休文学观》.《中国语文论丛》,1995(8):103-123.

[181][韩]黄珵喜.《皮日休思想研究》.《中国语文论丛》,1995(9):65-94.

[182][韩]李寅浩.《〈史记〉的寓言性质——以与〈庄子〉寓言的对比为中心》.《中国语文学志》,1995,2(1):97-127.

[183][韩]李钟汉.《韩国学界对韩愈评价的研究》.《中语中文学》,1995(17):165-215.

[184][韩]李圣浩.《李涂的〈文章精义〉初探——以文评为中心》.《中国文学研究》,1995(13):109-125.

[185][韩]沈成镐.《六朝的文体论形成考》.《中国文学研究》,1995(13):85-107.

[186][韩]金钟培.《〈汴都赋〉考——以新法拥护为中心》.《中国文学研究》,1995(13):43-84.

[187][韩]洪光勋.《宋代道学家对传统儒家文学理论的异见》.《中国语文学》,1995,26(1):71-94.

[188][韩]张永伯.《〈左传〉中的民本思想研究》.《中国语文论集》,1995(7):197-331.

[189][韩]文智成.《从六经原理角度理解〈庄子·天下篇〉》.《中国语文论集》,1995(7):105-122.

[190][韩]朴璟兰.《柳宗元论说文表现手法研究》.《中国语文论集》,1995(7):123-144.

[191][韩]闵丙三.《源于〈庄子〉之成语》.《中国研究》,1995(16):153-203.

[192][韩]李寅浩.《新论〈史记·滑稽列传〉》.《中国语文论丛》,1996(10):1-5.

[193][韩]李寅浩.《以作家论时代——以〈报任安书〉和〈五柳先生传〉中的"知人论世"为例》.《中语中文学》,1996(18):529-544.

[194][韩]南宗镇.《王粲论辩文散稿》.《中国文学研究》,1996,14(1):1-25.

[195][韩]金钟燮.《苏洵的论辩文研究》.《中国文学》,1996(25):199-220.

[196][韩]许世旭.《中国现实主义文学论》.首尔:法文社,1996.

[197][韩]吴洙亨.《苏东坡的寓言文初探》.《中国文学》,1996(26):173-189.

[198][韩]金钟燮.《中国古代文学的自传研究》.《中国文学》,1996(26):47-68.

[199][韩]权锡焕.《先秦寓言的技艺人形象和其艺术史意义》.《中语中文学》,1996(18):65-100.

[200][韩]黄珵喜.《韩愈的阳山令贬斥时往返路程考》.《中语中文学》,1996(18):731-744.

[201][韩]金苑.《〈循吏列传〉和〈酷吏列传〉的比较研究》.《中语中文学》,1996(18):153-172.

[202][韩]李宣伢.《庄子文学中"齐物"的境界》.《中语中文学》,1996(19):125-142.

[203][韩]姜贤敬.《〈玉耶经〉的女诫文学研究》.《中国学论丛》,1996(5):109-129.

[204][韩]南德铉.《公安派文人及其文论——以三袁以外的文人为中心》.《中国语文学》,1996(27):21-40.

[205][韩]南德铉.《公安三袁的现实认识和价值追求》.《石堂论丛》,1996(23):73-98.

[206][韩]梁承根.《五代和北宋中期文人的伦理观变迁考——以两〈唐书〉文人传为中心》.《中国文学研究》,1996(14):201-234.

[207][韩]金苑.《〈四公子列传〉中"四"的形象》.《中语中文学》,1997(20):189-214.

[208]清凡陈泰夏教授启七颂寿纪念论丛刊行委员会.《清凡陈泰夏教授启七颂寿纪念》.首尔:太学社,1997.

[209][韩]文智成.《〈仪礼〉的形成和传授1》.《人文科学》,1997(23).

[210][韩]文智成.《〈仪礼〉的形成和传授2》.《人文科学》,1997(23).

[211][韩]吴洙亨.《古代散文研究的几个问题》.《中国语文学》,1997(30):121-138.

[212][韩]吴宪必.《王安石记体文的说理性》.《中国语文论丛》,1997(12):145-167.

[213][韩]李宣伢.《庄子的"蝴蝶"和"梦"的研究》.《中语中文学》,1997(20):167-188.

[214][韩]权锡焕.《春秋战国时代寓言的特征及其现代意义》.《语文学研究》,1997(6):207-232.

[215][韩]崔亨旭.《桐城派方苞"义法"说探讨》.《中国语文学论集》,1997(9):355-363.

[216][韩]张永伯.《〈左传〉中出现的正名思想研究》.《中国语文学论集》,1997(9):173-194.

[217][韩]金钟燮.《"唐宋八大家"的形成背景考察》.《中国文学》,1997

(28):83-102.

[218][韩]吴宪必.《王安石碑志文研究》.《中国语文论丛》,1997(13):153-172.

[219][韩]李寅浩.《〈史记〉人物描写研究(2)》.《中国语文论丛》,1997(13):47-67.

[220][韩]李寅浩.《太史公书义法》.《中语中文学》,1997(21):425-453.

[221][韩]黄珵喜.《韩愈潮州刺史左迁时往返路程考》.《中国语文论丛》,1997(13):119-132.

[222][韩]权锡焕.《〈庄子〉语言中的悲剧形象与知识分子的隐逸意识之关系(中文)》.《枣庄师专学报》,1998(1):16-21.

[223][韩]沈成镐.《〈两都赋〉的体制与表现技巧》.《中国文学研究》,1997(15):1-21.

[224][韩]黄珵喜.《韩愈"排佛兴儒"的原因考察》.《中国语文论丛》,1998(14):97-123.

[225][韩]金庆天.《韩国经学研究的现状与课题》.《中国学报》,1998(38):313-338.

[226]王靖宇.《〈史记〉与帛书〈战国纵横家书〉以及今本〈战国策〉的关系》.《中国学报》,1998(38):59-74.

[227][韩]李炳姬.《"齐物论"分析》.《中国文学研究》,1998(16):77-92.

[228][韩]李寅浩.《〈史记〉性质有关考察》.《中语中文学》,1998(22):487-504.

[229][韩]李宣侚.《关于庄子之风与生命象征的研究》.《中语中文学》,1998(22):457-486.

[230][韩]李钟汉.《李白、杜甫、韩愈的论诗史诗比较研究》.《中国语文学》,1998(32):243-270.

[231][韩]朴晟镇.《〈左传〉代言之分析》.《国外社会科学》,1998(3):30-33.

[232][韩]朴晟镇.《〈史记〉在传记文学的地位——兼论其对韩国的影响》.《张家口师专学报》,1998(2):5-8.

[233][韩]朴英姬.《清代中期经学家的文章理论》.《中国语文学志》,1998(5):199-224.

# 对中国古典小说的接受与嬗变的考察

[韩]闵宽东　文　王旭峰　译

## 一、序言

　　对于一个国家的文学作品在其他国家或者其他地区得到接受及产生的所有影响的研究通常属于比较文学的概念。事实上比较文学的研究领域和研究方向有重视实际影响关系以考证为主的欧洲学派（法国学派）和超越了影响关系在较广范围内进行研究的美国学派。韩国的中国文学研究属于欧洲学派的研究范围。

　　本文从中国古典小说的接受和嬗变的观点出发，重点考察中国古典小说怎样流入韩国国内被接受，同时被接受的中国古典小说又是如何嬗变的。首先我们需要从比较文学的观点来整理一下接受、影响、嬗变这几个词的概念。

　　首先，接受是指外国文学传到本国得到派生并出现了一系列的成果，这一传播、出版、翻译的过程,概括说来就是接受。影响是指传送者和接受者之间产生的某种运动,两者的关系间存在某种文学活力移动的过程①,用词典上的释义就是"一种事物对另外一种事物产生的结果叫作影响"。也就是说,某一事物对其他事物发生作用引起了反应或者变化,主要强调因果关系的重要性。而嬗变就是被接受的外国文学与本国文化和国情相结合而不断变异的现象,是一个最近经常使用的新词。嬗变就是从原文中变异的接受样态,原文之外一切变化了的接受形态。因此,接受与嬗变并不是相互对立的,而是一种带有强烈重复性的概念。换句话说,在大范围的接受范畴内发生变化或者变形之后被接受的一系列成果就是变形的概念。

本文从中国古典小说的国内接受论观点出发,将研究范围分为流入论、出版论、翻译论三个部分,中国古典小说的嬗变则从国内接受之后的变化或者变异的接受形态来看,分为题材的嬗变、文体的嬗变、文字的嬗变来进行考察。

## 二、中国古典小说的接受

接受是一个非常宽泛的概念,它可以被定义为从流入到派生的一系列的影响和接受的现象。当然接受中包括无条件接受现象和有条件的接受现象。像高丽时期李奎报的《白云小说》一样,对于小说没有任何概念,被认为是短故事,是一部经过修饰的诗话随笔集,由此可以看出当时的文人对于小说没有明确的概念。因此,高丽时期流入的《世说新语》和《太平广记》可以看作是一种无条件接受的现象。这种无条件接受的现象一直持续到《剪灯新话》,并流传到国内。《剪灯新话》传入韩国据推测大概是在世祖之前,因为当时金时习对于世祖篡夺王位极为失望,进入金鳌山隐居,模仿《剪灯新话》创作了《金鳌新话》,从这一创作背景就可以看出来。也就是说,《剪灯新话》传入韩国之后,文人才对小说有了一定的概念,接受了虚构的作品开始再创作。世祖八年(1462),成任从《太平广记》中节选一部分内容出版,名为《太平广记详节》。成宗对于新兴文学格外感兴趣,引进了很多中国小说,终于出版了当代的传奇小说《酉阳杂俎》。从燕山君开始直到宣

---

① [韩]全圭泰:《比较文学——韩国文学的研究》,首尔:二友出版社,1981年,第119页。

祖时期,更多的小说传入国内,特别是宣祖时期前后,中国通俗小说也传入韩国,给国内古典小说界注入了巨大的活力。大概从这个时期开始,出现了根据读者的取向和嗜好来选择小说的现象。例如,《三国演义》在内容方面是以儒家忠孝精神为基础,《水浒传》不仅在文体方面有助于学习写作,而且其秀丽的写作风格也深深吸引着读者。随着这些作品的出现,选择性接受现象变得更加明显。已经深谙小说的精髓、沉醉于作品世界的读者积极接受了《三国演义》,并被《水浒传》壮丽的文体深深吸引,这些都可以称为有条件的接受现象。

接受方法大体可以分为流入、出版和翻译。首先来看中国古典小说流入韩国的几种主要情况:(1)中国赐入;(2)韩国使臣去中国带回;(3)中国使臣带入韩国;(4)韩国商人从中国带回;(5)中国商人带入韩国。①

另一种接受方法就是出版了。出版是作品流入之后产生一定的感化和影响从而出现的选择性接受的结果。然而当时虽然语言不同,但是文字都是汉字,出版很容易。因此,中国原版的小说也很容易流入,直到世祖时代国内才出版了木刻板的中国文言小说。

除此之外,最具有代表性的接受方法应该就是翻译了。世宗大王在1446年创制了韩文之后,文学界发生了相当重大的变化,即庶民阶层和女性阶层文学的形成。特别是壬辰倭乱前后流入的演义类小说等通俗小说扩大了读者的阶层,最终促使翻译小说的出现。

根据以上提及的各种接受方法,下面从流入论、出版论、翻译论三方面来看一下接受现象。

1.流入论

据推测,最初流入韩国的中国古典小说是《山海经》。《山海经》最初进入韩国的时期大概是三国时代,从《和汉三才图会》的资料来看,284年,《山海经》已经有从百济传到日本的记录。由此事实可以看出,《山海经》是在284年之前流入韩国的。② 与此同时,《山海经》等许多作品从三国时代到朝鲜时期一直在不断地流入韩国,对韩国的神话、传说和小说文学的形成做出了巨大的贡献。

---

① 闵宽东:《国内对中国古典小说接受方法的研究》,《中国小说论丛》第6辑,1997年3月,第91页。
② 闵宽东:《中国古典小说流入国内的时期和过程以及版本的考察》,《中国小说论丛》第3辑,1994年。

直到朝鲜时代,流入韩国国内的中国古典小说的数量可以确认的大概有 330 种。① 这些作品之中,明朝以前的大概有 40 种,明代小说有 100 多种,清代小说有 190 多种。虽然是大略的统计,但依然可以看出清代小说占了大多数。特别是流入国内的 330 多种中国古典小说中可以分为"文献记录中虽有提及但是实际上并不存在刻本的作品"和"没有文献记录却实际存在刻本的作品"以及"流入记录和刻本都存在的作品"。具体作品如下(这里说到的文献记录主要是《朝鲜王朝实录》《青庄馆全书》等数十种韩国古典文献记录,相关资料也是本人根据收集、整理的资料做出来的。部分资料也参考了中国和日本的文献记录):

(1)有文献记录没有刻本的作品(约 103 种):

《新序》、《洞冥记》、《十州记》、《汉武故事》、《高士传》、《语林》、《吴越春秋》、《说郛》、《齐谐记》、《诺皋记》、《游仙窟》、《南柯梦记》、《白猿传》、《邯郸梦记》、《赵飞燕外史》、《娇红记》、《剪灯余话》、《剪灯丛话》、《花影集》(日本所藏)、《效颦集》(日本所藏)、《虞初志》、《西湖游览志》、《五杂俎》、《浪史》、《国色天香》、《顾玉川传》、《稗海》、《稗史汇编》、《林居漫录》、《仙媛传》、《富公传》、《迪吉录》、《避暑余话》、《太平清话》、《山中一夕话》、《汉魏小史》、《焦史演义》、《盛唐演义》、《东晋演义》、《西晋演义》、《涿鹿演义》、《齐魏演义》、《后西游记》、《杨六郎传》、《贪欢报》、《痴婆子传》、《弁而钗》、《昭阳趣史》、《拍案惊奇》、《禅真后史》、《警世通言》、《觉世名言》、《西湖二集》、《一枕奇》、《双剑雪》、《金粉惜》、《子不语》、《唐宋百家小说》、《梦中缘》、《肉蒲团》、《玉楼春》、《杏花天》、《恋情人》、《灯月缘》、《艳史》、《陶情百趣》、《巧联珠》、《金云翘传》、《春柳莺》、《凤箫媒》、《四才子书》、《春风眼》、《河涧传》、《巫梦缘》、《定情人》、《惊梦啼》、《书画缘》、《赛花铃》、《五凤吟》、《醒世缘传》、《六才子书》、《蝴蝶媒》、《飞花艳想》、《催晓梦》、《吴江雪》、《两交婚传》、《廻文传》、《凤凰池》、《归莲梦》、《情梦柝》、《梦月楼》、《麟儿报》、《破闲谈》、《八洞天》、《跨天虹》、《鸳鸯影》、《锦疑团》、《一片情》、《再求凤》、《快士传》、《五色石》、《人中画》、《留人眼》。

---

① 以上是本人根据国内大部分的图书馆的收藏目录和国内古典文献提及的流入相关记录做出的统计,《对中国古典小说流入国内和接受的研究》,具体内容参见《中国语文学》第 49 辑,2007 年 6 月,第 345—374 页。

(2) 没有文献记录却有刻本的作品(约157种)：

《神异经》《西京杂记》《宣室志》《独异志》《闲窗括异志》《福寿全传》《溪蛮丛笑》《过庭录》《冷斋夜话》《萤雪丛说》《癸辛杂识》《觅灯因话》《五朝小说》《智囊补》《情史》《皇命世说新语》《红梅记》《春梦琐言》《隋史遗文》《三遂平妖传》《大唐秦王词话》《韩湘子传》《粉妆楼》《结水浒传》《北窗志异》《江邻几杂志》《瓦史》《隔帘花影》《樗机闲谈全传》《娉娉传》《快心编》《醉醒石》《石点头》《野记》《后聊斋志异》《阅微草堂笔记》《虞初续志》《广虞初新志》《挑灯新录》《右台仙馆笔记》《道听涂说》《也上草堂笔记》《希夷梦》《四梦汇谭》《淞南梦影录》《梦中缘》《争春园全传》《记事珠》《夜雨秋灯录(续录)》《秋灯丛话》《谐铎》《萤窗异草》《客窗闲话》《壶天录》《天宝图》《可惊可愕集》《豆棚闲话》《儒林外史》《红楼梦补》《红楼复梦》《后红楼梦》《补红楼梦》《儿女英雄传》《镜花缘》《燕山外史》《忠烈侠义传》《七侠五义》《小五义》《续小五义》《小八义》《七剑十三侠》《济公全传》《续济公案》《海公大红袍全传》《施公案传》《彭公案传》《续彭公案》《于公案》《白牡丹传》《白圭志》《花月痕》《青楼梦》《绿牡丹传》《雪月梅传》《说唐演义》《说唐后传》《西来演义》《五虎平西狄青演义》《洪秀全演义》《吴三桂演义》《升仙传演义》《前后七国志》《征东全传》《二十四史演义》《飞龙传》《续五龙传》《野叟曝言》《吕祖全传》《瑶华传》《二度梅传》《绿野仙踪》《珍珠塔》《芙蓉洞传》《十粒全丹》《说冷话》《儿女浓情传》《五雷陈传》《李翠莲施钗》《双奇缘传》《五美缘》《义妖传》《善恶图全传》《四海堂传》《萃忠全传》《西湖拾遗》《里乘》《文明小史》《今古奇闻》《英云梦传》《归天琐言》《宋人百家小说》《混元盒全传》《十八国临潼斗宝》《四淫齐》《水晶球传》《反唐四望亭》《离合剑莲子瓶全传》《永庆升平前传》《遁窟谏言》《梨花雪》《三合明珠宝剑全传》《宋艳》《万年清奇才新传》《万花楼传》《碧玉狮传》《平面凉全传》《玉连环》《双珠凤全传》《八仙缘》《英雄大八义》《红风传》《平鬼传》《品花宝鉴》《绘芳录》《走马春秋全传》《女才子传》《海上繁华梦新书》《锦上花》《麒麟豹》《正德游江南全传》《我佛山人札记小说》《前笑中缘金如意》《千里驹》《八美图》《九尾龟》《双美缘》《再生缘传》。

(3) 有流入记录和刻本的作品(69种)：

《山海经》《穆天子传》《说苑》《列仙传》《列女传》《述异记》《博物志》《搜神记》《世说新语》《酉阳杂俎》《夷坚志》《太平广记》《宣和遗事》《睽车志》《剪灯新

话》《何氏语林》《艳异编》《文苑楂橘》《玉壶冰》《三国演义》《后三国志》《封神演义》《东周列国志》《隋唐演义》《西汉演义》《东汉演义》《残唐五代史演义》《皇明英烈传》《续英烈传》《武穆王精忠录》《开辟演义》《孙庞演义》《北宋志传》《南宋志传》《包公演义》《薛仁贵传》《南溪演义》《西游记》《东游记》《三宝太监西洋记》《水浒传》《后水浒传》《续水浒传》《金瓶梅》《续金瓶梅》《钟离葫芦》《醒世恒言》《型世言》《今古奇观》《闹花丛》《禅真逸史》《浓情快史》《聊斋志异》《虞初新志》《红楼梦》《续红楼梦》《醒风流》《好逑传》《平山冷燕》《女仙外史》《平妖传》《隋炀帝艳史》《锦香亭记》《太原志》《玉支玑》《玉娇梨》《引凤箫》《玉钏缘全传》《西湖佳话》。

以上流入韩国国内的约 330 种作品中"没有文献记录却有刻本的作品"大约 160 种,"有流入记录和刻本的作品"大约有 70 种,合起来就是 230 多种,在韩国许多图书馆里存有刻本。仅韩国文献记录提到的实际上不存在刻本或者尚未发掘出来的作品有 100 多种。① 这部分需要更缜密的研究和系统的调查。以上大部分中国文言小说和中国通俗小说已经在朝鲜时代传入韩国,这一点可以确认。

2.出版论

实际上从比较文学的观点来看,一个国家的文学在他国接受时首先发生的现象是翻译。然而在韩国,出版比翻译出现得更早。直到朝鲜初期,世宗大王创造了韩文,却依然没有普及,主要的文书和各种著作也依然使用汉字。

中国古典小说流入韩国并出版的最初记录是朝鲜初期的《太平广记详节》。《太平广记详节》是朝鲜时代世祖八年(1462)时出现的一本书,因为《太平广记》的内容实在太过庞大,成和仲②对其进行了缩略之后刊行③。这本书共收录了 143 个项目,843 篇作品。之后成和仲又参考《太平广记》刊行了 80 卷《太平通载》。④ 朝鲜初期,1462 年《太平广记》在国内出版,成宗二十三年(1492),当代传

---

① 闵宽东:《中国古典小说的传播和接受》,首尔:亚细亚文化社,2007 年,第 40—43 页。
② 成和仲(成任),朝鲜世宗、端宗、世祖时的学者,曾历任吏曹判书,中枢府知事,是《慵斋丛话》作者成俔的堂兄。
③ 《慵斋丛话》第十卷:"伯氏文安公(成和仲)好学忘倦,尝在集贤殿,抄录太平广记五百卷,约为详节五十卷,刊行于世……"
④ 《慵斋丛话》第十卷:"伯氏文安公(成和仲)好学忘倦……约为详节五十卷,刊行于世,又聚诸书及广记详节,为《太平通载》八十卷。"

奇小说《酉阳杂俎》出版，题为《唐段少卿酉阳杂俎》(20 册 2 书)。书的跋文中有"弘治壬子(1492)李士高……弘治五年(1492)……李宗准谨识"等内容，现藏于成均馆大学图书馆。

通过这些，朝鲜初期和中期对小说有了一个新的认识，同时也使读者阶层急剧扩大了。因此，从中国直接购回来的小说已经无法满足需求，对此的解决方案就是开始在韩国国内出版。当时出版主要有官刻和私刻之分，官刻本分校书馆、司译院、礼曹、地方监营(地方郡县)等版本。实际上官刻本主要是刻经书和史书之类的书籍及其谚解本、汉诗的谚解本、女性训诫书、学习用书等，由于当时的社会气氛对小说依然并不友好，导致很多小说无法刊行。但即便在这种情况下，仍然有不少小说得以出版。

历代中国古典小说的出版都可以追溯到朝鲜时代。官营校书馆的《剪灯新话句解》和《三国演义》，礼曹的《列女传》，以及《太平广记详节》等均为官刻出版，都可以从韩国的古典文献中找到。一部分小说刚开始时是官刻，后来在民间私刻的现象也很突出。现存的朝鲜时代出版的中国古典小说大约有 18 种，包括《列女传》、《世说新语》、《酉阳杂俎》、《太平广记》、《娇红记》(未确认)、《剪灯新话句解》、《剪灯余话》、《文苑楂橘》、《三国演义》、《水浒传》、《西游记》、《楚汉传》、《薛仁贵传》、《钟离葫芦》、《花影集》、《效颦集》、《玉壶冰》、《锦香亭记》等。

实际上，一部小说作品在其他国家流传甚至出版并不是一件容易的事情，但却有超过 18 种的作品在韩国国内出版，在朝鲜时代这样的封建社会中，中国的古典小说却能够以原文或译文出版，这些事实都足以反证这些作品在读者中受欢迎的程度。小说《三国演义》在韩国甚至有四五次的出版记录，可见这对当时的出版文化也产生了不小的影响。

韩国国内出版的作品中，《世说新语补》《唐段少卿酉阳杂俎》《太平广记详节》《剪灯新话句解》《删补文苑楂橘》《花影集》《玉壶冰》《效颦集》等均以中国原文出版，《列女传》则为翻译出版，《太平广记》和《三国演义》则既有原文版也有翻译版。通过这些作品就可以推测出当时出版阶层和读者阶层的喜好和水准。[1] 另外，朝鲜中后期出现了坊刻本，为当时小说的出版形态带来了一些变化。之前

---

[1] 闵宽东：《中国古典小说的传播和接受》，首尔：亚细亚文化社，2007 年，第 82—83 页。

主要是官刻的原文版,中后期是坊刻的译文版。当时出版的坊刻本主要有《水浒传》《三国演义》《西游记》《薛仁贵传》《楚汉传(西汉演义)》《锦香亭记》等,大部分出版于1800年之后。

对韩国国内出版的18种中国小说从时代来看,明代以前的有《列女传》、《世说新语》、《酉阳杂俎》、《太平广记》、《娇红记》(未确认)等,明代作品有《剪灯新话句解》《剪灯余话》《文苑楂橘》《三国演义》《水浒传》《西游记》《楚汉传》《薛仁贵传》《钟离葫芦》《花影集》《效颦集》《玉壶冰》等,共12种作品。韩国国内出版的中国古典小说主要是明代及以前的作品,清代作品只有《锦香亭传》。除了朝鲜后期坊刻本的《水浒传》《西游记》《楚汉传》《薛仁贵传》等几个作品,大多为文言体。这是因为当时朝鲜阅读阶层对文言文更加熟悉。[①]

日本殖民时代,新活字印刷的出现导致坊刻本的出版大大减少。然而1910年末开始,出现了坊刻本从翰南书林和太华书馆购买刻本后再出版的奇异现象。日本殖民时代是坊刻本和活字印刷本并存的过渡期,出版了不少作品。这一时期出版的作品主要有《列女传》《剪灯新话》《三国演义》《水浒传》《西游记》《今古奇观》《西汉演义》《隋唐演义》《孙庞演义》《薛仁贵传》《西周演义》《大明英烈传》《说岳传》《锦香亭记》等20多种。特别是这一时期《三国演义》共20多种版本翻译和出版,包括全文出版、缩略出版、部分出版、再创造性出版等,说明读者对《三国演义》格外感兴趣。从这个时期开始,由于汉文读者急剧减少,所有作品都开始翻译成韩文出版。

1945年以后,随着政治经济的稳定,出版业也取得了飞跃性的发展。特别是西方文学一边倒的文坛并没有大幅萎缩,东方文学也一直在坚守自己的阵营,不断有作品出版。直到最近出版的中国古典小说大约有90种。其中有几个特殊的现象,包括以兴趣为主的出版急剧减少、故意遗漏、商业性出版反而增多;将日文版作品重新翻译之后进行出版;不同的出版社对同一部作品进行多次出版;非专业人士及小说家所犯的翻译错误等。但是从20世纪80年代开始,随着中国古典小说研究者的急剧增加,兼具学术性的作品开始问世。20世纪90年代中韩建交之后,中国东北地区的朝鲜族翻译的作品也开始在韩国国内出版。另外,韩国国

---

① 闵宽东:《中国古典小说的传播和接受》,首尔:亚细亚文化社,2007年,第46页。

内中国珍稀版本的发掘工作①也取得了惊人的成果。将具有一定学术价值的作品直接以原文或者朝鲜时代的译本形式出版,对韩国的学术发展和出版文化做出了很大的贡献。②

3. 翻译论

一个作品流入韩国最先出现的现象之一就是翻译。然而韩国由于一直使用汉字,直到1446年世宗大王创制韩文才拥有自己的文字。这一文字在很长一段时间内迫于汉字的优势地位,不可避免地进行了一场苦战。无论如何,韩文创制为文学界带来了巨大的变化,这就是平民文学和女性文学的形成。特别是壬辰倭乱前后大量涌入的演义类小说等通俗小说扩大了读者阶层,他们的阅读热情也促进了汉文谚解的出现。因此在中宗三十八年(1543)时,《列女传》译本③和1545—1569年(明宗年间)翻译的《太平广记谚解》等翻译作品开始大量出现。翻译中国小说对韩国古代小说的形成和发展做出了重大贡献。

朝鲜时代流入国内的330多种中国古典小说中大约有59种是翻译作品。这一数字和翻案类小说合起来约为100种。这也证明了当时中国古典小说受到了读者的热烈欢迎。目录如下:

1.《列女传》;2.《太平广记》;3.《太原志》;4.《三国演义》;5.《西周演义》(《封神演义》);6.《列国志》;7.《隋唐演义》;8.《西汉演义》;9.《东汉演义》;10.《残唐五代演义》;11.《大明英烈传》;12.《武穆王贞忠录》;13.《开辟演义》;14.《孙庞演义》;15.《唐晋[秦]演义》;16.《北宋演义》;17.《南宋演义》;18.《包公演义》;19.《薛仁贵传》;20.《南溪演义》;21.《西游记》;22.《东游记》;23.《水浒传》;24.《后水浒传》;25.《仙真逸史》(《禅真逸史》);26.《快心编》(《醒世奇观》);

---

① 特别引人注目的是鲜文大学朴在渊的成果。到目前为止,他发掘校注出版了50多种原文的和翻译版本。

② 闵宽东:《中国古典小说在韩国国内出版史研究》,《中国小说论丛》第12辑,2000年8月,第275页。

③ 《列女传》在韩国开始翻译的记录来自鱼叔权的《稗官杂记》,据记载,《列女传》于朝鲜中宗三十八年(1543)翻译出版。"嘉靖癸卯,中庙出刘向列女传,令礼曹启以译文,礼曹启请申珽柳沆翻译,柳耳孙写字……令李上佐,略仿顾恺之古图,而更画之。"(嘉靖癸卯年[中宗三十八年:1543]刘向的《列女传》出现之后,上命礼曹翻译,礼曹请了申珽和柳沆翻译,柳耳孙书写,李上佐模仿顾恺之的画作画)(鱼叔权,《稗官杂记》卷4)因此可以确认《列女传》是1543年左右出版的,但其后却失传,无法得知是以何种版本出版的,翻译质量如何。

27.《聘聘传》(《娉娉传》);28.《剪灯新话》;29.《型世言》;30.《今古奇观》;31.《红梅记》;32.《花影集》;33.《隋史遗文》;34.《红楼梦》;35.《红楼梦补》;36.《红楼复梦》;37.《后红楼梦》;38.《续红楼梦》;39.《补红楼梦》;40.《醒风流》;41.《镜花缘》(《第一奇谚》);42.《女仙外史》;43.《好逑传》;44.《平山冷燕》;45.《平妖记》;46.《忠烈侠义传》;47.《忠烈小五义传》;48.《玉娇梨传》;49.《麟凤韶》(《引凤箫》);50.《瑶华传》;51.《粉妆楼》;52.《玉支玑》;53.《双美缘》;54.《千里驹》;55.《绿牡丹》;56.《雪月梅传》;57.《锦香亭传》;58.《珍珠塔》;59.《再生缘传》。

  从时代来看,59种翻译本中,明代以前的作品只有《列女传》和《太平广记》两本,明代作品包括《三国演义》等在内大约有30种,清代作品包括《红楼梦》等大约有27种,翻译也和出版一样,出现了明代作品明显比清代要多的奇特现象。其中明代译本30种中有17种是演义类小说,也就是说,明代作品并非与之时代相同的朝鲜初中期翻译的。从当时读者阶层的喜好来看,大部分小说是朝鲜后期[①],也就是大约17—19世纪翻译的。其中,从《型世言》《醒风流》《平山冷燕》《禅真逸史》《封神演义》《大明英烈传》《列国志》等译本的韩文古语使用情况来看,这些作品翻译较早;而考虑到《瑶华传》《快心编》《雪月梅传》《忠烈侠义传》《忠烈小五义》等翻译文体和古语的使用情况,可以推测出这些作品大约是在高宗二十一年(1884)前后,由译官李钟泰等数十名文人翻译的。

  大部分翻译作品翻译时期和翻译者均无从得知。可以大体推测,译者主要是失意贵族中的文人或者士大夫集团中的女性。抄写并普及这些翻译作品的主要是向租书店供应书的中间人和家道中落的文人及女性。传播的方式主要是抄写,其中既有书侩这种专门以营利为目的的人,也有一些女人是为了消遣或者保管而抄写小说。

  目前,韩国国内各个图书馆收藏的约60种翻译本中有三分之二是乐善斋藏本。乐善斋书库主要因王妃、后宫宫女以及王室姻亲使用而闻名,据说其中收藏有4000多册手抄本韩文书籍。因为朝鲜时代的宫中女性读者主要利用乐善斋书库,所以她们可以轻松读懂的韩文书籍占据了大部分,可以推测出,其中有趣的小说作品也就自然而然地流入并被收藏起来。

---

① 闵宽东:《中国古典小说的传播和接受》,首尔:亚细亚文化社,2007年,第44—45页。

朝鲜灭亡之后进入了日本殖民时代,翻译作品虽然不像过去一样兴盛,但也没有完全消失,仍然持续不断。1945年之后,翻译作品开始逐渐增加,20世纪80年代之后翻译出版了一大批作品。调查显示,到最近为止,共翻译出版了90多种作品。翻译的作品中大多数不是由正统的翻译者翻译的,而是由汉学者、国文学者、小说家、中国朝鲜族学者和精通日语者共同参与翻译的,最终导致脱离了原作者的创作精神和意图,破坏了原作的完整性。

## 三、中国古典小说的嬗变

并不是任何一部文学作品流入他国都会产生一定影响,只有适应了当地的文化并符合当地风土人情时才会被广泛接受。《三国演义》就是这样的例子。这种流入过程中间偶尔也有一些特殊的例子,比如代表性小说《剪灯新话》。这部小说对韩国的《金鳌新话》、日本的《伽婢子》、越南的《传奇漫谈》都产生了巨大的影响,特别是对韩国古代小说的形成与创作都产生了巨大影响。但是在明朝出版以来,受中国通俗小说名声的阻碍,并未受到太多瞩目。这说明在流入并产生影响的过程中,传播者和接受者之间各自不同的观点和立场也会导致出现意外的结果。

如上所述,作品在流入并产生影响的过程中,会出现许多形态的变化。这种接受形态的改变可以用嬗变来定义,这种类型大体可以分为体裁、文体、文字三个方面来进行分析。

1. 体裁的嬗变

体裁的嬗变是指在接受中国古典小说作品的同时完全改变其体裁出版的情况以及部分缩略和添加之后出版的类型。

完全改变中国古典小说作品的体裁出版的情况最具代表性的就是《世说新语》。《世说新语》以《世说新语姓汇韵分》的形式出版,这本书是对明代的《世说新语补》进行拆分,把整个故事中出现的人物按照姓氏区分,重新构成一本新书。这本书包含了从秦代到元代1500多年间761个人物和1373个故事。这本书的蓝本《世说新语补》则是朝鲜时代流入韩国,用朝鲜肃宗(1674—1720年在位)年间新铸造的显宗实录铜活字出版的,由此可以推测出其在韩国国内出版年代为肃宗三十四年(1708)左右,有20卷6册版本(延世大学)和20卷7册版本(中央图书馆、高丽大学、成均馆大学等)。朝鲜版《世说新语姓汇韵分》有木活字印刷的12卷版本,现收藏于延世大学等地,出版时间约在英祖年间(1724—1776)。

《世说新语姓汇韵分》体裁上最大的特点就是"以姓氏分篇,以韵分姓"。旧本《世说新语》的一个缺点就是出场人物分散在各个章节里,综合理解一个人物的整体面貌较为困难。《世说新语姓汇韵分》将登场人物按照姓氏重新排列之后再把相对应的故事汇集到一起,就很有效地解决了这个问题,也使理解变得更容易。① 因此,《世说新语姓汇韵分》是一个全面接受了原书体裁并进行独创的例子。

部分缩略和添加之后再出版的情况主要体现在《太平广记详节》和《太平通载》中。据《慵斋丛话》记载:

> 伯氏文安公(成和仲)好学忘倦,尝在集贤殿,抄录太平广记五百卷,约为详节五十卷,刊行于世,又聚诸书及广记详节,为《太平通载》八十卷。②

《太平广记详节》出版于朝鲜世祖八年(1462),因《太平广记》内容过于庞大,将其缩略之后重新出版为50卷。该书总共收录了143个项目,843篇作品。之后成和仲又参考《太平广记详节》刊行了80卷,题为《太平通载》。

此外,《剪灯新话句解》重新整理了明代瞿佑的《剪灯新话》,对较难的词语和句子进行了注解。这本书在朝鲜时代多次出版,在日本也得以流传,并且产生了极大的影响。这一版本在散落在韩、中、日各地的各种《剪灯新话》中应该是和原本最接近的。

2.文体的嬗变

文体嬗变是从模仿和借用开始的。接受者接触到优秀作品后的第一反应是感动和感化,这种情绪会使接受者产生模仿的冲动,这种模仿也就形成了借用。因此一旦模仿和借用不好,就很容易变成抄袭。最有名的例子就是金时习的《金鳌新话》,因为这一作品中相当一部分模仿借用了《剪灯新话》,但是从另一角度来看,也分明是受到感化之后进行的再创作。

---

① [韩]金长焕:《韩国古活字本〈世说新语姓汇韵分〉研究》,《中国语文学论集》第13期,2000年2月。
② [朝鲜时代]成伣,《慵斋丛话》卷10。

我们把这种一连串的过程定义为影响。通过模仿和借用,描写技巧和表现手法的不断运用与发展,形成一种新形态。事实上初期的模仿和借用都是单方面的,以中国作为大的舞台背景,人名、地名、时代名、官职名全部都是模仿的。各种各样的模仿,包括小说开始的技巧、人物描写和借用素材等。

因此,从研究的观点可以将文体嬗变分为语句和词汇的部分借用与句子的借用。

(1)语句和词汇的部分借用

韩国古小说中大部分是章回小说,这和中国古典小说的构成方式类似。比如《玉仙梦》第八章到第九章之间"……未知梦玉去就如何,且看下章分解"。或者"却说驸马自钱塘还东……"这些句子就和中国通俗小说中"未知如何,且看下文分解""未知下文如何""毕竟如何,下回便见"这类老套的句子如出一辙。这是无条件地借用中国通俗小说的结果。还有开头词"且说""却说""话说",这些用在句子开头的类似前缀词的使用,也可以看作是韩国古小说直接模仿、借用的痕迹。这在韩国的古小说中非常常见。

另外,在古小说的篇目、中间或者结尾部分出现的插入诗也是对中国古典小说的一种模仿。这些全部都是受到中国古典小说的直接或者间接影响的结果,文章的体裁、题目、篇目和各篇的接续句型甚至笔法都模仿、借用了中国古典小说。

(2)句子的借用

相当一部分韩国古小说都或多或少地从中国古典小说中借用过句子。当然,中国古典小说刚流入韩国时,韩国作家的技巧和技法仍有许多不足,所以会在古小说的许多部分看到这种句子的模仿和借用现象。

例如《三国演义》和《玉楼梦》的人物描写:

身长九尺,面黑晴黄,熊腰虎背。(《三国演义》卷四)

身长十尺,面如锅底,虎眼熊腰。(《玉楼梦》卷一)

这种文体的模仿痕迹十分明显。再来看《金鳌新话》的《龙宫赴宴录》与《剪灯新话》的《水宫庆会录》的句子结构,就能看出《金鳌新话》模仿了多少。

《剪灯新话》的《水宫庆会录》:

敝居僻陋……今欲别构一殿,命名灵德,工匠已举,木石咸具,所乏者惟上梁文尔。侧闻君子……幸为寡人制之。

《金鳌新话》的《龙宫赴宴录》：

敝居僻陋……今欲别构一阁,命名嘉会,工匠已集,木石咸具,而所乏者,上梁文耳,侧闻秀才……幸为寡人制之。

除了这种大部分的借用,还有小部分的借用。这种模仿和借用并不全是一件令人羞愧的事情。例如：通常我们在谈及毛笔文化时,中国注重方法,称之为书法；韩国升华到艺术境界,称为书艺；日本则升华到道的境界,称为书道。因此在哪里先出现的并不重要,重要的是哪个国家将之继承发展,超越与否,再创作与否等。《金鳌新话》虽然是模仿《剪灯新话》而成的,但是其体裁和结构反而都更加缜密,完成度也很高。因此,《金鳌新话》是一部成功的韩国本土化作品。

3.文字的嬗变

前面提到,翻译是一种最积极的接受方法。翻译中最重要的就是转播,因为决定其成败的关键在于是否正确传达了原作者的真实意图。有一句意大利格言叫作"翻译即是叛逆",就是强调翻译并不是一件容易的事。中国古典小说在韩国的翻译也有一些特别奇特的现象和文体。其实在小说这一概念形成之前,中国古典小说就已经流入韩国,形成了无条件的接受,当时的翻译也并非从翻译理论和原则出发,而是本着兴趣翻译的。因此,译者任意地添加、删减、缩略或者修改,创造出很多种说法。根据翻译形态,可以分为翻译、翻案、改作、再创作等；根据翻译的数量,可以分为全文翻译和部分翻译；根据翻译的质量,可以分为完译和缩译；根据翻译的技巧,可以分为意译和直译。

首先,翻译是指将一个国家的语言写成的文章转换成另一个国家语言的一种文学行为,也叫作二次创作。翻案是原作的梗概不变,对风俗、人名、地名之类进行改变翻译而成的小说,也可以说是从翻译或者创作的过程中派生出来的产物。韩国古典小说史中对中国小说的翻译和翻案就是韩国独有的特殊的文学形态,可以看作是在接受中国小说的过程中衍生出的新型文学遗产。改作是指修改作品的内容和体裁,广义来看属于翻案。再创作则是指作家读了一个或者多个作品之后,完全从另外一个角度重新创作,与翻案还是有一定差别的。[1] 再创作是在中

---

[1] [韩]闵宽东：《中国古典小说的韩文翻译问题》,《古小说研究》第五辑,韩国古小说学会,1998年6月,第448—449页。

国古典小说中借用一部分题材,完整地构成一个故事,只有在作家的技巧逐步提高,能够发挥出自身小说创意的时候,才能够创作出真正的作品。例如《黄夫人传》《梦见诸葛亮》《诸葛亮传》等都是《三国演义》的系列小说。也就是说,作家在读过《三国演义》之后,发挥自己的创造力写出了《梦见诸葛亮》这样的小说,从接受者的角度来看就属于再创作。

以上解释了翻译、翻案、改作、再创作的概念。其中最大的问题就是该如何设定翻译和翻案的界限。当时翻译不是从翻译理论中来的,而是本着兴趣出现的,只要取悦读者即可,因此,意译是一个总的原则。删减、增添、修改都可以,读者没有必要去区分是翻译还是创作,所以翻译和翻案的关系也就更加模糊。① 因此一般来说翻译不论直译还是意译,只要能够忠实地反映原文就是翻译了。即使有一些省略,只要是依附于原文的,都可以叫作翻译。但是按照字面意思来理解,翻案是指改动了一部分内容和顺序,兼容了翻译和改写的意思。在一些作品里面既有翻译的部分,又有翻案的部分,两者并存。因此,除了可以很容易就区分出来翻案的作品,一定要分出是"翻译作品还是翻案作品"并没有什么意义。②

下面是完译和缩译的问题。一般来说,完译指从开头到结尾全部翻译,缩译是省略了一部分内容或者缩略之后翻译。韩国的中国古典小说译本中,大部分是用意译和直译,非常忠实于原文,从头到尾进行了翻译。然而真的要选一本从头到尾一字不漏的翻译作品,恐怕只有乐善斋翻译的《红楼梦》这一本了。大部分译本小说都把不太需要的部分或者完全不需要的部分直接删掉,也就是小说的序文和开场诗、插入诗、散场诗以及每回之后的评论等都直接省略,包括中国通俗小说常用的套话。比较接近原文的翻译,也大都避免直译而采用浅显的意译。

下面说到全文翻译和部分翻译的问题,全文翻译就是把全文都翻译了,部分翻译就是只翻译小说中有意思的部分。上文提到的乐善斋的译本《红楼梦》就是完整的全文翻译,大部分的小说都是缩略或者删除了一部分之后翻译的。除此之外,一个特别的现象就是部分翻译的小说中最有趣的部分的翻译通常都是从《三国演义》中选取的。例如《赤壁大战》《大胆姜维实记》《三国大战》《华容道实记》

---

① [韩]赵东一:《朝鲜后期小说史的展开》,《古典小说研究方向》,首尔:新论社,1991 年,第 165 页。
② [韩]闵宽东:《中国古典小说的韩文翻译问题》,《古小说研究》第五辑,韩国古小说学会,1998 年 6 月,第 450—451 页。

等。进入日本殖民时代之后,随着印刷术的发展,这些作品也开始由部分翻译为主变为全文翻译。

以上从体裁、文体、文字三个类型对嬗变进行了分析。从中国古典小说在韩国国内接受过程中产生的变化或者变形的形态来看,有如下几个共同特征:

第一,刚开始中国小说流入国内时,从高丽时代到朝鲜初期,由于对小说的概念和理解不足,无条件的模仿和借用现象频繁发生。

第二,因为共用汉字,原文出版反而比翻译出现得更早。当时虽有了韩文,但由于重视汉字的原因,所有书籍均采用汉字出版。朝鲜初期的图书大部分都是校书馆和地方监营等官刻本,大约在壬辰倭乱之后开始,官刻本逐渐消失,私刻的坊刻本出现。

第三,文字使用方面,初期主流是原文出版,坊刻本出现之后明显开始由汉文转变为韩文,翻译和翻案类作品也正是从这一时期开始出现的。这种变化起因于商业动机,官刻不是以营利为目的,但坊刻本的出现就是追求利润的。

第四,坊刻本的作品大量出版和租书业的出现,使小说读者阶层得到扩大。在这之前,图书主要是文人在做学问时和在业余生活中阅读,翻译本的出现使得一般平民和闺房中的女性也得以阅读。

中国古典小说通过流入、出版、翻译等方法在韩国国内接受以来产生了很大的影响,自身也不断发展。中国古典小说在这种接受过程中不断适应当时的时代、所在国家、当地的文化,以自身的变化或者变形在这片土地上扎根。这一根基为韩国的古典文学提供了基础舞台,并为促进其进一步发展做出了重要贡献。

## 四、结论

一个国家的文学在另一个国家的接受并非一件简单的事情。接受的准备做好与否,影响接受的结果,接受方法也左右了其成败。

韩国中国古典小说的接受方法大体可以分为流入、出版、翻译。在流入方面,大概有330种中国古典小说流入韩国,调查表明,明代以前的小说有40多种,明代小说有100多种,清代小说有190多种。其中"只在文献记录中出现而没有或尚未发现真实版本的作品"有103种;"不存在于文献记录当中,但有现存版本的作品"为157种,"既有传入的记录又有实际留传的作品"大概有69种。

  一个国家的文学在他国被接受时最先出现的现象是翻译,但是在韩国原文出版比翻译出现得更早。这是因为朝鲜初期虽然创制了韩文,却并没有普及,当时主要的文书和各种著作也都依然采用汉字。当时出版了的18种中国小说,按照年代来看,明代以前有5种,明代作品有12种,清代作品只有1种,形成了以明代和明代以前小说为主流这一奇特现象。这一现象向我们展示了那个时代根据拥有能熟知文言文的朝鲜读者的需要而出版的倾向。

  翻译的作品共有59种,明代以前有2种,明代大约有30种,清代有27种。翻译方面也是明代作品多于清代。大部分小说是在朝鲜后期翻译的,这也是因当时读者阶层的喜好形成的。

  中国古典小说流入韩国国内之后有各种形态的变化或者变异,也就是嬗变,可以分为体裁、文体、文字三个方面。体裁方面,有像《世说新语姓汇韵分》一样将《世说新语》原有的体裁完全打乱后出版的作品;还有些像《太平广记详节》和《太平通载》一样,将《太平广记》的部分内容加以缩略和添加以后出版的;也有像《剪灯新话句解》一样在原本《剪灯新话》里难解的语句或词语上加以校注以后发行的。

  文体方面就是对中国古典小说的各种各样的模仿和借用现象。从小的方面来说,有句子和词汇的部分借用;从大的方面来说,有句子相当大部分的借用。

  文字方面主要是翻译问题和以变形形态出现的翻案问题。根据翻译形态,可以分为翻译、翻案、改作、再创作;根据翻译的完成度,可以分为全文翻译和部分翻译;根据翻译的形式,可以分为完译和缩译;根据翻译的技巧,可以分为意译和直译。文字使用方面,有初期的"原文出版"和坊刻本出现以后的汉文变为韩文的现象。这种翻译和翻案类作品变成主流可能源于追求商业性营利。

  因此,中国古典小说在韩国以流入、出版、翻译等方式得到接受并产生巨大影响。这些作品在接受过程中,顺应时代及地理文化潮流,促成了韩国自身文学的变化,为韩国古典文学的形成和发展做出了一定的贡献。

**【参考文献】**

[1][明]瞿佑.剪灯新话[M].奎章阁版本.

[2][朝鲜时代]金时习.金鳌新话[M].奎章阁版本.

[3][朝鲜时代]成俔.慵斋丛话[M].奎章阁版本.

[4][朝鲜时代]鱼叔权.稗官杂记[M].奎章阁版本.

[5][韩]丁奎福,等.韩国古小说研究[M].首尔:二友出版社,1983.

[6][韩]丁奎福.中国小说对韩国文学的影响[J].亚细亚研究,1983,26(2):131-178.

[7]韩国古典文学研究会.古典小说研究的方向[M].首尔:新文社,1991.

[8][韩]崔云植.韩国古小说研究[M].首尔:启明出版社,1995.

[9]韩国古小说研究会刊.古小说的著作与传播[M].首尔:亚细亚文化社,1995.

[10][韩]金长焕.韩国古活字本《世说新语姓汇韵分》研究[J].中国语文学论集,2000(13):403-424.

[11][韩]朴在渊.朝鲜时代中国通俗小说译本研究[D].首尔:韩国外国语大学博士论文,2002.

[12][韩]全圭泰.比较文学——韩国文学的研究[M].首尔:二友出版社,1981.

[13][韩]闵宽东.中国古典小说的传播和接受[M].首尔:亚细亚文化社,2007.

[14][韩]闵宽东.中国古典小说的韩文翻译问题[J].古小说研究,1998(5),417-456.

[15][韩]闵宽东.中国古典小说韩国国内的接受[J].中国小说论丛,2001(14):245-262.

[16][韩]闵宽东.中国古典小说在韩国国内出版史研究[J].中国小说论丛,2000(12):253-293.

# 扩张与迎合之间：21世纪韩国中国语言文学研究现状

[韩]梁会锡① [韩]金慧晶② 文 管 通 译

一

新世纪的到来似乎真的给社会各方面都注入了新的活力,中国语文学界也不例外。近五年的学术研究成果的数量甚至超过了20世纪80年代和90年代同期的总和,数量增长可见一斑。回想起当时吵得沸沸扬扬的"人文学危机",韩国中国语文学界所取得的成果确实是相当可观的。

但是自满还为时尚早,一是数量的增长并不意味着质量的提高,二是数量增

---

① [韩]梁会锡:全南大学中文系教授。
② [韩]金慧晶:全南大学中文系硕士。

长的动机不一定都源自学术。因此,冷静地盘点和分析当下学界的现状是非常必要的。21世纪韩国的中国语文学研究应该是以韩国的视角来看"中国"的语文学,而其中的中国古典文学研究也应该是以新世纪的视角来看中国文学的"古典"。正如曹明和(2005)①所指出的那样:"研究中国的文化,应该先从他们的眼界中摆脱出来,再深入进去,而现在正是这样做的最佳时机。"我们所做的是否是"韩国式"学术,其意义何在,这是我们应该反思的问题。而金庠澔(2003)②也提出了这样的质疑:"为了了解当今中国而研究昔日的中国,我们是否曾厚古薄今?"目前的古典研究,究竟对了解当今世界和规划未来产生了多大帮助,这也是我们应该反思的问题。

开拓新的研究领域已成为"韩国式"学术研究的主要前提。从这一点来看,最近韩国学术界的研究动向是值得肯定的。过去文学研究中的传统核心领域,如"作家论""作品论"等方面,现在已鲜有人问津,取而代之的是不断被开拓出来的新领域。但也有学者担心,这种开拓尝试只是受"猎奇"心理或者非学术因素驱使。言重些,就是打着独创和应景的幌子,只专注于细枝末节的问题,私下放弃了在研究中国语文学时应该坚持的"人文学"身份。

  万物并作,吾以观其复。夫物芸芸,各复归于其根。归根曰静,是谓复命。复命曰常,知常曰明。(《老子》第16章)

  天下有始,以为天下母。既得其母,以知其子;既知其子,复守其母,没身不殆。(《老子》第52章)

世间看似纷杂,万物的根本——"道"却暗藏其中。顺"道"而行,生命就能达到永恒。老子这种思想虽然超出了本文的关注范围,但"既得其母,以知其子;既知其子,复守其母"这样的观点却是值得我们学术界深思的。

事实上,在热衷于开拓"新领域"的背后,还存在着其他问题。从学者的角度来说,有些学者过度重视实用,希冀"见用于世"。从社会的角度来说,随着"人文学危机"论的提出,各种声音层出不穷,比如让人文学者反思人文学对社会是否有用,或者认为人文学应该对文化产业有所贡献,特别是在后者日趋成为高附加价

---

① [韩]曹明和:《警惕中国式学术——"中国诗歌与会话的融合"》(对梁会锡《中国文学》第44辑的点评),《中国文学》第45辑,2005年11月。
② [韩]金庠澔:《中国语文学研究·教育者的作用和目标》,《中国文学》第40辑,2003年11月。

值产业的情况下更是如此。此类观点和认识与最近盛行的学术风气并非毫无关系。由此看来,主张"无用之用"的庄子悖论,倒是对我们学术界"有用"了,这大概也是一种悖论吧。

  今子有大树,患其无用,何不树之于无何有之乡,广莫之野,彷徨乎无为其侧,逍遥乎寝卧其下,不夭斤斧,物无害者,无所可用,安所困苦哉!(《庄子·逍遥游》)

  庄子行于山中,见大木,枝叶盛茂,伐木者止其旁而不取也。问其故,曰:"无所可用。"庄子曰:"此木以不材得终其天年。"出于山,舍于故人之家。故人喜,命竖子杀雁而烹之。竖子请曰:"其一能鸣,其一不能鸣,请奚杀?"主人曰:"杀不能鸣者。"明日,弟子问于庄子曰:"昨日山中之木,以不材得终其天年;今主人之雁,以不材死。先生将何处?"庄子笑曰:"周将处乎材与不材之间。材与不材之间,似之而非也,故未免乎累。若夫乘道德而浮游则不然,无誉无訾。"(《庄子·山木》)

在迎接新世纪的同时,中国已经着手梳理 20 世纪的中国古代文学研究史。① 相比之下,韩国的中国语文学现代研究才刚刚起步,可以说充其量不过半个世纪。但时日虽短,韩国学术界却屡次搭建平台,对现有研究进行了盘点和分析。单是各学会举办的大型综合性会议,就有韩国中国学会 1997 年主办的"韩国中国学研究的成果与展望",韩国中文学会 2001 年主办的"韩国中国语言文学研究的本体性与国际化",韩国中国语文学会 2003 年主办的"中国语言文学——研究者与教育者的作用及目标"等。在这些会议中,需要探讨的问题都已经基本探讨过了,因此,为避"画蛇添足"之嫌,也为了更富有成效地研讨,本文对最近五年韩国学术振兴财团选定的研究课题目录和有关统计数据进行了比对分析,并以"中国戏曲"为例,在深入研究的同时,力求盘点韩国学术界的研究动向和现存问题。

二

  根据韩国中语中文学会提供的材料,仅 2005 年一年时间,就有 17 种 44 期学

---

①  代表性研究为黄霖主编的《20 世纪中国古代文学研究史》(上海:东方出版中心,2006)。

术刊物发表了896篇中国语文学论文。① 考虑到目前中国语文学的教授有550名左右,这一数字已经非常高了。② 这虽然可以证明近期韩国学术界的活跃,但细看还是能够发现一定的问题。首先,让我们以韩国中国语文学会的《中国文学》(1974年创刊)及韩国中语中文学会的《中语中文学》(1979年创刊)为例,分析一下20世纪80年代、90年代及21世纪前五年的论文刊登情况。

表1 《中国文学》论文刊登情况年表

|  | 期刊数 | 古典文学 | 现代文学 | 语言学 | 文化·教育 | 总计 |
| --- | --- | --- | --- | --- | --- | --- |
| 20世纪80年代 | 6 | 28 | 5 | 4 | 1 | 38 |
| (1982—1986年) |  | (73.7%) | (13.2%) | (10.5%) | (2.6%) | (100%) |
| 20世纪90年代 | 7 | 72 | 22 | 20 | 9 | 123 |
| (1992—1996年) |  | (58.5%) | (17.9%) | (16.3%) | (7.3%) | (100%) |
| 21世纪以后 | 10 | 81 | 23 | 38 | 55 | 197 |
| (2002—2006年) |  | (41.1%) | (11.7%) | (19.3%) | (27.9%) | (100%) |

表2 《中语中文学》论文刊登情况年表

|  | 期刊数 | 古典文学 | 现代文学 | 语言学 | 文化·教育 | 总计 |
| --- | --- | --- | --- | --- | --- | --- |
| 20世纪80年代 | 5 | 23 | 9 | 8 | 5 | 45 |
| (1982—1986年) |  | (51.1%) | (20.0%) | (17.8%) | (11.1%) | (100%) |
| 20世纪90年代 | 6 | 54 | 14 | 18 | 6 | 92 |
| (1992—1996年) |  | (58.7%) | (15.2%) | (19.6%) | (6.5%) | (100%) |
| 21世纪以后 | 10 | 86 | 30 | 67 | 24 | 207 |
| (2002—2006年) |  | (41.5%) | (14.5%) | (32.4%) | (11.6%) | (100%) |

进入新世纪以来,论文数量的激增无疑是以上两表中最抢眼的部分。两份学术刊物进入新世纪以后,论文篇数远远超过了20世纪80年代和90年代同期的总和。另外,虽然"古典文学"在两份刊物中依旧占据了较大比重,但最近五年来分量有所减少,"语言学"和"文化·教育"(此处的"文化"是"非文学"的总称)的比重明显增加。如下表所示:

---

① 参见韩国中语中文学会《中语中文学》,第37、38辑附录。
② [韩]李康齐:《中国语文学研究及教育者现状和需求变化情况》,《中国文学》第40辑,2003年。2003年语文学的相关教授有531人,在此基础上可以推测出,2005年大约将达到550人。虽然在会刊上发表文章的不一定都是教授,也有可能是讲师、博士后、硕士等,但将近900篇的数量还是非常高的。

表3 《中国文学》和《中语中文学》2000年前后的论文刊登情况

| | 期刊数 | 古典文学 | 现代文学 | 语言学 | 文化·教育 | 总计 |
|---|---|---|---|---|---|---|
| 20世纪80年代—20世纪90年代 | 24 | 177（59.4%） | 50（16.8%） | 50（16.8%） | 21（7.0%） | 298（100%） |
| 21世纪以后 | 20 | 167（41.3%） | 53（13.1%） | 105（26.0%） | 79（19.6%） | 404（100%） |

李康齐（2003）的调查结果表明①：全国范围内，中国语文学相关学科的在职教授中，语言学占24.1%，中国文学占65.2%，中国政治经济学、历史哲学和社会文化等占8.9%（其中中国文化为1.7%）。文学的比重最大，而其中古典文学所占比重（49.3%）又远大于现代文学（13.0%）。看到这些数据，再考虑到表3中2000年以后的论文发表情况，就能发现二者的大致脉络是基本相符的。教授专业的领域分布呈现"古典文学">"语言学">"现代文学"趋势，同样，论文的发表情况也是古典文学最多，现代文学最少。但也有例外，那就是"文化·教育"领域的教授不过1.7%，但实际发表的论文篇数却达到了19.6%。相比之下，占教授总数一半以上的古典文学领域②，发表的论文不过41.3%，究其原因，无外乎是古典文学的教授扩大了研究领域，将其延伸至"文化·教育"范畴③。事实上，把研究领域扩张至"文化·教育"范畴的现象在中国语文学界比比皆是。例如，成立于1985年7月5日的韩国中国现代文学会，其宗旨是"研究和介绍中国现代文学，促进研究人员之间的学术交流，增进会员之间的友谊"，会刊为《中国现代文学》。在第36期总共9篇论文（包括一篇翻译论文）中，严格来说，没有一篇是纯现代文学领域的。④ 大部分的

---

① ［韩］李康齐：《中国语文学研究及教育者现状和需求变化情况》，《中国文学》第40辑，2003年。
② 文学总体62.5%中，除去现当代文学13.0%和概括性的中国文学专业分类2.1%以及比较文学0.8%，实际比重大约为50%。
③ 此类现象在中国同样存在，古典文学研究已经被挤到边缘。陈友冰：《海峡两岸古典文学研究的百年演进与思考》，《中语中文学》第30辑，2007年。
④ ［韩］车泰根：《汉字形象和中国的"觉醒"——从汉字悲观论到世界语言》；［韩］李珠鲁：《韩国的〈狂人日记〉研究现状与展望》；［韩］韩秉坤：《建国初期中华人民共和国语文教科书中的鲁迅》；［韩］金秀妍：《历史的视觉再现和近代规划——"良友画报"研究工作之初步考察》；徐巍：《视觉文化与影像中国》；［韩］申铉准：《1970—1980年代香港大众文化的形成和国际传播，以"粤语歌明星"为中心》；［日］村田雄二郎、［韩］柳浚弼译：《超越"文言·白话"——近代中国的"国语"问题》；［韩］闵正基：《19世纪末上海〈点石斋画报〉（1884—1989）的索引、题解与数据库化》；［韩］林大根：《中国电影论坛：自省·实验·追求》。

论文都与"文化"或"文化产业"相关。① 令人担忧的是,这种情况极为普遍,并非只存在于现代文学界。究其原因,有可能是希冀"见用于世"的学者个人造成的,但也不能忽视韩国学术振兴财团等制度上的影响。

## 三

韩国学术振兴财团(以下简称"学振")对"中国语言文学"的分类如下:

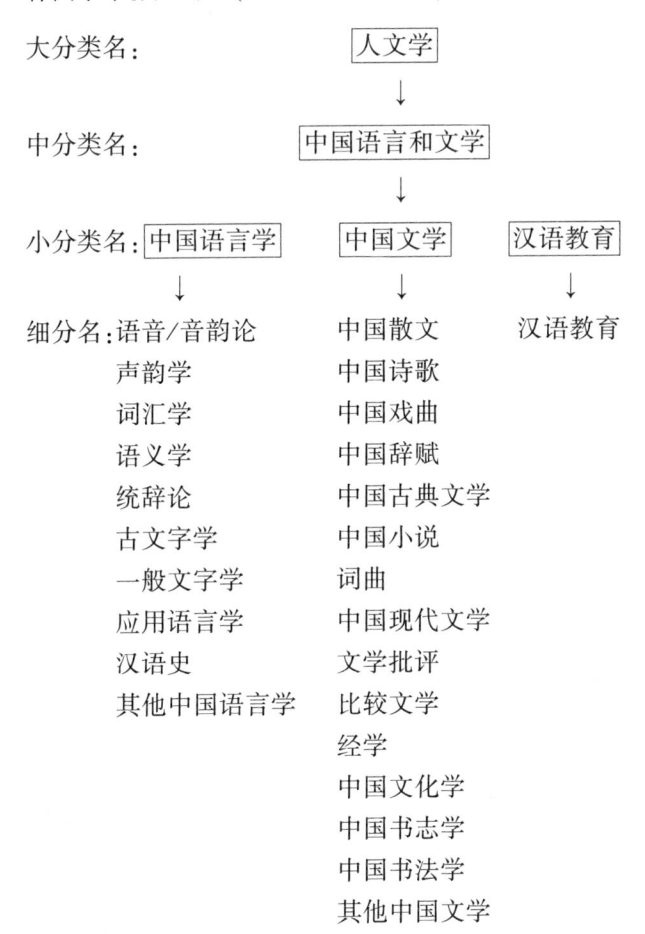

大分类名: 人文学
↓
中分类名: 中国语言和文学
↓
小分类名: 中国语言学　　中国文学　　汉语教育
　　　　　　↓　　　　　　↓　　　　　↓
细分名: 语音/音韵论　　中国散文　　汉语教育
　　　　声韵学　　　　中国诗歌
　　　　词汇学　　　　中国戏曲
　　　　语义学　　　　中国辞赋
　　　　统辞论　　　　中国古典文学
　　　　古文字学　　　中国小说
　　　　一般文字学　　词曲
　　　　应用语言学　　中国现代文学
　　　　汉语史　　　　文学批评
　　　　其他中国语言学　比较文学
　　　　　　　　　　　经学
　　　　　　　　　　　中国文化学
　　　　　　　　　　　中国书志学
　　　　　　　　　　　中国书法学
　　　　　　　　　　　其他中国文学

---

① 例如,《中国语言研究》第 22 辑(2006 年 6 月)刊登的尹佑晋的《山东荣成方言与釜山华侨荣成方言的声母比较》、[韩]洪京我的《中文印刷广告文本的连贯结构研究》、[韩]李喜甲的《初中汉语教科书中出现地名的汉语拼音标记考察》、[韩]朴赞旭的《制度性情景中的话语标记"好"——以电视娱乐节目为主》等论文都脱离了传统的语言学,明显与"实用"或"文化产业"相关。

中国语言文学从属于大分类"人文学"下的中级分类"中国语言和文学",下面还有3个小分类,分别是"中国语言学""中国文学"和"汉语教育"。其中,"中国语言学"下面有10个细分类,"中国文学"下面有15个细分类。因为"中国文学"中包括"经学""中国书法学""中国文化学""中国书志学"等多种领域,所以下属分类要多于"中国语言学"。根据以上分类,学振最近五年来(2002—2006)选定了261项研究课题①,如下表所示:

表4 近五年来学振选定的研究课题(按学振的学术分类标准)

| 学振分类 | 中国语言学 | 中国文学 | 汉语教育 | 总计 |
| --- | --- | --- | --- | --- |
| 细分类(项目数) | 语音/音韵论(7)<br>声韵学(6)<br>词汇学(5)<br>语义学(1)<br>统辞论(14)<br>古文字学(7)<br>一般文字学(10)<br>应用语言学(6)<br>汉语史(9)<br>其他中国语言学(6) | 中国散文(5)<br>中国诗歌(30)<br>中国戏曲(24)<br>中国辞赋(2)<br>中国古典文学(15)<br>中国小说(18)<br>词曲(4)<br>中国现代文学(42)<br>文学批评(14)<br>比较文学(9)<br>经学(3)<br>中国文化学(15)<br>中国书志学(3)<br>中国书法学(1)<br>其他中国文学(2) | 汉语教育(3) | |
| 小计 | 71(27.2%) | 187(71.6%) | 3(1.2%) | 261(100%) |

如上表所示,"中国文学"领域的课题占大多数,但是除去前文提到的"非文学"分类,再把通常被视为独立领域的"中国现代文学"单列出来,中国古典文学的比重就大大减少了。如果将"非文学"的细分类和带有较强表演性质的中国戏曲都归为"文化·教育"领域中,那么"非文学"领域也将占据相当一部分比重。

---

① 排除了学术刊物资助、举办学术会议资助、小规模学会资助等非研究型直接资助。

如下表所示：

**表 5　近五年来学振选定的研究课题（按照本文的分类标准）**

| 本文分类 | 中国古典文学 | 中国现代文学 | 中国语言学 | 文化·教育 | 总计 |
|---|---|---|---|---|---|
| 细分类（项目数） | 中国散文(5)<br>中国诗歌(30)<br>中国辞赋(2)<br>中国古典文学(15)<br>中国小说(18)<br>词曲(4)<br>文学批评(14)<br>比较文学(9) | 中国现代文学(42) | 语音/音韵论(7)<br>声韵学(6)<br>词汇学(5)<br>语义学(1)<br>统辞论(14)<br>古文字学(7)<br>一般文字学(10)<br>应用语言学(6)<br>汉语史(9)<br>其他中国语言学(6) | 中国戏曲(24)<br>经学(3)<br>中国文化学(15)<br>中国书志学(3)<br>中国书法学(1)<br>其他中国文学(2)<br>汉语教育(3) | |
| 小计 | 97(37.2%) | 42(16.1%) | 71(27.2%) | 51(19.5%) | 261(100%) |

《中国文学》和《中文学》两份学术刊物在2002—2006年所刊登的论文中，"古典文学"占41.3%，"现代文学"占13.1%，"语言学"占19.6%，"文化·教育"占19.6%，与近五年来学振所选定的研究课题的比例基本一致。特别是"文化·教育"领域，专业学者不过1.7%，发表的论文却占到19.5%，而"古典文学"领域的人数超过一半，论文却只占到37.2%。这样的结果可以看作是古典文学的学者"扩张"到了"文化·教育"名下的新领域，也有"迎合"某种时代潮流之嫌。正如前文所指出的那样，在"中国语言学"和"中国文学（古典/现代）"分类下的研究课题中，也不难发现这种现象。

全罗北道华侨几代人语言使用现状研究

中国广东地区语言文化社会特征研究

儒家出土文献在语料库使用下的整理及应用方案

汉字数字的文化意义

中国文化中的视觉语言研究

中国广告标语的语言学特征

中国室外广告物语言资料的社会语言学考察

中国境内少数民族语言的韩文书写方案探索
韩国传统汉语教育文献的发掘研究与数据库化
中国电影翻译修辞学：以题目和字幕为中心
（以上为中国语言学）

中国文本的视觉再现研究——为了开发中国文化内容教程
稷下学宫和战国时代的写作——以《荀子》和《庄子》为中心
中国西北地区出土的古韩人金石文研究
形象政治学——以古典文献中的中国河南地区形象为中心
釜山庆南南海岸村神祭和中国东海岸丰渔祭的比较研究
中国的山水自然诗和园林美学
通过《金瓶梅》看16世纪中国社会
对作为中国民族主义话语的黄帝书写的系谱学考察
韩国所藏中国汉籍调查研究
论赋的叙述方式与古代中国的科学技术
（以上为中国古典文学）

中国社会主义时期女性社会化政策和女性性别意识的形成研究
全球化时代中国的文化话语和文化发展策略
20世纪初中国近代词和近代知识年表的拟定与数据库化
1997年以后香港人本体性的持续与变化
中国人民教育出版社现行中学语文教科书研究
中国近代初期翻译系统研究
1949—1976年中华人民共和国的文化权力与政治权力互动研究
探索20世纪上海和上海人本体性的中国所藏影像资料收集
论改革开放以后中国电影和国家意识形态的相关性
延边的"文化大革命"
通过全球本土化时代的上海学看釜山的研究
（以上为中国现代文学）

如果按照学振的分类表来看,以上研究课题是可以从属于图书情报学、广告/宣传学、电影学、民俗学、人类学、文化学、社会学、书志学、女性学、政治学、地域学等分类的"新型"课题,也可以看出中文学界的研究领域正在不断"扩张"。一言以蔽之,如果是"非语文学"的"文化",那么可以说中文学所有领域都在向"文化"靠拢。这种现象从本质上来讲与最近的社会风气不无关系。解放以后到20世纪80年代末的文化产业政策,比起振兴更注重限制,直至国民政府(金大中政府,1998—2002)上台,以《文化产业振兴基本法》(2002年1月26日,立法第6635号)为标志,开始从限制转为振兴。参与政府(卢武铉政府,2003—2007)继承了金大中政府的政策,对文化产业扶植和资助进一步步入正轨。2003年12月,韩国文化观光部明确表示:要将韩国打造成继美、日、英、法之后的世界第五大文化产业强国。对文化产业的资助范围也随之扩大,从原先的电影和出版领域延伸至游戏、动画、音乐、漫画、文化原型和娱乐教学等多种领域。"文化产业"已经成为21世纪韩国社会最大的话题,此前一直在"危机"中寻觅出口的人文学,自然也会对"文化"青睐有加了。

无论怎样,向新领域的"扩张"和对时代潮流的"迎合",可以说是21世纪韩国中国语言文学研究的两大动向,而这在很大程度上是受到了学振"学术研究资助项目"的影响。其中基础研究课题(人文、社会领域)的项目目标是以"资助人文社会领域的支柱研究,构建创造性知识生产体系"为前提的,但后面紧接着是"以此为国家经济和社会发展做出贡献",突出了"见用于世"。实际上,学振隶属于政府机关,所以拥护政府的政策自不必说,这一点在学振的研究计划书表格中也显而易见。

1.研究目标
　(研究的必要性,研究主题的独创性,包括与现有研究的对比等)
2.研究方法和内容
　(长期课题要列出研究计划年表)
3.研究成果应用方案
　(研究成果对学术和社会的贡献,人员培养方案,与教育相联系的应用方案等)
4.其他事项
　(进行长期或者海外研究的必要性等研究计划需注明事项)
5.参考文献

不论学振的本意如何，以上表格中"研究的必要性，研究主题的独创性，包括与现有研究的对比等"一项，迫使研究人员要向新领域"扩张"，而"研究成果对学术和社会的贡献，人员培养方案，与教育相联系的应用方案等"一项，又不自觉地让研究人员去"迎合""实用"的"超学术"要求。

从以上论述中不难看出，学振正对韩国的中国语言文学研究发挥着极大影响。当然，这一事实本身并没有错。进入21世纪以后，中国语言文学研究的快速成长可以说正是得益于学振对人文学资助的大幅提升，如2002年启动的"基础学科（人文、社会领域）扶植资助项目"等。但问题是，学振没有考虑到学科的特殊性，而是将人文学与其他学科混为一谈。这种做法是否会产生副作用目前尚不得而知，但未雨绸缪，密切观察与学振相关的学界动向是十分必要的。因此下面就缩小范围，以"中国戏曲"为例进行集中讨论。

## 四

学振"中国文学"下的细分类中有"中国戏曲"一项。在正式论述之前，有必要先探讨一下用词。韩国的"戏曲"通常被看作"以表演为目的的戏剧文学作品"，间或与戏剧同义。而中国的"戏曲"，指的却是"以歌舞演故事"的传统戏剧。因此"中国戏曲"虽然包括了金元杂剧、宋元南戏、明清传奇等，但宋代以前的歌舞戏、参军戏等传统戏剧，以及从西方传来的话剧、歌剧等却被排除在外了。本文所选用的"中国戏剧"一词，则包括这些内容。

有趣的是，学振最大的"受害者"和"受益者"，都是中国戏曲。在韩国，研究中国戏曲的学者属于极少数。[①] 人数虽少，学术活动却十分活跃，先后在1991年和1993年创办了"韩国中国戏曲学会"及其会刊《中国戏曲》。但学振在1998年实行的学术刊物评价计划却让学会遭受了重创。因为不能达到学振提出的定量标准，学会在2000年出版了第8期《中国戏曲》之后，最终放弃了会刊的发行。从这一点来看，中国戏曲领域可以说是学振最大的受害者。但最近五年来，中国戏

---

[①] ［韩］李康齐：《中国语文学研究及教育者现状和需求变化情况》的研究显示，中国戏曲研究者占比为7.9%，但因此处包括了词和散曲的研究者，所以实际人数会更少。

曲领域从学振那里得到了 26 项(约占总数 10%)研究基金,继中国现代文学(43 项)和中国诗歌(30 项)之后位列第三。考虑到细分类有 26 种之多,而研究人员又极少,这一数字已经非常可观了。从这一点来看,中国戏曲也可以说是学振最大的受益者。

20 世纪末的时候,笔者曾经论述过中国戏剧研究的状况和课题①,但进入 21 世纪之后五年以来,相关资料已与当时大为不同。20 世纪 90 年代中期以前的研究,一直是以"宋元以前的戏剧"为主线,但进入 21 世纪以后,逐渐被"近现代戏剧"和"戏剧总论与比较戏剧"所代替。有趣的是,这竟与学振的资助极为吻合。以下为统计资料图表:

表 6　中国戏曲研究的相关资料

|  | 宋元以前的戏剧 | 宋元戏剧 | 明清戏剧 | 近现代戏剧 | 戏剧总论与比较戏剧 | 小计 |
|---|---|---|---|---|---|---|
| 1996 年以前发表的学术论文② | 21 (9.9%) | 72 (34%) | 48 (22.6%) | 33 (15.6%) | 38 (17.9%) | 212 |
| 最近五年发表的学术论文③ | 1 (2.1%) | 4 (8.3%) | 15 (31.3%) | 15 (31.3%) | 13 (27.1%) | 48 |
| 最近五年学振的研究课题④ | 1 (3.8%) | 1 (3.8%) | 8 (30.8%) | 7 (26.9%) | 9 (34.6%) | 26 |

从时间上来看,研究重心从"宋元以前的戏剧"转移到"近现代戏剧"的趋势非常明显。笔者在 1998 年曾指出,1996 年以前中国戏曲的研究偏重于金元杂剧。但从附录 2 和附录 3 中可以看出,最近五年来,这一部分的研究几乎已经销声匿迹,而以京剧和话剧为代表的"近现代戏剧"却青云直上。这意味着什么呢?众所周知,明中叶盛行的昆曲是现在可以进行演出的最早期的戏剧形式。也就是说,杂剧和南戏等明代以前的戏剧都只是以剧本和文献的形式存在,失去了舞台艺术的生命力。而清代以后的京剧与各种地方戏则是以演员为中心的表演艺术,

---

① [韩]梁会锡:《韩国的中国戏曲研究现状与课题》,《中国学报》第 38 辑,1998 年 6 月。
② 根据[韩]梁会锡上述论文中的资料编制。
③ 中国戏剧的相关学术论文(2002—2006),"1996 年以前"的资料包括硕士论文和著述,此处仅以学术刊物上发表的论文为对象。
④ 参见学振选定的中国戏曲相关研究课题(2002—2006)。

因而很少作为文学作品来解读。话剧中虽然有不少作品的文学价值已经得到了认可,但社会反响主要还是以演出为主,因此,前文所指出的变化意味着中国戏曲研究的重心已经从文献资料和文学性转移到了演出资料和表演性。

显而易见,最近中国戏曲研究的48个课题中文学性普遍弱于表演性,带有文学观点的只有15篇,剩下的不是纯表演艺术(22篇),就是两者兼有的综合性观点(11篇)。学振资助的研究课题也大致如此(表演11,文学8,综合7)。实际上,20世纪90年代以前因为和中华人民共和国政治上隔绝,所以很难接触到中国戏曲的表演和舞台资料,因此也就很难将中国戏曲作为表演艺术来研究。而90年代后期海外(以中华人民共和国为主)学成归来的年轻学者为开启此类研究立下了汗马功劳。从这一点来看,最近的变化可以说是值得肯定的、自然而然的事情。如果再考虑到戏剧的终极前提就是表演,那就更是如此了。

但我们仍需扪心自问:自己是否被卷入了所谓"文化产业"的时代潮流中?是否希冀"见用于世"而更注重"现在(现代戏剧)"和"我们自身(韩中比较研究)"?是否过于希望得到学振的研究基金?之所以要思考这些问题,是因为我们有可能会误入歧途,甚至犯下矫角杀牛的错误。90年代中期以前的研究主线——金元杂剧研究,就是其中的典型事例。近年来,这一领域亟待研究的问题堆积如山,但研究者依然置若罔闻,就算有所涉及,也不过是在一般性的初期阶段打转。比如对于关汉卿的研究,中国国内从80年代以后就开始从多方入手,试图挖掘新的研究成果。① 但2003年韩国学界发表的某篇论文,将关汉卿卓越的成就归结于"比起作者自身不幸的境遇,更多的来自对当时社会下层民众悲苦命运的感知和共鸣",这无非是对初期一般性结论的重申。② 近几年韩国学界的中国戏剧研究,一味地热衷于向新领域"扩张",却相对忽视了应当"深化"的传统领域。中国语文学的其他领域也是如此,难免有"迎合"非学术要求之嫌。这一领域的研究者,是否对中国戏剧的"文化产业实用性"过于执着,这一点值得我们深思。

---

① 参考黄霖主编,陈维昭著:《20世纪中国古代文学研究史·戏曲卷》,上海:东方出版社,2006年,第208—212页。
② [韩]赵美娟:《关汉卿作品中出现的三种妓女形象》,《中国学研究》第25辑,2003年。

## 五

进入21世纪以后,韩国中文学界焕然一新,生机勃勃。最近五年的研究硕果累累,数量甚至比20世纪80年代、90年代同期的总和还要多。不仅如此,语言学和"文化"方面的研究持续增加,而一度过于偏重的中国古典文学研究却有所减少。其中也有很多突破传统方法、观点新颖的研究,这些都是值得肯定的。

但是没有学术上的"深化",一味地向外围"扩张",这种现象是应当警惕的。因为求新可能导致专注于细枝末节,而对"实用"的渴望则可能导致"文化"化。韩国的中国语言文学研究,是否为了"迎合"以学振为代表的非学术要求,而失去了自己作为"人文学"的身份?这值得我们每一个人深思。

如果说21世纪韩国中国语言文学研究的现状是向新领域的"扩张"和对以实用为主的时代潮流的"迎合",那么老子的"既知其子,复守其母"和庄子的"无所可用,安所困苦哉"就是我们最该聆听的名言警句。如果老庄的学说过于抽象,那么胡适的"大胆地假设,小心地求证"的治学态度和司马迁的"无曲学以阿世"也是颇值得体味的。

**【参考文献】**

[1] 黄霖主编.20世纪中国古代文学研究史[M].上海:东方出版中心,2006.

[2] [韩]金庠溍.中国语文学研究·教育者的作用和目标[J].中国文学,2003(40):255-264.

[3] [韩]李康齐.中国语文学研究及教育者现状和需求变化情况[J].中国文学,2003(40):265-284.

[4] 陈友冰.海峡两岸古典文学研究的百年演进与思考[J].中语中文学,2007(30):507-541.

[5] [韩]梁会锡.韩国的中国戏曲研究现状与课题[J].中国学报,1998(38):101-120.

[6][韩]赵美娟.关汉卿作品中出现的三种妓女形象[J].中国学研究,2003(25):1-18.

[7][韩]曹明和.警惕中国式学术[J].中国文学,2005(45):157-162.

## 附录1

# 学振选定的研究课题（2002—2006）

| 项目名称 | 课题名称 | 细分类 | 中分类 |
|---|---|---|---|
| 新校 | 乐善斋本《红楼梦》的汉语标音研究 | 语音/音韵论(7) | 中国语言学(71) |
| 新校 | "合并字学篇韵便览"的实际北京语音研究 | | |
| 先导研究 | 通过《汇音妙悟》看18世纪泉州闽南地区白话音的特征 | | |
| 基础 | 以优选论研究标准汉语借用英语语音韵现象 | | |
| 先导研究 | 通过《戚林八音》的文白异读字看福州话的时代层次 | | |
| 地方 | 全罗北道华侨几代人语言使用现状研究 | | |
| 国内外 | 中国广东地区语言文化社会特征研究 | | |
| 博士后 | 《龙飞御天歌》汉字音和15世纪汉语音韵体系 | 声韵学(6) | |
| 新校 | 中国上古时期和高句丽的语音比较 | | |
| 事例研究 | 通过中国上古音看韩国古代汉字音 | | |
| 新校 | 《六祖法宝坛经谚解》的实际韩国汉字音研究 | | |
| 新校 | 《训民正音》研究 | | |
| 基础 | 通过比较《洪武正韵》76韵本和80韵本研究浊音清化 | | |

(续表)

| 项目名称 | 课题名称 | 细分类 | 中分类 |
|---|---|---|---|
| 新研究 | 现代汉语词汇库研究 | 词汇学(5) | 中国语言学(71) |
| 事例研究 | 汉语词汇的"理据"研究 | | |
| 一般 | 通过分析中国语言资料看中华主义语言话语形成和解体的历时研究——基于文化多元主义的立场 | | |
| 基础 | 汉字同义词词典 | | |
| 先导研究 | 《六祖坛经》虚词研究 | | |
| 新校 | 汉语动词"做"和韩语动词"하"的对比研究 | 语义学(1) | |
| 事例研究 | 现代汉语的话题表现要素研究 | 统辞论(11) | |
| 翻译 | A Grammar of Spoken Chinese | | |
| 海外 | 现代汉语补语"得"字构文研究 | | |
| 博士后 | 粤语修饰结构的语序特征研究 | | |
| 事例研究 | 现代汉语的代用与结合——反身代词"自己"的远程结合 | | |
| 先导研究 | 方向动词形成复合谓语时论元结构设定与论元分布原理及条件研究 | | |
| 先导研究 | 现代汉语 $NP_1\cdots\{NP_2+\cdots(NPn+VP)\}$ 文章结构中"$NP_1$"和谓语的关系 | | |
| 新研究 | 现代汉语双宾语研究 | | |
| 先导研究 | 汉语名词性成分的谓语功能认可条件研究 | | |
| 先导研究 | 存在、所有、关系的句法和意义结构的韩中对比研究 | | |
| 新研究 | 汉语语气词的起源和发展研究——以出土文献和古文献比较为中心 | | |
| 新研究 | 古典汉语的信息构造 | 句法学(3) | |
| 先导研究 | 通过分析"区别词"对汉语词性典型的功能性及动态考察 | | |
| 学术 | 汉语"得"字句的起源和发展过程 | | |

(续表)

| 项目名称 | 课题名称 | 细分类 | 中分类 |
|---|---|---|---|
| 新研究 | 战国燕玺判别业论 | 古文字学(7) | 中国语言学(71) |
| 博士后 | 汉代文字瓦当的内容和瓦当文字字形构造研究 | | |
| 海外 | 俄亚乡、洛吉乡、三乡的纳西族东巴经文古代读音比较研究 | | |
| 先导研究 | 以"言"和"文"系列汉字群的字源看中国文字中心的象征体系 | | |
| 翻译 | 《甲骨学一百年》 | | |
| 合作 | 儒家出土文献在语料库使用下的整理及应用方案 | | |
| 基础 | 通过殷代"出组"5种祭祀相关甲骨文文本研究儒教祖先崇拜文化的起源 | | |
| 新校 | 中国历代字书出现的异体字等级的属性研究——从汉代《说文》到清代《康熙字典》 | 一般文字学(10) | |
| 一般 | 汉字定型化理论构建 | | |
| 基础 | 以"鬼"系列汉字群的字源看古代中国人的鬼神认识 | | |
| 基础 | 《海东金石苑》研究 | | |
| 博士 | 《伍伦全备谚解》异体字研究 | | |
| 先导研究 | 汉字数字的文化意义 | | |
| 海外 | 汉字反映出的人生旅途:出生、结婚、子女教育和死亡 | | |
| 基础 | 五大音义书校勘和综合检索系统构建 | | |
| 先导研究 | 中国文字学术语的韩文翻译方案研究 | | |
| 合作 | 《新译大方广佛华严经音义》语言研究 | | |
| 新校 | 中国文化中的视觉语言研究 | 应用语言学(6) | |
| 先导研究 | 中国室外广告物语言资料的社会语言学考察 | | |
| 新校 | 汉语的比喻研究 | | |
| 先导研究 | 中国广告标语的语言学特征 | | |
| 博士 | 现代汉语基本词汇的合成词关系研究 | | |
| 博士后 | 韩国人汉语学习者的日记体作文中出现的关联词话语标记功能研究 | | |

（续表）

| 项目名称 | 课题名称 | 细分类 | 中分类 |
|---|---|---|---|
| 合作 | 《三朝北盟会编》的宋代语言特征基础研究 | 汉语史(9) | 中国语言学(71) |
| 新校 | 汉语意义动词"给"的语法化研究 | | |
| 一般 | 韩国传统汉语教育文献的发掘研究与数据库化 | | |
| 新校 | 朝鲜初期韩中译音资料中出现的汉语语音标记方法研究——以申叔舟式和崔世珍式注音标记为中心 | | |
| 先导研究 | 《元朝秘史》的语言特征研究 | | |
| 新校 | 魏晋南北朝时期特指疑问文研究 | | |
| 博士后 | 近代汉语被动文研究 | | |
| 博士后 | 3部儒教经典中的"以"字用法比较研究 | | |
| 一般 | 论阿尔泰语对12—13世纪汉语的影响——以元代资料为中心 | | |
| 先导研究 | 试论"双音节+于"的句子成分 | 其他中国语言学(6) | |
| 先导研究 | 汉语的信息结构具体体现方法研究 | | |
| 新校 | 中国东北地区的语言特殊性研究(2) | | |
| 基础 | 通过"X(汉字语)+하다"看韩中句法结构产生过程和语序处理比较研究 | | |
| 先导研究 | 中国境内少数民族语言的韩文书写方案探索 | | |
| 新校 | 中国电影翻译修辞学：以题目和字幕为中心 | | |
| 保护 | 南朝文学集团辞赋创作的成果和影响 | 中国散文(5) | 中国文学(187) |
| 先导研究 | 《郁离子》的特征及其在中国寓言发展史上的意义 | | |
| 翻译 | 《柳河东集》(柳宗元) | | |
| 新校 | 稷下学宫和战国时代的书写——以《荀子》和《庄子》为中心 | | |
| 海外 | 中国文本的视觉再现研究——为了开发中国文化内容教程 | | |

(续表)

| 项目名称 | 课题名称 | 细分类 | 中分类 |
|---|---|---|---|
| 海外 | 谢灵运山水诗的自然背景考察 | 中国诗歌（30） | 中国文学（187） |
| 地方 | 唐代韩中文人的交流研究 | | |
| 先导研究 | 中世中国文人诗的女性写作倾向研究 | | |
| 先导研究 | 白居易三种年谱异说比较考 | | |
| 先导研究 | 李白诗中的妇女形象研究 | | |
| 先导研究 | 中国初期唱和诗研究 | | |
| 新研究 | 李商隐诗中的"春"意象研究 | | |
| 专业 | 魏晋南北朝文学地理研究 | | |
| 先导研究 | 唐诗中的"变化"和"不变"对比研究 | | |
| 先导研究 | 中国自然诗和西方生态诗的比较考察 | | |
| 新校 | 晚唐七言律诗和新罗汉诗 | | |
| 事例研究 | 申纬和王维诗的神韵味与绘画技法比较考察 | | |
| 新校 | 高丽时代文人对苏东坡诗文的接受及其意义 | | |
| 基础 | 文选译注 | | |
| 翻译 | 《曹子建集》 | | |
| 先导研究 | 杜诗的句法和字法研究 | | |
| 博士后 | 3世纪出现的中国诗歌抒情方式的转换 | | |
| 先导研究 | 白居易和朝鲜前期文人的唱和艺术 | | |
| 先导研究 | 唐代文人的四皓观研究 | | |
| 一般 | 唐代诗风和新罗汉诗的形成 | | |
| 翻译 | 《玉台新咏》 | | |
| 博士后 | 《诗经》恋歌与民族学的相关性研究 | | |
| 事例研究 | 中国的山水自然诗和园林美学 | | |
| 基础 | 黄庭坚绘画论考察——以题画诗为中心 | | |
| 翻译 | 《汉语诗律学》 | | |
| 先导研究 | 中国古典诗歌的文人化过程研究 | | |
| 博士后 | 李商隐诗的梦幻性研究 | | |
| 先导研究 | 《千家诗》研究 | | |

（续表）

| 项目名称 | 课题名称 | 细分类 | 中分类 |
|---|---|---|---|
| 海外 | 平安时代雅乐和唐诗的关系 | 中国诗歌（30） | 中国文学（187） |
| 新校 | 白居易和高丽文人的唱和诗研究 | | |
| 事例研究 | 梁祝故事研究 | 中国戏曲（24） | |
| 博士后 | 中国传统戏剧演员的话剧学考察 | | |
| 先导研究 | 中国南方三大地方戏的现代化研究 | | |
| 海外 | 明清晚期中国苏州虎丘曲会的话剧史研究 | | |
| 先导研究 | 探明杂剧和传奇的形式特征——通过《梧桐雨》和《长生殿》中杨贵妃故事的改变情况 | | |
| 新校 | 清代讲唱文学中对《三国》叙事的接受情况 | | |
| 翻译 | 《桃花扇》 | | |
| 博士后 | 韩国山台戏中的中国铁拐李的"步伐"研究 | | |
| 博士后 | 中国八仙戏的形成和韩国的接受情况 | | |
| 一般 | 作为中国文化根源和原动力的巫俗——以对文艺理论和文学形式的形成影响为中心 | | |
| 新校 | 《闲情偶寄》和中国古典通俗戏曲美学 | | |
| 事例研究 | 中国北方秧歌戏和二人转研究 | | |
| 保护 | 通过戏曲看中国历史和文化——在现实和虚构之间看中国 | | |
| 基础 | 啰哩嗹和阿里郎——其现象和意义 | | |
| 先导研究 | 对明清小说戏曲语言现实和虚构的认识 | | |
| 基础 | 试论宋代妓女的文学艺术作用 | | |
| 博士后 | 20世纪上半叶中国京剧形式的变化情况研究 | | |
| 新校 | 韩中近代戏剧的产生过程比较研究 | | |
| 先导研究 | 通过故事的嬗变看中国表演文学的形式特征——以杨贵妃故事为中心 | | |
| 先导研究 | 融入中国传统戏剧的杂技和武术——其表现形式的历史考察 | | |
| 先导研究 | 《燕行录》中有关杂技记事的研究 | | |

(续表)

| 项目名称 | 课题名称 | 细分类 | 中分类 |
|---|---|---|---|
| 新校 | 会馆话剧的形成和表演艺术性特征 | 中国戏曲（24） | 中国文学（187） |
| 保护 | 京剧表演形式的规则研究 | | |
| 新校 | 戏曲《牡丹亭》中表现出的女性身体的文化意义研究 | | |
| 新校 | 通过汉赋看劝说的修辞形式 | 中国辞赋（2） | |
| 先导研究 | 通过《金瓶梅》看16世纪中国社会 | | |
| 新研究 | 刘禹锡咏物诗研究 | 中国古典文学（15） | |
| 博士后 | 清代女性文学中表现出的女性研究——以弹词为中心 | | |
| 博士后 | 《徐霞客游记》中出现的明末新知识分子意识形态 | | |
| 博士后 | 从传统和反传统的角度看顾颉刚的神话观 | | |
| 博士后 | 神话和历史中司马迁的选择及其意义 | | |
| 翻译 | 《阮籍集》 | | |
| 博士 | 对作为中国民族主义话语的黄帝书写的系谱学考察 | | |
| 翻译 | 《酉阳杂俎》 | | |
| 翻译 | 《徐霞客游记》 | | |
| 事例研究 | 中国西北地区出土的古韩人金石文研究 | | |
| 翻译 | 《郑板桥集》 | | |
| 翻译 | 《敦煌变文校注》 | | |
| 事例研究 | 芥子园书肆的出版活动与清初通俗文学 | | |
| 新研究 | 中国神话的历史化研究 | | |
| 古典 | 韩国所藏中国汉籍调查研究 | | |
| 新校 | 《齐东野语》中出现的小说题材和艺术成就研究 | 中国小说（18） | |
| 博士后 | 韩中神仙故事的探索——关于时间和空间 | | |
| 先导研究 | 《镜花缘》和韩语译本《第一奇谚》的比较研究 | | |
| 博士后 | 韩、中、日英雄小说的英雄形象比较研究 | | |
| 翻译 | 《虞初新志》 | | |
| 基础 | 19世纪在华及在韩西方传教士对基督教小说的创作和翻译 | | |

(续表)

| 项目名称 | 课题名称 | 细分类 | 中分类 |
|---|---|---|---|
| 海外 | 形象政治学——以古典文献中的中国河南地区形象为中心 | 中国小说(18) | 中国文学(187) |
| 翻译 | 《扬州画舫录》 | | |
| 一般 | 东亚神话的比较学分析及人文学重新定义 | | |
| 先导研究 | 《红楼梦》研究的多义性考察 | | |
| 翻译 | 《古小说钩沉》 | | |
| 博士后 | 中国古代叙事中的幻想性探索 | | |
| 新校 | 敦煌变文中的佛教想象力研究 | | |
| 翻译 | 《东京梦华录》《梦粱录》 | | |
| 出版 | 唐朝爱情故事：幻想和欲望的变奏 | | |
| 翻译 | 《北里志》《教坊记》 | | |
| 博士后 | 东亚爱情类传奇的探索——关注于幻想和女性 | | |
| 博士后 | 近代中国和西方小说中出现的"欲望"再现形式比较 | | |
| 海外 | 柳永和周邦彦词的修辞特征比较研究 | 中国词曲(4) | |
| 新校 | 花间词的女性性研究 | | |
| 事例研究 | 中国词学的韩、中、日研究倾向比较分析 | | |
| 事例研究 | 《乐章集》的社会文化读法 | | |
| 新校 | 中国新时期小说的展开形式和逻辑 | 中国现代文学(42) | |
| 先导研究 | 20世纪90年代中国文学的新状况和新诠释研究 | | |
| 新校 | 20世纪50年代中国政治与诗歌 | | |
| 博士后 | 韩中的言文一致运动和英美意象派 | | |
| 合作 | 21世纪中国作家对韩国的认识和叙事变迁研究 | | |
| 专业 | 中国社会主义时期女性社会化政策和女性性别意识的形成研究 | | |
| 先导研究 | 香港回归引发的香港文学的变化和意义 | | |
| 先导研究 | 全球化时代中国的文化话语和文化发展战略 | | |
| 博士后 | 通过中国现代小说看中国女性性别特征与国家 | | |
| 先导研究 | 文学和电影的相互性研究：以《红高粱》和《人生》为例 | | |

(续表)

| 项目名称 | 课题名称 | 细分类 | 中分类 |
|---|---|---|---|
| 深化 | 中国现代性和语言意识形态研究 | 中国现代文学(42) | 中国文学(187) |
| 基础 | 日本侵略时期满洲地区中国亲日文学的逻辑构造——王道乐土论和五族协和论 | | |
| 基础 | 20世纪初中国近代词和近代知识年表的拟定与数据库化 | | |
| 合作 | 1997年以后香港人本体性的持续与变化 | | |
| 一般 | 韩、中、日近现代女性小说比较研究 | | |
| 新校 | 文之传统和现代中国的学人之文——以周作人和30年代学人们学者散文为中心 | | |
| 一般 | "文化大革命"时期中国诗和样板戏研究及初期资料整理 | | |
| 新研究 | 艾青的近代体验和诗歌意象研究 | | |
| 新校 | 中国新诗中出现的继承和移植问题研究 | | |
| 地方 | 中国现代女性诗歌的主题和意象变化研究 | | |
| 一般 | 1949—1976年中华人民共和国的文化权力与政治权力互动研究 | | |
| 先导研究 | 中国人民教育出版社现行中学语文教科书研究 | | |
| 新校 | 中国"五四"前后文艺思潮研究 | | |
| 博士后 | 中国当代文学和外来影响 | | |
| 新校 | 老舍和朴泰远的"世态小说"比较研究——长篇《四世同堂》和《川边风景》 | | |
| 事例研究 | 董桥的散文和散居香港人 | | |
| 事例研究 | 论鲁迅的中国古典选集和文学史记述 | | |
| 事例研究 | 胡适的《白话文学史》和金台俊的《朝鲜汉文学史》比较研究 | | |
| 事例研究 | 超人和狂人——论尼采对鲁迅的影响 | | |
| 新校 | 中国近代初期翻译系统研究 | | |
| 基础 | 论鲁迅对朝鲜殖民地的认识 | | |

(续表)

| 项目名称 | 课题名称 | 细分类 | 中分类 |
|---|---|---|---|
| 先导研究 | 20世纪东亚文学的殖民性和后殖民性——台湾、满洲、朝鲜的亲日文学比较研究 | 中国现代文学(42) | 中国文学(187) |
| 基础 | 中国文学和文化性象征体系研究 | | |
| 国内外 | 探索20世纪上海和上海人本体性的中国所藏影像资料收集 | | |
| 基础 | 论改革开放以后中国电影和国家意识形态的相关性 | | |
| 博士后 | 梁启超的《欧游心影录》中出现的东西文化论研究 | | |
| 博士后 | 近代国家的想象力和新体修辞学——以《良友》杂志和海派文学为中心 | | |
| 博士后 | 延边的"文化大革命" | | |
| 保护 | 中国现代女性作家作品中出现的女性意识——以时代特征和变化形式为主 | | |
| 基础 | 作为中华世界外围记忆的西藏文学——以扎西达娃的小说为中心 | | |
| 合作 | 现代性和女性主义:中国、德国、俄罗斯文学中出现的女性主义比较研究 | | |
| 地方 | 通过全球本土化时代的上海学看釜山的研究 | | |
| 海外 | 《文心雕龙》注释本的体裁和内容考察——《文心雕龙》韩文注释的先决课题 | 文学批评(14) | |
| 博士后 | 唐宋以后杜诗学研究——金元明清历朝杜诗学 | | |
| 先导研究 | 李梦阳和王世贞、袁宏道诗歌美学的"俗雅之趣"和"清趣"——面向明代中后期近代化的格调派和性灵派的通俗主义和精英审美意识 | | |
| 新校 | 论赋的表述方式与古代中国科学技术 | | |
| 先导研究 | 中国诗和意境美学 | | |
| 新校 | 从戏仿角度看杜甫和李商隐诗的"人物"典故比较 | | |
| 博士 | 兴的诗学:理论体系分析和现代适用 | | |
| 先导研究 | 从《陶渊明诗话》看陶诗的接受和解读情况 | | |

(续表)

| 项目名称 | 课题名称 | 细分类 | 中分类 |
|---|---|---|---|
| 翻译 | 艺苑卮言 | 文学批评(14) | 中国文学(187) |
| 先导研究 | 晚明时期异端文学思想的实学性理解 | | |
| 博士后 | 晚明小品文的现代可能性 | | |
| 翻译 | 《文心雕龙》 | | |
| 先导研究 | 重写文学史的探讨在20世纪90年代中国文学史中的反映情况研究 | | |
| 新校 | 探讨上博简《诗论》的释文考释,对排列顺序的考察 | | |
| 博士后 | 韩、中、日狐狸故事的比较考察 | 比较文学(9) | |
| 国内外 | 近现代韩中作家"朝鲜(韩国)"题材作品的翻译和研究 | | |
| 著述 | 东亚超越近代的两种方法——鲁迅和韩龙云 | | |
| 博士后 | 东亚女性叙事研究——以18世纪韩国和中国为中心 | | |
| 新校 | 东亚"知识分子——老虎型"叙事研究 | | |
| 博士后 | 东西方中世纪爱情叙事的探索——幻想、欲望、意识形态的比较学分析 | | |
| 新校 | 论高丽诗歌中元曲和元代文化的影响 | | |
| 博士后 | 公安派和燕岩学派的文学理论比较 | | |
| 地方 | 釜山庆南海岸村神祭和中国东海岸丰渔祭的比较研究 | | |
| 海外 | 《诗经》中出现的传统婚礼和韩中两国传统婚礼间的演变研究 | 经学(3) | |
| 国内外 | 论中国福建、广东的地方文化和东南亚华侨社会的联系 | | |
| 专业 | 传统时期中国的学术话语的产生 | | |
| 地方 | 韩中丧礼中的白色文化形式比较——以中国长沙和韩国珍岛地区为例 | 中国文化学(15) | |
| 海外 | 中国岭南地区的根源文化特征及其影响研究 | | |
| 基础 | 跨文化研究 | | |
| 深化 | 论中国江南地区明清两代的文化资助体系 | | |
| 保护 | 中国广场艺术的历史发展过程和展开形式——以秧歌为中心 | | |

（续表）

| 项目名称 | 课题名称 | 细分类 | 中分类 |
|---|---|---|---|
| 专业海外 | 通过文化话语看近代中国女性的情况和存在方式 | | |
| 海外 | 中国对西方文化的接受和本土化情况分析——通过分析清末民初的通俗小说 | | |
| 资料研究 | 19世纪末上海《点石斋画报》的索引、题解与数据库化 | | |
| 新校 | 中国各地区的近代规划和文化领域比较 | | |
| 海外 | 中国潮汕文化的形成和发展研究 | 中国文化学（15） | |
| 先导研究 | 中国所藏韩国金石文集的实态调查分析 | | 中国文学（187） |
| 合作 | 接触中国各地区文化的基础研究——中华文化通志的批判性探讨 | | |
| 深化 | 对中国农耕文化型广场艺术的发展情况和文化地位的调查研究——以淮河和黄河中游地区为主 | | |
| 深化 | 冷战时期东亚国民文化的形成和区域内文化传递研究 | | |
| 国内外 | 东亚大众文化交流省察研究 | | |
| 基础 | 中国古代目录书杂家研究 | | |
| 事例研究 | 中国的《鸳鸯七志斋》收录的古韩人墓志研究 | 中国书志学（3） | |
| 博士后 | 成均馆大学尊经阁所藏中国古籍的文献价值研究——以集部古籍为中心 | | |
| 地方 | 韩国书法的独创性探索和世界化战略——结合全罗北道世界书法双年展相 | 中国书法学（1） | |
| 博士后 | 从图像看中国神话——从岩刻画到三星堆 | 其他中国文学（2） | |
| 博士 | 19世纪韩中文学交流研究——以桐城派和朝鲜文人学者的交流为中心 | | |
| 合作 | 有效学习汉语的授课方案设计及网站建设——以情景学习理论的适用为中心 | | |
| 基础 | 现代汉语的教学语法和理论语法的学术用语和领域考察 | 汉语教育（3） | 汉语教育（3） |
| 深化 | 超媒体和汉语教育 | | |

**附录 2**

# 中国戏剧相关学术论文（2002—2006）

| | 作者<br>(音译) | 论文题目 | 出版刊物 | 期 | 年份 | 类型 |
|---|---|---|---|---|---|---|
| 宋以前的<br>戏剧(1) | 安祥馥 | 唐宋戏曲的时代划分——中国戏曲史的时代划分论 | 《中国学报》 | 49 | 2004 | 综合 |
| 宋元戏剧<br>(4) | 河炅心 | 宋元戏曲所描写的家庭中女性形象 | 《中国学报》 | 46 | 2002 | 文学 |
| | 赵美娟 | 关汉卿作品中出现的三种妓女形象 | 《中国学研究》 | 25 | 2003 | 文学 |
| | 朴成勋 | 元杂剧的演出和戏台 | 《中国语文论丛》 | 25 | 2003 | 表演 |
| | 文盛哉 | 元杂剧中的程度副词"杀"的用法 | 《中国语文论丛》 | 31 | 2006 | 文学 |
| 明清戏剧<br>(15) | 河炅心 | 《远山堂曲品、剧品》的理解 | 《中国语文学志》 | 11 | 2002 | 文学 |
| | 洪荣林 | 明清华北乡村剧研究 | 延世大学<br>(博士论文) | | 2002 | 表演 |
| | 金英淑 | 《琵琶记》的版本流变和对中国戏曲史研究的意义 | 《中国语文学》 | 39 | 2002 | 文学 |
| | 金英淑 | 汲古阁本《琵琶记》中反映的明代文人思想和审美观——以与陆抄本的比较为中心 | 《中国语文学》 | 40 | 2002 | 文学 |

（续表）

| | 作者<br>（音译） | 论文题目 | 出版刊物 | 期 | 年份 | 类型 |
|---|---|---|---|---|---|---|
| 明清戏剧<br>（15） | 蔡守民 | 明代后期关于角色体验的戏曲表演论 | 《中国语文论丛》 | 22 | 2002 | 表演 |
| | 金英淑 | 锦囊本《琵琶记》的改编特征和明中叶的舞台演出 | 《中国语文学志》 | 11 | 2002 | 表演 |
| | 姜妗妹 | "案头书"和实际演出的问题——以《牡丹亭》为中心 | 《中国语文学志》 | 11 | 2002 | 表演 |
| | 崔洛民 | 汤显祖的儒侠意识和《紫钗记》的完成 | 《中国语文学》 | 46 | 2005 | 表演 |
| | 李昌淑 | 对明清小说戏曲话语的现实和虚构的认识 | 《中国学报》 | 54 | 2006 | 文学 |
| | 蔡守民 | 清中叶戏曲演技论小考 | 《中国语文论丛》 | 25 | 2003 | 表演 |
| | 朴泓俊 | 《闲情偶寄》和中国古典通俗戏曲美学 | 《中国语文学》 | 42 | 2003 | 综合 |
| | 金银洙 | 孔尚任的文学理论和实际：以诗和传奇为中心 | 全南大学<br>（博士论文） | | 2003 | 文学 |
| | 朴成勋 | 李渔《十种曲》的传奇性 | 《中国语文论丛》 | 27 | 2004 | 文学 |
| | 金英淑 | 清中叶戏曲舞台艺术的符号学分析——以《审音鉴古录》和《琵琶记》为中心 | 《中国语文学志》 | 15 | 2004 | 表演 |
| | 李昌淑 | 《燕行录》中中国戏曲相关记事的内容和价值 | 《中国学报》 | 50 | 2004 | 综合 |

(续表)

| | 作者<br>(音译) | 论文题目 | 出版刊物 | 期 | 年份 | 类型 |
|---|---|---|---|---|---|---|
| 近现代戏剧(15) | 权修展 | 田汉的"话剧民族化"小考 | 《中国学研究》 | 22 | 2002 | 综合 |
| | 金钟珍 | 记述中国近代话剧史的几个前提 | 《中国学报》 | 46 | 2002 | 综合 |
| | 金英美 | 京剧音乐的叙事功能 | 《中国语文学志》 | 11 | 2002 | 表演 |
| | 赵得昌 | 吴梅戏剧批评方法的继承与创新 | 《中国语文论丛》 | 23 | 2002 | 文学 |
| | 裴渊姬 | 孤岛时期上海话剧研究(1937—1941) | 高丽大学<br>(博士论文) | | 2003 | 综合 |
| | 金钟珍 | 中国初期话剧文化、政治近代性的变迁 | 《中国学报》 | 48 | 2003 | 综合 |
| | 赵得昌 | 20世纪前期中国京剧形式的变化情况研究 | 《中国语文论丛》 | 26 | 2004 | 表演 |
| | 车美京 | 魏长生的表演世界和艺术成就 | 《中国语文论丛》 | 27 | 2004 | 表演 |
| | 朴鲁宗 | 中国现代剧对西方话剧思潮的接受情况——以曹禺的作品为中心 | 《中国语文学》 | 43 | 2004 | 文学 |
| | 裴渊姬 | 陈大悲的《幽兰女士》中出现的"在家中消失的女性" | 《中国语文论丛》 | 28 | 2005 | 文学 |
| | 金英淑 | 对中国传统剧京剧中男性旦角本体性的文化考察 | 《中国语文学志》 | 17 | 2005 | 表演 |
| | 韩相德 | 陈白尘及其讽刺喜剧《升官图》研究 | 《中国语文学志》 | 19 | 2005 | 文学 |
| | 韩相德 | 陈白尘的改编剧本《阿Q正传》研究 | 《中国语文学志》 | 22 | 2006 | 文学 |
| | 权应相 | 昆曲的复兴和最近演出成果考察——以《牡丹亭》和《长生殿》的演出为中心 | 《中国语文学》 | 48 | 2006 | 表演 |
| | 裴渊姬 | 徐志摩的厄洛斯和桑纳托斯——以剧本《卞昆冈》为中心 | 《中国学论丛》 | 19 | 2006 | 文学 |

（续表）

| | 作者<br>（音译） | 论文题目 | 出版刊物 | 期 | 年份 | 类型 |
|---|---|---|---|---|---|---|
| 戏剧总论<br>比较戏剧<br>（13） | 安祥馥 | 中国传统戏剧的样式和改编体系 | 《中国学报》 | 45 | 2002 | 表演 |
| | 申智瑛 | 试探戏曲艺人教育的发展 | 《中国语文学》 | 13 | 2003 | 表演 |
| | 车美京 | 戏曲舞台的色彩选择和中国人的色彩观念 | 《国际中国学研究》 | 6 | 2003 | 表演 |
| | 安祥馥 | 融入中国传统戏剧中的杂技和武术——其表现形式的历史考察 | 《中国语文学志》 | 16 | 2004 | 表演 |
| | 金英淑 | 中国传统戏剧"男旦"和男性同性恋风潮 | 《中国学报》 | 51 | 2005 | 表演 |
| | 安祥馥 | 中国皮影戏的历史展开和传承现状 | 《中国语文学志》 | 17 | 2005 | 表演 |
| | 李廷植 | 以韩中日传统戏剧中使用的五色为中心的色彩文化研究 | 《中国人文科学研究03》 | 11 | 2003 | 表演 |
| | 安祥馥 | 韩中木偶剧比较研究——历史展开、文本和演出的几个相关论题 | 《中国学报》 | 47 | 2003 | 表演 |
| | 金钟珍 | 韩中近代剧的新派剧——新剧过渡比较 | 《中国语文论丛》 | 24 | 2003 | 综合 |
| | 蔡守民 | 韩中女性传统剧比较研究——女性国剧和越剧 | 《中国语文论丛》 | 29 | 2005 | 表演 |
| | 金钟珍 | 韩中近代戏剧产生过程比较研究 | 《中国语文论丛》 | 31 | 2006 | 综合 |
| | 朴炳元 | 诗歌、京剧、武侠——中国电影中的诗意和国家想象 | 《中国学论丛》 | 19 | 2006 | 综合 |
| | 金英美 | 布莱希特对中国传统剧"京剧"接受情况的比较考察 | 《中国学研究》 | 36 | 2006 | 综合 |

## 附录 3

# 学振选定的中国戏剧相关课题（2002—2006）

| 时期 | 课题名 | 类型 |
| --- | --- | --- |
| 宋以前的戏剧(1) | 试论宋代妓女的文学艺术作用 | 综合 |
| 宋元戏剧(1) | 探明杂剧和传奇的形式特征——通过《梧桐雨》和《长生殿》中杨贵妃故事的改变情况* | 文学 |
| 明清戏剧(8) | 戏曲《牡丹亭》中表现出的女性身体的文化意义研究 | 文学 |
| | 通过故事的嬗变看中国表演文学的形式特征——以杨贵妃故事为中心* | 综合 |
| | 明清时期中国苏州虎丘曲会的话剧史研究 | 表演 |
| | 对明清小说戏曲语言现实和虚构的认识 | 文学 |
| | 清代讲唱文学中对《三国》叙事的接受情况 | 文学 |
| | 桃花扇 | 文学 |
| | 《闲情偶寄》和中国古典通俗戏曲美学 | 综合 |
| | 《燕行录》中有关杂技记事的研究 | 表演 |
| 近现代戏剧(5) | 中国北方秧歌戏和二人转研究 | 表演 |
| | 京剧表演形式的规则研究 | 表演 |
| | 中国南方三大地方戏的现代化研究 | 表演 |
| | 会馆话剧的形成和表演艺术性特征 | 表演 |
| | 20世纪上半叶中国京剧形式的变化情况研究 | 文学 |

(续表)

| 时期 | 课题名 | 类型 |
|---|---|---|
| 戏剧总论比较戏剧(9) | 通过戏曲看中国历史和文化——在现实和虚构之间看中国 | 文学 |
| | 中国传统戏演员的话剧学考察 | 表演 |
| | 融入中国传统戏剧中的杂技和武术——其表现形式的历史考察 | 表演 |
| | 梁祝故事研究 | 文学 |
| | 韩国山台戏中的中国铁拐李的"步伐"研究 | 表演 |
| | 中国八仙戏的形成和韩国的接受情况 | 综合 |
| | 啰哩嗹和阿里郎——其现象和意义 | 综合 |
| | 韩中近代戏剧的产生过程比较研究 | 表演 |
| | 作为中国文化根源和原动力的巫俗——以对文艺理论和文学形式的形成的影响为中心 | 综合 |

注：带*号的课题原应属于元杂剧和清前期之间。

# 重新评价汉文遗产

## ——《东亚文明论》节选

[韩]赵东一 文  李丽秋 译

## 改变成见

汉文因难以学习而成为被指责的对象。在韩国常常可以听到这样的言论：应该抛弃汉字这样的劣等文字，使用优秀的韩文。但汉字是创作汉文的文字，如果因为难以驾驭而称其为劣等文字并以这种理由去否定汉文的价值，这种做法是错误的。如果失去汉文，东亚文明的传承就会中断。而比起梵语、阿拉伯语和拉丁语文明的传承者，我们也会变得无知落后。

我们不应该将"字"和"文"混为一谈。虽然用简单易学的拉丁文字写成的拉丁文人人都会念，但却未必能理解其意思。在汉文中，对文字的理解与对文章的理解息息相关。但在拉丁语中,对文字的理解和对文章的理解却是两个截然不同的过程。晦涩难懂的不只有汉文,其他文明圈的通用书面语拉丁语、梵语和阿拉伯语也是如此。

不仅韩国,东亚其他国家加入汉文文明圈也都是明智的选择。为了避免出现混乱,我们不应该再称其为汉字文明圈,而应该采用"汉文文明圈"的统一说法。文字并不是判断文明圈归属的标准。印尼和越南采用了拉丁文字,但并未进入拉丁语文明圈。如果认为汉文文明圈不合适,那么他们就要把梵语、阿拉伯语或是拉丁语作为通用书面语,并进入相应的文明圈,只有这样才能进入中世纪。

中世纪出现了统一使用通用书面语的文明圈。通用书面语在中世纪首次出现,使文字生活得以扩展,记录文学得以远播,这也是世界史的一大转变。通用书面语成为普世宗教教义经典的撰写语言,使得宗教思想普遍得以保存下来,并担负起各国之间交流之媒介,从而保障了文明圈的同源性。在各个国家,口语不同的人们也得以确认政治和精神上的同源性,这也得益于通用书面语的共同使用。

没有一个地方是不吸收通用书面语便形成民族语言的书写体系,进而将民族语言发展为近代国语的。任何地方都无一例外。菲律宾群岛有很多部落,并没有接受汉文或其他通用书面语,处于孤立状态,遭到西班牙侵略后,开始用西班牙文进行写作,后来接受了美国的统治,于是又开始使用英文。其所保留下来的土著语言形态各异,既没有写作的传统,也没有经过整合,因此很难成长为替代英语的官方语言。但韩国、日本和越南并非如此,他们把自己的民族语言作为官方语言,在全国范围内使用。

认为通用书面语会冲击和削弱民族语言的理解是片面的,共存已久的通用书面语和民族语言之间具有双语关系,通用书面语文明和民族语言文化之间不存在谁胜谁负的问题,它们的关系是相生相克。上层的压迫往往引发相克的关系,而下层则对此进行反击,将这种相克转化为相生。很多民族的文字生活都起源于用通用书面语来标记民族语言,之后再将通用书面语写作变为自己的东西并加以灵活运用。他们通过通用书面语文明学会了如何建立国家和统一思想,最后才使民族语言成长为通用语言。他们利用民族语言文化成长过程中获得的力量,来更好地理解通用书面语文明,并进行再创造,使其变得更加丰富多彩。

## 接受汉文的意义

东亚各国均采用汉文作为通用书面语。不仅韩国从中国吸取了汉文,日本和越南也是如此。为了深究接受汉文是否是错误的,也要同时对这两个国家的情况进行考察。三个国家接受汉文的情况和直接原因虽各不相同,但从汉文的使用情况来看,有一些基本共同点。

越南是在被中国统治时接受汉文的。汉朝进攻越南并设立了七郡,越南人失去了独立,从中国人那里学会了汉文。汉朝也攻占了韩国,设立了四郡,当时一部分韩国人在被统治的状态下接受了汉文。日本人和中国没有直接的关系,而是通过韩国人学会了汉文。

日本人由于使用了汉文,并且利用汉文将自己的民族语言发展为文明语言,这才得以治理好国家,不断扩大疆域。和日本人处于竞争关系的阿依努人由于没有文字,不能很好地治理国家,所以一直处于落后和被掠夺的地位。日本历史从古代进入中世纪,又到近代,而阿依努人的历史则一直停留在古代,因此才产生了这种差异。

接受通用书面语是中世纪化必须完成的任务。中世纪化并非依靠通用书面语形成,而是以其内在的变化作为先决条件。只有在中世纪化不断推进的过程中,才会产生接受通用书面语的必要性。若想组建、治理和古代时期相异的中世纪国家,创建实现社会统一所需的思想,增进对外交流,就必须有通用书面语。只有接受了通用书面语,正在推动的中世纪文明才能最终实现。反之,则必将半途而废。

假如接受汉文并实现中世纪化的是阿依努人,而不是日本人,或许现在占据日本列岛的就是阿依努人,而日本人很可能已被挤到九州南部的保护区里生活了。对于日本人来说,接受汉文绝非不幸。相反,没能接受汉文倒是阿依努人的不幸。日本人正是凭借着中世纪的巨大能量,才能在战争中战胜了阿依努人。

我这样说并不是主张日本人对阿依努人的胜利是正当的,而是为了指出这种令人遗憾却又迫不得已的结局的原因。如果说日本人和阿依努人都停留在原始社会阶段,互不侵犯,和平共处,这是一种理想的状态。如果说二者都进入了古代阶段，虽然时有战争，但是并未明显分出胜负，情况也不算糟。但当其中一方顺利完成了中世纪化，而另一方仍停留在古代社会时，这种发展的不平衡便给落后的一方带来了巨大灾难。

在和已完成中世纪化进程的日本人博弈的过程中，阿依努人若想避免落后，形成对等关系，就必须了解中世纪化后日本的真实面貌，治理国家、组建军队、保障民生的方式也应该相似对等。两个民族在对等的关系中和平共处，同时进行良性竞争，这才是理想状态。但一言以蔽之，没能形成这种局面的原因便是阿依努人没能实现中世纪化。

韩国人也像日本人一样，对于接受汉文感到不满，认为应该像阿依努人那样排斥外来文化、坚守本民族固有的传统文化，这些主张都是不正确的。倘若拒绝中世纪化，只是一味坚守古代固有文化，便无法避免受到已经实现中世纪化的民族征服统治的耻辱。古代的力量无法阻挡中世纪化的步伐。

越南人的古代王国曾被中国所灭，并在接受统治期间走上了中世纪文明之路，接受了汉文和儒家思想。越南民族是否因此而灭亡？答案是否定的。情况完全相反，越南正是凭借中世纪文明的力量摆脱了中国的统治，重新获得了独立。在中国历史上，每次形成统一帝国之后，都会否认越南的独立，发兵进攻并合并越南。每当这时，越南人都会勇敢斗争，并重新恢复独立。他们避免了沦为接受中国统治的少数民族，坚守并发展了自己的国家。越南的众多少数民族虽然完成不了捍卫主权的伟业，但整个越南民族却可以做到。

越南深知自己之所以能够拥有这样的力量，就在于很好地完成了中世纪化。因此，越南历代王朝均致力于发展汉文文明，极力向中国看齐，并努力成为汉文文明圈中的合格成员。阮鷹曾在名篇佳作《平吴大诰》中，讲述了越南击退明朝进攻取得独立的经过。文中首先表示："仁义之举，要在安民。"之后又说："我大越之国，实为文献之邦。"其旨在向天下宣扬越南汉文学水准之高。之后越南又编撰了本国史书，加强科举制度，致力于培养推动文化发展的力量。

日本人引以为豪的圣德太子《宪法十七条》中提到了"以和为贵""信是义本"和"绝忿弃瞋、不怒人违"等，体现了日本的中世纪化理念，这是因为在接受汉文的同时，也接受了儒家思想和佛教文化。虽然原始时期和古代的日本也曾有过优秀的文化遗产，但是"以和为贵""信是义本""绝忿弃瞋、不怒人违"等思想并非其独自领悟出来的治国之道。在东亚其他国家中世纪化的进程中,能同步吸收新理念不至于落后,对于日本来说是一个巨大的发展。

韩国既有当时使用汉文来歌颂建国大业的金石文,也有一些记述历史的后代著作。而日本的《日本书纪》和越南的《大越史记全书》采纳了汉文文明圈通用的历史叙述方式,既体现了东亚文明的同源性,又提高了对于本国历史的主体认识,这两个方面都应该给予肯定评价。

除韩国、日本和越南外,南诏、琉球等国家基本上也以同样的方式进入中世纪文明进程,从而大大扩展了东亚文明圈。这些国家一方面使用汉文这一通用书面语,与文明圈中心的"天子"形成册封关系,篆刻碑石以弘扬国威,记录历史、创作诗文以描述民族生活。另一方面,倡导民族语言文学,另辟蹊径,将文明圈的共同规范变为己用。东亚由此开启了一体和多元共存的时代。

通用书面语和民族语言保持着双语关系,在共同使用的过程中相互作用、相互影响。很多地区都经历了这一过程,而具体的情况则根据其在文明圈中所处的位置及时代的变化而不同。有些国家首先实现了中世纪文明,有些国家则稍晚一些,根据情况的不同,可以将其分为中心部、中间部和周边部。中国、韩国和日本分别很好地体现了中心部、中间部和周边部的特征。应将这一认识作为比较研究和相互理解的基础,从而摆脱肤浅的孰优孰劣之争。

## 科举制度的贡献

汉文作为通用书面语,是整个汉文文明圈通用的沟通手段,并提供了可以进行文化水平比较的标准。东亚各国凭借着共同的儒家经典,拥有对于人性和价值观的普遍理解和相似的感性,并起到了提供法律制度相关知识和实际生活所需技术的作用。各国致力于保护共同的文化遗产,为了避免书面语受到口语的影响,严格规定了写作规范,以减少个体差异,防止书面语随时代的变化而变化。

这种被加以严格规定的通用书面语的功能在东亚的科举制度中体现得最为突出。科举制度具有划时代的意义,所有的良民都有机会参加这种汉文能力考试,从而步入仕途。科举制度使中世纪身份等级制度的矛盾在一定程度上得以缓和,这种现象在其他文明圈中是没有的。中国自 589 年,韩国自 958 年,越南自

1075 年开始实施科举制度,东亚的中世纪文明进程因此走在了世界前列。日本没有引进科举制,而是保持了根据身份来担任官职的传统,长时期徘徊于东亚文明圈周边国家的位置。

科举制的实行并未能完全打破贵族世袭官职的传统,因为只有科举及第者才能功成名就,官居高位。科举制虽然没有完全实现机会平等,但在缓和身份等级矛盾方面却做出了相当大的贡献。与其他地区相比,实行科举制度的东亚地区在中世纪文明进程中显示出强大的活力。

因为实施不力或种种弊端的出现,便将科举制度作为讨伐对象,这种做法是不恰当的。没有实行科举制的地方,仍以武力争斗或身份世袭的方式获取官职,而很多能力出众的文人和学者却无法出人头地。正如历史上的其他新事物一样,科举制在具有划时代意义的同时,积极因素开始逐渐减少,副作用开始出现。

18 世纪中叶,中国小说家吴敬梓写了《儒林外史》一书,从多个角度反映了科举制度的毒害,讽刺热衷功名富贵而造成的极端虚伪、恶劣的社会风气。韩国也出现了对拒绝参加科举考试、专心从事学问研究的儒生给予高度评价的风潮。与吴敬梓同时代的韩国学者朴趾源文采出众,却拒绝参加科举考试。有关他的一则逸事广为流传:他虽然迫不得已去了考场,但却在考卷上大肆涂鸦以兹嘲讽。

随着科举制弊端的显现,东亚逐渐提出了废除科举制的要求,而此时欧洲人却开始认识到了其价值。他们来到东亚,惊异于这种前所未闻的制度,并将其运用到欧洲近代考试制度中。继日本之后,东亚各国相继引入欧洲考试制度并一直运用到现在。与此同时,却一味地指责昔日的科举考试,这是一种本末倒置的错误行为。科举制依然是一个强有力的证据,它证明了东亚文明的优势,并以考试制度的形式延续下来。

东亚中世纪的科举制和欧洲实行的近代考试制度最大的不同点在于考试科目。前者是文学考试,而后者则是法学考试。在文学考试里,法学被当作下级科目,在选拔处理行政事务的下级及第者时使用。而在法学考试中,文学则被认为没有任何用处,被完全排除在外。

如果要问在统治国家的过程中,文学和法学哪个更重要,在近代人看来,肯定会毫不犹豫地选择法学。但东亚中世纪人的想法却与此不同。他们认为,只有了解人才能更好地管理国家,而学习文学才能够更好地了解人。中世纪人有着这样共同的想法：文学并非生活边缘的饰物，而是人们的一切活动中最具有价值的东西。这种想法在东亚尤其明显，并且用制度加以规定。

中世纪时期的东亚认为，文学通过确立价值观和开发思想来综合判断事理，其地位应该处于依法行事的实际工作之上。如果采用实在法和自然法这两个术语，从法律的角度来重新进行探讨，科举制认为，自然法处于实在法之上，而能针对自然法做出最佳判断的实在法专家必须要接受文学家的指导，才能建设出一个理想的社会，这便是科举制的宗旨所在。在东亚，文学家代替了哲学家，实现了早期欧洲认为应该由哲学家来统治国家的空想。

## 文明圈中心部、中间部和周边部的情况

中国是中心部，韩国是中间部，日本是周边部，应该高度警惕试图从民族优劣论的角度来解释因此而产生的差异。有关文明圈中心部、中间部和周边部的研究应该扩大到世界范围，从而创建出普遍理论，这样才能避免目光短浅的错误理解，对学术研究的发展做出积极贡献。因此，本书中将有关汉文的讨论扩大到了一切有关通用书面语的范围。

越是文明圈的中心部，通用书面语文学的持续时间越久，越是周边部，民族语言文学出现得就越早，这是在所有地方体现出来的共同点。由于通用书面语文学从中心部产生并传播到周边地区，因此记录文学的历史自然也是从中心部开始的。周边部很早就产生了民族语言文学，这意味着他们在中世纪化过程中虽然接受了通用书面语文学，但并没有倾向于此，而是致力于学习通用书面语文学的文字和写作方式，从而发展民族语言文学。周边部传承了丰富的口传文学，这成为民族语言记录文学最直接的源泉。

中国在追求近代文学时期才兴起使用民族语言白话文学，而冰岛在中世纪文学刚一开始的时候就创造出了丰富多彩的民族语言文学，形成了鲜明对比。从几个文明圈的内部情况来看，中国和日本、印度中部地区印地语使用区和爪哇岛、阿拉伯世界中心地区和斯瓦西里、意大利和英国以及冰岛、拜占庭帝国和格鲁吉亚分别很好地体现出了中心部和周边部的特征。

中心部的通用书面语文学重视文明圈整体的普遍性，在历史著述中也记录了

所谓的文明史。司马迁的《史记》努力扩展记载的范围,而欧洲则从宗教史的角度叙述了文明史,阿拉伯文明圈的历史学家伊本·卡尔敦(Ibn Khaldun)的《历史序论》中展现了普遍性认识的成熟面貌。除此之外,还存在多种形态的文明史,所有的文明史都是通用书面语写作的典范。

文明圈的周边地区努力用民族语言来记述本民族历史。冰岛、英国、格鲁吉亚等地展现了这样的成果,日本也可以视为同样的情形。冰岛注重本国历史的事实性,对历史书十分感兴趣,而埃塞俄比亚一直坚持自己的国家是神圣之国,并且引以为荣。在这方面,埃塞俄比亚的《国王的光荣》和日本的《神皇正统记》有相通之处,也有更强的约束力。

文明圈的中间部选择了两个极端的中间路线,他们没有使用民族语言,而是采用了通用书面语来记录区别于文明史的本国历史。主张本国充分体现了整个文明圈的共同理念,以这种方式同时体现了普遍主义和民族主义,《三国史记》以来的韩国史书和越南的《大越史记》就是很好的例子。日本虽然是周边部,但也具有中间部的倾向,参加了这种史书的编撰。在欧洲,属于中间部的匈牙利和波兰以及邻近中间部的英国和丹麦也都使用通用书面语叙述了本国历史。

在文明圈的中心部、中间部或是周边部当中,一个民族究竟处于哪个位置,既是自己的选择,也是注定的命运。地理位置就是注定的条件,而文明的形成、接受和发展则是自身的选择。这两者相互作用的过程是一个可以持续研究的课题,但到目前为止取得的成果微乎其微。

无论是处于文明圈的中心部、中间部还是周边部,都不能以幸运或不幸一概而论。在不同的历史时期和不同的文化创作环境下有不同的结果。有可能上个时代的幸运是下个时代的不幸,下个时代的不幸却又成为再下一个时代的幸运。如果自己所属的时代创造性使命已竟,步入了文化发展的停滞期,那么无论个人怎样发奋努力,一般也都无法取得大的成就。对于这种不幸,我们无可奈何。

但是,如果已经到了一个需要进行重大创造、重新恢复整个文明活力的阶段,自己却全然不知,只是一味地抱怨落后,这种行为十分愚蠢。虽然说从道理上来讲,落后向先进的发展是一种必然趋势,但并非所有落后的事物不经过丝毫努力便可以变为先进。只有认识到要从落后转为先进的必然道理,对自己是否已具备成为主力的条件做出判断,并果断地做出应有的努力,才能使之变为现实。

不能认为只要对文明圈中心部的文学进行研究，就可以理解整个文明圈的文学。中国、印度、阿拉伯文学史仅仅是中心部的文学史，而并非整个文明圈的文学史，因而无法提供关于中间部和周边部情况的相关资料。因此并非一直处于能够代表整个文明圈文学的位置。为了了解中世纪前期这些文明圈形成通用书面语文学时的情况，应该首先对中心部进行考察，但是其后的变化在中间部和周边部的文学中体现得更为明显。中间部和周边部的文学更好地体现出了文学史发展过程中某个阶段的变化，因此从这一点来说，它们更能代表本文明圈的文学。

如果只看中心部的文学，就很难划分古代结束和中世纪开始的界限。只有当中间部接受了中心部形成的通用书面语文学之时，中世纪才开始。不仅中间部，整个文明圈都进入了中世纪。中世纪向近代过渡期的开始可以通过周边部更好地了解，因为民族语言文学的大众化现象在周边部表现得更为明显。但是对于判断过渡期文学何时演变为近代文学，考察中间部的文学则更为重要。因为通用书面语文学在周边部文学中所占的位置不是很重要，因此很难确认通用书面语文学是如何转变为民族语言文学的。

若想确认东亚文学史上出现的明显变化，就要在中国文学中找出中世纪前期形成的通用书面语文学规范，在韩国和越南文学中找出中世纪后期通用书面语文学和民族语言文学之间产生的摩擦，在日本文学中找出中世纪向近代过渡期民族语言文学发展为符合大众需求的商品的情况。但是，为了寻求对文学史的展开进行整体理解的视角，找出划分时代的标准，应该首先考虑中间部的情况。在某些方面，甚至需要特别重视周边部的情况。

基于上述理由，中间部是把握整个文学史发展的立足点。我这样说并不是因为韩国属于中间部国家，所以有意使对中间部有利的观点合理化。我只是想指出，中间部具有更有利的条件，足以获得能够同时理解中心部和周边部并探讨世界文学史的洞察力。韩国处于中国与日本中间，通过对中日两国的深入研究来理解东亚，韩国的研究成果以及将这一成果广泛运用于其他文明圈的能力对现代学术研究十分重要。

中心部更重视同质性，周边部更重视异质性，而中间部可以同时纠正这两种偏颇的做法，并对同质性和异质性的关系进行整体理解。中心部试图从同质性的角度来理解通用书面语文学，而周边部则试图从异质性的角度来理解民族语言文学,这种倾向是必然的。通用书面语文学的同质性中包含异质性,而民族语言文学的异质性中也包含着同质性。相对来说,中间部处于一个有利的位置,可以如实地考察这种双重的表里关系,在考察的正反关系上是有利的。

拉丁语文明圈的德国、阿拉伯语文明圈的波斯、汉语文明圈的韩国和越南以及梵语文明圈的泰米尔都是在艰难的条件下保持着民族主体性,并且通过通用书面语文学培养了民族意识。这种现象出现的前提是,这些民族认为以共同书面语文学形式表现出来的普遍主义和维护国家主体性的民族主义并不矛盾,二者相辅相成。它们吸收、消化所处文明圈的普遍主义,使本民族取得的创造性成果在整个文明圈范围内得以广泛运用,从而造就出探明民族史发展道路的文学。

文明圈的中心部只是宣扬普遍主义,没有必要言及普遍主义和民族主义的相互关系。但是文明圈的周边部选择了排斥普遍主义的民族主义,经历一段通用书面语文学的过渡期,就转而努力发展民族语文学。另外,文明圈的中间部将普遍主义和民族主义视为一体并积极促进两者的融合。因此,虽然可以说中间部在中世纪时期和近代分别落后于中心部、周边部,但是在继承中世纪文明进而对近代取得的发展成果进行再创造的过程中,它却能取得领先。这也为怎样克服近代局限进入下一个时代指明了方向。

地处文明圈中间部的几个国家既有相同点又有不同点。梵语文明圈的泰米尔、阿拉伯语文明圈的波斯、欧洲文明圈的德国都属于中间部,它们将各自所属文明圈里代表性哲学的普遍理论进行了新的扩展和延伸,韩国在这方面也取得了自己的成果,其中德国在创建近代民族语哲学领域独占鳌头。

形成这种现象的原因是什么呢？我们应该通过分析这些国家在文明圈中所处的位置来寻求答案,而不是将其归结为民族性的优劣。中间部的哲学与文明圈中心部的哲学地缘接近、关联性强,在双方互相探讨和竞争过程中,中间部的哲学得以取得长足的发展。波斯、泰米尔、韩国都属于这种情况,地理位置上与中心部更加接近,哲学上却存在着不小的差异。

## 时代变迁

文明圈的中心部、中间部和周边部会随着时代变迁而转移。从古代到中世纪的历史发展过程中就发生了很多变化。在古代,只有中心部文明单方面的辉煌,中间部的范围比较模糊,地域广阔的周边部则更是没有文明之光。但是在向中世纪发展的历史变迁中,中心部的古代文明消亡的却不在少数。阿拉伯在古代曾属于周边部,后来因为创建了伊斯兰教从而成为中心部。从中世纪到近代的历史发展过程中,世界各个文明圈内又形成了新的中心部、中间部和周边部。

在中世纪时期,已经存在的中心部、中间部及周边部的相互关系较为稳定。与此同时,文明的创造力逐渐开始从中心部向中间部,继而又从中间部向周边部转移。这也证明了先进与落后在一定条件下可以相互转换。例如文明圈的中心部、中间部及周边部就曾经分别是中世纪前期、中世纪后期和由中世纪到近代过渡期创造文明的主要力量。

在中世纪前期,中间部和周边部试图在实现中世纪普遍主义方面达到与中心部一样的高度,但是都失败了。中心部的地位变得更加稳固。然而到了中世纪后期,中间部、周边部开始独立实现中世纪普世主义,二者在取得成功的同时又各有侧重。中间部强调实现正统的中世纪普世主义,而周边部则倾向于在其中加入自己的元素。因此,在由中世纪到近代的过渡期以近代民族主义代替中世纪普世主义的浪潮中,周边部理所当然地占得了先机。

在中世纪时期,中心部的通用书面语文学是最高权威和价值指向。因此,中心部的人们总是信心十足,中间部和周边部的人们则经常显得底气不足。到中心部开阔眼界、充实学问并得到认可是其他地区文人们的终极理想。周边部自知与中心部差距太大,这样的理想难以实现。但是中间部却始终坚信只要付出努力就可以取得成功。因此,周边部放弃了一味的效仿,确立了发展民族语言文学的路线,而中间部则在更晚的时期才出现这种变化。

不努力发展通用书面语,转而大力弘扬民族语言文学,以中世纪普世主义的价值标准来评价,这种行为不啻于中途退学的脱轨行为。这种偏离正道、取易就轻的行为理所当然地应该遭到批评和轻视。日本人不擅长汉文学,因此,只能用本国文学作为替代品。朝鲜通信使访问日本时目睹了这一现象,认为十分可悲,这也是极其自然的。

但是,到了近代,中世纪普世主义理念退场,近代民族主义成为新时代的宠儿。开始有人主张通用书面语是理应抛弃的遗产,或者说是一个令人羞愧的失误,只是一味地对民族语言文学给予高度评价。甚至认为在中世纪更多地发展了民族语言文学而不是通用书面语文学是一件令人自豪的事情。价值标准的改变,使中世纪的劣等生跃居为优等生。只重视民族语言的发展使一些国家成为中世纪的劣等生,而这种发展的成果却恰恰成为使得这些国家率先完成发展民族文化这一近代化使命的本钱。

与此同时,在文明圈内部备受瞩目的不仅仅是周边部的民族语言文学。比如,在东方基督教文明圈内,通用书面语经典被翻译成民族语言并广泛使用,这可以说是促进民族文学发展的一个壮举。同样,在西藏,梵语佛经就被译成了藏语。不幸的是,在另外一些地方,则照搬了普世宗教经典的原文。比如韩国,佛教经典的翻译工作未能完成,儒教经典的译文也仅仅是被当作理解原文的补充资料;这种做法是错误的。

但是在翻译和使用普世宗教经典的时候,人们由于不够熟悉通用书面语,除那些用通用书面语创作的普世宗教经典外,无法广泛地理解其他共同文化遗产。因此信仰偏狭极端,哲学则荒芜贫瘠。在有些地方,虽然照搬了普世宗教经典,但由于其在其他领域很早就开始使用民族语言,所以中世纪普世主义的吸收程度较低,哲学方面建树不多,日本没有哲学史的原因正在于此。

现在世界各国将民族语言文学作为近代文学,并普遍在本国语言教育中教授民族语言。虽然在没有形成民族语言的地方仍然经历着阵痛,但没有任何一个地方认为自己的民族语言受到通用书面语的压制。通用书面语不可一世的时代结束了。因此,人们产生了一种错误的认识,认为只有批判和排斥通用书面语才能发展民族语言。其实,此时人们要考虑的问题并非是否应该使用民族语言,而是在民族语言写作中应该表达出什么。

有人只强调应该热爱民族语言,排斥用通用书面语创作的文化遗产,认为使用通用书面语本身就是一种丧失民族主体性的错误行径。这种主张导致了思想的贫乏。不努力发展通用书面语文学,学习半途而废,因此导致的严重后遗症现在体现出来了。哲学是研究思想根本问题的学科,它以文明圈为单位,通过通用书面语产生并发展至今。在文学上,有通用书面语和民族语言并行的时候,也有民族语言略胜一筹的时候。但即使在这种时候,哲学仍然只是通用书面语的天下。所以说民族语言的使用多于通用书面语,这件事对于文学来说也许是值得庆幸的,但对于哲学来说则是一种不幸。

## 共同财产的继承问题

为了研究哲学的发展继承情况,现在我们来看一下韩国学术界的看法。有人认为,韩国哲学就是中国哲学或是中国哲学的延续;日本人很早就开始发展自己的固有思想,而韩国则犯了过于追崇中国的错误。事实是否如此呢?要解决这个问题,仅靠已有的概念是不够的,还需要"共同财产"和"私有财产"这两个名词。

哲学一直都是文明圈的共同财产。任何一个文明圈,即使在文学使用双语的阶段,哲学也只是通用书面语的专有物。古典文学以汉语为通用书面语,这一点毋庸置疑,后代所形成的哲学也是东亚文明的共同财产。当然,独自利用共同财产并进行发展所取得的成就有一定的私有财产性质,但并未脱离共同财产的范畴。

日本是一个典型的周边部国家,对自己固有文化的评价高于共同财产,并致力于私有财产的发展,思想的相关研究也都使用民族语言。也正因为如此,日本毫不留恋中世纪,而是率先完成了向近代的转变,并以西欧近代文明的追随者自居。由于日本的思想水平仅仅停留在对私有财产特殊性的自满之中,因而未能参与普遍理论的争论。从这个意义上来说,日本非但不是一个成功的例子,反而是失败的。

相反,韩国作为中间部致力于共同财产的使用和发展,却没有意识到自己的私有财产在这个过程中得到了积累,但是他们却根据日本的选择做出了错误的判断,认为自己创造的那些具有私有财产性质的共同财产全部都是中国的私有财产,应该拱手让给中国。而欧洲各国则是将积极使用共同财产的成果视为自己的私有财产,从而使自己变得富有,这与韩国大相径庭。

仅靠固有文化是无法与欧洲文明圈相抗衡的。日本正是由于无法用自己的特殊性来对抗普遍性而沦为盲从者的,我们应该从中吸取教训。只有努力恢复汉文明的普世价值,重新加以利用,才能与欧洲平等地进行学术研究,与之进行善意的竞争。我们应该恢复民族文化的活力,从而积极推动"用共同财产创造私有财产,并使私有财产成为共同财产"的工作。这样才能将科研成果世界化,从而为人类做出贡献。

最近又有人主张应该用纯韩国语做学术。这种主张认为,首要任务在于翻译欧洲哲学用语时应该用韩国的固有词来替代汉字词,从而摆脱日本的影响。但是日本的错误在于将欧洲哲学的翻译和接受视为最重要的任务,因此并不想将东亚哲学作为创新的力量源泉,与欧洲展开竞争。我们应该摆脱争论译成汉字词还是固有词这种细枝末节的问题,扭转学术研究的大方向,摆脱对西方的依赖,走上创造之路。

欧洲哲学之所以能成为人类的共同财产,是因为长期继承和发展了拉丁语哲学这一中世纪文明的共同财产,并重新创造出了民族语哲学。欧洲各国的哲学语言由拉丁语改为民族语,从直接借用拉丁语阶段最终发展成吸收并转化为民族语的阶段。汉文哲学也必须经历被继承为民族语哲学并进行创新的过程,才能从东亚的共同财产变为人类的共同财产。

# 现代韩国的《论语》研究

## ——以翻译为中心

[韩]金暎镐　文　张中玉　译

## 一、序言

　　《论语》是主要记录孔子及其弟子言行的书,因其是儒学上唯一可以直接接触孔子言行的资料,历代都备受重视。笔者之所以在众多经籍里选择《论语》进行研究,是因为《论语》主要记录了孔子和弟子的问答,最好地保存了孔子学说的原义,是把握儒学根本精神最重要的文献。因此,可以说《论语》是诸经籍中最重要的文献,研究分析《论语》是研究孔孟思想及儒学的根本精神。

　　《论语》在汉字传入韩国时便随之传入,加上文献资料不足,无法确定其具体传入时间。但根据日本《古事记》对应神王代(270—310)的记载,百济时照古王

(近肖古王)派遣的和迩吉师(王仁)带来了《论语》10卷和《千字文》1卷,由此可见,最晚3世纪中叶以前《论语》已经传入韩国①。根据这一事实不难推测出其他经籍也在此时随之传入。随着《论语》和其他儒家经典的传入,对《论语》的诸多研究也随之展开。现在记录中可见的是高丽时代金仁存的《论语新义》,虽然其著作实物已散佚,无法得知其具体内容,但根据题目中"新义"二字可以推测出,该著作是记述了与之前各注解不同的自己发现的独特新含义。朝鲜时代将性理学视为国教,开始推崇朱子的《论语集注》,世宗时期将明朝的"三大全"引入之后,将宋元儒学学者对朱子《集注》的解释汇集起来作为小注编成《论语集注大全》,作为儒生的教科书兼参考书而受到尊崇。②

笔者之前曾发表相关论文《韩国历代论语注释考》③和《朝鲜时代儒学者论语解读的特征》④,集中关注了韩国古代以来对《论语》的研究。以此为基础,本文将简略考察一下现代韩国对《论语》的研究情况,进而概括韩国《论语》的翻译水平及今后的发展方向。

## 二、《论语》的各种翻译、研究著作及评价

### (一)《论语》的各种翻译、研究著作

朝鲜时代宣祖时期校正厅出版的《论语谚解》标志着韩国《论语》全面翻译和传播开始⑤。此后出版的谚解除随着时代的变化其标示和拼写方法有一些变化之外,大部分仍采用此官本谚解。虽然在英祖年间用活字出版了栗谷李珥的《论语栗谷先生谚解》⑥,但其出版量和传播程度仍远不及官本谚解,此种状况一直持

---

① 据推测,此时的《论语》版本可能是《汉石经本(10卷)》或《何晏集解本(10卷)》。
② 韩国历代的《论语》释义书著有《〈论语〉新义》(金仁存,高丽)、《〈论语〉详说》(金昌协)、《〈论语〉疾书》(李瀷)、《〈论语〉思辨录》(朴世堂)、《〈论语〉古今注》(丁若镛)、《四书纂注增补》(柳长源)、《五书古今注疏讲义合纂》(崔左海)、《论语集注详说》(朴文镐)。
③ 《儒教文化研究》第3辑,成均馆大学儒教文化研究所,2002年。
④ 《韩国思想与文化》第16辑,韩国思想文化学会,2002年。本论文考察了退溪李滉、星湖李瀷、茶山丁若镛、艮斋田愚等人论语解读的特征。
⑤ 虽然官本谚解的初刊年代大约是1628年(仁祖六年),但现在流行通用的官本谚解是庚辰年新出版的"内阁藏版"。
⑥ 《论语栗谷先生谚解》,1749年(英祖二十五年)由洪启禧(1703—1771)出版。

续到朝鲜王朝末期。直至日本统治时期出版了《谚译论语》①和《言解论语》②,才满足了一般民众的需要,然而其中的解释仍沿用了朝鲜时代的方法,即基本上沿用了朱子的《论语集注》,没有超出《论语集注大全》的范围。《论语集注》的出版从未间断,主要可以分为两大类,一类是在《论语集注》上附注官本谚解,另一类是在上面的版本上添加"备旨"或"备旨"的句解。属于前者的有《悬吐释字具解论语集注》③《四书集注第二篇论语》④和《悬吐具解论语集注》⑤,属于后者的有《备旨句解论语集注》⑥和《原本备旨论语集注》⑦。

《备旨句解论语集注》在朱子的《论语集注》上附注官本的谚解并添加《论语备旨》([清]邓林著,号退菴),《原本备旨论语集注》附注了《论语集注大全》中官本的谚解并添加了《论语备旨》上的备旨。

首先,将现代韩国主要的《论语》翻译(注释)及研究著作按照四个标准来分类研究(按作者、书名、出版社名称、出版年代的顺序介绍)⑧:

1.原文翻译

(1)正文译本(只翻译《论语》正文)

[韩]韩必勋:《人靠什么活着》,首尔:东方,1998年4月初版。

[韩]金桢镇:《原本论语集注大典》,首尔:萤雪出版社(在《论语集注》中加入悬吐标记),1988年2月。

[韩]金敬琢:《论语》,首尔:韩国自由教育协会,20世纪60年代,具体年代不详。

(2)添加注释(本文翻译及注释)

[韩]安炳周:《论语》(世界大思想26),首尔:汇文出版社,1979年8月初版(原文未收录)。

---

① 《谚译论语》,全4册,作为"儒教经典谚译丛书"系列之一出版,大正十一年(1922年),儒教经典研究所藏版。
② 《言解论语》,全2册,文言社,昭和七年(1932)出版。
③ 东美书市,大正元年(1912)出版。
④ 普及书馆,大正元年(1912)出版。
⑤ 博文书馆,大正十四年(1924)出版。
⑥ 新旧书林,大正三年(1914)出版。
⑦ 京城书籍业组合发行,大正六年(1917)出版。
⑧ 大正十一年(1922)至2002年8月间,为了明确记录将具体到月份。

[韩]车柱环,《论语》(原题为《东洋的智慧》,《论语》为其中一部分),首尔:乙酉文化社,1964年初版(1994年7月曾作为乙酉文库出版),2005年7月改题为《韩译论语》修订出版。

[韩]李秀泰:《新翻译论语》,首尔:思想树,1999年11月。

[韩]金炯瓉:《论语故事》,首尔:弘益出版社,1999年8月初版。

[韩]桂明源:《论语》,首尔:三中堂,1983年11月。

[韩]崔根德:《韩文论语》,首尔:成均馆,1995年6月初版。

东洋古典研究会:《论语》,首尔:知识产业社,2002年4月(2005年3月出版修订版)。

[韩]金钟武:《释分订误论语新解》,首尔:民音社,1989年7月初版。

[韩]李家源:《论语新解》,首尔:通文馆,1956年12月。

[韩]李家源:《论语》,首尔:东西文化社,1976年初版。

正文翻译及注释、解说:

《谚译论语》(全4册,作为"儒教经典谚译丛书"系列①之一出版),儒教经典研究所藏版,大正十一年(1922)初版。

《言解论语》(全2册,"言解史书"系列②之一),首尔:文言社,昭和七年(1932)8月初版。

[韩]金学主:《论语》,首尔:首尔大学出版部,1985年6月初版(2007年3月第2次修改版发行)。

[韩]李元燮:《论语》,首尔:大洋书籍,1978年10月初版(作为世界思想大全集2出版)。

[韩]李乙镐:《论语》,首尔:博英社,1974年初版。

[韩]李又载:《李又载解读论语》,首尔:世界人,2000年10月初版。

[韩]黄熙景:《论语》,首尔:时空社,2000年1月初版。

[韩]南晚星:《论语》,首尔:书文堂,1978年。

[韩]金莹洙:《论语》,首尔:日新书籍,1992年1月。

---

① 分别出版《论语》4册,《孟子》《大学》《中庸》《诗经》《书经》各一册。
② 由《大学》1册、《中庸》1册、《论语》2册、《孟子》3册构成。

[韩]李基东:《论语讲说》,首尔:成均馆大学出版部,1992年初版。

[韩]金锡原:《论语》,首尔:蕙园出版社,1991年3月。

[韩]张基槿:《论语》,首尔:明文堂(正文后面简单注释,原文上标注读音,在平凡社以开本"新完译四书五经"系列其中一卷再版),1970年9月初版。

[韩]李民树:《论语解说》,首尔:一潮阁,1985年3月。

[韩]朴一峰:《论语》,首尔:育文社(不同时期以两种不同版本出版,此处指最近出版的版本。前期出版的版本注释简略,后期出版的版本注释更详细),2000年10月。

(3)不同主题的再分类

[韩]表文台:《论语》,首尔:玄岩社,1965年9月初版。

[韩]柳正基:《论语新讲》,首尔:日新书籍,1992年10月初版。

再分类选译:

[韩]李东熙:《论语》,首尔:启明大学出版部,1997年2月初版。

[韩]金泳:《读〈论语〉的快乐》,首尔:仁荷大学出版部,1998年8月初版。

(4)选译

[韩]朴琪凤:《修养阅读论语》,首尔:比峰出版社,2000年6月初版(2004年10月出版修订版)。

[韩]洪承直:《论语》,首尔:高丽苑,1994年5月。

2.《论语集注》译

[韩]成百晓:《论语集注》,首尔:传统文化研究会,1990年5月(2006年4月出版修订增补版)。

[韩]金东吉等:《朱注论语》,首尔:创知社,1992年8月。

[韩]金都炼:《朱注今释论语》,首尔:玄音社,1997年1月。

[韩]金基平:《论语讲读》,首尔:亚细亚文化社,2002年2月。

[韩]郑后洙:《简单易懂的论语集注》,首尔:已会文化社,2002年2月。

[韩]郑后洙:《朱熹集注论语》,首尔:长乐(无朱子所著原文),2000年10月。

3.《论语》研究稿

[韩]李洙泰:《论语的发现》,首尔:思想树,1999年11月。

### 4.其他

[韩]金容沃:《梼杌论语故事》1—3,首尔:独木,2000 年 10 月至 2001 年 4 月。

[韩]柳种睦:《论语的语法理解》,首尔:文学与知性社,2000 年 8 月。

需要特别说明的是,不符合笔者研究标准的此处不作为论述对象列出。

此外,与《论语》相关的著述还有《论语人生论》①《何为东方价值——论语的世界》②《论语人间学》③等。

### (二)对《论语》的各种翻译、研究著作的评价

下面,笔者将根据自己的观点简单介绍并评价一下上面选定的各种翻译著作。

《谚译论语》④

该书的特别之处在于,研究中以"注释来历"为主题概览了中国和韩国历代对《论语》的注释,并以"谚解的来历"为主题介绍了历代谚解的过程和成就。(研究以《论语集注大全》为原本)结构上,在每篇题目下先叙述其大意,然后再现原文(不同于文言社版本,将汉字以大字、韩文以小字形式一并列出),叙述的顺序为字解、训读、义解,比官本谚解和《言解论语》(文言社版)更进一步有了韩文解释,特别是在文字解释方面。

---

① [韩]安秉煜,首尔:自由文学社,1996 年 7 月初版。此研究分为两篇,第一篇为《论语和孔子》,第二篇为《论语的思想》。特别在第二篇中整理了《论语》中重要的思想(尊天思想、领导者精神、德治主义、人本思想、君子、仁、礼、情、学和智、乐、修己治人等)。

② [韩]宋复,首尔:思想树,1995 年 5 月。此研究分为第 1 部"志向"(仁、德)、第 2 部"行为"(孝、礼)、第 3 部"综合"(君子——综合性实行者)及补论的"儒生——另一种追求"四部分。特别花大力气对仁和德进行了详细的分类。

③ [韩]崔根德,首尔:悦话堂,1987 年 3 月初版。

④ "儒教经典谚译丛书"本。

## 《言解论语》①

该书以清朝《四书集成》为原本,参照《四书释义》《王汀四书》《或问》等翻译。同上述《谚译论语》不同,该书不仅有韩文译文,而且还保留了汉语的原文。书中将韩文译文用大字、汉字用小字一并标出,并在比较难的字上面标出了音和训。结构上,将句子解释、文字解释和字义解释分开叙述。从所有叙述都将韩文用大字、汉字用小字标出可以看出其对韩文的重视。书中"字义解释"部分尤其详细。内容解释方面具有逻辑性,把握了原义,并设置参考栏,介绍事实和异说(清人翟灏的学说也被引用)。"句子解释"和"字义解释"两部分有不一致之处,难以明确出处的,在"字义解释"部分采用"0"标记。正文翻译是官本谚解,注释是朱子注。

## 金都炼的《朱注今释论语》

本书包括了《论语》原文、译文、朱子注和朱子注的解释,在最后以"今释"为题列出了丁若镛在《论语古今注》中的解释,并将朱子注和丁若镛解释进行了比较注释。在章节的划分上,原文以朱子的体系为主,而"今释"部分则根据丁若镛的学说分章节。在"今释"部分,处理丁若镛和朱子的不同见解时,以丁若镛的学说为主来解释,并在原文上方加着重点以标明其不同之处。这种解释形式特别值得借鉴。文理逻辑方面还有值得商榷之处,在诸多学说中只选择丁若镛的学说来介绍,虽然突出了丁若镛学说的独特之处,但丧失了介绍的多样性,略显遗憾。

## 安炳周的著作

本论著以《经书》本(成均馆大学,大东文化研究院刊)即《论语集注大全》为研究版本,并参照了大量日本方面的研究成果。遗憾之处在于论著没有解说部

---

① 文言社版。

分,并且作者没有将校正的原文作为正文收录进论著中。研究中注意了漏字等现象,详细地做了注解,通俗易懂,让一般人都能接受,这是其可取之处。为了让意义易懂而做了详细注解,还介绍了各路学说,但令人遗憾的是没有标注出处。

### 金学主的著作

本论著开头长达100多页的《论语》解释是其重点,是之前所有《论语》翻译版本中解释最详尽、专业性和学术性最强的(特别是《论语》绪论部分)。原文采用现代式标点符号,整个译文也没有生硬之处。重点参照了《论语正义》的注释,并提及了诸多解释,甚至包括了郭沫若等现代学者的注释。

尤其是在《论语集注》各个版本中选择了清朝"吴志忠校刊本"这一最好的版本作为底本,可见作者对选择版本的重视程度。但作者没有介绍各种学说,并且解释部分有些不够通顺。

### 张基槿的著作

本论著与其他译著的不同之处在于,在开头解说的部分引用了一些《论语》原文作为正文,并加入了对较长句子的解释。注解、分章和分节方面也不同于其他译著,更多地加入了译者的主观见解,运用悬吐,使用了现代标点符号。在注中恰当地加入了语法说明,并在各章解说中对比《论语》相关章节进行了解释说明。引用了注释原文,较多地使用了汉字(但是这一点需要考虑到此论著的出版年代为1970年初)。将《韩文版论语》作为附录收录,通俗易懂而有现代感。收录了《论语》的语句索引,增强了参考的便捷性。(最近出版了改订版,补充了解说,索引部分也更加详尽,并将韩文也一并列入正文)

该论著的不足之处在于在各种学说的介绍方面有所欠缺,文理逻辑方面也有可商榷之处,并且解说部分对原文的直接引用也稍微多了一些。《韩文版论语》有利于理解,并将解释句的主题作为标题列出。

## 表文台的著作

本论著分学问、教育、政治、伦理、君子之道、文化、艺术、伟人风貌等部分,全篇又分为 39 目,各篇各目都先概述再列举《论语》中与此相应的各章,使读者能够一目了然地了解《论语》及孔子思想的纲要。译文部分采用拟古文体逐字翻译,在解说部分则使读者能够通俗易懂地了解东方思想。特别可取的一点是,在附录部分收录了 4 篇论著①,这 4 篇论著能够引导读者进入《论语》的世界。注释部分以朱子注为主,十分简略,间或介绍了一些异说。(之后又在不同的出版社重印了几次)

## 车柱环的著作

本论著介绍了各种异说,其中甚至包括了西方国家学者阿瑟·韦利的学说。在译文部分采用朱子说之外的学说,总体来说,注释方面比较简略。总体上不拘泥于朱子注,这一方面得到了较高评价。

## 崔根德的著作

正文采用悬吐标音,加注简单的注释并简单介绍了有异说之处。在翻译上,句中用"先生说……",句子没有结尾。

作为参考,下面简单介绍一下该作者的另一部著作《论语人间学》②。此论著将《论语》分为 29 篇,对《论语》的大众化普及也有一定的贡献③。叙述方式上,首先引用《论语》的原文,然后是解说、例话。在附录中选取了 111 句《论语》名句[将"学而时习之"等 15 篇重新分类,按照翻译文、原文(悬吐)、注、解说的顺序收

---

① 收录了[韩]金敬琢《东洋思想与〈论语〉》、[韩]裴宗镐《我们的生活伦理与〈论语〉》、[韩]徐廷柱《〈论语〉的人本主义》、[韩]梁柱东《〈论语〉与国文学》等论著。
② 副标题是"从古典中学习生活智慧"。
③ 1987 年初版,1993 年 7 月第 7 次印刷。

录]。为了帮助读者对原文的理解,还加入了插图(上端为插图,下端为《论语》相关章节)。

李基东的著作

此论著的主要特点是解说部分十分详细,并运用日常生活中常发生的事例来解释,从而使现代人认识到《论语》绝不是晦涩难懂的经籍。其学说思想是解释日常生活中经常遇到的现象的普遍真理,认为《论语》的思想反映了现代化生活。加注了音、训等,并加上了对语法的说明,"注"上也介绍了各种不同的学说。翻译方面稍微有些欠缺,介绍了前人的考证,在句读方面采用悬吐。在解释方面没有介绍诸多学说,这一点令人遗憾。与现有解释(特别是"朱子注")不同时(截然不同的情况),一定要注明解释的论据。

韩必勋的著作

此论著的价值在于摘录出了可以代表各篇各章内容的简短的句子。"注"极少,且"注"中大多是人名、书名。译文简单易懂。

《论语的语法理解》

此论著的重点在于用语法分析《论语》的句子结构。但在分析时使用了很多韩国人不熟悉的中国式语法用语。在处理可以用不同方法分析的句节时,为了避免混乱,常常只选取一种说明方法,并且常采用非一般性、不具代表性的解释,即在极其有限的范围内进行了解释,甚至有些部分的解释不知出自何处,其解释的论据也颇受质疑。不仅如此,作为针对一般读者的书,将其他书上的例句也做了引用,显得过于平易,未达到此书之前的编撰意图(但将《论语》上相同的用法作为例子提出,颇具价值)。此处可见东方哲学或汉学专业的专家和中国文学专业的专家对典籍的不同理解。附录中的有关语法说明和词汇解释的索引提供了同种文字各种不同用法的一览表,可作为参考。

## 《释分订误论语新解》

此著述试图提出一个文理解释的框架。译者指出，以往对《论语》的错误解释是解释句子时没有考虑语法，只是按照头脑里浮现的感觉来解释造成的。原文采用悬吐。解释部分即使是对话内容也不使用标点符号，并且没有标出各篇的章数，不便于阅览，注解也极少。在附录中指出了 39 处解释上的问题，其中不乏具有说服力的特殊解释。

## 《李又载解读论语》

此书在《论语》的解释中融入历史及社会科学的观点，这些观点在补充项目中对《论语》进行了详细的解说。参照《论语集解》（何晏）、《论语义疏》（皇侃）、《论语注疏》（邢昺）、《论语集注》（朱熹）、《论语正义》（刘宝楠）、《论语集释》（程树德）、《论语古今注》（丁若镛）、《论语征》（荻生徂徕）、《论语古义》（伊藤仁斋）等注释著作，充分介绍了古今注释。书中设有参考项，注明了相关语句的刊载位置，表明了译者对所译内容的诚恳态度和方式。但仍存在一些不足之处，如将注释和解说放在一起处理；句子标点符号的处理上，只用了句号，而本该用逗号的地方却用空格隔开，可见译者缺乏对现代标点符号的考虑。

## 李元燮的著作

本论著除参考《集注》之外，还参照《集解》《正义》及"现代译"等，采用通俗易懂的现代语翻译。在解释部分，对有问题的地方分别用(1)(2)标出讨论，较多地采用了清朝时期王念孙、俞樾、桂馥、戴震、王引之的解释，在原文中将"吐"和现代式句读标点并用。值得注意的是，在对有问题的句节的处理上存在完全无法解释的部分，也存在意译或臆测的现象。解释(原文翻译)流畅，解说较好。内容上联系孔子的生平来解释，并灵活运用现代学者钱穆的学说，联系历史事实提出译者的见解(虽也有臆测的情况)，这恰恰是本译著的独特之处。

### 东洋古典研究会的著作

集中了八位东方哲学专家的著述。本译著的特点在于同时参照"新注"和"古注"(何晏、皇侃),并参考清代注释(刘宝楠、程树德)和现代译著(蒋伯潜、杨伯峻),间或加入了解说部分。作为东方哲学专家翻译的论述,本译著参照了李珥(栗谷)的谚解和茶山丁若镛的注释,这是比较特殊之处。但或许是因为没有经学专家的参与,句子的语感表达方面多少有不尽如人意之处。

### 朴琪凤的著作

参照了《注疏》《集注》《正义》《古今注》等中、日、韩三国具有代表性的注释书,同时参考了《金文诂林》《甲骨文字诂林》等文字学方面的书。"注"的论述以语法为主,采用逐字译的方法解释文字,并在括号里标注相应汉字,以使原文和译文对照,对学习汉字有一定帮助,但也存在一些不合理现象。除此之外,设置"疏"项,在东方古籍和注释书籍中查找相应的解说,翻译并收录其中(主要在杨树达的《论语疏证》中查找)。

### 李乙镐的著作

本论著中,"注"的标记参照茶山丁若镛的《论语古今注》,采用妙趣横生的口语体来翻译。译者是"茶山经学"专家,因此在原文的翻译上援引丁若镛《论语古今注》的部分比较明显。正文中作为句读的标点仅使用了","和"。"。

### 金敬琢的著作

本论著中在各篇设置了概括大意的标题,并在各章标出了概括各章内容的韩文标题。解释部分选择了朱子注之外的很多学说;解说部分标明了相关的各章节,参考更加方便。在本论著的后半部分另外收录了对原文的直译内容。

但书中对各学说的介绍不够充分,上下文逻辑上也有不合理之处。"注"方面不局限于朱子注,还介绍了诸多学说。不足之处是没有注释,原文的句子标点符号方面有错误,有些直译部分也文理不通。书中还穿插介绍了《论语正义》的学说。

### 李东熙的著作

本论著将《论语》全书重新划分为 9 个部分,即学问、教育、宗教、政治、伦理、君子之道、文化、艺术、伟人的风貌。对 1—10 篇进行了全文收录,而对 10—20 篇则进行了选译。主要以朱子的《集注》为基础,"注"部分主要标明人名、地名。

### 李家源的著作

本译著以意译为主,"注"极少,原文中需要标点符号的地方一律用逗号标注。在附录中收录了人名、地名略解。

### 金泳的著作

本论著选取了一些可以使我们现在的生活更从容、更充实的智慧话语,用现代的观点来重新解释。将全书重新划分为八章进行选译,在"注"中只标注了文字的"音"和"训"。附录中收录了《标点论语》,参考了之前各学者的成果,将《论语》原文按照现代的观点标注了句读标点和句子符号。

### 李洙泰的著作

本论著不仅参考了中国具有代表性的注释书籍,在正文中,译者还对《论语》原书的章节进行了重新划分。参考了丁若镛的《论语古今注》和荻生徂徕的《论语征》。但其中存在毫无根据的臆测性解释和逻辑完全不通的解释现象。虽然一部分解释(假说)是正确的,但也有一部分解释完全依靠个人的想象力,这部分令人难以信服。①

### 黄熙景的著作

本论著针对的是一般民众读者,因此对于存在问题的部分没有介绍诸多的学说。特别介绍了中国现代学者李泽厚的学说,这一点值得关注。书中没有录入《论语》原文,也没有使用朱子的《集注》版本。解说部分作者根据自己的想法进行了表述。没有涉及诸多注释,且存在解说错误的情况。

### 柳正基的著作

本论著的独特之处在于,在"字解"这一章中将文字运用拆字的方法来解释。除了"字解"这一章,没有其他一般性的注释。全书总分为7篇,分别是原道、学行、人品、处世、政治、论人、圣绩。

### 金炯瓉的著作

全书分为两部,第一部为译文和"注",第二部中收录了原文和对词、句节的解释。书中未标明翻译的原本,但可以看出其并不拘泥于朱子的学说。

### 金基平的著作

著述在原文中添加补充解释,翻译文古板。对朱子注采用悬吐的方法,试图仅用对正文的解释就让读者充分理解原文。对较难的文字标注音、训,并将悬吐用现代语代替,多少带有生涩感。在对用星号(﹡)标记部分大意的解释上存在严重的过度臆测现象,对一部分语法现象也进行了说明。

---

① 有关本论著翻译的根据,可以参照同一译者的《论语之发现》。

## 三、可取的翻译及研究

在以上所介绍的各译著中,金都炼所著《朱注今释论语》可以看作翻译方面的典范。此书中录入了《论语》的原文和译文,加入朱子注并对其解释(根据《论语集注》的解释)。书的最后以"今释"为题,根据丁若镛的《论语古今注》做解释,之后比较了朱子注和茶山注。在章节的划分上,原文以朱子的体系为主,而"今释"部分则采纳了丁若镛的学说分章节。在"今释"部分处理丁若镛和朱子不同的见解时以丁若镛的学说为主,并在原文上方加着重点来标明其不同之处。作者认为,丁若镛的《论语古今注》(40卷)是中、日、韩三国《论语》注释的定本,堪称集大成之作,此后对《论语》的解释、翻译和研究都要以此为参考。

年轻一代译者的新式《论语》翻译以黄熙景、韩必勋、金炯瓉的译著为代表。

现代韩国在《论语》的翻译方面存在令人遗憾之处,专家的翻译数量不多,并且大部分译著对原文的翻译深受朝鲜时代儒学的影响,至今仍以《论语集注》为主要的翻译参照,很少介绍其他学说。其中车柱环和李元燮的著述中介绍了古注。李又载的《李又载解读论语》中虽然介绍了不同的学说,但在对各学说的选择介绍过程中,对学说的甄选仍存在不足。除此之外,有些译著非专家所著,完全没有参考价值,仅仅抄袭已有著作而已,甚至具有浓厚的商业性。有一部分翻译至今仍在转译日本的译著,却完全不标明出处,这些都令人十分遗憾。

《论语》是语短意长的典籍,相比于其他古籍,解释起来比较困难。《孟子》中往往会说明所说话的语境,与《孟子》不同,《论语》中大部分情况下不会提示说话的前后语境,且多为短篇的警句式罗列,把握本意更加不易,甚至会出现读得越多其意义越模糊不清的情况。

笔者认为,现在《论语》的译者最基本的任务是让读者在阅读时认识到《论语》是古代经籍中的经典,而不是可以随意抛弃的遗物。①

---

① 程子认为,读《论语》的人可以分为四种,分别是读《论语》而毫无变化之人,领悟其中一二句而欣喜之人,读后喜欢《论语》之人,读后马上手舞足蹈之人。(《论语集注》序说)

下面将研究一下翻译《论语》时比较可取的形式,主要有以下几种方式:本文译①、原文、校刊记、注释、解说。

首先,最需要注意的当然是本文部分,除《论语》中的一些部分(制度、礼等)之外,解释时需要达到让现代中等以上文化程度的韩国人都能理解的程度。翻译时不应只固守自己独特的读者性见解,而是应该参照现有的各翻译本并加入自己的见解来翻译,即罗列各翻译本并分析,以"他山之石"来取长补短。《论语》是圣贤之语,因此应寻求古语体和现代译语的适当对应,同时还应参照精通古典的韩国文学专家对原文的润文。

其次,针对原文应该对至今已出版的各种文本进行校勘整理,还应参照阮元的《论语注疏》本和清朝吴志忠的校刊本②。因此不应只列出原文,还应该做校刊记来记录专家的校刊本。

然后注释上应该有选择地介绍不同的异说,并明确标明其出处。

解释部分应对现代解释和古代先贤的典故一同介绍。

译著的前面部分应对《论语》进行文献性分析,同时介绍孔子的思想和《论语》的思想。附录部分应收录孔子年表、春秋时代与《论语》相关的地图、人名地名索引、语句索引等内容。

希望今后出版的《论语》能够成为文化性和专业性兼备的译著,并提出确定《定本论语》的必要性,使其成为像《圣经》翻译一样可以引用参照的文献。

除此之外,虽然不需要翻译《论语集注大全》,但需要对《论语集注》这种被祖先当作教材一样熟读的典籍进行翻译,对其中的小注也要进行选择性的翻译和参考。③

另外,需要对韩国历代《论语》注释书籍中最具代表性的论著(例如《论语古今注》)进行翻译(茶山注的选译也要考虑在内)。

---

① 单纯对本文进行翻译解释的例子有[韩]金容沃的《路与收获》(《老子》,大树出版社)和[韩]韩必勋的《人靠什么活着》。
② 日本文求堂出版的璜川吴氏仿宋刊本《论语集注》本即吴志忠的校刊本(昭和八年出版)。最近中华书局和上海古籍出版社出版的《论语集注》(《四书集注》本)便是此方面最好的代表。
③ 山东友谊出版社(1991年)出版的《论语集注大全》("四书大全"本)中,小注部分也标明了逗号、句号。

## 四、结语

以上是对现代韩国《论语》研究情况的介绍。

《论语》是主要记录孔子及其弟子言行的书,因其是儒学上唯一可以直接接触孔子言行的资料,历代都备受重视。笔者之所以在众多经籍里选择《论语》来研究,是因为《论语》主要记录了孔子和其弟子间的问答,最好地保存了孔子学说的原义,是把握儒学根本精神最重要的文献,研究分析《论语》是研究孔孟思想,研究儒学的根本精神。

从上面的研究可以看出,现代对《论语》的研究论著在数量方面并不少[1],但对译作者的履历仔细考察便可得知,其中专家之作为数不多。这虽然有多方面的原因,但主要由于《论语》是经典的古籍,受到很多文人的关注,每个人都会按照自己的理解来进行解读。因此,有很多并不具有深厚的汉学底蕴和哲学教育背景的人便会追赶潮流,不负责任地大量译著《论语》。除此之外,在大学入学考试的论述题部分经常用东方古典作为考题,这也是其数量迅速增加的原因之一(但翻译著述作为论述资料的《论语》的人是否是合适人选,这又是另当别论了)。针对《论语》的专业研究论著几乎不存在,令人惋惜。今后,不仅需要翻译《论语》的专业译著,还需要对《论语》进行文献分析,同时还要进一步对研究《论语》的诸家学说进行比较研究,需要进一步总结有关孔子传记、孔子和《论语》思想的专业性成果。

要想准确地翻译《论语》,进而准确地把握圣人的思想和孔子学说的原义,对《论语》的一字一句都不能马虎。对《论语》准确的翻译研究需要译者参照现有各学说深刻体会孔子和《论语》的精神,并以此为基础来进行释义。

然而对经书的研究不应只局限在《论语》,还应对"四书"和"三经"进行研究整理。笔者认为,要进行此项工作,首先应该简单地浏览各个经籍,然后对韩国历代注释书籍进行整理,分析研究代表经学家的相关著作。

---

[1] 网上书店"阿拉丁"收录了 246 种《论语》相关书籍(截至 2007 年 9 月)。

**【参考文献】**

[1][明]胡广等奉敕撰.《论语》集注大全(《经书》版)[M].首尔:成均馆大学大东文化研究院,1958.

[2][朝鲜时代]丁若镛.《论语》古今注(《与犹堂全书》版)[M].首尔:骊江出版社,1985.

[3][清]程树德.《论语》集释[M].北京:中华书局,1990.

[4][朝鲜时代]李滉.《论语》释义(《退溪全书》版)[M].首尔:成均馆大学大东文化研究院,1958.

[5][朝鲜时代]李瀷.《论语》疾书(《星湖全书》版)[M].首尔:骊江出版社,1984.

[6][清]刘宝楠.《论语》正义[M].北京:中华书局,1990.

[7][韩]金暎镐.茶山的论语解释研究[M].首尔:心山出版社,2003.

[8][韩]金暎镐.《论语》综合考察[M].首尔:心山出版社,2003.

[9][宋]朱熹.论语集注(《四书章句集注》)[M].北京:中华书局,1983.

# 《剪灯新话》与《聊斋志异》在韩国和日本的流传、变化与接受轨迹[①]

[韩]金正淑[②] 文 李 敏 译

## 一、序论

近代以前,东亚三国文化交流的主要形式为通过使团进行的书籍交流。使团间的书籍交流对于中、日、韩三国文化的形成产生了深远的影响,之后逐渐演变为符合各国风俗的文化。

本文旨在对《剪灯新话》与《聊斋志异》在韩日的流传、接受及演变的部分轨

---

[①] 本论文为2009年度韩国政府(教育科学技术部)提供资金、韩国研究财团资助的研究项目(NRF-2009-322-A00081)。

[②] 檀国大学东方学研究所责任研究员。

迹进行考察①。一直以来,韩国和日本对于《剪灯新话》进行了很多研究,在传播时期、影响关系、版本问题等研究领域取得了引人瞩目的成果。尤其是近期崔溶澈将《剪灯新话》《觅灯因话》《剪灯余话》三部作品合为《剪灯三种》进行了翻译,对于该领域的研究贡献颇大。

然而,涉及《聊斋志异》传入韩国的时期及阅读情况、影响关系等相关论著并不多,主要是由于《聊斋志异》相关记录较少的缘故。而19世纪以后的藏书目录中经常可见《聊斋志异》的书名,近代以后也常以翻案或翻译的形式出现,虽然这些并非直接记录,但由此可以推断《聊斋志异》自传入朝鲜后一直为文人所阅读。

日本的情况也是如此。《聊斋志异》在1784年前后传入日本,当时只为少数文人阅读,后来随着翻译的积极开展,20世纪初读者层已经普及。也就是说,《聊斋志异》在传入韩国和日本之后,经历了很长一段时间,直到近代翻译成本国语言以后才成为大众读物。

因此本文将对《剪灯新话》与《聊斋志异》传入韩国、日本的接受过程进行考察。对于《剪灯新话》的传入时期、版本等问题,已有许多研究者进行过细致研究,成果也颇丰,但是对于近代以后《剪灯新话》的轨迹只是偶有提及,真正的研究还远远不够。因此本文将对16世纪林芑的《剪灯新话句解》在19世纪、20世纪经历的演变过程进行考察,重点分析20世纪30年代的"野谈运动"之一《月刊野谈》。《月刊野谈》1934年创刊以后,在20世纪30年代借野谈大会之势一直盛行到1939年。当时《月刊野谈》刊登中国、韩国及日本少量的野谈、野史、小说、时调、民谣等多种体裁的文学作品,其中《剪灯新话》故事有3篇,包括在日本以多种形式引起关注的《牡丹灯记》,因此可以对同一时期同一故事在韩国和日本的阅读和演变方式进行比较。

《剪灯新话》传入日本后,传播形式多种多样,有翻译、翻案、改编等形式,这一传统甚至对当今的电影也有影响。本文将以1889年石川鸿斋(1832—1918)编

---

① 汉文小说中,《剪灯新话》对于东亚各国的影响之巨无须赘言。与此相反,《聊斋志异》在中国问世后,直到18世纪后期至19世纪才引起关注,传入朝鲜和日本也是在这一时期。此时两国的小说文化都很发达,《聊斋志异》的关注度低于《剪灯新话》。但是在汉文文言小说史上,《聊斋志异》仍占有不可或缺的一席之地,到了19世纪、20世纪,韩国和日本都出现了很多阅读者,因此有必要对此进行研究。尤其是这种研究对于韩国国内偏重于研究《三国志》等"四大奇书"的研究倾向是一种反省。

撰的汉文小说集《夜窗鬼谈》①中收录的《牡丹灯》《花神》《续黄粱》等作品为研究对象。《夜窗鬼谈》收录了日本的各种神话，还收录了《剪灯新话》和《聊斋志异》的部分改编作品。该小说集集中展现了《剪灯新话》与《聊斋志异》传入日本后的演变及接受情况。

## 二、《剪灯新话》的流传与近代接受

1.日本——《牡丹灯记》的演变，怪异色彩增强

禅僧景徐周麟（1440—1518）的《翰林葫芦集》中收录了《读鉴湖夜泛记》，由此可以推断《剪灯新话》传入日本的时间最晚也在1482年以前。《剪灯新话》传入日本后，出现了翻译、翻案、改编等多种形式，对日本文学产生了不小的影响，其中《牡丹灯记》被改编的次数最多，堪称代表作。

天文年间（1532—1592）《奇异怪谈集》中将《牡丹灯记》翻译为《女人死后诱男子于棺内而杀之事》，1666年浅井了意（？—1691）《伽婢子》中的《牡丹灯笼》从时间、空间、人物、故事梗概等方面进行了日本式改写②。到了18世纪上田秋成（1734—1809）的《雨月物语》，《吉备津之釜》已经演变成一个奇异的鬼怪故事：正太郎与矶良不顾吉备津神社御釜的不吉预言成亲，在遭到丈夫正太郎的背叛以后，矶良死后变成怨鬼，展开了凄惨的复仇③。原著本身就带有怪异色彩，与日本神话结合以后成了令人毛骨悚然的恐怖小说。

在日本，《牡丹灯记》为广大民众所熟悉喜爱，源于其成为戏剧或落语（日本相声）素材，尤其是落语家三游亭圆朝（1839—1900）的落语表演非常受欢迎，其演出的落语为《怪谈牡丹灯笼》，曾经出版发行过。故事内容包括饭岛平左卫门的女儿阿露和萩原新三郎的爱情与挫折，提着牡丹灯的怨鬼等，这些虽然维持了原著的框架，但女主人公阿露的父亲年轻时偶然杀人，被杀者的儿子孝助后来当

---

① [韩]金正淑：《明治时代日本汉文小说集〈夜窗鬼谈〉研究》，《汉文教育研究》第29辑，韩国汉文教育学会，2007年。
② 乔光辉：《〈剪灯新话〉与〈雨月物语〉之比较》，《域外汉籍研究集刊》第3册，2007年。在日本《牡丹灯记》的名字改为《牡丹灯笼》，推断是始于浅井了意。
③ 关于《剪灯新话》传入日本的具体年份，收录于[韩]崔溶澈《剪灯三种》的附录。[韩]崔溶澈，《剪灯三种》，首尔：昭明出版社，2005年，第51—536页。

了其家臣,饭岛的妾与饭岛的侄子通奸密谋杀死饭岛以及孝助为主人复仇等内容已经完全脱离了原著的内容。

同时代汉文学者石川鸿斋(1832—1918)对三游亭圆朝的故事也很熟悉。他以三游亭圆朝故事中阿露和荻原的故事为主线进行了缩写,并收录在他的汉文小说集《夜窗鬼谈》中,题为《牡丹灯》,其主要内容如下:

享保年间(1688—1735),江户地区有一饭岛氏,为幕府工作,家境富裕。女儿阿露因和继母产生矛盾,搬到了柳岛的别墅居住。

某年春天,志丈医生带荻原来到柳岛,阿露与荻原一见钟情。分开之后荻原思慕阿露却无法相见,在僧人的劝说下去钓鱼。路上进了一个女子的家,女子很高兴,送他一个香盒盖作为信物。这时女子的父亲突然扑上来要杀死荻原,女子挡在荻原身前中刀死去。荻原醒来方知是梦,正觉万幸时,却发现怀里真的有个香盒盖子。

第二天,志丈前来,转告荻原阿露已因相思而死,荻原万分吃惊,在盂兰盆节为阿露祭奠。当天夜里,饭岛的侍女提着牡丹灯与阿露前来,告知荻原原来阿露并没死,而是违背了父亲的命令,想去谷中做比丘尼,目前避身谷中。自此二人每日相见,荻原的侍从感到奇怪,把此事告诉了邻居白翁,白翁说荻原已被鬼缠身,让荻原去谷中确认,果然在那里发现了阿露的墓。

白翁向良石和尚询问驱鬼之术,和尚为荻原写了符咒。女鬼因为符咒无法进屋,强迫荻原的侍从揭下符咒。侍从无奈揭下了符咒,两女鬼当即进入荻原的房间。第二天,白翁与侍从进入房间查看,发现荻原已经死去。

石川将孝助对主人的忠心、伴藏的奸恶、其妻横死等怪异之事视为细枝末节而删去①。故事虽然非常接近原著,但是三游亭圆朝故事丰富的叙事结构也大打折扣。石川声称自己之前在土佐某人的横卷中看过这个故事,那里也没有荻原死后的故事。其内容大概是《牡丹灯记》各版本中较接近原著的②。石川鸿斋的《牡丹灯》在创作过程中,与三游亭圆朝的故事出现了较大的区别,其中最大的区别是三游亭圆朝的《怪谈牡丹灯笼》为长篇小说,将阿露和荻原的爱情置于饭岛家族之中,

---

① [韩]金正淑、高英兰译:《夜窗鬼谈》,首尔:月亮出版社,2008年,第161页。
② 目前流传的《牡丹灯记》中,除男主人公之死以外,三游亭圆朝的《怪谈牡丹灯笼》是唯一一部故事呈多样化的作品,因此无法推测是否是石川见过的横卷所绘作品的原貌。

而石川鸿斋的《牡丹灯》只是突出了两个男女之间的事件。结尾部分,《怪谈牡丹灯笼》中,伴藏被金钱蒙蔽杀害了萩原后又杀了自己的妻子、孝助为主人复仇等内容读来津津有味,但《牡丹灯》中只是以因侍从揭下符咒死去结尾。

换言之,石川鸿斋以日本流行的《牡丹灯笼》为基础,对三游亭圆朝的故事进行了缩写,将口语体的落语再创作为汉文小说。在改编过程中,看不出其对原著《剪灯新话》的关注,《剪灯新话》的《牡丹灯记》在日本以日语改编的过程中,结尾部分即铁冠道人拷问乔生和符女以及丫鬟金莲的部分全部被删除,石川鸿斋的《牡丹灯》中也没有这部分内容。这一部分相当于原著的二分之一,引用了各种故事和典故,为文人所好。传奇小说的作品特征除叙事外,还会尝试诗、辞赋、议论文体等多种体裁。这一部分可谓集中展示了传奇小说的体裁特征。然而《牡丹灯记》传入日本后,这一部分内容在改编的过程中已经完全消失,而改为以男主人公之死为结局。因此从形式上来说,传奇小说体裁特征消失,只留下了志怪部分。从内容上来说,原作中的铁冠道人作为超越性存在,有惩恶扬善作用。而日本《牡丹灯笼》结尾怪诞,并无惩戒意味,只是增强了神秘色彩,将叙事的趣味性极大化而已。

之后,《牡丹灯笼》在日本被改编成多种戏剧和电影,1884年,三游亭圆朝的《怪谈牡丹灯笼》出版;1885年,《牡丹灯笼》在朝日座上演;1892年7月,河竹新七将其以歌舞伎的形式进行了演出。20世纪《牡丹灯笼》被改编为电影,1953年沟口健二导演的《雨月物语》在威尼斯电影节上获得银狮奖;1968年,《怪谈牡丹灯笼》被改编为电影《牡丹灯笼》,1972年被改编为《性谈牡丹灯笼》,1997年被改编为《怪谈牡丹灯笼》。

《牡丹灯笼》之所以现代仍能保持较高的关注度,是因为《牡丹灯记》在被改编为《牡丹灯笼》时为了迎合日本人的喜好添加了更多的奇异色彩。《剪灯新话》从传入日本初期起,人物和故事背景就被改编为日本,并将其与日本传统故事相融合,再创作成为全新的故事、全新的体裁。经历过这一过程之后,《牡丹灯笼》摆脱了专属于知识分子阶层的汉文小说的局限性,使其阅读层扩大到一般庶民,并增加了性的内容和鬼怪色彩,成为今天的《牡丹灯笼》。

2.韩国——忠于对原著的理解和传承

众所周知,《剪灯新话》在15世纪中叶传入朝鲜,不仅成为《金鳌新话》的创作养分,而且是上至国王下至普通文人都喜爱的书,同时也是学习中文的工具书。在这种情况下,垂胡子林芑的注释本《剪灯新话句解》出版(1549),该书还流传到日本①,产生了深远的影响。

林芑的注释本有助于朝鲜文人理解《剪灯新话》,然而其汉文小说的局限性使读者层只限于文人。《剪灯新话》朝鲜读者层的扩大,可以推断是在19世纪末20世纪初《剪灯新话》谚解及悬吐本出现之后。

有记录表明,17世纪《剪灯新话》部分作品得以翻译,但已经没有实证可考②。目前有据可考的只有首尔大学一簑文库本、檀国大学的栗谷图书馆本及高丽大学译本。其中首尔大学一簑文库本共5卷5册,现存只有后3册,被翻译的共有6篇。檀国大学本有9篇被翻译。高丽大学本对单行本《滕穆醉游聚景园记》进行了翻译。根据对翻译情况的考察,首尔大学版本采用了意译、缩译等多种方法,檀国大学版本基本忠实于原本,高丽大学版本添加内容较多,更接近于翻案小说③。虽然具体翻译时期无从考证,但从使用的语言来看,大致可以判断为19世纪后期。三种翻译版本有的进行了积极的改编,有的忠于原文,有的进行了果断的增删以帮助读者理解,在翻译方式上呈现出多样化。尤值一提的是首尔大学一簑文库本,虽然总体内容与原著无异,但是为了有助于理解,添加了很多内容,并增加了一些描写,使得内容更为丰富。例如,《牡丹灯记》中,邻居老人发现乔生的奇怪举动这一部分,对比原文与首尔大学版本,内容如下:

原文:邻翁疑焉,穴壁窥之,则见一粉妆骷髅与生并坐于灯下,大骇。明旦,诘之,秘不肯言。

首尔大学译本:隔壁老翁名为永新,与乔生之父交契深厚,见乔生脸色暗黄,起了疑心,隔墙偷窥,发现乔生竟与一骷髅并排坐于灯下,老翁大骇,第二天见到乔生,问道:"听闻你近来与一美人相交甚欢,何许人也?"乔生依旧偷

---

① 《朝鲜王朝实录》(仁祖42卷)1641年,"倭人要求《四书章图》《杨诚斋集》《东坡集》《剪灯新话》与我国地图,朝廷只给了《东坡集》和《剪灯新话》,其他没有答应"。这里的《剪灯新话》指的就是林芑的注解本《剪灯新话句解》。日本的林罗山在1601年已经购入《剪灯新话句解》,1602年曾写过后记。1648年日本刊行了《剪灯新话句解》。
② 17世纪朝鲜孝宗、显宗年间《仁宣王后谚简》记录曾修改过《绿衣人传》。([韩]崔溶澈、[韩]朴在渊、[韩]禹春姬校注:《剪灯新话》,韩国中韩翻译文献研究所,2009年,第2页)
③ [韩]崔溶澈、朴在渊、禹春姬校注:《剪灯新话》,韩国中韩翻译文献研究所,2009年,第1—14页。

欢而未告之也。

上文中画线部分为首尔大学版本增添的部分,设定邻居老人的名字为永新,之前就和乔生的父亲交契深厚,从而提高了叙事的可能性。之后《牡丹灯记》译本中增加部分主要为对话和描写,以提高小说的趣味性。与此相比,檀国大学的翻译堪称完整翻译①。

《剪灯新话》翻译之后读者虽有增加,但译本并未达到广为阅读的程度。直到1910年前后,活字本大量印刷。而此时的《剪灯新话》并非作为译本,而是以悬吐本《剪灯新话句解》的方式刊行的。

日本侵略朝鲜时期(1910—1920),文学出版的主流为具有复古倾向的古小说及翻译或翻案的中国小说。其中朝鲜和中国汉文小说的悬吐本发行较多。

《谚文悬吐剪灯新话》:1915年,1916年,1919年,1920年,1923年,1928年。

《悬吐注解西厢记》:1916年,1922年。

《悬吐谢氏南征记》:1916年,1919年,1924年,1927年。

《悬吐玉麟梦》:1918年。

《悬吐汉文春香传》:1917年,1923年。

《原文悬吐三国志》:1928年。

其中,东溪朴颐阳将林芑的《剪灯新话句解》本添加悬吐后多次刊行。朴颐阳为20世纪初期活动的文人,曾将中国明朝《今古奇观》中的《蔡小姐忍辱报仇》进行翻案,创作了《明月亭》(1912)。

1910—1920年活字印刷时期最受欢迎的作品是《春香传》《刘忠烈传》等韩文爱情小说或英雄小说。《剪灯新话句解》悬吐本在这种情况下多次出版,这是出版社在日本帝国主义严查下的一种反抗方式,同时也意味着以汉文学者为中心的传统读者仍有阅读需求。悬吐本虽以活字印刷的方式广泛流传,但相对于其他中国小说译本来说,读者层十分受限,可见《剪灯新话句解》自16世纪刊行至20世纪始终以文人为中心。

20世纪20年代末到30年代"野谈运动"之后,《剪灯新话》真正成为大众文学。1928年朝鲜野谈社的金振九开始主导面向大众的野谈说唱大会,之后尹白

---

① 檀国大学译本与原文近乎一致。

南主编的杂志《月刊野谈》使其商业化。《月刊野谈》创刊于1934年,至1939年10月共发行了55期。收录内容包括传统野谈集故事、野史、时调、民谣、汉文小说、外国文学作品翻案等多种形式。传统野谈著名的有《一朵红》《玉箫仙》等,被润色修改为现代小说后收录。多部小说作品被改写之后刊登,如《金现感虎》《调信之梦》等汉文小说,埃德加·爱伦·坡的《黑猫》被改写为《黑猫异变》,中国的《白蛇传》被改写为《蛇情》等。

大部分作品以韩国传统野谈或野史为素材,也有将中国文学作品进行翻译或翻案的作品,其目录如下:

| 期次 | 题目 | 作者 | 原著 |
| --- | --- | --- | --- |
| 第1期 | 《蛇情》 | 尹白南 | 《警世通言》中《白娘子永镇雷峰塔》 |
| 第4期 | 《长恨歌》 | 梁白华 | 《今古奇观》中《玉娇鸾百年长恨》 |
| 第6期 | 《薄情郎》 | 梁白华 | 《今古奇观》中《金玉奴棒打薄情郎》 |
| 第12—13期 | 《卖油郎》 | 梁白华 | 《今古奇观》中《卖油郎独占花魁》 |
| 第20期 | 《鉴湖夜泛记》 | 梁白华 | 《剪灯新话》中《鉴湖夜泛记》 |
| 第21期 | 《三山福地志》 | 梁白华 | 《剪灯新话》中《三山福地志》 |
| 第25期 | 《可怜杜十娘》 | 尹白南 | 《今古奇观》中《杜十娘怒沉百宝箱》 |
| 第39—40期 | 《怪人封三娘》 | 金濯云 | 《聊斋志异》中《封三娘》 |
| 第45期 | 《枕中记》 | 若大生 | 唐代传奇小说《枕中记》 |
| 第48期 | 《红线传》 | 梁白华 | 唐代传奇小说《红线传》 |
| 第51期 | 《牡丹灯记》 | 无声学人 | 《剪灯新话》中《牡丹灯记》 |

《月刊野谈》刊登的中国作品中,选自《今古奇观》和《剪灯新话》的作品最多,偶尔也有唐代传奇小说和《聊斋志异》的翻译。译者主要是两人:一个是当时主要研究、翻译中国文学的梁白华(1889—1938),另一个是《月刊野谈》的创刊人及电影、戏剧导演尹白南。尹白南于1931年至1936年举办了野谈大会巡演,当时主要的说唱作品是《燕山朝秘话》《世祖逸事》等野史和野谈,还有《牡丹灯记》①。

《月刊野谈》中收录的《剪灯新话》翻译基本忠于原著,偶有将句子转成流畅的韩语或添加内容,但只是部分而已,总体来说接近于完全翻译。《牡丹灯记》的

---

① [韩]李东月:《尹白南野谈活动研究》,《大东汉文学》第27辑,韩国大东汉文学会,2007年,第395页。

开头部分如下：

  原文：方氏之据浙东也，每岁元夕，于明州张灯五夜，倾城士女，皆得纵观。

  《月刊野谈》第 51 期《牡丹灯记》：时值元朝末年，将帅方国珍雄踞浙东，每年正月十五在明州城内张灯五夜，满城妇女都可以尽情看灯。

  方氏为元朝将领方国珍，这里采用显化翻译的方法是为了有助于理解。《剪灯新话》首尔大学译本和檀国大学译本虽然略有差异，但基本相似。只是在《剪灯新话句解》中，"方氏雄踞浙东也"的注释中标出"方氏"的名字为"方谷珍"，首尔大学译本和檀国大学译本均为"方谷珍"，只有《月刊野谈》标为"方国珍"①。另外增加了大量人物对话，使其具备现代小说的面貌，尽管有上述差异，但是最后三个人物的自述部分基本没有脱离原著。尹白南说唱的《牡丹灯记》的内容虽然已经无法考证，但从《月刊野谈》上刊登的《剪灯新话》的倾向来看，和原著应无很大出入。

  《牡丹灯记》在 1930 年被改编为戏剧，1947 年被改编为电影，广受瞩目。1930 年的话剧《牡丹灯记》是李箕永将中国《牡丹灯记》进行翻案创作的作品，改编为 5 幕 8 场，李白水、李素然等 30 余位演员参加了演出。演出服装从中国空运，由曾经长期活跃在日本小剧场的洪海星负责导演，获得了极好的演出效果。《东亚日报》报道说："该剧既是感性的爱情剧，也是抨击现实的讽刺剧。"②虽然具体内容无从获取，但从该报道可知，话剧《牡丹灯记》中表现出的男女情爱及对不合理社会现实的批判与《牡丹灯记》在日本被改编为《牡丹灯笼》后所表现出的诡异性完全不同。

  这从金苏东 1947 年导演的首部电影《牡丹灯记》也可看出。他曾经留学日本，在日本大学时期就积极活跃于电影社团，1937 年毕业后进入东京中央音乐学校，第二年课程履修完毕。从履历上来看，他制作的电影有可能会反映出在日本的经验，即拍成一部像日本《牡丹灯记》那样的恐怖电影，但是由于胶卷没有保存下来，已经无从确认。但是通过当时的新闻报道③可以推测是强调了原著含冤女

---

① 1950 年尹泰荣和 1960 年李庆善的译本也延续了这一译法，将"方谷珍"翻译为"方国珍"。
② 《东亚日报》1930 年 11 月 12 日："新兴剧场首场演出《牡丹灯记》今晚在团成社上演。"
③ "含冤而死的女性为了成佛而与男性同寝的恐怖电影"。

鬼的因素。这与 1920 年以来电影中反复出现冤女鬼的角色不无关系。也就是说，20 世纪三四十年代被改编为话剧和电影的《牡丹灯记》具体内容已经无法考证，但通过当时的新闻报道可以知道这些突出了视觉效果，但不像日本那样怪诞。

小说《剪灯新话》不断被翻译，1950 年《中国怪谈剪灯新话》出版，1960 年韩文译本《剪灯新话》出版，1960 年《剪灯新话》与《聊斋志异》两部作品中各有 7 篇出版①。翻译以现代小说的语气，侧重于主人公的内心刻画，果断删除了冗余部分，使其成为新作品。但是整体框架没有改变，结尾部分也只是没有三人自述的内容，铁冠道人判决三人下地狱的结尾也与其他译本无异。

综上所述，《剪灯新话》在朝鲜的流传及接受过程可以总结如下：《剪灯新话》于 15 世纪中叶传入朝鲜，成为上至国王下至文人喜爱的作品，16 世纪林芑的《剪灯新话句解》刊行以后成为文人的必读书目。《剪灯新话句解》甚至传到了日本并在日本刊行，对后世影响颇深。之后在朝鲜流传的《剪灯新话》正是林芑的《剪灯新话句解》本。

《剪灯新话》在朝鲜的改编和翻案创作很少，原作得以如实流传，虽然有部分翻译版本，但称不上是改编。进入 20 世纪以后，活字印刷发行的是林芑的注解本。20 世纪 30 年代《月刊野谈》虽然刊登了不同的译本，但只是个别的句子上有所区别而已，都近于全译。

20 世纪五六十年代的现代译本虽然有部分改编，但整体并未摆脱《剪灯新话》的故事框架。换而言之，《剪灯新话》在朝鲜被接受，是以忠于对原著的理解和传承为主的，改编的话剧与电影侧重表现冤鬼的侧面和感性因素，但并没有像日本《牡丹灯笼》那样进行了本国化的演变或强化诡异因素。

## 三、《聊斋志异》的流传与接受

1. 日本——明治初期汉学家的效仿与改写

《聊斋志异》在中国刊行并为读者熟知，是在蒲松龄死后 50 年之后的 1766 年

---

① ［韩］金东旭：《20 世纪 60 年代柳一芝的中国文学翻译特征和意义》，《泮桥语文研究》第 24 辑，《韩国泮桥语文学会》，2008 年，第 109—110 页。

(乾隆三十一年)。《聊斋志异》传到朝鲜和日本是在 18 世纪后期至 19 世纪。

《聊斋志异》传入日本的确切时期已无从考证,但目前来说,秋水园主人编撰的《小说字汇》中 160 部中国通俗小说中《聊斋志异》排在最前面①。《小说字汇》刊行于 1791 年,因此《聊斋志异》最晚在 1791 年之前传入日本,与《聊斋志异》在中国的刊行时间相差并不远。

《聊斋志异》传入日本后为日本文人尤其是汉学家所喜爱,19 世纪后期明治初期,日本汉学家之中兴起仿效《聊斋志异》创作汉文小说之风。这一时期具有代表性的汉学家有菊池三溪(1819—1891)、依田学海(1833—1909)、石川鸿斋(1832—1918)等,这些汉学家都有汉文小说或短篇集的创作经历,都以《聊斋志异》为创作效仿对象。

(1) 此编仿蒲留仙《聊斋志异》之体,然彼多说鬼狐,此则据实结撰,要寓劝惩于笔墨,以为读者炯诫而已。②

(2) 顷者,友人依田学海君,消夏避暑之暇,记述近古文豪武杰,佳人吉士之传,与夫俳优名妓侠客武夫之事行,存于口碑,传于野乘者若干篇,裒然成册,题曰《谭海》,盖拟诸西人所著,《如是我闻》《聊斋志异》《夜谈随录》等诸书,别出一家手眼者,但彼率说鬼狐,是以多架空凭虚之谈,是则据实结撰,其行文之妙,意近之新,可以备修辞之料,可以为作文之标准也。③

(3) 蒲留仙书《志异》,其徒闻之四方,寄奇谈,袁随园编《新齐谐》,知己朋友,争贻怪闻,于是修其文,饰其语,至纯烂伟丽,可喜可爱,而有计算相违,事理不合者,不复自辩解焉,读者亦不咎焉,游戏之笔,固为描风镂影,不可以正理论也,然亦自有劝惩诫意,聊足以警戒世,是以为识者所赏,不可与《水浒》《西游》同日语也。④

(1) 为菊池三溪 1882 年编写的《奇文观止　本朝虞初新志》的部分凡例。

---

① [日]黑岛千代:《〈聊斋志异〉与日本近代短篇小说的比较研究》,台湾"中国文化大学"中国文学研究所硕士学位论文,1989 年。
② [日]菊池三溪:《奇文观止　本朝虞初新志》凡例(日本汉文小说丛刊《奇文观止　本朝虞初新志》第 273 页)。
③ [日]菊池三溪:《谭海序》(日本汉文小说丛刊《谭海》)。
④ [日]石川鸿斋:《夜窗鬼谈序》(日本汉文小说丛刊《夜窗鬼谈》第 323 页)。

(2)为1884年依田学海的《谭海》中菊池三溪的序文。(3)为1889年刊行的《夜窗鬼谈》序文中石川鸿斋的自序。(1)与(2)所有相关作品既效仿《聊斋志异》,又以事实为依据,因而强调对人们的写作或劝惩都有益处。(3)着重指出《聊斋志异》虽是一部消遣之作,但因其有着劝惩意义,所以与《水浒传》和《西游记》不同,利于警世。这些说法虽然是汉学家们写小说时使用的一种遁词,不过可见明治时期对于日本汉学家来说《聊斋志异》是重要读物之一,影响力较大,成为效仿对象。另一方面,明治初期除汉学家以外,近代文人也为《聊斋志异》所倾倒。1887年以后,《聊斋志异》凭其丰富的想象力和华丽的文体,吸引众多近代诗人进行翻译①。也就是说,对于明治初期的日本文人来说,《聊斋志异》是一部非常特别的作品。

上文中引用的三部作品中,《夜窗鬼谈》在各方面都会让人联想到《聊斋志异》。作者石川鸿斋在序文中对《聊斋志异》大加赞赏,而且在作品中多处提及。《祈得金》中,有人传说在无间山敲钟就能成为富翁,有慕名前去者敲钟之后得到了很多金银宝物,可后来发现全都变成了垃圾。这一部分内容后面,加入了《聊斋志异》里狐仙的故事。《冥府》中加入了《聊斋志异》里阎罗王的故事,《灵魂再来》里对于《子不语》《聊斋志异》《阅微草堂笔记》等描写的地狱形象进行了说明。

故事本身受《聊斋志异》影响也很多,例如《花神》与《续黄粱》。《花神》是作者将首次用日语创作的十回长篇小说《花神谈》缩写而成的汉文小说,从《花神》的凡例可以看出其是着眼于《聊斋志异》。《花神》讲的是书生平春香梦到自己赏樱花时遇到了一名女子,后来他在樱花树下捡到了一枚戒指,以此为契机再次见到了该女子并与之成亲。《聊斋志异》中以花神为主人公的故事有《香玉》《绛妃》等。《续黄粱》沿用了《聊斋志异》中的名字,讲的是九州书生孟仁、仲智、季勇一起饮酒,大谈抱负后入梦。梦中经历了各种苦楚,梦醒后大彻大悟。《聊斋志异》中的内容是:曾孝廉考中进士后非常得意,梦到自己做了宰相,做尽坏事,死后变

---

① [日]黑岛千代:《〈聊斋志异〉与日本近代短篇小说的比较研究》,台湾"中国文化大学"中国文学研究所硕士学位论文,1989年,第26—28页;[日]神田民卫1887年《艳情异史》(明进堂)、1897年收录于《荫草》中的《皮一重》、森鸥外(1862—1922)与其妹合译;1903年[日]国木田独步(1871—1908)翻译了四篇故事,1905年[日]蒲原有明(1876—1952)翻译了《聊斋志异》中的八篇故事。

成女身轮回,受尽欺辱,醒来方知是梦。相比《聊斋志异》,《续黄粱》的现实批判性较弱,主要是通过三个人物反复强调人生无常这一主题。

《夜窗鬼谈》文如其名,以鬼怪故事为主要素材,与《聊斋志异》的作品倾向非常接近,除模仿《聊斋志异》中的《奇文观止　本朝虞初新志》及《谭海》中的奇异怪谈外,还包括人物传记和纪文、时政新闻等。《奇文观止　本朝虞初新志》模仿清朝张潮的《虞初新志》,从题目上即可看出,多用小品文的笔调描写盗贼、青楼女子等市井人物的故事。不过怪谈或各个故事结尾的"三溪氏曰""学海曰"等史评却明显显示出了《聊斋志异》式的倾向色彩。

明治初期是汉文学繁盛的时期。虽然有新时代开展新文学的氛围,但前朝遗风尚存。他们开展私塾运动,支持维新大业,写了大量汉诗向杂志社和报社投稿。另外这一时期日本出现的"国字改良论",也是对汉文的反思。此时的汉学家通过汉文教化世人,展现了汉文文章创作的典范。《聊斋志异》以其趣味十足的内容和流畅的行文为明治初期的汉学家所推崇,从而出现了大量跟风模仿的汉文短篇小说。

2.韩国——通过王室图书目录,探寻读书轨迹

《聊斋志异》传入朝鲜的确切时期已经无从考证,目前来说最早记录见于俞晚柱(1755—1788)的读书笔记《钦英》。俞晚柱曾用记日记的方式将自己的读书情况记录下来,其中自1786年8月23日起,笔记中曾经四次提到阅读《聊斋志异》①。在朝鲜《聊斋志异》有关文字记录较少的情况下,俞晚柱的读书笔记是一份考察《聊斋志异》传入时间的宝贵资料。目前该记录早于日本。

---

① 1786年8月23日:"书于以要求示《聊斋志异》。"1786年9月28日:"应书示《聊斋志异》十六册,试阅之。"1786年10月13日:"始专阅《志异》,其事则如梦,其文则如画,然画之神肖,犹不及其文之逼真,梦之诡异,犹不及事之怪奇。吾于是书,如是观而已。"1786年11月20日:"《志异》文字,吾因而有悟者多矣,是虽不可论以正经道理,而破滞医枯,则有余。盖凡人之失意,止有疾痛、懊恨两件事。然疾痛未必非冥受,懊恨未必非前债,以兹推广,何者可恼? 岂真所谓远洞三十者与?"

之后关于《聊斋志异》的记录见于李圭景(1788—?)的《五洲衍文长笺散稿》①。《五洲衍文长笺散稿》著于19世纪中叶,比俞晚柱的记录晚了70余年,但两者皆对《聊斋志异》的真实描写和奇异内容赞叹不已。尤其《五洲衍文长笺散稿》中经常用《聊斋志异》进行事实辨正,可见李圭景对于《聊斋志异》的痴迷程度。

这些记录表明了朝鲜后期《聊斋志异》传入后朝鲜文人对其的喜爱程度,在没有相关资料的情况下,无法推断其在整个朝鲜后期的影响。实际上,《聊斋志异》传入的18、19世纪,朝鲜国文通俗小说已经开始拥有广大的读者层,《聊斋志异》即使在汉文文言小说中也属于难以理解阅读的,因此对于汉文知识分子来说,阅读并非易事。即便如此,可以推断像俞晚柱和李圭景等痴迷于中国书籍的文人仍会阅读此书。另外,即使没有直接的阅读经验,通过王室图书目录中所见的《聊斋志异》相关记录,也可对当时《聊斋志异》在朝鲜的流传略窥一斑。

朴在渊所编的《韩国所见中国小说戏曲书目资料集》②中收录了各种图书目录,其中几处王室图书目录中都曾有《聊斋志异》的书名:

①《承华楼书目》——《聊斋志异　十六册》

②《缉敬堂曝晒书目总录》——《聊斋志异　八本一匣,又　八本一匣,又　八本欠》

《后聊斋志异　四本一匣》

③《集玉斋书籍目录》——《聊斋志异　十六卷》

承华楼为昌德宫所在书库,主要收藏朝鲜宪宗(1827—1849)喜爱的字画。缉敬堂为朝鲜高宗时期(1852—1919)召开内阁会议或接见外国使臣的地方,是高宗五年(1868)重建景福宫时所建。集玉斋也曾是高宗的书房,建筑时期不详,大约推断为高宗十年(1873)以后。这些目录的抄写时期约在20世纪初期,但这些图

---

① "《聊斋志异》,陈华封,蒙山人,遇牛瘟神,赠一方苦参散,最效。"(《五洲衍文长笺散稿》人事篇) "有《聊斋志异》。蒲松龄著。稗说中。最为可观。或有实绩。文辞雅驯。与王渔洋同时。渔洋以千金购之。欲为己作。而松龄不应。其操可知也。"(《五洲衍文长笺散稿》小说辩证说)"凡物久则神。客中闻集百岁狐精为美女。此古所流传。然见中原稗说。则多多狐妖之传奇。近世蒲松龄《聊斋志异》,纪晓岚昀《槐西杂识》,袁简斋枚《新斋谐》,颇多其说。而狐妖河北最盛。大江以南绝无。"(《五洲衍文长笺散稿》狐仙辩证说)等。

② [韩]朴在渊编:《韩国所见中国小说戏曲书目资料集》,牙山:鲜文大学,中韩翻译文献研究所,2002年。

书进入书库应在 19 世纪中期左右。这些图书目录中收录了《聊斋志异》,可见至迟在 19 世纪中期,《聊斋志异》已经成为朝鲜王室图书。

综上所述,从 1786 年俞晚柱的记录来看,《聊斋志异》在 18 世纪中期已经传入朝鲜,19 世纪中期《聊斋志异》已为王室成员和部分文人所喜爱。相对于《剪灯新话》来说,读者层虽不广泛,但是朝鲜文人对于《聊斋志异》并不陌生,其传入后始终被阅读。

20 世纪之后,《聊斋志异》也被翻译为韩文,据 1935 年 10 月 26 日《东亚日报》报道,金世徽在平壤翻译出版了《聊斋志异》第 1 册,采用"第 1 册"的说法可见当时是想连续出版的,但之后似乎并没有继续翻译。1938 年,《月刊野谈》第 39、40 号刊登了《怪人封三娘》的故事,即《聊斋志异》中《封三娘》的译本。1966 年崔仁旭的翻译(乙酉文化社)、1983 年金光洲的翻译等都是选取《聊斋志异》中的几篇故事。直到 2002 年,民音社出版了金惠经的全译本《聊斋志异》。另外,《聊斋志异》经中国台湾漫画家蔡志忠之手创作为漫画后更加广受欢迎,如今,《聊斋志异》也被选作儿童读物。

## 四、结论

本文对《剪灯新话》和《聊斋志异》在日本和朝鲜的流传和接受过程进行了考察。《剪灯新话》中的《牡丹灯记》在日本被改编为《牡丹灯笼》后,获得广泛欢迎。在朝鲜,林芑的《剪灯新话句解》自刊行后至近代,一直为文人们所喜爱。《聊斋志异》传入日本和朝鲜的时期都在 18 世纪中期前后,日本明治初期汉学家们视其为汉文小说创作典范,并效仿创作了许多汉文短篇集。朝鲜的记录见于俞晚柱和李圭景的记录,19 世纪中期以后,王室的图书目录中也有《聊斋志异》的书名,可见这一时期王室成员与文人已阅读此书。

一直以来,学界一般都将外来文化的流传和影响研究的关注点放在文化传入的时期上。但是笔者认为,研究外来文化传入不同国家后,在经历过一段时期后为该国所吸收、消化的情况,才是真正意义上的对于相互文化交流和影响,应该加以考察。尤其考虑到近代以后日本和韩国之间紧密的文化接受关系,有必要从两国文化交流的角度对这一时期进行全新的考察。

**【参考文献】**

[1][韩]崔溶澈.剪灯三种[M].首尔:昭明出版社,2005.

[2][韩]崔溶澈,朴在渊,禹春姬校注.《剪灯新话》[M].首尔:韩国中韩翻译文献研究所,2009.

[3][日]黑岛千代.《聊斋志异》与日本近代短篇小说的比较研究[D].台北:台湾"中国文化大学"中国文学研究所,1989.

[4][韩]李东月.尹白南野谈活动研究[J].大东汉文学,2007(27):387-414.

[5][韩]李顺进.韩国鬼怪电影变化过程研究[D].首尔:韩国中央大学,2001.

[6][韩]金东旭.20世纪60年代柳一芝的中国文学翻译特征及其意义[J].泮桥语文研究,2008(24):107-149.

[7][韩]金正淑.明治时代日本汉文小说集《夜窗鬼谈》研究[J].汉文教育研究,2007(29):545-573.

[8][韩]金正淑,高英兰译.夜窗鬼谈[M].首尔:月亮出版社,2008.

[9]张伯伟.域外汉籍研究集刊[M].北京:中华书局,2007(3).

[10]王三庆,庄雅州,陈庆浩,[日]内山知也.《日本汉文小说丛刊》[M].台北:台湾学生书局,2003.

[11][韩]郑明起.韩国野谈类文学与中国方面文献资料的相关情况[J].语文学教育,2005(31):445—476.

# 《三国志》与韩国语言文化教育[①]

[韩]禹汉镕[②] 文 王 岩 译

## 一、从教育的角度对《三国志》进行考察的原因

无论哪个文化圈都具有能够代表该文化圈的叙事作品,虽然形态有可能多种多样,但是都会存在该文化圈成员都了解并阅读过,同时发现其中蕴含生活价值的叙事作品。在韩国,《三国志》便处于这种地位,如同形成了一种文化现象一般。

从人类学角度讨论文化时,会注重考察文化的构成,探求文化之间的差异,特

---

[①] 本论文主要整理了2005年7月1日在中国成都举办的中韩人文学会中发表的内容。
[②] 首尔大学国语教育系教授。

别会重点运用文化结构主义方法论观察并记述其结果。耶鲁学派的方法论便是其中一例。提出"深度描写"方法论的克利福德·格尔茨①的方法也没有摆脱这一点,因为只停留在了通过细致深入的描写来分析成员的行为具有怎样的意义这个层面上。运用人类学的方法分析考察文化时,往往会忽略教育中所重视的价值概念。

若将文化规定为"生活方式",则存在加入价值概念比较困难的问题。因此文化应该既是生活方式又具有"教育的方向标"的作用,并且能够超越现实生活的局限,蕴含"哲理"。恩斯特·卡西尔及兰德曼等人的文化概念中没有忽略价值问题②。从"文化哲学"的某个角度观察问题时不能排除文化既提供教育指标又追求生活价值这一点。

教育被称为追求人类的自我认识与成长以及自我实现的过程,很多人都认同这个说法。但是,教育既可以以个人层面上的自我成就与成长问题为中心得到实现,也可以从社会制度的层面被经营运作,另外,还存在被称为文化的生活方式及思维构造中所形成的因素。特别是通过诸如文学一样的语言实践而得以实现的文化中,当教育的作用有所体现时,其实际情况会出现在"文化语法"的范畴内。所谓的"文化语法"是指通过象征性的交涉而形成的文化行为的规则性。熟悉这样的文化语法及相应的象征体系是文化的入门教育。

此处笔者想提出"文学文化"这一说法,把围绕文学而形成的生活方式及成员们认识上的指向性包含在内可以这样命名。这一概念与自然科学方面具有代表性的"科学文化"相对应③。文学文化也可以指称以某个时代人们享有的以文学为中心的所有"人文文化"。例如我们作诗、读小说、唱歌、演奏音乐等活动都属于文学文化的范畴。在韩国,阅读并讨论《三国志》,将其作为其他故事主题进行改编等行为是围绕《三国志》展开的文学文化的表现之一。因此可以说其在文学文化的脉络中起到了教育作用,因此也提供了需要从教育角度对《三国志》进行考察的依据。

---

① [美]克利福德·格尔茨:《文化的解释》,纽约:巴西克出版社,1973年。
② [德]恩斯特·卡西尔,[韩]崔明冠译:《人论》,首尔:哲学和现实社,1988年。
　[德]米切尔·兰德曼,[韩]许载润译:《哲学人类学》,首尔:萤雪出版社,1985年。
③ [英]C.P.史诺,[韩]吴英焕译:《两种文化》,首尔:民音社,1996年。

文学文化不能简单停留在向记载并说明现象的方向过渡的途中,要用生产创造的观点看待享有文学文化这个问题。简单来说,读书的行为对"意义的生产"有所贡献,对于不断积累作品意义的过程以及之前其他读者解释的结果,要追加不同层面的意义,从而为不断加深意义的层次和厚度贡献读者的力量。如果这用伽达默尔的方式来解释,则具有"公平的混用"的意味①。从表现论的角度来看,文学的享有对潜在作家的培养有所贡献,继而向成长为现实作家过渡。阅读文章的读者便是潜在的作家,因为他们要将阅读的结果融合并灵活运用到创造作品中去。如此看来,所有的创造都具有"再创造"的意味。

教育具有参与到文化的吸收与创造这个过程的意义,因此阅读《三国志》意义重大,它为中韩交流的文化传统及发展打开了通路。因为这并不是一时兴起去随意翻阅某个时代的某部作品,而是持续地读书,最终将定位在文化的层次上,从而为创造不同的文化产物做出贡献。

## 二、韩国的《三国志》症候群

在韩国发行的文学方面各类丛书中,《三国志》绝对占据量的优势,似乎每当优秀作家翻译《三国志》或对其进行改编时都会很畅销。在20世纪70年代,朴钟和的《三国志》(1978)热销;20世纪80年代,郑飞石的《三国志》(1985),方基焕、李元燮的《三国志》(1988),李文烈的《三国志》(1988)等在读者中反响强烈,蒋正一的《三国志》(2002)也创下了很好的销售纪录。

《三国志》被引进韩国的记录出现在《老乞大》中。众所周知,《老乞大》是高丽末期流传至今的汉语教科书,《世宗实录》中有相关记录②。据记载,韩国引进《三国志》已有600余年的历史,当时《三国志》指的是《三国志平话》,而《三国演义》是16世纪包括国王在内都广泛阅读的书③。《家庭版三国演义》于1522年刊行,该书从中国传来不过50余年就在朝鲜广泛流传。

编纂成书的《三国志》脍炙人口,甚至会制造某种文化压迫感,大家认为必须

---

① [德]伽达默尔,[韩]李吉宇译:《真理与方法》,首尔:文学村,2000年。
② 参见精神文化研究院,《韩国民族文化大百科词典》,1980年。
③ 参见[韩]朴英规:《一本书了解朝鲜王朝实录》,首尔:熊津出版社,2004年版中宣祖朝篇。

阅读《三国志》才能了解修养的真谛。结果在日常交流中常会出现有关《三国志》的成语、寓言、喻词的助词、谚语等，能否流利地运用这些语言也成为衡量修养的标准。可以说，是中国的《三国志》对朝鲜、韩国产生了这些影响，但是也可以说因为两国地理位置邻近，同属汉字文化圈，所以在欣赏文学方面具有共同的倾向。

之后随着 VCD 的普及，韩国引进了电影版《三国志》胶片并热销，虽然电影的美学价值仍有待考证，但是它确实为 VCD 观众的业余文化生活做出了巨大贡献。特别是这类电影及视频等内容印证了观众们记忆中的《三国志》，在此过程中又强化了文化意识，因此可以说它对文学文化的形成起到了非常大的作用，从而使熟悉了解《三国志》文本内容的读者数量也有所增加。

随着电脑功能的不断完善和发展，《三国志》被运用到网络游戏中，大部分网络游戏迷都体验过它，这正是将具有古典价值的小说作品与现代发达的媒体技术结合起来创造文化信息产业的一个体现，也证明了古典的古典性可以如此贯穿于媒体的间隙中展现生命力。

然而年轻人了解《三国志》的方式多种多样。首先可以肯定有些人通过阅读正传的方式了解《三国志》，但无法强求大家持续采用这种方式。后来转变为通过网络游戏体验《三国志》，于是《三国志》的文化体验随之被运用到了日常语言交流中。如此多方面的《三国志》文化体验形成文本的交互性，从而在文化脉络中占有一席之地。

其间有许多学问与"经营"概念相结合从而向经营学领域转移的现象，至于它们在文学或文化方面存在多大的价值不会成为大问题。从"马基雅弗利经营"，《向伟大的征服者学习成功的技巧》《德川家康人类经营》《春秋战国处事术》《像刘备一样经营，像诸葛亮一样营销》等处事、经营的延伸中可以看到"三国志经营"①，可以说这些是将《三国志》中出现的足智多谋人物的人类经营术转化为现实的处事经营策略。一般能够引导创意思考的作品可以称为有价值的作品，由此可以看出《三国志》的潜在价值。因此可以说《三国志》是广义教育作用的根源，这便是依据。它能够使读者掌握生活的方向并为之奋斗，由此说来，它的确具有教育影响力。

---

① 此处不列举详细资料。

可以说《三国志》在出版业、影像媒体产业、游戏产业、处事经营等领域中形成了一种让人欲罢不能的魅力。虽然可以从多个角度分析这类现象出现的原因，但是，可以说在中韩文化交流的悠久历史过程中形成的文化理解传统非常深厚，所以这类现象才会发生，而且它是能够了解东方的人生观与处世观的资料，因此更引人注目。换句话说，它已经成为我们思考的方式，所以可以安心地去解读它，其本身也具有让人欲罢不能的魅力。

## 三、《三国志》的文本式特征

东方古老的文化传统之一便是在记录和解读"历史"过程中确保王统的正统性。当然这个过程无法只凭借写文章来实现，但是记录历史是与治理天下必须同时进行的课业。因此记录历史时，以"阴阳五行说"等为主的《周易》中国哲学体系自然而然成为主体。以此种方式记载历史的正统方法可以列举出"春秋笔法"，它继承了《史记》撰述者司马迁叙述历史的方法。有评论说，司马迁的《史记》"将艺术的感性与冷静的理性结合为一体，只有深刻理解历史的史学家才能够到达这种境界"，"触及了历史的真实与艺术的真实相碰撞的人类生活的本质"①。当兼备艺术的感受性与历史叙述的严格性时，则可以说达到了小说论中"全面的真实"这个层次，在体现全面的真实时，历史叙述方法最能够接近触及的便是小说，因为小说既叙述历史又能够生动记录人类生活。

我们视之为讨论对象的《三国志》指的是罗贯中的《三国演义》，该书是将陈寿(233—297)编纂的史书《三国志》以演义的形式展开的小说。元末明初时期的著名小说家罗贯中(生卒年不详)以陈寿的《三国志》为基础，借用传至当时的野史创作了《三国演义》。《三国演义》最初以手抄本的形式流传，弘治七年(1494)时附加序文出版，而后嘉靖元年(1522)，附有序文的《三国志通俗演义》发行，这就是我们通常阅读的《三国志》的原型。

在弘治七年出版的《三国志通俗演义》序文中，蒋大器指出该书与历史相关的问题，并提出："所谓历史并不是只记载史实，应该据此阐明历代明君、君臣善

---

① [韩]李圣圭编译:《史记》,首尔:首尔大学出版社,1996年,第7页。

恶、政治得失。要进一步判断并评价所有史实的对错,历史正是以此为目的的,因此存在所谓的义。"①《三国志》使历史广泛流传,令读者叹服,可以说这是充分认识到了文学的社会功能与教育功能之后的结果。

这些都可以通过我们今天阅读的《三国志》形成渊源推测出来,而从韩国对《三国志》的接受中也同样可以发现这一现象,通过这些可以推测出历史与小说文本的相关性及其嬗变规则。此处将注意到历史与小说的文本式相关性,同时列举几个文本构成的特征。

(1) 历史与虚构的结合

历史与小说有很多共同点,如事件的处理、人物的情节安排、语言的叙述,二者都是语言艺术,因此不得不具有虚构性等,都具备叙事论的几个基本条件。从文本来看,很难严格地区分历史与小说。若说有能够将二者区别开来的细小特征,学者认为只存在以下方面:如果历史中的登场人物被称为英雄,那么小说中出现的不是英雄,而是普通人或是普通人以下的人物②。小说"既是个人的传记也是时代的年代记"③,根据这一说法,历史与小说没有严格或精确的差异,尤其在历史小说中,历史与小说更为接近。从近代意义上的历史小说的情形来看,要同时具备小说与近代性两个条件,但是近代以前的历史小说只有细节上的差异,历史与小说几乎紧密结合在一起。

然而大多数人都认为历史是史实的记录,小说是虚构想象的产物,一说到历史的对立概念立刻就会想到"虚构",这几乎已经习以为常了。但是,从意识的层面来看,很难定义说史实(或者历史)与虚构是绝对不同性质的事物。历史的初步理解大都以对史实的概念性理解为基础。事件发生的时间(年度、季节、昼、夜)、地点(地名、江河湖水的名称)、人物(武器、将帅、军士)可以从概念的层面上进行理解,不要求虚构的想象力,但是,在具体的时间和空间内理解动态人物的行为特征与情绪时需要发动人们的虚构想象力。另外,如上所述,"义"是对历代圣人、君臣的善恶与政治得失及史实的对错进行判断和评价,若小说家不能对所述对象进行具体的描写或者评价(赋予意义),那么其内容则不能给人切实的感受。

---

① [韩]金文卿:《三国志的荣光》,首尔:四季出版社,2002年,第83页。
② [韩]金允植:《韩国近代文学的理解》,首尔:一志社,1973年。
③ [法]吕西安·戈尔德曼,[韩]赵庆淑译:《论小说的社会学》,首尔:青河出版社,1982年。

但是,小说家具体的描写及其对人物的评价、对作品中登场人物的评价、对叙述者的评价等内容本身将虚构概念引入小说中。如果没有客观描写为"桃园结义"而聚首的人数与桃园大小及树木的棵数等内容,甚至没有渲染氛围的话,那么其将不能成为小说。叙述小说过程中所加入的这种虚构概念使小说更像小说,这也是历史与虚构相结合的原理。

(2)宏大叙事的传统

前面已经提及历史与虚构的结合,无论以何种方式叙述历史都会提"宏大叙事"。"宏大叙事"包含两个意义:一个是指担当"理念"的叙事,此时故事的长短不作考虑,叙述建国或者世界形成等有关内容,探究考证人类的终极追求是什么等有关问题符合此处的说法。英雄故事也是其中之一,因为英雄是代表当时那个时代理念的主体。另一个是指在历史长河中展开的"事件"内容,叙述韩国民族史或群众史便是其中之一。体裁上,长篇小说虽然不是以英雄理念为主体内容的小说,但是可以说它是随着岁月的流逝而进行的故事,从这点来看可以称其为宏大叙事。然而在现代主义系列的小说中存在特例,有时存在将个人的内心意识形象化,或者叙述的长短与事件的时间动向不相符的情况。

讲述历史的叙事首先具备成为宏大叙事的条件。一是在理念方面,故事大多是关于影响时代发展的理念的主体内容,又围绕浩大的历史故事展开,《三国志》就是一个例子,它在东方的宏大叙事传统中诞生,又在这样的传统中被吸收接纳,从而出现其他版本。这与西方的神话中所认为的宏大叙事是两种不同的形态。宏大叙事的传统从以历史为中心而展开的内容发展转变为文学,从而实现历史与文学的有机结合,这就是《三国志》的宏大叙事特征①。

(3)多样的文本相关性

小说的诸多特征之一是无论何种体裁的语言或何种形式的文章,都具有包容的力量,而且波尔诺夫·罗兰和厄耶·雷阿尔在《小说的世界》中将其比喻为小说的饕餮特征②。如果在抒情诗体裁或戏剧体裁文章中考虑不同性质的论调或派别,那么将会破坏该体裁的特性。如果展开抒情诗的时候突然以故事的方式插

---

① 有时将神话时代的宏大叙事与历史时代的宏大叙事进行比较会比较勉强。
② [法]波尔诺夫·罗兰、厄耶·雷阿尔,[韩]金华荣编译:《小说的世界》,首尔:文学思想社,1994年。

入讲述一个社会的强烈变化,抑或在戏曲中描写借由头发丝折射的阳光,那么将会脱离原有的体裁。这些体裁所遵循的严格的文学理论要求源于这些体裁的特性。但是,在小说中即使将所有样式的文章都涵盖进来,作为小说而言也没有打破规则,而且从历史小说来看,登场人物可以多种多样,也可以通过人物行为表现体裁。即使演说家的演说、诗人的诗、作家的文章等内容都出现在文本中也不会影响该体裁的结构。

之所以说《三国演义》是以史书《三国志》为基础,可以从文本相关性的角度对其进行说明并提供依据,并且作品中即使出现历史上实际存在的人物也可以很自然地接受,具有代表性的例子就是《出师表》。《出师表》是一种出征报告书,即将军率领军队上战场,将征战的原因、过程及心情向君王报告。但是诸葛亮(181—234)是历史中真实存在的人物,他所作的文章在小说中出现的情况符合小说写作技巧的边框式叙述方法。《出师表》(227年,续篇228年)是一篇非常有名的文章,它曾被收录到黄坚的《古文真宝》(1366年)中,并被评价为表文的优秀典型,因此可以推测出《三国志》的读者都曾读过诸葛亮的《出师表》。当在虚构脉络中重新阅读现实生活中读过的文章的时候,读者意识空间形成的意义层面将会双重化,因此文本的意义再创造能力会有所增加。并且《三国志》中包含很多诗歌,这说明它在历史叙述中起到了史官"评价"的作用,从而将历史叙述的规则融合到文学体裁中。继承这种叙述方法与"春秋笔法"的历史叙述方法及相关的考证探索又是一个新的课题。

如此多样的文本相关性预示着《三国志》体裁转换的可能性,韩国文学中《三国志》的体裁曾转换为盘瑟俚《赤壁歌》,从文学的再创造方面来考察有关《三国志》原文的文本相关性内容是非常有趣的主题①。

## 四、《三国志》的语言文化教育意义

提及韩国的"语言文化"时要同时明确规定其意义才能井然有序地进行讨论,使用最广泛的用法是指用韩语进行会话及记录的语言的实际面貌。若将文化

---

① [韩]郑秉宪在同一个学术会议中发表过关于《三国志》与盘瑟俚《赤壁歌》相关形态方面的论文。

规定为文化的产物,此时包括用韩文记载的所有资料。这个概念除了指韩国语的整体使用情况,很难具有其他特别的意义,若保留有韩国人阅读和探讨《三国志》的记录,那么将会成为在此范围内进行考察的资料。

提到"语言文化"这个专门词语,另外一方面的意思是指韩语中出现的独特的生活方式。这是着重于语言之外的内容,因此的确存在局限性,但是它能够体现出韩国文化的独特性,从这方面来看是具有意义的,有关韩国敬语法的社会语言学分析等内容便是其中一例。如果能够把握文学中体现的韩国人的生死意识,以及通过谚语或格言等体现的韩国人的夙愿等内容,那么就符合这种类型的语言文学;如果说韩国读者在《三国志》中有特别喜欢的人物,那么可以采用这种方法进行考察。

最后可以将韩国人特有的思维方式或想法在语言中体现的现象称为语言文化,这与韩国人的情绪特征、思维体系、价值观等内容有关,并且与前面提及的独特的生活方式没有严格的区分。《三国志》在这方面对韩国的语言文化产生了多大的影响就是"语言文化的教育意义"所在。

韩国的语言文化特征之一是比起对对象的评价更注重对人物的评价,比起评价事情进展得多顺利更注重是谁做了这件事情,并且通过这件事情对人物进行评价。那么就要提供标准依据,经常提出的标准是"身言书判"。评价人物时,除了要具备某种标准,还要举出相应依据标准的实例,这样才能保证评价的正当性。众多诸如此类标准人物的部分都援引于《三国志》,其成为道德判断的根据,而后又被重新还原为评价人物的标准,既赞扬刘备敦厚仁慈的美德,又赞赏诸葛孔明的尽忠职守与睿智,还在称颂关羽勇猛之后最终将其升华为君臣之义。

由于没有采用对比的形式进行考察,因此把握证据时会有些困难,但是韩国的语言文化特征之一是谚语在日常会话中占有很大的比重。谚语的语言形式简洁,为此常常使用比喻手法,但是若谚语经常将生活经历中总结形成的内容与语言形式结合起来使用,那么以后将不会有判断的空间。但在日常语言生活中谚语的作用是用简洁的语言形式表达确切的意义,与《三国志》有关的谚语列举如下:

"就算诸葛亮来了,也会哭着离开。"意思是说,以智谋闻名的诸葛亮惊叹对方的谋略而感慨自己的无能,只得流着泪折返,进而用来比喻智慧与谋略非常出众的人。此时,"智慧谋略"与"诸葛亮"自动匹配对应,不允许使用其他典故,也有评价说这是罗贯中过度美化或偶像化诸葛亮的结果①。

"犹如诸葛亮在七星台等候东南风一般。"意思是指满怀期待地等待某事,这是只有准确理解《三国志》故事内容的人才能正确使用的例子。若与诸葛亮在实际战斗中胜利的记录相比较,的确存在很大差距,但这是极端美化之后的结果,所以对此也不会存在任何疑问。

谚语中,张飞被塑造成擅长打架的形象,例如"张飞打架小菜一碟""张飞一见面就打架""不和张飞打架就行了"等。而"张飞怒吼""张飞的军令"等体现了其严厉的性格。"被张飞的捕厅捉住"使用了讽刺手法,当提出不合乎情理的要求时,就会说"让张飞画草虫",但据说张飞事实上既擅长诗文,又在书画方面自成一派。如果从《三国志》塑造人物时过度典型化的角度来看,就会明白其影响已经在误导的方向中形成,但是意义传达的效果与继承的准确性之间关系不大。

与曹操相关的谚语有"曹操与张飞见面就打架",这体现了曹操作为战斗者的性格。评价作为谋略家与战术家的曹操的谚语有"曹操笑着笑着就垮台了"(意思是说自信地笑着笑着不知道何时就会丢脸),还有"曹操的箭,曹操来射"等。与曹操实际的政治功绩或性格相比,这些是以《三国志》中叙述的评价为基础而创造的谚语。

事实上,《三国志》众多人物性格的某部分被夸张或贬低,抑或成为"道德判断的依据"或"人物评价的标准",但是,我们要重新考察这样的评价是否恰当。曹操被评为"治世能臣,乱世奸雄",在《十八史略》"东汉灵帝"条中许邵曾经评价曹操为"君清平之奸贼,乱世之英雄",这是意义被歪曲之后注重强调曹操奸佞性格特征的结果。

在教育的层面上,《三国志》的语言能够构造一个具有重大意义的"文学世界",这可以称为《三国志》的文学特性,也具有加深语言层次的意义,问题是与《三国志》有如此渊源的语言文化应该如何在韩国普通的语言文化脉络中获得一席之地。

《三国志》曾是文人写作的资源,与前面所提到的一样,可以说它为我们呈现了韩国翻译文学的多样性,并且在一般语言中再创了独特的惯用语、谚语、寓言故

---

① [韩]蒋正一、[韩]金云熙、[韩]徐东燻合著:《三国志注解》,首尔:金英社,2003年,第31页。

事等内容,使我们的语言更加活跃丰富,从而在提供语言文化资源方面又具有教育意义,当然,此处也需要具有正当意义的"批评意识"一起参与进行教育。

## 五、为了实现《三国志》的教育批评

与其他艺术相比较时体现的文学的特性之一是文学的"自我省察功能"。虽然应该以根本理论主旨为前提,但是文学也可以向自身提问文学是什么,这符合教育的后设认知与文学的后设认知,也将广义的"批评意识"包含在文学中。小说是人生的批评,而批评小说的文章是对批评进行的批评。如果说《三国志》具有教育功能,那么随之应该有对《三国志》的批评,只有如此才能够正当吸收作为文化的一部分被接纳的《三国志》的创造性变形,并且发挥文学的创造性。

要求品读《三国志》的所有读者、所有探讨《三国志》经营策略的人及所有热衷《三国志》游戏的人都具有这种意识可能是无理的要求,因此不具备现实性。但是对于这些必须从批评的角度考察《三国志》的人而言,这样的要求也可能是正当的,因为批评意识的义务就是促进文化不断发展。应从以下几个方面来鼓励批评意识:

第一,应该具备文本批判意识。这里需要明确"历史"与"小说"的文本构成原理是什么,还要确认小说的叙述方式是否会歪曲读者意识。在批判式地解读近代历史,重新构成没有偏见的历史之后,需要进行将其与小说文本相媲美的作业。

以清朝毛宗岗编著的《三国志》(赵星基译)为研究对象的金文卿指出:"叙述故事时应该以无论谁阅读都能够容易理解的明确的因果关系为依据,并且要具备引人入胜的魅力。为此,将历史排列成多种形态,而且根据不同的情况可以利用虚构的方法。"[1]考察文本可以提炼出以下几个特征:

(1)更换史实的前后顺序;(2)将复杂的历史简单化及单一化;(3)将个别事件串联到一起;(4)将某事件转换成与其他人物相关的事情;(5)将事件的某部分引用到其他事件中;(6)将史实加以利用及虚构;(7)根据对史实的误解及曲解情况进行虚构;(8)脱离史实的虚构;(9)在史实的基础上进行虚构;(10)在多个史

---

[1] [韩]金文卿:《三国志的荣光》,首尔:四季出版社,2002年,第88页。

实中选择;(11)实际存在内容的省略。只有清楚了解这些差异与史实及加工的错综复杂才能减少对历史与小说两方面的误解,从而正确吸收接纳。

读者具备将小说作为小说进行阅读的虚构知识,但是要区分历史与虚构,当只有虚构却不知该虚构是如何构成的时候可以歪曲史实,这就是文学的感动要求具备"认识"与"共鸣"的同时还要批判地进行解读。另外,在叙事意识中,要从批评的角度将事件的展开与其叙述原理呈现出来,从而使读者具有批评意识。

第二,要脱离对人物形象化的盲目相信,从客观的角度把握人物性格。在《三国志注解》一书中,蒋正一列举《三国志》的不合理要素如下:春秋笔法的问题,人物的典型性,唯我独尊的清流意识(只有自己是儒生),不合理的清流意识(只有刘备兄弟几人是忠义之士),夸张地描写兵力,夸大其词地描写独自战争,民乱是社会之恶、不合理的内容,纷杂无章的事件展开,过度赞颂主人公(刘备与孙权)等问题,其中有几项与人物密切相关。其实原则上与侧重事件的展开相比,小说更注重把握人物,由此看来,《三国志》这部作品的确符合小说的核心要求,这是其一大优点。但是,从数量上把握人物的方法技巧可能会使读者认识变得狭隘,也可能为了保持小说的趣味性或者一贯性,过度限制歪曲虚构想象力的幅度,从而使其由小说变为"叙事诗的世界"。塞万提斯的《堂吉诃德》为什么扮演欧洲小说之父的角色值得思考与探索。①

第三,应该警惕英雄主义的世界认识。有人指出若从以正史所认可的比较狭窄的历史视角为基础的角度来看,春秋笔法存在问题,这可以称得上是一针见血。春秋笔法与客观现实描写存在差距,诸葛亮"七擒七纵"的故事就是将英雄主义人物形象化的例子。史书《三国志》"蜀志"中的内容与小说《三国志》无关,小说中夸大了诸葛亮的能力。所以要警惕这样的人物形象毫无保留地以解决我们时代问题的英雄形象浮现的事情,小说中的人物作为语言的形象化产物具有强力制约读者思考的能力。

第四,《三国志》对韩国的文化甚至语言文化都产生了巨大的影响,甚至可以说已经在韩国形成了一种"《三国志》症候群",但是,要注意那是包含长期以来与我们有着文化联系的"中国"私有体制及价值观的文化产物。吴世荣教授曾指出

---

① [西]奥尔特加·加赛特,[韩]张鲜影译:《堂吉诃德沉思录》,首尔:乙酉文化社,1976年。

的"三纲五常",即以"儒学的实践伦理"为基础的朝鲜政治下产生的认知培养出了不同人的性格特征:理念指向的人格特征、政治指向的人格特征、感性的人格特征、重视名利的人格特征、追求明辨是非的人格特征、具有突出创造性的人格特征等。并且指出,这些不同类型的人仍然制约着我们的批评方向。① 毫无批判地接受吸纳具有强大文化力量的《三国志》时,不得不担心同时也连带吸收了中国的"主从式思维",尤其是英雄主义式的王权统治可以称为"《三国志》政治学",当与以英雄主义式王权统治为理想的思维结合时更令人担忧,因为这可以强调说明对韩国文化产生影响的中国文化的优越性。同时也担心大家会渐渐地倾向于自嘲式地解读自己:为什么我们没有像《三国志》一样的巨作?为什么我们想象力的源泉要依靠中国进行思考?

无论是哪种文化,文化的吸收都是根据接纳主体的情感、信念、追求等内容进行变化后加以消化吸收,创造蕴含在其消化力中。从这点来看,为了我们享有的一系列《三国志》能够在韩国文化中被消化吸收加以运用,使其充分发挥创造力,正如前面提出的建议一样,我们应该以带有批评的眼光吸收接纳它,尤其在韩国的语言文化教育领域更应如此,因为语言文化——包括相应团体的感受、逻辑及生活的理想。

## 【参考文献】

[1][韩]金文卿.三国志的荣光[M].首尔:四季出版社,2002.

[2][韩]金允植.韩国近代文学的理解[M].首尔:一志社,1973.

[3][韩]朴英规.一本书了解朝鲜王朝实录[M].首尔:熊津出版社,2004.

[4][韩]吴世荣.偶像的眼泪[M].首尔:文学村,2005.

[5][韩]李圣圭编译.史记[M].首尔:首尔大学出版社,1996.

[6][韩]蒋正一,[韩]金云熙,[韩]徐东燻.三国志注解[M].首尔:金英社,2003.

[7][法]波尔诺夫·罗兰,[法]厄耶·雷阿尔.小说的世界[M].[韩]金华荣

---

① [韩]吴世荣:《偶像的眼泪》,首尔:文学村,2005年,第35—38页。

编译.首尔:文学思想社,1994.

[8][德]恩斯特·卡西尔.人论[M].[韩]崔明冠译.首尔:哲学和现实社,1988.

[9][德]伽达默尔.真理与方法[M].[韩]李吉宇译.首尔:文学村,2000.

[10][美]克利福德·格尔茨.文化的解释[M].纽约:巴西克出版社,1973.

[11][法]吕西安·戈尔德曼.论小说的社会学[M].[韩]赵庆淑译.首尔:青河出版社,1982.

[12][德]米切尔·兰德曼.哲学人类学[M].[韩]许载润译.首尔:萤雪出版社,1985.

[13][西]奥尔特加·加赛特.堂吉诃德沉思录[M].[韩]张鲜影译.首尔:乙酉文化社,1976.

[14][英]查尔斯·珀西·斯诺.两种文化与科学变革[M].[韩]吴英焕译.首尔:民音社,1996.

# 中日韩大众文化中的沙悟净[1]形象特征[2]

[韩]宋贞和[3] 文 陈 曦 译

## 一、前言

中国明代小说作品《西游记》不仅是中国,也是韩国、日本等东亚各国所共同享有的文化财产。高丽时期,《西游记》故事首次传入韩国,在朝鲜时代,《西游

---

[1] 在小说《西游记》原文中,"沙僧"的称呼比"沙悟净"更常用,但在韩国和日本的大众文化作品中,"沙僧"并不为大众所熟知,例如韩国人知道沙悟净但并不知道沙僧。鉴于本文将考察小说与现代大众文化间的关联性,因此使用"沙悟净"这一称呼。

[2] 本文发表于2010年8月10日举行的第80届韩国中国小说学会定期学术发表会,即"前近代东亚小说的交流"成均馆大学东亚学术院的国际学术会议上。

[3] 高丽大学 BK21(Brain Korea 21)中日语言文化教育研究团研究教授。

记》一书开始正式传播。据推测,日本从江户时代起便开始了对《西游记》故事的研究①。长期以来,日韩两国对《西游记》的热情不减,时至今日,《西游记》仍被改编为电影、电视剧、动画片、漫画和网络文学等各种大众文化形式。明代小说《西游记》能历经时间的考验,受到东亚乃至世界人民的欢迎,实在令人惊叹。究其原因,首先是因为《西游记》作品中包含的哲学与宗教理念、平民百姓的感情和戏剧元素等,进一步讲是由于各国用现代化的手法对《西游记》成功地进行了再创作。

早在20世纪20年代,《西游记》被中、日、韩三国改编成了漫画、动画片、电视剧和电影等多种现代大众文化作品。1926年,中国根据《西游记》拍摄了《孙行者大战金钱豹》②《猪八戒招亲》③,日本也在同年上映了剧场版动画《西游记孙悟空物语》④。在1965年,韩国将《西游记》改编为动画片《雪人阿尔帕卡》⑤,在当时深受小朋友们的喜爱。此后,《西游记》被陆续改编为各种大众文化作品。近期制作的《西游记》相关作品也深得中日韩三国观众的欢迎,例如2010年中国拍摄的浙江卫视版《西游记》,2009年日本拍摄的电视剧《西游记》,韩国漫画《魔法千字文》⑥和Chronicles⑦等。如上所述,《西游记》既延续了古典作品的生命力,又能引起当今东亚各国人民的情感共鸣,这与其在继承传统的同时注重作品的现代化和本土化改造有着不可分割的关系。

大众文化在属性上反映了本地区独特的社会现实及当地特有的品味。通过中国、韩国、日本大众文化中的《西游记》作品我们可以发现这一特征,虽然同以《西游记》为底本,但中、日、韩各自改编的《西游记》在内容、构成和人物等方面存在着差异,即由于各国的传统文化和社会现实不同,改编后的《西游记》作品不同于中国明代时的原作,富含了新的时代特征和内容。

本论文将以中、日、韩制作的与《西游记》相关的大众文化作品为对象,着重

---

① ［日］矶部彰:《西游记形成史研究序》,东京:创文社,1983年,第10页。
② 天一影片公司,1926年。
③ 大中国影片公司,1926年。
④ 演出、美工:［日］大藤信郎,自由映画研究所制作,1926年。
⑤ ［韩］李政文:《雪人阿尔帕卡》,《新少年》,1965年11月—1971年8月。
⑥ ［韩］金昌焕:《魔法千字文》,首尔:owlbook,2003—2010年。
⑦ ［韩］洪成君、［韩］金启正:Chronicles,首尔:乌龟出版社,2007年。

研究沙悟净的形象差异。在当今中国制作的与《西游记》相关的大众文化作品中,沙悟净的形象特征并不像孙悟空和猪八戒一样鲜明,即基本沿袭了小说《西游记》中沙悟净的形象特征。但与中国不同,韩、日两国大众文化作品中出现的沙悟净形象独特、个性鲜明。笔者认为,各国不同的文化和社会背景是造成这一现象的主要原因。本文将通过分析中、日、韩大众文化作品中出现的沙悟净形象,揭示其形象的形成与各国社会文化背景间的密切关系,并希望通过此分析能为各国增进相互理解,探寻适合古典文学发展之路做出绵薄贡献。

## 二、中国大众文化中的沙悟净形象

在小说《西游记》中沙悟净被设定为老实木讷、一心保护师父、辅助师兄的人物。他对取经意志执着,对师父也比其他弟子更为忠心耿耿。但由于他的性格不像孙悟空和猪八戒那般活泼,因此一直被人们认为没有个性。在当今中国的大众文化作品中,沙悟净依旧是个不起眼的人物。综观中国大众文化中关于《西游记》的作品,会发现很多作品是以原作中的某一精彩部分或师徒中某一人物为中心进行润色加工而成的。例如《齐天大圣孙悟空》[1]《春光灿烂猪八戒》[2]《福星高照猪八戒》[3]《大闹天宫》[4]《人参果》[5]《金猴降妖》[6]《孙悟空大闹无底洞》[7]《真假美猴王》[8]等,即以特定人物为主人公或以人参果故事、孙悟空大闹天宫故事为中心,制作成单独的作品。但这些作品的主人公大部分是孙悟空或猪八戒,原作中占了较大比重的孙悟空和猪八戒在现代大众文化作品中依旧是吸引人们眼球的主人公。与日本将唐僧女性化,将沙悟净定位为河童,以及韩国将沙悟净喜剧

---

[1] 导演:冯柏源、黄伟明;主演:张卫健,《齐天大圣孙悟空》,台湾八大电视旗下第一媒体国际有限公司、台湾新峰影业有限公司、香港一元制作室有限公司,2002年7月。
[2] 导演:范小天,主演:徐峥,《春光灿烂猪八戒》,江苏南方派文化传播公司摄制,2001年。
[3] 导演:梦继,主演:王永、黄海波、范冰冰,《福星高照猪八戒》,苏州福纳文化科技股份有限公司摄制,2004年。
[4] 导演:万籁鸣、唐澄,《大闹天宫》(上、下),上海美术电影制片厂,1961年、1964年。
[5] 动画片,上海美术电影制片厂,1981年。
[6] 动画片,上海美术电影制片厂,1984—1985年。
[7] 话剧,中央新闻记录电影制片厂,1988年。
[8] 舞台艺术剧,珠江电影制片厂,1983年。

化的做法不同,与改编创新相比,中国的制作人更加注重保存本国古典作品原有的精神与格调。

1. 沙悟净:从传统到多样

中国的保守倾向在电影和电视剧中尤为突出。影视作品通常会在各电视台连续播放好多年,因此对大众具有广泛的影响力。对于易受影视作品影响的儿童来说,这种作用更为明显,所以由《西游记》改编而成的影视作品在内容和人物构成上不会与原著有太大出入。《西游记》中的沙悟净形象也多由身材魁梧的演员扮演。例如:20世纪60年代邵氏电影公司制作的《西游记》系列①中扮演沙悟净的田琛,1982年在电视剧《西游记》中扮演沙悟净的闫怀礼,1995年《大话西游》中扮演沙悟净的江约诚,1996年《西游记》和1998年《西游记2》中扮演沙悟净的麦长青,1998年至1999年制作的《西游记续集》中扮演沙悟净的刘大刚,以及李京、于洪亮、牟凤彬、徐锦江、李秋芳等,无一不是身材魁梧、大胡子、粗嗓门、一脸凶相的大叔形象。2010年1月3日起开始在地方电视台播放的最新版《西游记》②电视剧——浙江卫视版《西游记》也不例外。这部由程力栋担任导演的电视剧,遵循了原作中唐僧师徒四人西天取经的情节构成,在人物造型上也保留了原作中的人物形象,人物性格也没有大的变化。尽管在此剧中扮演沙悟净的牟凤彬比以往的沙悟净要帅一些,但仍摆脱不了颈挂骷髅项链、手握半月铲、秃顶多毛的大叔形象,在重新制作的2010年张纪中版《西游记》③中沙悟净依旧延续了此形象,在这部连续剧中扮演沙悟净的香港演员徐锦江,以其犀利的眼神和魅力成功地再现了传统的沙悟净形象。但在2002年《齐天大圣孙悟空》中由李灿森扮演的沙悟净则略显轻快,正如香港电影惯有的无厘头风格一样,在电影中沙悟净解开了扎头发的皮筋,刮去了胡子,摆脱了固有形象,变成了喜剧人物。2010年6月结束拍摄的《春光灿烂猪九妹》,部分场面将使用3D特效演绎奇幻世界,因此在中

---

① 指1966年制作的《西游记》《铁扇公主》,1967年制作的《盘丝洞》,1968年制作的《女儿国》。
② 出品人、总制片人、总导演:程力栋;技术导演:曹华;造型师:陈敏正;剧本:张平喜,佩玲;拍摄期:2008年10月22日—2009年2月20日;首播:2010年1月1日;卫星播放:2010年2月14日;共52集。
③ 出品人:马中骏;总制片人:张纪中;总导演:张建亚;导演:赵箭,黄祖权;拍摄期:2009年9月—2010年5月;拍摄地:香港;上映期:2002年7月;共40集。剧本:萧若元,陈文强,叶广荫。大制作电视剧,投入约合1.3亿元人民币,每集约投入200万元。

国国内备受期待。在这部作品中,沙悟净以拥有俊秀外貌和菩萨心肠的美少年形象出现。他天生爱与女性亲近,以暧昧的态度让女性为之欢喜为之忧,是一个典型的花花公子。透过这一变化可以看出,最近中国现代大众文化中的沙悟净形象也在日益多样化。撇开原本就自由奔放的香港电影不说,通过《春光灿烂猪九妹》我们可以发现,中国内地对古典文本的阐释也在日趋开放。

看一下中国最近出版的图书,也能发现与影视作品情况相似的现象。与电视剧及电影相比,出版物制作简单,费用低廉,且不会像影视作品一样因为要在全国播放而受到严格的审批,可以较为自由地对内容进行加工润色,因此,图书对《西游记》的改编更为大胆彻底。以往的影视作品和图书突出对孙悟空的形象刻画,而最近的图书则开始出现重塑其他人物形象的趋势。例如《唐僧传》①《唐僧情史》②《天蓬传》③等作品将唐僧或猪八戒作为主人公。值得注意的是,在原著中完全不受重视的沙悟净也被当作作品的主人公重新登场。在1997年钟海诚的《新西游记》④中有许多关于唐僧和沙悟净的描写。在此作品里,沙悟净被描写成了一个卑鄙无耻的小人。他陷害孙悟空,与妖魔勾结出卖师父,最后独自升天成神。尽管在此作品中沙悟净被塑造成了负面人物,但关于他的描写却并不少。相反,在郭城的《水煮西游记》⑤里沙悟净被描绘成一位有能力、有智慧的人力资源经理。而沙金的《沙僧是个人际关系高手》⑥则从现代管理学的角度对《西游记》进行了全新的阐释。作者将沙悟净作为此书的主人公,聚焦其以往未被察觉的孤高人品和处世之道。作者一面强调现代社会中人际关系的重要性,一面用现代的眼光对古典文学中沙悟净表现出的处世之道进行了重新分析,从而得出沙悟净是人际关系高手的结论。这本书曾在中国登上畅销书宝座,并计划翻译成韩语推介到韩国。⑦

但在中国现代大众文化中,创作和传播最快最广的当然还是网络文学。作者

---

① 明白人:《唐僧传》,成都:巴蜀书社,2001年。
② 慕容雪村:《唐僧情史》,天津:天津人民出版社,2003年7月。
③ 火鸡:《天蓬传》,北京:光明日报出版社,2002年4月。
④ 钟海诚:《新西游记》,北京:人民文学出版社,1997年。
⑤ 郭城:《水煮西游记》,北京:中国传媒大学出版社,2004年11月第1版。
⑥ 沙金:《沙僧是个人际关系高手》,北京:中国华侨出版社,2004年10月第1版。
⑦ 沙金:《职场应实践的22个人际关系法则》,首尔:日光出版社,2005年。

将完成的作品放到网上后,读者可以立刻阅读并回复感想,在第一时间与作者互动交流。传统的文本要经过编写、编辑、出版等步骤才能面世,而新兴的网络文化则省去了这些烦琐的步骤,使作者的创作与读者的阅读变得更为自由便利。因此,网络文学这一简便形式最终带来的是创作的自由和高度的普及。网络上上传的文学作品很多借用了古典文学的题目,但内容却大部分是具有调侃性的。2008年的《沙僧传》①一经上传立刻引来强烈反响,深受网民欢迎,作者一鼓作气与出版社签约将此书出版。这本书抛弃了小说《西游记》的原有内容与形式,进行了幽默化的再创造。值得一提的是,这部作品的主人公正是在原著中毫无个性被大众所忽视的沙悟净。在作品中,沙悟净摆脱了老实稳重的形象,摇身变为搞笑人物。网络文学完全不同于耗时烦琐的印刷书籍,可以借助互联网这一大平台使作者与读者即时交流,因此网络文学必须在短时间内让大众理解并引起读者的兴趣。正是基于这一原因,其内容必须新颖且易于理解。为了引起读者的兴趣,网络文学常常完全改变古典文本或将其内容戏谑化。但是这也造成了作品内容肤浅、不具长远性、可读佳作不多的弊端。

2.沙悟净形象变化的原因及意义

正如前文所说,中国现代大众文化作品中出现的沙悟净大部分与《西游记》原著一样,深沉且寡言少语。在中国,沙悟净的形象变化不大,其原因在于中国是《西游记》的故乡。中国作为《西游记》的原产地,需从国家层面保存《西游记》原著的基调,在将古典文学商品化时也不得不带有保守倾向。这种保守倾向另一方面则是为了牵制日本。《西游记》虽然是中国小说,但极具讽刺的是,其在日本被更为广泛地制作成了各种大众文化商品。尤其是根据《西游记》制作的动画片《龙珠》,不仅输出到韩国、越南等国,甚至还输出到中国。2006年日本翻拍了1978年制作的电影《西游记》,又一次在亚洲地区获得了巨大成功。中国大陆地区、中国台湾地区、中国香港地区、韩国、新加坡、泰国和马来西亚等均购买了该片的放映版权,日本也靠《西游记》的输出获取了高额利润。韩国的 MBC MOVIES②电影频道也播放了该片。但是在各国的赞许声中,《西游记》的故乡中国却对该

---

① 天涯冷月:《沙僧传》,2008年。
② 电视台:MBC MOVIES;播放时间:2006年2月3日;播放日期:每周周五8点。共11集。

片给予了否定评价。因为该片中孙悟空矮小丑陋,猪八戒戴着大帽子,唐僧是位女性,这些都与《西游记》原著中的人物形象有着很大出入。尤其是沙悟净完全颠覆了原著中的形象,他不再是身材魁梧的大叔模样,而更接近于日本妖怪河童:身材矮小,长相滑稽,头戴绿帽。中国人向来对《西游记》充满自豪感,日本人对《西游记》人物形象的改编激起了中国人的愤怒。许多中国学者都撰文指责日本的"恶搞"行为①,更让中国人气愤的是,日本制作的《西游记》相关作品有些极具色情气息。在日本 OZINC 成人动画公司于 2007 年 3 月开始在网上销售的《西游记》②里,孙悟空、猪八戒和沙悟净都成了身穿比基尼的女性,她们赤身裸体、袒胸露乳地与妖怪大战的场面受到了中国人的猛烈批评③。所以说,中国对《西游记》所持有的敏感和保守立场,也是为了牵制、批判日本将中国古典作品商业化并大肆赢利的行为。

## 三、韩国大众文化中的沙悟净形象

在高丽时代,《西游记》首次传入韩国。在明代小说《西游记》出现之前,宋元时期便已经有了《西游记平话》,高丽汉语教材《朴通事》收录了《西游记平话》中关于《车迟国斗圣》的故事。《朴通事》在至正七年(1347 年)开始编撰,由此可以看出与《西游记》相关的短篇故事在高丽末期已经流入韩国。此后,在朝鲜朝许筠的《惺所覆瓿稿》第 13 卷《西游记跋》④中出现了关于一百回本《西游记》的记录。由此可见,《西游记》在韩国流传已久,影响深远,直至今日仍旧有各种相关大众文化产品制作发行,但与中、日相比数量并不多。在韩国,《西游记》主要以儿童为受众,因此内容也简单有趣,多以冒险及奇异旅行为主。为博得儿童喜爱,包括沙悟净在内的人物形象多圆润可爱。

正如前文所言,在《西游记》原著中,沙悟净与其他师徒相比个性并不鲜明。与聪明不羁、法术无边的孙悟空以及好色贪吃、爱耍滑头的猪八戒不同,沙悟净安

---

① 王成、王洪智:《恶搞,文化亵渎何时休?》,《民主与法制》,中国法学会,2007 年第 2 期,第 44 页。
② 网上销售的视频《西游记》。
③ 陈一雄:《日本为什么恶搞他国名著?》,《华人时刊》,江苏省政府侨办,2007 年第 9 期。
④ [韩]金敏镐:《西游记在韩国》,《明清小说研究》,2004 年第 1 期,第 199 页。

静低调、默默无闻。但沙悟净本是流沙河中吃人的怪物,因此中国的大众文化商品中依旧保留了沙悟净的怪物形象,即满面凶相、颈挂骷髅项链的大叔形象。但沙悟净的这种传统形象在韩国的大众文化商品中鲜有涉及。本文将首先概括韩国大众文化中与《西游记》相关的作品,进而以 20 世纪 90 年代风靡韩国的《百变孙悟空》①里的沙悟净为中心,分析韩国大众文化中沙悟净形象所具有的文化意义。

1. 韩国大众文化中多样化的沙悟净形象

1965 年 11 月,韩国最早以《西游记》为基础制作而成的大众文化商品——漫画《雪人阿尔帕卡》刊登在漫画杂志《新少年》上。但在此部作品中,只有形象人性化的孙悟空和名为小俊的男孩及名为小舒的女孩,并没有出现沙悟净的形象。然后出现的作品是高宇英的漫画《西游记》②,这部作品中将沙悟净设定为多少有些无厘头的人物,与其原著形象大相径庭。在此书中沙悟净原是西方天国神殿的守门大将,当其路过玉皇大帝的饭桌时不小心打碎了桌上的盘子,并因此获罪被贬到凡间成了流沙河的怪物。沙悟净如同西方人一样五官分明,英语流利但韩语却说得结结巴巴。1989 年出版的漫画《孙先生》③是韩国民众正式了解《西游记》的重要作品。受此激励,1990 年动漫《百变孙悟空》问世。此外,还有诸如《加油!孙悟空》④《西游记》⑤《漫画西游记》⑥《回顾西游记》⑦《愉快的冒失鬼孙悟空》⑧《精品西游记》⑨等与《西游记》相关的漫画。一直到 2007 年 Chronicles 诞生,此间不断有以《西游记》为底本创作的漫画发行⑩。这些漫画中,沙悟净多以可爱温顺的形象出现。在《神通广大孙悟空》⑪中,沙悟净被描绘成江中的绿色怪物,笔者

---

① 《百变孙悟空》,第 1—5 期,播放及制作:KBS,韩湖兴业,1990—2002 年。
② [韩]高宇英:《西游记》,首尔:宇石出版社,1980—1981 年。
③ [韩]徐英万:《漫画王国》,首尔:首尔漫画社,1986 年。
④ [韩]李政文:《加油! 孙悟空》,首尔:东方国度,1996 年 7 月。
⑤ [韩]金炳奎、白正贤(音):《西游记》,大田:大教出版社,1996 年。
⑥ [韩]张元(音):《漫画西游记》,首尔:伙伴出版社,1999 年。
⑦ [韩]高振浩:《回顾西游记》,首尔:三养出版社,2001 年。
⑧ [韩]金慧兰:《愉快的冒失鬼孙悟空》,首尔:伙伴出版社,2002 年。
⑨ [韩]金坤(音):《精品西游记》,首尔:鸡林出版社,2002 年。
⑩ 具体内容参见宋贞和《西游记与东亚大众文化》的第 2 章第 2 节 "韩国大众文化中的西游记",复旦大学博士学位论文,2010 年 6 月。
⑪ [韩]朴正勋:《神通广大孙悟空》,首尔:能人出版社,2005 年。

推测这可能受到了日本河童形象的影响。

在韩国,《西游记》真正为大众所熟知并掀起《西游记》热潮的是由《孙先生》改编而成的动漫《百变孙悟空》。这部作品在保留原著梗概的基础上对人物和情节进行了更为有趣的改编,甚至出口至中国并大受欢迎。这部作品在1990年上映之后,立刻受到韩国男女老少的关注并创下高收视率,拉近了《西游记》与韩国民众间的距离。沙悟净在这部动漫里的形象十分独特,他嘴里能吐毒蛾子,身体可以如橡皮筋一样伸缩自如,靠大锤子击退妖魔,从第五集开始他甚至还可以靠喷东西来攻击敌人,有时被他含有毒液的口水攻击到的敌人会立刻死亡。最为奇特的还要属他的外貌:身材矮小、头戴绿帽、满身皱纹。由于帽子遮住了耳朵,沙悟净常会因听不清别人的话而说出许多无厘头的话。但沙悟净这种憨态可掬的形象却让当时的韩国民众感到分外亲切,他无意间的东问西答也给人以幽默感。因此,在这部作品中,沙悟净竟成为最受大众欢迎的角色。《百变孙悟空》中沙悟净的形象后来便成为沙悟净在韩国的代表形象,韩国许多改编作品中常会采用这种听不清人话却又十分搞笑的沙悟净形象。

在1999年的长篇奇幻小说《西域传奇》[1]中,沙悟净个性真挚,被描写为一个在旅途中克服难关,并认识到自己的愚蠢而一心求道向佛的人物。柳哲俊于2002年在《朝鲜日报》上连载的小说《西游记》中将沙悟净描写成了印度的电脑软件工程师。在这部作品中,沙悟净是一个数理化能力突出的知识分子。

如上所述,《西游记》在今日被改编为多种大众文化商品,其中沙悟净的形象也多种多样。但由于20世纪90年代《百变孙悟空》的风靡,沙悟净无厘头的搞笑形象在韩国最为深入人心。下文将继续以《百变孙悟空》为中心,简单分析沙悟净的形象和其对韩国大众文化产生的影响以及形成背景。

2.沙悟净:听不清人话的喜剧人物

1990年,《百变孙悟空》在韩国上映之后,作品中出现的各种人物形象受到民众喜爱。但其中最受欢迎的并不是《西游记》的代表人物孙悟空和猪八戒,而是沙悟净。而且一直到90年代末,沙悟净的这种角色形象一直备受欢迎且出现了"沙悟净系列"作品。所谓的"沙悟净系列"就是以《百变孙悟空》中的沙悟净为主

---

[1] [韩]曹九(音):《西域传奇》,首尔:ddstone,1998年。

人公的一系列短篇幽默故事。实际上这种短篇系列故事在 20 世纪 80 年代以后便开始流行,代表作品有"麻雀系列""崔佛岩系列"和"墙头草系列"。动漫《百变孙悟空》大获成功后的 90 年代后期开始,"沙悟净幽默系列"开始受到民众的热烈欢迎。"沙悟净幽默系列"中大部分短篇故事是靠近音词造成的说者与听者之间的沟通错误来实现其幽默效果的。而这种幽默是由《百变孙悟空》中沙悟净绿帽遮耳听不清人话的形象衍生而来的。

3.沙悟净被丑化的原因及意义

(1) 20 世纪 90 年代的韩国社会与沙悟净

在 20 世纪 90 年代,沙悟净的此种形象之所以会受到民众欢迎,原因众多,笔者认为大众文化在本质上与社会、政治、经济等现实因素密不可分,因此,其主要原因与当时的社会背景紧密相连。当时韩国刚刚摆脱军事独裁政治的束缚,为建立新的民主主义社会而进行着各种探索。由于长期积累的国家债务、经济不景气及物价激增等问题引发了 1997 年的经济危机,许多中产阶级跌落至社会底层。当时许多企业为摆脱这种状况进行企业重组,许多员工被劝退,不得不离开职场。这批人大部分在 45 岁上下,不到正式退休的年纪,他们之前埋头工作,因此与周遭人沟通不顺,甚至得不到家庭认可。《西游记》中愚笨可笑的沙悟净形象映射了 20 世纪 90 年代中年人的生活,引发了人们的同情心。由于 90 年代的岗位短缺和家庭贫困等因素,普通民众的生活笼罩在不安与绝望之中。而《百变孙悟空》却让人们暂时忘却了烦恼,在惨淡的现实中展露笑颜。与神通广大的孙悟空、好色贪吃的猪八戒以及圣人君子般的唐僧相比,听力不好、有些愚笨的沙悟净起到了抚慰民众疲惫身心的作用。通过《百变孙悟空》,民众体会到了优越感,他们因沙悟净的愚笨行径时而大笑时而愤慨,暂时得到了心灵的抚慰并重获自信。"沙悟净幽默系列"之所以能够风靡 90 年代,是由于《百变孙悟空》中的沙悟净形象对当时处于经济危机中的韩国民众起到了抚慰其不安与空虚的作用。

(2)《西游记》中出现的沙悟净形象

韩国大众文化中对于沙悟净形象的丑化虽然与 90 年代韩国的社会现实有关,但其原始形象也能在小说《西游记》的沙悟净身上找到。实际上,在小说《西游记》中沙悟净优点颇多。孙悟空虽然神通广大但却易冲动犯错,猪八戒虽能随机应变但却摆脱不了好色贪吃的习气,与他们相比,沙悟净做事沉稳,充满正义感且相信师父和师兄们。但细心观察不难发现,《西游记》中的沙悟净虽比其他两徒弟诚实憨厚,但却分外呆闷被动。

首先,无论什么情况下他都反应较慢且无法单独做决定,因此总是反复追问师兄以求确认。例如:

第七十二回:怎见得?

第七十五回:二哥,怎分的?

第七十七回:怎么认得?

第八十二回:二哥,又怎分的?

第八十六回:中他甚么计?

沙悟净这种反应迟钝、耳朵不灵光的形象常会使读者感觉憋闷。

其次,小说《西游记》中的沙悟净虽然法术才能不突出,但却恪守原则,重视师徒之礼,努力配合师父和两个师兄,他这种重情义的品质可谓优秀。特别是他对唐僧的忠心耿耿使读者动容。例如第二十三回中写道:

自蒙师父收了我,又承教诲,跟着师父还不上两月,更不会进的半分功果,怎敢图此富贵!

与不听师父话、常常出现反抗情绪的两个师兄不同,沙悟净无条件地听从师父的教诲;并且当从危险中救出师父时也和两个师兄不同,充满高兴和感激。

第八十六回中写道:

那沙僧抬头见了,忙忙跪在面前道:"师父,你受了多少苦啊!哥哥怎生救得你来也?"

第九十一回中,当听到孙悟空说明日再去救师父的话时,沙悟净反驳道:

哥哥说那里话!常言道,停留长智,那妖精倘若今晚不睡,把师父害了,却如之何?不若如今就去,嚷得他措手不及,方才好救师父,少迟,恐有失也。

从上面的话语中可以看出,沙悟净对师兄的关怀和对师父的忠诚。当易激动的两个师兄出现矛盾时,理性且富有逻辑的沙悟净常常充当仲裁者的角色。第九十八回过独木桥凌云渡时,孙悟空与猪八戒争吵起来,沙悟净上前劝解①。在第九十回中,当看到孙悟空用柳棍重打老妖怪的属下时,沙悟净上前说道:"我替他

---

① 第九十八回:他两个在那桥边,滚滚爬爬,拉拉扯扯地耍斗,沙僧走去劝解,才撒脱了手。

打百十下罢。"沙悟净恪守师徒关系和师兄弟关系,但讽刺的是,沙悟净的这种形象反而并不能很好地被大众接受。因为《西游记》毕竟是一本通俗小说,大众通过读书想得到的并非是道德训诫而是阅读的快乐,因此,虽然孙悟空和猪八戒常犯错误,但因为他们聪明机智,善于把握局势,更能给读者以亲近感和真实感而受到读者欢迎。笔者推测韩国大众文化中耳朵不灵敏、有些呆闷的沙悟净正是《西游记》中沙悟净形象的现代化再创作。

## 四、日本大众文化中的沙悟净形象

日本大众文化中以《西游记》为底本创作的作品很多,其中不乏在内容及构成上的创新之作。日本的文化商品多以大众为对象进行日本式的改编,而不会完全遵循原著的套路。与《西游记》相关的作品也是如此,虽然保留了原著的基本框架,但人物形象和具体内容都按照现在日本人的喜好进行了修改。将唐三藏设定为女性就是其中一个例子。并且在日本制作的与《西游记》相关的电视剧、电影、漫画和动画片中,沙悟净常以头戴绿帽、似人非人的陌生形象出现。其实这样一个形象源于日本本土妖怪河童,与原著的沙悟净无丝毫关系。但在与《西游记》相关的日本大众文化产品中却随处可见沙悟净以河童的形象出现。对于看过《西游记》原著的人来说,这样一个人物形象显得太过离谱。为什么在日本大众文化中沙悟净会变成河童呢?为找出这一独特现象的原因,本文将综观日本制作的与《西游记》相关的各电影、漫画、动画片、图书中沙悟净的形象,分析沙悟净与河童之间的联系。

1.日本大众文化中出现的河童化的沙悟净[①]

电视剧《西游记》是让日本大众对《西游记》故事有了深刻认识的一部作品。在日本,电视剧和电影等大众媒体发展较早,它们对普通民众的影响要远远大于原作的译本或出版物。尤其是日本电视台在1978年10月至1979年4月间制作的电视剧版《西游记》,是一部易于大众接受且充满趣味的作品。当时这部电视

---

[①] 此部分为对韩国和中国进行比较,翻译介绍了宋贞和《西游记与东亚大众文化》第3章第3节"日本大众文化中的西游记特征"的部分内容。

剧创下了高收视率,也成为让日本民众了解《西游记》的契机。但值得注意的是,在这部剧中,唐三藏被塑造成了女性①,沙悟净成了日本本土妖怪河童。这就导致了日本在此后创作的相关作品中延续了沙悟净的河童形象。深受电视剧影响的日本民众在提到《西游记》中的沙悟净时,很自然地便会联想到有着绿色身体、头顶大盘子的妖怪河童,并且"沙悟净就是河童"的认识日益深入人心。水尾绫子在书中写道"沙悟净即河童"的认识十分普遍②。电视剧《西游记》在当时大受欢迎,以至片方在 1979 年 1 月至 1980 年 5 月间又拍摄了《西游记 2》,此后 1993 年和 1994 年再次制作播出。在这些电视剧中,沙悟净均被塑造为河童,以厌世、懦弱、安静且聪明的才子形象出现。特别是在 1994 年的《新西游记》中,沙悟净被塑造为头脑聪慧,精通科学、地理、历史、经济、天文学,十分优秀但却爱财的河童形象。电视剧中沙悟净的形象被一直延续了下来。2006 年日本富士电视台播放的《西游记》里,沙悟净超过了孙悟空成了唐僧的大徒弟。此作品中,沙悟净性格豪爽,自尊心强,受到女性欢迎,但他却羞于将头上的盘子示人,因此常常带着头巾。此处沙悟净头上的盘子正是沙悟净即河童的证明。2007 年上映的电影《西游记》中,沙悟净不再头顶盘子,而是以头戴帽子的河童形象出现。漫画《Dear Monkey 西游记》里的沙悟净也没有直接头顶大盘,而是戴了一顶圆圆的像盘子一样的帽子。在漫画《最游记》③中,沙悟净是人与妖怪生的混血儿,不再是河童。但喜欢女人的沙悟净常常被孙悟空和猪八戒叫作"好色的河童"。由此可见,电视剧是使沙悟净变为河童的转折点。因为电视剧《西游记》在当时大受欢迎,此后展现在大众面前的沙悟净都是被河童化的形象。

那么在电视剧之前,日本有没有将沙悟净定位为河童的作品呢? 笔者考察了

---

① [韩]宋贞和:《日本大众文化中三藏的女性化》,《明清小说研究》,2010 年第 2 期,第 243—252 页。
② [日]水尾绫子,《テレビドラマ、アニメ、漫画による《西游记》の受容と变化—三藏法师と沙悟净を中心として》,《筑紫国文》(25 号),筑紫女学园大学短期大学部(国文科),2002 年 10 月,第 90 页。
③ 《最游记》是以《西游记》为基础制作的日本漫画。与原著一样,漫画以师徒四人西天取经为主线,漫画作者为峰仓かずや,此书从 1997 年起在《月刊 Comic ZERO-SUM》上连载,2009 年以崭新内容出版,现共有 10 册。此漫画一经出版便受到了青少年尤其是女学生的喜爱,2000 年被制作为动画片,2001 年被拍成电影。此漫画在 1999 年被译成韩语传入韩国。([日]峰仓かずや著,[韩]徐泫雅译:《最游记》,《学山 COMICS》,首尔:学山文学社,1999 年)

影像媒体问世前,传播最为普遍的文献资料中是否有沙悟净即河童的记录。据堀诚考证,日本最早将沙悟净定位为河童的作品是1932年3月出版的《孙悟空》①。此书中单独有一章名为"河童の化物沙悟净"②。这一章中将沙悟净描写成腰缠九个骷髅头、手拿长矛、头顶盘子的河童。1932年11月出版的《西游记物语》③序文中写道:"除孙悟空外,还有猪王猪悟能,河童之王沙悟净同行。"此外,1953年1月出版的由山根一二三所著的《新そんごくう》④中,也将沙悟净描写为头顶盘子的河童。1955年4月出版的《孙悟空》里有描写河童在江底制作长矛的场面,在这里,沙悟净就是腰缠九个骷髅头、手拿长矛、头顶盘子的河童。此后,从1956年1月到1957年3月连载的杉浦茂的《少年西游记》⑤里同样将沙悟净定位为河童。

综上可以看出,在电视剧《西游记》拍摄之前,日本就已存在沙悟净即河童的认识了,因此从20世纪30年代起,就有很多日本作家在作品中将沙悟净刻画成河童。通过这些资料可以了解到,在很早之前沙悟净和河童间便存在了某种强烈的关联性。但笔者认为,这些文献中将沙悟净描绘成河童的写法并非日本作者的一时兴起之作,对于妖怪河童我们需进一步研究,以更为明确地揭示其与沙悟净之间的关系。

2.将沙悟净河童化的原因及意义

(1)日本民俗文化中的河童

河童本是日本传统民俗文化中出现的一种妖怪,与《西游记》无丝毫关系,但在日本拍摄的与《西游记》相关的电视剧和电影中,沙悟净均以日本妖怪河童的面貌出现。日本网络百科字典中对河童的描述如下:身材矮小如幼童,全身呈绿色或赤色,多数头顶有扁平无毛圆盘,内盛水,水干或盘裂则力量尽失,甚至死亡。河童鸟嘴龟背,手脚连蹼,两臂接于体内,拉一侧则另一侧缩入体内,通体腥臭⑥。

据石川纯一郎研究,河童大部分生活在河川或沼泽之中,但也有生活在海中

---

① 大日本雄辩会:《孙悟空》,《少年讲谈全集5》,东京:讲谈社,1932年。
② [日]堀诚:《河童の沙悟净》,《ふみくら:本の周边6》,《早稻田大学图书馆报》No.15,1988年11月5日,第10—12页。
③ 《西游记物语(前篇)》,《少年文库36》,东京:春阳堂,1932年。
④ [日]山根一二三:《新そんごくう》第二集,《おもしろ文库》,东京:集英社,1953年。
⑤ [日]杉浦茂:《少年西游记》,《おもしろブック》,1956年1月号—1957年3月号。
⑥ 参考日本网络百科字典フリーウィキペデイア。

的,他们的共同点是善于游泳。大部分河童爱搞恶作剧且不做坏事,但有时也会将经过河边或游泳的人拉到水里溺死,并挖出他们屁股上的屁玉。他们有时会直接吃掉屁玉,有时则会将屁玉献给龙王当贡品。所谓屁玉,是人们想象出来的位于肛门内的一种器官,据说屁玉被挖出后人会变成弱智。据推测,此种说法可能由溺死者肛门部位的括约肌松弛,像是有珠子滑落的现象衍生而来。也有说法认为屁玉象征着人的胃肠器官①。据说,河童还喜欢摔跤,常会引诱幼童与其摔跤,在比试过程中挖走幼童的屁玉。河童爱吃黄瓜、鱼和水果,因此时至今日,日本仍将放了黄瓜的紫菜包饭叫作河童包饭。河童爱吃黄瓜,源于河童为衰败的水神,而黄瓜则是祭祀水神时最先呈上的贡品。在日本的民间故事中,河童十分仗义,会用活鱼和制药法回报人类。

关于河童起源,还有一种说法认为与古代杀害婴儿的行为有关。江户时代遗弃婴儿事件频发,父母为了向其他孩子隐瞒这种邪恶的行为,便捏造了河童的存在。即当孩子们发现埋在沙滩上死去的婴儿时,大人们就会撒谎说是河童所为②。

关于河童头顶的盘子,日本民俗学者折口信夫在《河童の话》③中做了有趣的分析。他认为盘子是盛食物的器具,因此象征了生命力。日本从很早起便出现了以妖怪河童为主人公编制的小说、漫画、电视节目、电影和广告等。日本是崇尚各种神灵的泛神教国家,日本人信仰的神和妖十分多样,以他们为主人公的传说和宗教故事广为流传,但在众多神和妖中,河童却被大众文化赋予了沙悟净的形象从而大受欢迎,这一点不能不引起我们的好奇。

首先,河童对日本人而言十分亲切,他和孩子一样身材矮小,爱和孩子们摔跤,天真烂漫,河童的这些特点让他常常成为儿童文学的主人公。《西游记》之类的外国作品被介绍到日本时,为使大众接受起来更为方便会尽可能减少作品中的异国感。为了减少日本大众对《西游记》这一中国小说的排斥感,日本采用了为本国人们所熟识的本土形象。其次,沙悟净与河童身上的共同点也是沙悟净在日本被定位为河童的一大原因。我们将通过《西游记》中沙悟净的形象特征来分析

---

① [日]石川纯一郎:《河童の世界》,东京:时事通信社,1985年新版,第129—131页。
② フリーウィキペデイア(Free Wikipedia)。
③ [日]折口信夫:《河童の话》,《古代研究Ⅱ》,中公クラシックス,2003年,第223—252页。

其与河童的相似性。

(2)《西游记》中沙悟净的形象

正如前文所说,看过《西游记》的读者会发现,沙悟净的个性并不如孙悟空和猪八戒一样鲜明。唐僧的三个徒弟中,孙悟空是神通广大的英雄式人物,猪八戒虽然贪心但却幽默风趣,和他俩相比,沙悟净在作品中没有表现出什么性格特征。但如果仔细分析《西游记》中对沙悟净的描写,会发现他也有自己的一些特征。他的第一个特征是易让人联想到妖怪的凶恶外貌。在第八回沙悟净首次出现时对他的外貌有如下描写:

> 菩萨正然点看,只见那河中,波剌一声响亮,水波中跳出一个妖魔来,十分丑恶。他生得:青不青,黑不黑,晦气色脸;长不长,短不短,赤脚筋躯;眼光闪烁,好似灶底双灯;口角丫叉,就如屠家火钵,獠牙撑剑刀,红发乱蓬松,一声叱咤如雷吼,两脚奔波似滚风。

看过上面的引文,我们可以在脑海中大致勾勒出沙悟净的外貌。沙悟净本是生活在流沙河中的妖怪,擅长游泳,身体健壮,肤色似绿似黑,有着锋利的獠牙。仔细看不难发现,其实沙悟净的外貌与河童有着不少相似之处。沙悟净的獠牙与河童的犬齿也十分相似,即两个妖怪在形象上的相似处很多。

而且,两个妖怪都与水有着密切关联。从第四十三回的描写可以看出,沙悟净喜水且善游泳。当唐僧和猪八戒被变为艄公的妖怪捉走时,有这样一段描写:

> 沙僧闻言道:"哥哥何不早说!你看着马与行李,等我下水找寻去来。"
> 行者道:"这水色不正,恐你不能去。"沙僧道:"这水比我那流沙河如何?去得,去得!"好和尚,脱了褊衫,扎抹了手脚,轮着降妖宝杖,扑的一声,分开水路,钻入波中。

正如上文所写,沙悟净来自流沙河,并不惧水。关于沙悟净喜水的内容在《西游记》里随处可见。唐僧取经途中凡是需要涉水的时候,沙悟净总会挺身而出解决问题。第四十九回中,孙悟空如此说道:

> 不瞒贤弟说,若是山里妖精,全不用你们费力;水中之事,我去不得。就是下海行江,我须要捻着避水诀,或者变化什么鱼蟹之形,才去得;若是那般捻诀,却轮不得铁棒,使不得神通,打不得妖怪。我久知你两个乃惯水之人,所以要你两个下去。

这种喜水的习性,在河童身上同样可以找到。沙悟净的老家是流沙河,而河童的居住地是江边或沼泽。河童在河中游泳时,会将孩子拖入水中使其失去意识或将其杀害,据说河童性格残忍,有吃溺水尸体身上屁玉的习性。河童的吃人形象在沙悟净身上也能看到。我们一起来看下第八回中,沙悟净向观音菩萨谢罪的场面:

> 菩萨,恕我之罪,待我诉告。我不是妖邪,我是凌霄殿下侍銮舆的卷帘大将。只因在蟠桃会上,失手打碎了玻璃盏,玉帝把我打了八百,贬下界来,变得这般模样,又教七日一次,将飞剑来穿我胸胁百余下方回,故此这般苦恼,没奈何,饥寒难忍,三二日间,出波涛寻一个行人食用;不期今日无知,冲撞了大慈菩萨。

上文中沙悟净每两三日便出水一次吃人的行为,与河童将行人拉入水中吃掉的行为相似。从上述几点可以看出,河童和沙悟净在外貌和形象特征上有许多相似之处。特别是两个人物都具有喜水、善游泳和吃人的特点。笔者认为这些相似性是《西游记》在输入到日本后,沙悟净变身为河童的一个重要原因。

最后,大众文化商品追求商业价值的目的也是造成这一现象的一大原因。如前文所说,作为《西游记》的主要人物之一,沙悟净并不具备鲜明的人物个性,与孙悟空和猪八戒相比是个不起眼的人物,甘愿位居人后。但当原著被创作成大众文化商品时,须勾起人们的兴趣以提高销售量。这样的话作品就必须有趣,而为了使作品有趣,作品中每个人物都要具备自己鲜明独特的个性。从这个角度来看,原著中的沙悟净不过是个没有生命力的存在,而日本作家通过赋予沙悟净不亚于孙悟空和猪八戒的鲜明个性特征,让其形象重新鲜活起来。笔者认为,正是因为这些原因,沙悟净在日本逐渐变成了日本人熟知的河童形象。

## 五、结语

以上笔者对中国、韩国、日本现代大众文化中出现的沙悟净形象进行了分析。在《西游记》原著中,沙悟净的个性不鲜明,没有神通广大的能力,对他的描写远比不上孙悟空和猪八戒。在涉及人物对话时,沙悟净也只是简单地回答或提问,通常会被忽视。尽管如此,沙悟净仍是唐僧西天取经途中不可或缺的人物。他对取经充满虔诚,向佛之心坚定,爱戴师父和师兄。遇到危险时,能比两个师兄更为冷静客观地分析事态,有效应对。中国现代大众文化中沿袭了沙悟净的原有形象,将其塑造为面相凶狠、身材高大、颈挂骷髅项链、手拿月牙铲的大叔模样。他侠肝义胆,担当了辅助师父和师兄的角色。尽管在中国当今大众文化中,沙悟净的形象日趋多样化,但变化不大。笔者认为,这与中国为《西游记》的故乡,希望传承和保护古典文化有着紧密联系。

但在韩国和日本,沙悟净的形象却发生了巨大的变化。韩国在1990年播放的动画片《百变孙悟空》引起了轰动,里面出现的沙悟净比孙悟空和猪八戒更受大众欢迎。在《百变孙悟空》里面,沙悟净是一个喜剧人物,头戴绿色大帽,帽子遮住了耳朵,以至听不清人话老是东问西答。趁着动画片的势头,1990年下半年,韩国又推出了以沙悟净为主人公的"沙悟净幽默系列"搞笑故事,在全国范围内大受欢迎。"沙悟净幽默系列"以无厘头的幽默方式,为生活在20世纪90年代窘迫不安现状中的韩国民众送上了一份慰藉。

日本大众文化又不同于中国和韩国,沙悟净以独特的河童形象出现。河童是日本的传统妖怪,生活在水中,擅长游泳,有时会在水边捉孩子吃。他身体呈绿色,头顶盘子。喜水、食人、同是妖怪这几个共同点使沙悟净在日本变身为河童。当今日本大众文化中,沙悟净大都被描写成了河童,这也让日本人误以为沙悟净即河童。影视作品对大众的影响极大,对于没看过原著只看了日本拍摄的电视剧版《西游记》的人来说,产生这种误会是可以理解的。但值得注意的是,我们在享受现代大众文化时也应加强对原著的正确理解。

当今世界各国为挖掘新颖的故事题材,都从国家层面上给予了大力支持。即便不是本国素材,只要有挖掘价值便会不遗余力地将其开发成文化商品。这种文化产业是与国家经济利益直接挂钩的实用型产业。特别是在文化产业中,有很多能历久弥新感动人心的素材,那便是各国的神话、传说、小说等古典文学作品。用现代手法将大众所熟知的古典作品进行再创作,使大众更易接受,这样成功率也更高。与此同时,现在世界各国为了在全球范围内发掘有趣的古典素材也投入了大量资金。举例来说,据英国经济杂志《福布斯》调查统计,英国靠《哈利·波特》获取的经济利益远远超过了传统经济产业钢铁业。这个例子很好地证明了当今文化产业的重要性及其巨大的实用价值①。

但是这种文化产业是超越国界的,因此当将他国文化素材拿来再加工时,最重要的是加强相互理解。若没有对原著的深刻理解做基础,那么制作出来的商品就很可能背负歪曲原著的恶名。因此为了正确理解各国的大众文化商品,应首先理解各国的传统文化。古典文学走向世界的时代到来了,今后,在将故事加工成文化商品时应更加注重对古典原著的理解,而既能读懂原著又能从文化角度分析大众文化的人文学者应积极成为该领域的主导。

**【参考文献】**

[1][韩]李政文.《雪人阿尔帕卡》[J].新少年,1965.

[2][韩]高宇英.西游记[M].首尔:宇石出版社,1980.

[3][韩]许英万.漫画王国[M].首尔:首尔漫画社,1986.

[4][韩]金炳奎,白正贤(音).西游记[M].大田:大教出版社,1996.

[5][韩]李政文.加油!孙悟空[M].首尔:东方国度,1996.

[6][韩]曹九(音).西域传奇[M].首尔:ddstone,1998.

[7][韩]张元(音).漫画西游记[M].首尔:伙伴出版社,1999.

[8][韩]高振浩.回顾西游记[M].首尔:三养出版社,2001.

[9][韩]金坤(音).精品西游记[M].首尔:鸡林出版社,2002.

[10][韩]金慧兰.愉快的冒失鬼孙悟空[M].首尔:伙伴出版社,2002.

[11]首尔大学西游记翻译研究会.西游记[M].首尔:松林出版社,2004.

[12]沙金著,[韩]金宅圭译.职场应实践的22个人际关系法则[M].首尔:日光出版社,2005.

[13][韩]朴正勋(音).神通广大孙悟空[M].首尔:能人出版社,2005.

[14][韩]洪成君(音),金启正(音).Chronicles[M].首尔:乌龟出版社,2007.

[15][韩]金昌焕.魔法千字文[M].首尔:owlbook,2003.

[16][韩]金敏镐.西游记在韩国[J].明清小说研究,2004,4(1):199-205.

---

① *Cartoon World*,《玩具世界》,2005年4月,第63页。

[17][韩]宋贞和.日本大众文化中三藏的女性化[J].明清小说研究,2010,4(2):243-252.

[18][韩]宋贞和.西游记与东亚大众文化[D].上海:复旦大学,2010.

[19]钟海诚.新西游记[M].北京:人民文学出版社,1997.

[20]火鸡.天蓬传[M].北京:光明日报出版社,2002.

[21]慕容雪村.唐僧情史[M].天津:天津人民出版社,2003.

[22]沙金.沙僧是个人际关系高手[M].北京:中国华侨出版社,2004.

[23]郭城.水煮西游记[M].北京:中国传媒大学出版社,2004.

[24]陈一雄.日本为什么恶搞他国名著?[J].华人时刊,2007(9).

[25]王成,王洪智.恶搞,文化亵渎何时休?[J].民主与法制,2007(4):30-32.

[26][日]宇野浩二.少年文库36[M].东京:春阳堂,1932.

[27]大日本雄辩会.少年讲谈全集5[M].东京:讲谈社,1932.

[28][日]山根一二三.おもしろ文库[M].东京:集英社,1953.

[29][日]杉浦茂.少年西游记[J].おもしろブック,1956.

[30][日]矶部彰.西游记形成史研究序[M].东京:创文社,1983.

[31][日]石川纯一郎.河童の世界[M].东京:时事通信社,1985.

[32][日]堀诚.河童の沙悟净,ふみくら:本の周边6[J].早稻田大学图书馆报,1988(15).

[33][日]水尾绫子.テレビドラマ、アニメ、漫画による《西游记》の受容と変化—三藏法师と沙悟净を中心として[J].筑紫国文,2002(25).

[34][日]折口信夫.河童の话[J].古代研究,2003(2):223-252.

# 鲁迅文学在韩国的接受情况[①]

[韩]金河林[②] 文 段 炼 译

## 一、序言

鲁迅(1881—1936)在中国文学史上被誉为现代文学的创始者与现代文学的奠基人。[③] 中国现代史经历了戊戌变法(1898)、辛亥革命(1911)、五四运动(1919)、北洋军阀统治、国民革命运动(1926—1927)、四一二政变以及其后20世

---

[①] 本论文为1991年朝鲜大学学术研究费资助的研究成果。
[②] 朝鲜大学外国语学院中文系副教授。
[③] 林志浩在《中国现代文学史(上册)》(北京:中国人民大学出版社,1979年)第41页中如下记述:"鲁迅是中国伟大的文学家、思想家、革命家,同时也是中国文化革命的伟人和现代文学的创始者。"由十四院校编写组编著的《中国现代文学史》(昆明:云南人民出版社,1981年)第71页中也对鲁迅做出了同样的评价。此外,其他中国现代文学史相关著作也对鲁迅做了类似的评价。

纪30年代的国共对立等事件。鲁迅在此期间在小说、杂文、诗歌等各个领域展开了创作活动，创立了未名社、语丝社、左翼作家联盟等文学团体并进行文学创作活动，主导了以革命文学论战为代表的多次文学论战。20世纪30年代，鲁迅加入自由民权保障同盟，进行政治社会活动。因此，鲁迅很难单纯地被定性为平民文学家，同时还被誉为思想家、革命家及社会运动家。1949年，毛泽东对鲁迅做出了如下评价："鲁迅是中国文化革命的主将，不仅是伟大的文学家，同时也是伟大的思想家和革命家。"①此后，兴起了关于"鲁迅是'三家'（文学家、思想家、革命家）还是'一家'（文学家）"②的争论。

鲁迅通过多样的社会活动与作品创作，不仅在中国国内，而且在国外也产生了深远的影响。例如法国作家罗曼·罗兰曾经说过："《阿Q正传》是最优秀的艺术作品。第二次读的时候比第一次读的时候感觉更好，这就是原因。可怜的阿Q的惨状现在还久久记在我心里。"③另外，埃德加·斯诺曾经说过："鲁迅于1921年发表了讽刺小说《阿Q正传》，由此全国闻名，这部作品是当代中国人著作中被翻译成外语数最多的作品之一。已经被翻译成为法语、德语、俄语、日语及其他语言。"④由他的话可以看出，鲁迅的作品在20世纪二三十年代被介绍到国外并产

---

① 毛泽东：《毛泽东选集第二卷》，北京：人民出版社，1969年，第658页。
② 对此的争论，各研究者有如下见解：第一个问题是鲁迅到底是"一家"还是"三家"，只是伟大的文学家，还是同时也是伟大的革命家和思想家。第二个问题是毛泽东所说的"鲁迅是中国文化革命的主将"，还有人说鲁迅是革命的同志与同情革命的人士。那么鲁迅到底是同情革命的革命同志，还是文化革命的主将？第三个问题是有些学者称鲁迅为人道主义者。那么鲁迅到底是共产主义者，还是人道主义者？鲁迅的基本出发点是革命家。鲁迅的前期杂文虽然由于世界观的局限性难免出现偏颇，但是杂文的战斗性以及为人民和革命服务的现实意义是不容置疑的。他终于达到了共产主义思想的高峰。参见王瑶《鲁迅研究的准绳和指针》，《鲁迅研究集刊》1号，上海：上海文艺出版社，1979年，第1—30页。
另外，可以以李何林为例。"但是只将鲁迅看作是一个文学家这是十分不足的。以前在评论鲁迅思想的时候，很少有人把他称为'思想家'，将他称为'伟大的思想家'的人就更加微乎其微了。他虽然没有树立任何思想体系，没有创作任何思想理论与哲学著作，但是主导他人生的思想将他造就成为唯物论和辩证唯物主义的'伟大的思想家'。他确实不是职业革命家，但是他参加了很多革命活动，他不朽的作品中蕴含着深奥的革命思想。中国现代作家中，没有能像鲁迅这样与革命关系如此密切的作家。"李何林：《伟大的文学家、思想家、革命家鲁迅》，《鲁迅研究》6号，北京：社会科学出版社，1982年，第8—9页。
③ 戈宝权：《〈阿Q正传〉在国外》，北京：人民文学出版社，1981年，第9页。
④ 戈宝权：《〈阿Q正传〉在国外》，北京：人民文学出版社，1981年，第10页。

生了深远的影响。①

时至今日,鲁迅对韩国也产生着深刻的影响,因此对他的接受情况也呈现出各种各样的面貌。殖民地时代由日本总督府警务局发行的《朝鲜总督府禁止单行本目录》显示②,《阿Q正传》③《现代小说集》④《鲁迅选集》⑤《鲁迅文集》⑥《鲁迅遗著》⑦等被收录在禁书目录里。这从反面证明了当时韩国国内对鲁迅著作的广泛阅读。⑧ 之后一直到20世纪90年代前为止,韩国国内开始持续深入地进行鲁迅研究⑨,这也说明鲁迅的人生与文学给韩国带来了深远的影响。

在本文中,考虑到这些问题,将对鲁迅及其文学对韩国作家和知识分子产生

---

① 鲁迅好友许寿裳曾经回忆,鲁迅曾经说过这样一段话:"瑞典的S先生派人问我是否可以将作品发给'诺贝尔文学奖委员会',S先生说我获奖的可能性很大。但是我拒绝了。我认为中国现在还没有人能够获得诺贝尔奖,万一由于我是黄种人受到优待而得到这个奖的话,反而会使国人的虚荣心膨胀,结果会变得更坏。"许寿裳:《我所认识的鲁迅》,《鲁迅回忆录》第1辑,上海:上海教育出版社,1980年,第45—50页。
② 《朝鲜总督府禁止单行本目录》,(朝鲜总督府警务局,1941年(昭和十六年,1月版)"本索引是从昭和三年(1928年)十月到昭和十六年(1941年)一月三十一日期间被当府行政处分的刊行物(单行本)目录。"在第2页有如下说明。
③ 上述书籍,第4页,《阿Q正传》(日文),鲁迅著,林守仁译,昭和六年(1931)十月五日发行,东京:四六书院;处理时间:昭和十二年(1937年)一月九日;处理理由:治安。
④ 上述书籍,第232页,《现代小说集》(中文),小侯,1926年发行,上海,处理时间:昭和十三年(1938)十一月二十六日;处理理由:治安。
⑤ 上述书籍,第299页,《鲁迅选集》(中文),鲁迅,1926年,上海。
⑥ 上述书籍,第299页,《鲁迅文集》(中文),鲁迅,1926年,上海。
⑦ 上述书籍,第299页,《鲁迅遗著》。处理时间:昭和十三年(1938)十一月二十六日;处理理由:治安。
⑧ 虽然朝鲜总督府警务局并没有明确列出制作这个目录的标准,但是可以推测出的是:①警务局看到鲁迅作品在朝鲜被广泛阅读,因而主动制作;②依据日本本土警务局的方针;③根据当时中国国民党制作的禁书目录;④综合前面的理由。
⑨ 例如,1993年11月5日—6日召开的中国现代文学学会主办的中国现代文学国际学术会议中,有以"鲁迅的文学和思想"(韩、中、日和中国台湾地区的学者参加,并发表了10篇论文)为主题的论文发表。《中国现代文学》第6号发行了《鲁迅诞生110周年纪念特辑》,首尔:中国现代文学学会,1992年。

的影响与接受情况①进行考察和分析。在韩国,对于鲁迅的研究虽然发表过几篇论文②,但是这些论文都以专门的研究成果为研究对象。本文将不把中国文学研究者的研究成果作为研究对象,而是对作家、一般知识分子等并非中国文学专门研究人员对于鲁迅是如何认识、如何接受的,以及其原因何在进行考察。本研究的出发点是,中国现代作家中,鲁迅对于韩国的影响深远,进一步来讲,希望通过这种初步的研究为认识中韩现代文学的潮流创造契机。

在此之前,韩国国内对于中韩比较文学的研究③虽然不是十分活跃,也取得了一定的成果,但是在现代文学方面有所疏忽④。其中有很多理由,最主要的原因就是政治社会条件引起的对于中国现代文学考察和研究的困难。但是就外部条件来说,当时韩国处于殖民地状态,中国处于半殖民地状态,两国较相似,以及封建半封建的伦理道德和思想、政治结构、上层结构都具有很强的作用,现代文学的发展情况也在一定程度上有着类似的轨迹,因此,对于中韩现代文学的比较文

---

① 这里所说的"接受"的意思主要以下面的理论为依据进行使用。"艺术作品不是为了传达固定意义的真理显现方式,而是传递经验的媒介。经验当然可能是真理,但更重要的是使接受者能够真正感受到艺术作品真正的经验。"对此参照了车凤禧的《接受美学》(首尔:文学与知性社,1987年)。

② [韩]金河林:《鲁迅研究在南韩》,《鲁迅研究年刊》1990年号,北京:中国和平出版社,1990年,第440—446页;[韩]崔雄权:《现代朝鲜鲁迅的影响和接受》,《中国现代文学》第6号,首尔:中国现代文学学会,1992年,第189—207页;[韩]金时俊:《韩国鲁迅研究的历史与现状》,《鲁迅的文学与思想》,首尔:中国现代文学学会第3回国际学术大会资料集,1993年。以上论文对于韩国鲁迅研究的历史、现状及影响关系进行了研究。
在中国发表的关于鲁迅在朝鲜产生的影响的论文如下。李政文:《鲁迅在朝鲜》,《世界文学》1981年4期第32—43页及范业本;李政文:《鲁迅在朝鲜》,《鲁迅研究年刊》1981年第383—384页。杨昭全,《鲁迅与朝鲜作家》,《外国文学研究》1984年第二期,第129—134页。

③ 最近,出现的比较文学方法论侧重于影响关系与接受情况的探究的批判性视角和意见。特别是"虽然需要继续仔细考证韩国文学受到了中国文学、日本文学、西方文学怎样的影响,但是这成为考察韩国文学与世界文学关系的障碍,阻碍了比较文学对文学一般理论的发展做出贡献"。现在对于"文学分类比较论,以文学理论为根据的比较论,文学史比较论"等方面的研究十分紧迫。参见[韩]赵东一《比较文学的方向转换序论》,《韩国文学与世界文学》(首尔:知识产业社,1991年,第9—27页)。但是"事实上人类普遍的东西就是艺术上存在的民族性的东西。这里所说的人类普遍的东西是存在于民族性内部的东西,这些要素无法从人类的实际生活与意识中被分离出来,同时也无法从民族性的东西中被分离出来。从民族性来看,偶然性的东西并不包含人类普遍性,那么艺术的适用范围与民族语言的使用范围一样具有局限性。但是经验告诉我们,伟大的作品会超越国境和语言障碍,征服全世界,与此同时它的内容和影响力具有国际性"。(M.S.Kagan,陈重权译,《美学讲义2》,首尔,byeri,1989年,第294—295页)也应该重视以上的见解。

④ [韩]徐敬浩编:《国内中国语文学研究论著目录》,首尔:正一出版社,1991年,第449—465页。其中收录了期间发表的中韩比较文学论文目录,"近代及新闻学"部分达12篇。

学方面的研究,无论是对中国文学还是对韩国文学,甚至对亚洲文学的发展情况都是具有重要研究意义的问题,这一点毋庸置疑。①

由于从 1926 年到现在国内作家的作品量十分庞大,本文无法全部涉及,而且 19 世纪二三十年代的资料并不完全,受到这些局限,尽管会出现主观性较强的情况,但是依据现代中国文学家中鲁迅是最为韩国人熟知这一点,本文将试论韩国对鲁迅文学的接受情况。

## 二、鲁迅与朝鲜人

鲁迅在文中表现出了对当时遭受帝国主义侵略、备受疾苦的殖民地半殖民地国家和民族的同情,但很难找到他对于处在殖民地状态的朝鲜和朝鲜人②的具体认识是怎样的。但是鲁迅的日记里有些许对于朝鲜人和朝鲜的记录:

\*《日记》1923.3.18 "晴,星期休息,午后寄胡适之信,下午李又观君来"③

\*《日记》1928.9.1 "午后……柳树人来,不见"④

\*《日记》1929.5.31 "晴,午后金九经偕冢本善隆,水野清一……来"

1929.6.2 "星期……夜,金九经,水野清一来"

1929.6.3 "……九经赠《改造》一本"⑤

\*《日记》1933.5.19 "下午寄来东亚日报社信"⑥

(本文的省略号为笔者所加)

1923 年 3 月 18 日日记中登场的李又观的原名为李丁奎,生于首尔,毕业于日本庆应大学,1919 年参加"三一运动",之后回到日本,1921 年从日本逃到中国进

---

① 关于这点,参见[韩]林荧泽、崔元植共同编纂的《转折期的东亚文学》(首尔:创作与批评社,1985年)及《座谈:韩国文学研究与东亚文学》,《民族文学研究所》第 4 号(民族文学史研究所,首尔:创作与批评社,1993 年)。
② 这里所说的"朝鲜和朝鲜人"指的是 1945 年解放以前的韩国与韩国人。
③ 鲁迅,《鲁迅全集》14 卷,北京:人民文学出版社,1981 年,第 449 页。
④ 上述书籍,第 725 页。
⑤ 上述书籍,第 765—767 页。
⑥ 鲁迅,《鲁迅全集》15 卷,第 80 页。

行独立运动,是鲁迅的好朋友。他是通过俄国作家爱罗先珂与鲁迅认识的。①

1928年的日记中出现的柳树人1905年出生于朝鲜,1911年移民中国东北地区,在吉林省延吉道立第二中学上学,1920年移居中国内陆,1924年毕业于南京华中公学。其后加入了民族主义革命团体并考入北京朝阳大学。1925年春,经时有恒介绍与鲁迅相识,向鲁迅表明了要翻译其作品的意向。之后随着时有恒和鲁迅关系的恶化,他与鲁迅也断绝了关系。20世纪30年代,为了翻译《阿Q正传》,与鲁迅有过几次接触后,关系变得亲密。② 1926年,《东光》杂志登载了他翻译的《狂人日记》。③ 柳树人回忆道:"我1920年在延吉道立第二中学学习时,当时进步的老师给在读的朝鲜青年读了《新青年》杂志刊登的《狂人日记》。开始读的时候并不能理解,但是读了几次以后我们欣喜若狂。当时我们认为鲁迅先生不仅描写了中国的狂人,也描写了朝鲜的狂人。从此以后,鲁迅先生成了我们崇拜的第一位中国人。"④

1929年的日记中出现的金九经毕业于大正大学,20世纪20年代初期在中国东北工作(图书馆),1924年去了北京,住在当时鲁迅领导的未名社建筑里,1925—1926年在北京大学教授日语和朝鲜语。可以推测他是在北京大学做讲师的时候与鲁迅相识的,上面的日记描写的是当时居住在上海的鲁迅去北京时的情形。⑤ 金九经于1945年归国后在首尔大学中文系教书,并在1950年被朝鲜绑架。⑥

---

① [韩]李政文:《鲁迅在朝鲜》,《世界文学》,1981年第4期,第34页;杨昭全:《鲁迅与朝鲜作家》,《外国文学研究》,1984年第2期,第131页。《鲁迅全集》的脚注中写道:"李又观原名李丁奎,是朝鲜的爱国者,当时流亡中国。"《鲁迅全集》15卷,第420页。李丁奎开展了无政府主义运动,著作有《又观文存》(首尔:又观回婚纪念文集刊行会,三和印刷出版所,1974年)。
② 李政文:《鲁迅在朝鲜》,《世界文学》,1981年第4期,第35页。
③ 参考前面提及李政文的论文第36页及前面提及杨昭全论文的第132页,《鲁迅全集》的脚注写道:"原名柳基石,1905年生,朝鲜爱国者,1926年首尔的《东光》杂志登载了他所翻译的鲁迅的《狂人日记》。1928年左右在上海进行文学活动,在翻译鲁迅作品的时候遇到绍兴方言等困难时,与时有恒一起访问鲁迅。"《鲁迅全集》15卷,第500页。
④ 李政文,上述论文,第34页。
⑤ 李政文,上述论文第35页。杨昭全,上述论文,第131页。李霁野,《鲁迅先生与未名社》(北京:人民文学出版社,1984年)第47—48页中有鲁迅与当时来到未名社居住的朝鲜人就朝鲜问题进行讨论并鼓励了那个朝鲜人的记录。《鲁迅全集》的脚注上写着:"朝鲜人为了反抗日本人的统治流亡北京并住在未名社。其后在北平大学作为教授教朝鲜语和日本语。"《鲁迅全集》15卷,第476页。
⑥ [韩]金圣七:《在历史面前》(首尔:创作与批评社,1993年)第78—79页中提到1950年6月25日韩国战争爆发后,关于人民军的统治下首尔大学文理学院教授的记录,其中有关于金九经的记录。

附录　韩国的代表性研究论文　265

　　1933年5月19日的日记中出现的"下午寄东亚日报社信",指的是给当时作为《东亚日报》驻上海和南京的特派员申彦俊寄信。鲁迅给申彦俊寄信的主要内容是:"您的来信已经收到,希望在周一22日下午2时内山书店里相见。"①申彦俊于22日对鲁迅进行了采访,并在《新东亚》1935年5月号上以"中国的大文豪鲁迅访问记"为题刊登了采访内容。② 其中特别的部分是对于"弱小民族解放问题怎么看?"这个问题,鲁迅回答说:"世界××完成之后弱小民族才能得到解放。"(中略)他向笔者问了朝鲜的情况。在听到朝鲜的书籍减少,文艺界乃至整个文化界××化的情况时,他说并不能悲观。(中略)他特别拜托我帮他介绍一位朝鲜文坛人士,可以在他筹备中的名为《中国文坛》的刊物上介绍一下有关朝鲜文艺历史和现状。③ 由此看来,他对当时的朝鲜格外关注,并且希望两国文学界能够

---

① 原文如下:"彦俊先生:来信奉到。谨于星期一(二十二日)午后二时,当在内山书店相候,乞惠临。至于文章,则因素未悉朝鲜文坛情形,一而于多所顾忌,恐未能著笔,但此事可于后日而面谈耳。专此布复,敬颂,时绥鲁迅启上。"申一澈编,《申彦俊论说选》(出版社不明,1986年)第30页。申彦俊先生1904年生于平南。1923年赴中国上海,先后毕业于国立政治大学和东吴大学法律科,其后加入兴士团,与安昌浩先生一起投身独立运动,从1929年开始作为《东亚日报》上海、南京方面特派员工作。1936年因肾病归国,1938年去世。参见申一澈编,《申彦俊论说选》,第9页。鲁迅给申彦俊的信与《鲁迅访问记》在中国也有介绍。参见李政文《鲁迅约见朝鲜友人的一封信》,《新文学史料》1983年第3期(北京:人民文学出版社,1983年,176—180页)。
② 《鲁迅访问记》中详细介绍了申彦俊和鲁迅的见面过程。以下是其中一部分内容。鲁迅——出自中国的《东洋大文豪!》对他久闻大名。但是没有机会见面。在他的文章和小说中得到的印象是"冷酷的人"或者"怪人物"。就像拿着手术刀,见到一个人(不管他是不是患者)连麻醉剂都不打,直接对患部进行解剖的怪医生一样。他虽然看起来无情而且奇怪,但是他的解剖术锐利而且高超。他的解剖虽然冷酷无情但是他的手术刀刀尖触及的地方虽然疼痛但是能让人感到痛快。我对这个怪人一直抱着好奇心,想要和他见一面,笔者收到朱兄的拜托,于五月十九日去中央研究院找他。因为我听说鲁迅当时在宋庆龄和蔡元培等组织的民权保障同盟(以救护政治犯为目的的一个团体)担任委员,在中央研究院本部事务局工作,并会来这个地方。我问了蔡元培鲁迅的住所,蔡元培回答说国民政府下发了通缉令(逮捕令),因此鲁迅的住处是绝对机密。但是蔡元培相信了笔者并将鲁迅的秘密住所告诉了笔者。他当时借住在北四川路000号一位日本友人的密室里过着亡命生活。我首先给他写了信要求见面。他回信说"躲避的生活也会有遭横祸的危险",让我用书面的形式交流想说的话或要求。笔者再次邀请见面,终于决定在他的秘密住所于22日见面。因此笔者见到了一直想见的文豪鲁迅。我以青服敞履的老农装束来到了鲁迅藏身处所,房主日本人某氏夫妇带我进去了。我上了鲁迅先生居住的二层,有一位如仆人一样的老人在迎接我……他用过的餐具都显示着中国下层民众的生活,我没能看到一样值钱的东西。他的全部生活是革命冒险的模型。他不光是用嘴和笔宣传着无产阶级,他的身体和生活也与无产阶级一样。他在上海各书店拿的稿酬一个月有二千元,每月在欧美各国拿到的课本小说稿酬达三四千元,这是中国收入最高的作家。他想过豪华的生活并不难,但是他过着归农的生活。他说把全部收入都捐赠给了文化运动团体。他外表是一个平凡的人。我没有从他的外表发现任何特别之处。不过五尺的小身躯,这就是大文豪鲁迅。(摘自[韩]申一澈编《申彦俊论说选》,第29—30页)
③ [韩]申一澈编:《申彦俊论说选》,第31页。

进行交流。此外,采访中这一段内容很有意思:"问:那么先生您认为文学具有伟大的力量吗?答:是的。这是可以唤醒大众的最必需的技术。问:先生您的写作方法是什么呢?答:我是个写实主义者。我只是按照所闻所见记述而已。问:中国文坛的代表无产阶级作家都有谁?答:丁玲可谓真正的无产阶级作家。我出身小资产阶级,因此无法写出真正的无产阶级作品。我只是一个偏向左翼的人罢了。"①鲁迅对自己的文学表达了这样的见解和立场。特别是对于文学的社会作用的明确主张,以及评价说自己不是真正的无产阶级作家而只是左翼,并记述了采访当时鲁迅的逃避生活,这些都可以看作鲁迅真实的答辩。从这点来看,这次采访超越了单纯的新闻采访,成为可以多角度了解鲁迅的珍贵资料。

除此之外,见过鲁迅的朝鲜文学家还有李陆史。李陆史在 1932 年 6 月中旬经 R 介绍与鲁迅相识。他这样追述鲁迅:"那之后过了三天,R 和我坐着汽车来到了万国殡仪社。经过了简单的烧香仪式,快要回去的时候,宋庆龄女士一行与一位穿着浅灰色长袍和黑色马褂儿的中年男子正扶着棺材号啕大哭,我恍然觉得他便是鲁迅,站在我身边的 R 也说他就是鲁迅,10 分钟之后 R 将我介绍给了鲁迅。那时 R 对鲁迅介绍说我是个朝鲜青年,而且我一直仰慕他想见他一面。当时我面对这个外国前辈非常拘谨和恭敬,当他再次抓起我的手时,我觉得他是一位熟悉而又亲切的朋友。"②此后,在鲁迅去世之后的 1936 年 10 月,李陆史在《朝鲜日报》上发表了《鲁迅论》,在《东亚日报》上翻译并登载了《故乡》。

## 三、韩国国内对鲁迅著作的翻译情况

至今为止,韩国国内以单行本形式翻译并出版的鲁迅作品如下③:

---

① [韩]申一澈编:《申彦俊论说选》,第 30—31 页。
② [韩]李陆史:《鲁迅论》,《朝鲜日报》,1936 年 10 月《国家之爱》第 16 辑,第 177—178 页,再引用。
③ 有关鲁迅的学位论文(包含硕、博士)及其他与论文相关研究,参见许京浩编《国内中国语文学研究论著目录》,(首尔:正一出版社,1991 年)第 423—429 页。博士学位论文如下:
[韩]金龙云:《鲁迅创作意识研究——以〈呐喊〉〈彷徨〉〈故事新编〉为中心》,成均馆大学,1990 年。
[韩]刘世钟:《鲁迅〈野草〉的象征体系研究》,韩国外国语大学,1993 年。
[韩]金河林:《鲁迅文学思想的形成和转变研究》,高丽大学,1993 年。
[韩]柳中夏:《鲁迅前期文学研究》,延世大学,1993 年。
[韩]严英旭:《鲁迅文学的现实主义研究》,全南大学,1993 年。

[韩]金光洲、[韩]李容珪:《鲁迅短篇小说集1,2,3辑》,首尔:首尔出版社,1946年。

(1辑:《幸福的家庭》《故乡》《孔乙己》《风波》《高老夫子》《端午节》《孤独者》)

[2辑:《狂人日记》《肥皂》《阿Q正传》收录(3辑未确认)]

[韩]李家源:《鲁迅小说选》,首尔:精研社,1963年。

[韩]丁范镇:《中国小说史略》,首尔:范学图书,1972年。

[韩]张基槿:《鲁迅与他的小说》(世界文学全集13),首尔:大洋书籍,1974年。

[韩]成元庆:《阿Q正传》,首尔:三中堂,1975年(《阿Q正传》《狂人日记》《孤独者》《故乡》《孔乙己》《药》《一件小事》《祝福》《伤逝》)。

[韩]李家源:《阿Q正传》《狂人日记》,首尔:东西文化社,1975年(《呐喊》《彷徨》《野草》《故事新编》,收录《藤野先生》《范爱农》)。

[韩]李家源:《阿Q正传》,首尔:三省出版社,1975年。

(《呐喊》《彷徨》《野草》《故事新编》收录)

[韩]河正玉(译著):《阿Q正传》,首尔:新雅社,1977年。

[韩]张基槿:《鲁迅短篇集》,首尔:泛潮社,1978年(《呐喊》,收录《祝福》《孤独者》)。

[韩]成元庆:《鲁迅作品》(世界文学大全集22),首尔:太极出版社,1980年。

许壁:《鲁迅的故乡等》,首尔:延世大学出版部,1982年。

[韩]许世旭:《阿Q正传》,首尔:泛友社,1983年(同前面)。

[韩]朴炳泰:《鲁迅先生》,首尔:青史出版社,1983年(收录《两地书1辑》)

[韩]姜启哲、[韩]尹和重:《阿Q正传》,首尔:学园社,1983年。

(收录《呐喊》《彷徨》《故事新编》)

[韩]成元庆:《阿Q正传》,首尔:庭院文库,1984年。

(收录《呐喊》《祝福》《孤独者》《伤逝》)

[韩]金时俊:《鲁迅小说全集》,首尔:同民族,1986年。

(收录《呐喊》《彷徨》《故事新编》)

[韩]金镇旭:《阿Q正传》,首尔:书房文库,1986年。

（收录《呐喊》和《彷徨》中的13篇）

［韩］朴云锡：《图画阿Q正传》，首尔：知识产业社，1987年。

［韩］韩武喜：《鲁迅文集》（全6册），首尔：日月书阁，1987年（竹内好 翻译本）

［韩］金时俊：《鲁迅小说全集》，首尔：中央日报出版社，1989年。

（收录《呐喊》《彷徨》《故事新编》）

［韩］李旭渊：《朝花夕拾》，首尔：窗，1991年。

［韩］刘世钟：《青年人，踩着我的肩膀向上攀登吧》，首尔：窗，1991年。

［韩］朴正一：《鲁迅选集》（全4册），骊江，（中国民族出版社 朝鲜语本 影印本）1991年。

［韩］安英新：《阿Q正传》，首尔：青木，1993年。

（收录《呐喊》与《彷徨》中的17篇）

韩国最早翻译鲁迅小说的人是1928年鲁迅日记中记载的柳树人，他于1926年翻译了《狂人日记》并登载在《东光》杂志上，之后，梁白华翻译了《头发的故事》并于1929年登载在由开辟社出版的《中国短篇小说集》上。此外，到1931年为止，还有《阿Q正传》《伤逝》等书的翻译本出现。① 但是到了中华人民共和国成立之后才出现鲁迅作品以单行本形式出版。20世纪五六十年代对鲁迅作品的翻译急剧减少。从上面的资料可知，鲁迅的著作是在1975年以后正式被介绍到韩国，大部分的小说集集中介绍了《呐喊》和《彷徨》。《故事新编》是在20世纪70年代后期被介绍到韩国的，而鲁迅的杂文则是进入20世纪80年代才开始被集中翻译的。

译者不同，对鲁迅的理解和评价也有相当大的差异，这一点在韩国也是如此。最早翻译鲁迅小说并出版单行本的金光洙评价鲁迅是一位在痛苦和烦恼中经历了时代灾难的作家。"他的一生都在考虑如何使新中国内容充实而不是付诸形式，为了追求人性和国民性，但是作为一个人却有着不幸的一生。特别是他在1930年组织了中国左翼作家联盟以后，遭到蒋介石下达的逮捕令，从此他开始了

---

① ［韩］丁来东：《鲁迅与他的作品》，《丁来东全集》第1册，首尔：金刚出版社，1971年，第299页。

作为文学家最不幸的日子,他临终时……上海各新闻报道现在我还记忆犹新。"①

成元庆则认为鲁迅是一个坚强的战斗型作家。"人们经常说鲁迅是黑暗的,但是这是错误的。黑暗是鲁迅一生的敌人,像鲁迅这样一生生活在黑暗中寻找光明的人是少之又少的。鲁迅的文学是'争论的文学',不仅是随笔和社会评论如此,小说或自传,甚至学术论文都显示出争论的形态,这是他用尽全力与时代的黑暗作斗争的印迹。"②成元庆这样评价鲁迅的文体特征:"没有一句话是无用的,像匕首一样句句直击敌人的心脏,但是这种冷酷下面藏着对民族的炙热情感。"

"鲁迅的作品是黑暗的,非常黑暗。像《阿Q正传》这样的讽刺小说也是,像《故乡》这样伴随着回想的抒情基调,在描写事件或人物时也经常伴随着无法治愈的悲哀与寂寞。他的散文诗《野草》也是以历史人物或事件为基础,以对话的方式进行描写,在现代化的《古典诗篇》里,这种黑暗的基调也没有变化。"③鲁迅一生都在与落后民族的属性作斗争,由于鲁迅也是这个社会的成员,因此陷入了与自己斗争的悲剧中。

"所以他文学的处女作可以说是对自己苦恼的救赎和对民族爱的批判。如果说鲁迅前期(1927年以前)作品体现了爱国性、爱民族性、启蒙性以及现实性,那么其后期作品则体现了社会主义和共产主义的战斗性和批判性。"④他将鲁迅的文学分为前期和后期来看,对于鲁迅前期和后期文学特征出现的原因,他这样解释:"就他的风格来说,前期是以中国传统士大夫意识为基础,表现出了个性解放和清高的意志,甚至受到了尼采的影响,作品中夹杂着资本主义社会常见的虚无意识。他之所以突然转向共产主义,是由于对阶级意识的认识和对无产阶级的同情。他的文学也可以分为两个部分:前期是短篇时代,后期是杂文时代。"⑤并强调了对鲁迅的再次评价是非常必要的。

译者不同,对于鲁迅的评价和接受情况也不同,这是因为想要最终探究如何理解和认识鲁迅。但是无论如何20世纪80年代之后对鲁迅著作的翻译不再局

---

① [韩]金光洙:《鲁迅短篇小说集》第1辑,第7页。
② [韩]成元庆:《鲁迅,他的人性和文学世界》《阿Q正传》,首尔:三中堂,1975年,第247页。
③ [韩]李家源:《阿Q正传》《狂人日记》,首尔:东西文化社,1975年,第500页。
④ [韩]许世旭:《鲁迅论》《阿Q正传》,首尔:泛友社,1978年,第11页。
⑤ [韩]许世旭,上述著作,第11—12页。

限于小说,而是扩大到了多种类型,这体现出了韩国对于鲁迅文学的接受范围在渐渐扩大和加深。

## 四、鲁迅文学的接受情况

1. 对作家的影响

鲁迅及鲁迅文学作品对韩国作家的影响和其接受情况也是从1930年到1990年为止表现多样。

李光洙①是对鲁迅作品中人物形象体现的否定认识进行表现的代表性作家。"那么战争和文学是怎样的关系呢？每个民族的文学都是在民族的生命这片土地上开出的花朵。……这是因为创作文学的人会受到民族传统与环境的影响。另外,文人可以看作摄影师或厨师,没有东西自然无法成像,没有材料也无法做出佳肴。《荷马史诗》是希腊人勇气、义气与力量的写照。鲁迅的《阿Q正传》和《孔乙己》看作是小说家鲁迅才能的话,那么可谓光荣,看作为开出这种花朵的中国感到羞耻的话,则是一种羞辱。今天的中国没有阿喀琉斯,只有阿Q。关羽、张飞这样的英雄人物都退化成了阿Q和孔乙己。"②李光洙写作《战争期的作家态度》是在日本帝国主义强化"内鲜一致"思想与"皇民化教育"的时期,也是"国民精神总动员"运动开展的时期。特别是日本帝国主义于1931年侵略中国东北,1933年强占热河和察哈尔地区并退出国际联盟,显现出了侵略中国的野心,韩国则被作为日本侵略中国的后方基地。因此,李光洙在上文中强调了处于"战争时期"的"皇民"与作家的态度。特别是能通过战争这个大事激发读者的义气、人情、勇气及理想等高贵精神的文学就是伟大的文学。③ 他认为,从战争文学的角度来看,文学是为了某个特定势力或者体制服务的道具,进一步来说,这是阻碍文学自主性的见解。李光洙这种文学观使得他像自己说的"关羽和张飞这样的英雄人物都退化

---

① 李光洙1913年11月至1914年1月居住在上海,1918年10月至12月居住在北京,1919年2月至1921年3月居住在上海。在上海居住时曾任上海临时政府机关杂志《独立新闻》社长兼主编。通过这点可以看出他是认识鲁迅的。但是他读的鲁迅作品是日本还是中文不得而知。
② [韩]李光洙:《战争期的作家态度》,《朝鲜日报》,1936年1月6日,《李光洙全集》第16册(首尔:三中堂,1964年)第242页再引用。
③ [韩]李光洙,上述著作,第43页。

成了阿Q和孔乙己"一样,将"阿Q"和"孔乙己"这些主人公看作彻头彻尾的反面人物。但是,他忽视了在鲁迅文学里阿Q①和孔乙己②所包含的历史性和综合性的意义以及它对中国现代文学产生的影响,对于在殖民体制下按照日本帝国主义的政策行事的批判是一种正确的见解。特别是在中日两国关系紧张并持续处于战争状态的情形下,李光洙对鲁迅及鲁迅文学的见解则是十分狭隘的带有个人主义色彩的评价。

另外,李光洙于1936年8月用日语写作的短篇小说《满老头之死》发表在日本杂志《改造》上,从这篇文章可以看出他受到了鲁迅《阿Q正传》很强的影响。在《满老头之死》中,主人公满老头是下层劳动人民,李光洙这里所写的满老头灵感来自一个叫作朴先达的实存人物。③ 李光洙自己曾经这样说过:"朴先达的人生和鲁迅的阿鬼(阿Q)非常相似,因此写成作品应该十分有趣。"④当然,即使《满老头之死》的主人公是"将实际存在的人物朴先达形象化为满老头",鲁迅的《阿Q正传》中所表现出的阿Q与伟大革命甚至是与道德改造都无关。⑤ 就这一点来说,正如"作为人生标本是很有趣的人物"中所表达的,李光洙并没能认识到鲁迅《阿Q正传》所蕴含的深层意义。⑥ 但是,李光洙还曾经说过"请把我描绘为阿Q吧"⑦,从这可以看出其态度不论是肯定的还是否定的,他确实在一定程度上受到了鲁迅的影响,但就其接受情况来看仅停留在较为肤浅的层面。

在此之后,作家韩雪野具体表现了鲁迅及其作品的影响。"我思考了鲁迅的

---

① 《阿Q正传评价和研究的历史问题》,《中国现代文学研究选刊》1982年2号,北京:北京出版社,第55—77页。邵伯周:《阿Q正传研究纵横谈》,上海:上海文艺出版社,1989年,第226页。
② 许杰:《鲁迅小说讲话》,西安:陕西人民出版社,1981年,第153页。
③ [韩]金允植:《李光洙与他的时代》第三册,首尔:大路社,1986年,第934—935页。
④ [韩]李光洙:《成造记》(《三千里》8册1号,1936年1月),《李光洙全集》第13册,第342页再引用。
⑤ [韩]金允植,《李光洙与他的时代》第三册,第936页。
⑥ 值得一提的是,罗曼·罗兰对此曾评价说:"阿Q可怜的惨状留在记忆中。(1926)"日本的松浦佳三曾评价说:"鲁迅勇敢地拿着巨大的手术刀,切开自大的中国人的毒疮,将流出来的血水和脓疮展示在同胞面前,这是中国社会第一次勇敢的尝试和伟大的事业。"(《阿Q正传》译者序,1931年)上山正义曾这样评价:"小说围绕着农民阿Q描绘了中国的农村、农民、传统以及土豪劣绅等。值得一提的是,描写了他们与辛亥革命之间的关系,而且道破了革命的本质……解释了在革命中到底谁才是真正受压迫的人。"(《关于鲁迅与他的作品》,参见[韩]金世中《日本的鲁迅研究》,《中国现代文学》第6号,1931年,第220—221页)
⑦ [韩]金允植,上述著作,据第936页记载,1940年作者为了写《李光洙论》而拜访李光洙时曾经自比"阿Q",所以金允植认为李光洙这里一定是心系鲁迅的。

《故乡》,也思考了哥哥(李箕永)的《故乡》。于是我开始自责,我怎么就没有一篇,不,是几篇'故乡'呢?因此,在三部作《浊流》的第一部《洪水》完稿之后,我正在写中篇《归乡》,并且,在长篇小说《黄昏》中也体现了这种心绪。"①1934年,韩雪野受朝鲜无产阶级艺术联盟第二次抓捕事件(又名全州事件)牵连被捕入狱,于1935年12月被释放。前面所引用的话是其出狱后所吐露的心情,李箕永于1933年发表了《故乡》,韩雪野的《洪水》发表于1936年5月的《朝鲜文学续刊》1号上,《归乡》连载于1939年2月到7月的《野谈》38号至43号上,长篇小说《黄昏》自1936年2月5日至10月28日连载于《朝鲜日报》。②

《归乡》中,父亲期待着出狱的儿子基德回到故乡,并且改善了之前与儿子的对立关系。在作品中,基德想通过他的儿子永真来修补破裂的血缘关系和破败的家庭,基德的心境变化构成了作品的主要基调。③ 鲁迅《故乡》的主人公"我"与母亲带着年幼的侄子离开故乡,并且把希望寄托在年轻一代身上。而韩雪野的《归乡》则是以回到故乡为契机,使得一家三代和解,并借此表现出生存的意志。在这方面,韩雪野与鲁迅通过相反的故事情节,表现出了相似的中心思想。④

继韩雪野之后,鲁迅也经常被其他作家提及。"开始我们往往被鲁迅的革命精神与人道主义精神吸引,认为他是启蒙思想家和人道主义者。这与高尔基初期作品的人道主义思想受到瞩目很相似。鲁迅的初期作品的确体现出了很强的人道主义思想。"⑤"就我自己来说,我在文学上不仅受到了高尔基的影响,而且我也

---

① [韩]韩雪野:《归乡》,《朝鲜文学》2卷8号,1936年7、8号,第100页。
② 关于韩雪野的生平与作品年表,参见[韩]金外昆编《韩雪野短篇选集》1、2、3册(过渡期、归乡、宿命),首尔:太学社,1989年。
③ [韩]金外昆编:《韩雪野短篇选集》第2册(归乡),第35—100页。
④ 关于韩雪野的《归乡》:"不能否认的是,这是一部韩雪野由倾向作家回归日常生活转向为小市民作家的作品。"对于韩雪野这样的作品倾向,当代评论家安含光说:"这是蛰居与自我世界中的作家对于现实的无力。"(《作家韩雪野的近著》,《朝鲜文学》1936年6月)"雪野的不幸在于自身理念与环境之间的悖离。"(金外昆,上述著作,第101—102页)"那么作品《归乡》真正的主题是什么?无异于在殖民地现实中守护住人性,回归生活。这是对没落现实本身最极端的态度。没有对于现实矛盾的正确认识,也没有科学的解决方法,韩雪野停留在了《归乡》。《归乡》3由下条线索形成:以《故乡》《黄昏》等书引起的希望的丧失。在看不到前路的时候,《归乡》2必然地写到了人自身。而写人自身便是寻根以及从家庭内部寻找原因,因此这是以历史小说形式出现的成长小说。"(参见[韩]金允植《韩国现代现实主义小说研究》,首尔:文学与知性社,1990年,第72、84页)整体来看,不能否认《归乡》的作品氛围与鲁迅的《故乡》有相似之处。
⑤ [韩]韩雪野:《鲁迅与朝鲜文学》,《朝鲜文学》1956年10月号。此处是对[韩]崔雄权《现代朝鲜鲁迅的影响与接受》,《中国现代文学》第6号第198页的再引用。

在鲁迅的小说中发现了哲学深度和其中蕴含的东方的风格,我在狱中对鲁迅作品的登场人物的性格进行了思考。出狱之后我的短篇小说《探索》和《波涛》等作品中出现的知识分子形象从鲁迅的小说《狂人日记》《孔乙己》中得到了启示。"①《探索》于 1940 年 3 月发表于《人文评论》第 6 号,《波涛》于 1940 年 11 月发表于《新世纪》。《探索》讲的是由于自己的性格不够坚强而被周围的人认为是疯子,而且认为自己是被别人鄙视的人的故事,故事的主人公叫南植。② 例如,书中有这样的场面描写:"不知从何时开始,南植总是怀疑自己的头脑。但是如果只是疑心也就罢了,他毫无来由地将自己与毫不相关的东西比较的时候真是让人无语……不知为何他总是将自己与疯子进行比较,不知是不是比较之后要想想二者有何差异。"③"其中有的人仿佛用带刺的眼神看着他,有的仿佛在嘲笑他,甚至超过了 10 多名。"④看到这样的描写,很容易联想到"狂人"的形象。《波涛》这部作品主要描写了对妻子患有疑心病的男子明秀的故事。⑤ 例如:"就像自己的精神从头脑中跳出来一边想着这是谁一边安静地看着恍惚地站在那儿的自己,就这么傻乎乎的。"⑥"看着镜子啊,可真奇怪。开始不知道镜中的作家是谁。所以甚至想这是那儿枯死的画像啊。但是好好一看,那原来是我啊。"⑦这样的描写与人物形象是典型的"狂人"形象。当然,韩雪野的《探索》与《波涛》登场的主人公与鲁迅《狂人日记》中的"狂人"也存在着差异。鲁迅的作品中,"狂人"认为周围的人都是"吃人"的,这个认识是通过周围人物表现出来的,由此被认为是疯子。与此相反,韩雪野的作品中,主人公们是自己认识到自己非正常化以及正在变疯。鲁迅的"狂人"形象有三种评价:1.狂人是精神病患者;2.狂人不是精神病患者而是反封建战士;3.狂人是患了精神病的反封建战士。⑧ 这与韩雪野文章中的"狂人"形象有很大的差距。但作为有着正确的民族意识与独立精神的知识分子,作家将

---

① [韩]韩雪野:《鲁迅与朝鲜文学》,《朝鲜文学》1956 年 10 月号。[韩]崔雄权,上述论文,第 203 页再引用。
② [韩]金外昆编:《韩雪野短篇选集》2 册,第 268—316 页。
③ 上述著作,第 268 页。
④ 上述著作,第 313 页。
⑤ [韩]金外昆编:《韩雪野短篇选集》3 册,第 35—95 页。
⑥ 上述著作,第 42 页。
⑦ 上述著作,第 65 页。
⑧ 王富仁:《〈狂人日记〉细读》,《中国现代文学》6 号,第 124 页。

《探索》与《波涛》中主人公的职业都设定为作家,而且是只有很少稿费收入甚至还要依靠夫人生活的人物。考虑到处于殖民地不可能不使人疯狂,韩雪野的"狂人"形象蕴含的深层意义与鲁迅的"狂人"形象是一脉相承的。从这点可以看出韩雪野在创作过程中受到了鲁迅的影响。当时处于殖民地的客观条件与当时朝鲜无产阶级艺术联盟事件出狱后文学不得不转变思想倾向的现实情况,无力的作家开始剖析自己的内心世界,因此表现出了创造"狂人"形象的情况。

下一个受到鲁迅影响的作家是李陆史。李陆史这样提到鲁迅:"通过他的作家态度我再次感受到了鲁迅一贯的精神,我之所以对他感兴趣,是因为当今朝鲜文坛所有人都对艺术与政治的混淆和分立有着自己的想法,像是解决了也像是没有解决,我想看看像鲁迅这样信念坚定的人是如何解决艺术和政治关系的问题的。这个问题应该从他成为作家的动机来寻找。(中略)因此对鲁迅来说,艺术不仅不是政治的奴隶,至少艺术是政治的先驱者,既不是混淆也不是分立的关系。也就是只有写出优秀进步的作品,鲁迅作为文豪的地位才能上升,阿Q正是在这个过程中诞生的,评论家们也不敢对他妄加评论。"①值得一提的是,李陆史在1928年鲁迅的革命文学论争中引用了太阳社钱杏邨《死去了的阿Q时代》中批判鲁迅的话并进行了反驳:"说他不是专业作家而是农民作家,这样也不能诋毁鲁迅的名誉。重要的是他在创作中有着怎样真实的和明确的写作态度。"②从这一点来看,李陆史的诗《青葡萄》(1939年)、《绝顶》(1940年)、《旷野》(年代不详)等作品中所表现出炽热的时代精神、抵抗意识、创作态度,以及"20世纪30年代后期到40年代初,在日本统治下写出的抗日诗歌最大限度地表现出了其意义"的评价③,这些都说明了李陆史对鲁迅精神和鲁迅文学的接受和依靠。

诗人金光均发表的《诗歌》《鲁迅》④受到了瞩目。全文如下:

只靠写诗怎么能够生活

三十岁的男人无法入眠

嘀——汽笛声掠过屋檐

---

① [韩]李陆史:《鲁迅论》,《国家之爱》第16辑,第131页。
② [韩]李陆史:《鲁迅论》,《国家之爱》第16辑,第183页。
③ [韩]赵东一:《韩国文学通史》5册,首尔:知识产业社,1994年第三版,第519页。
④ [韩]郑汉模、金容稷合著:《韩国现代诗要览》,首尔:博英社,1987年,第520—521页再引用。发表年代未详或大约于1942年写成。

睡熟的妻儿

雪下了一整夜

被无数的手打了耳光

总是跌跌撞撞的生活之歌

我厌倦了朝自己飞来的石头

所谓生活

你什么时候才能追赶上我

开灯起坐

凄苦渗透了五脏

鲁迅啊

这样的夜晚,让我想起了你

全世界都被泪水浸湿的夜晚

在上海胡马路一个小巷子里

孤单凄冷的灯光

灯光仿佛在呢喃

这里有个伤心的人

但他坚强地活过

金光均当时与李陆史、尹昆岗、申石草等一起为《子午线》创作,代表作有《雪夜》(1938年)、《瓦斯灯》(1939年)、《秋日抒情》(1940年)等。关于他有这样的评价:"对任何事物都不持偏见,从中立的价值观角度表现感情。"[1]他是韩国代表性的现代主义诗人。但是1940年出现了对这种诗作的不满:"有的人把诗歌当作语言的庆典,永恒的祈祷,灵魂的悲剧,甚至是记忆中的乡愁等自然发生的东西,认为将心情与情感状态用笔和纸记录下来便完成了任务。通过他们的作品或诗论就能清楚地听到他们对世界的呼喊。(中略)由于只是充满了20世纪以前的心绪和情感,因此无论是战火硝烟的波兰还是疲惫的都市人的脸庞,都充斥着与丧失了信念和价值的现代人嘶哑的呼吸毫无关系的一种奇异的秩序。但是所谓诗

---

[1] [韩]赵东一:《韩国文学通史》5册,首尔:知识产业社,1994年第三版,第417页。

的感觉、诗的想法和灵感则存在于朦胧的烟雾中,而我们呼吸在与此相反的秩序中。"①正如上面评价所说的,金光均这个时期的诗作从自然发生的角度转变为有意识性的创作,在极力避免与现代社会的痛苦和不安绝缘。但是,在实际创作中,"只靠写诗怎么能够生活,三十岁的男人无法入眠"这样的句子,表现出了对诗和人生的怀疑和虚无感。②"鲁迅啊,这样的夜晚,让我想起了你……全世界都被泪水浸湿的夜晚……但他坚强地活过。"这些诗句可以看作作家将自己诗歌世界与认识寄托于"坚强地活过"的鲁迅的生活上,表现出了处在殖民统治时期的知识分子对生活再次挑战的精神。虽然金光均通过什么途径接触到鲁迅不得而知,但从他与李陆史一起为《子午线》创作这一点可以推测出他应该是通过李陆史接触到鲁迅和鲁迅文学的。

　　受到鲁迅影响很强的作家还有李炳注。李炳注这样描述了他接触鲁迅文学受到的冲击:"在其中夹着《鲁迅选集》一书。那时我是20岁的青年,200多页的薄书不到2个小时就被我读完了,而且我感觉到这并不是一本只读一遍就停下的书。当时我沉迷于法国象征主义文学,鲁迅使当时的我感到羞愧。我甚至感到后悔:'这不就是真正的文学吗?这样的好书就在我们的邻国,我到现在为止到底干了些什么呢?'……于是我感觉到鲁迅是一位具有抓住人心力量的作家。虽然他没有一篇长篇小说,却能被称为大文豪,在这点上这是唯一的。……当时我读了高尔基的《母亲》《我的大学》《契尔卡什》《底层》等书,但当时我怎么也没能想到鲁迅的《阿Q正传》和这些作品一样伟大。"③李炳注青年时期在日本留学时受到了鲁迅很强的影响,他说自己通过鲁迅形成了自己的世界观。即李炳注在开始文

---

① [韩]郑汉模、[韩]金容稷合著:《韩国现代诗要览》,首尔:博英社,1987年,第518页再引用(原发表于《人文评论》1940年2月号)。
② 这时金光均发表了如下诗。"我来到这片红色的土地,高高的黄土没有一花一草……钉子钉上木桩的声音,棺材落地时的铁链声,钉在我额头的正中央。"(《在绿洞墓地》,《朝光》8册1号,1942年1月,[韩]郑汉模、[韩]金容稷:《韩国现代诗要览》,第519—520页)"无数青年死亡的仁川泥田里,将你埋下已过二十天,写诗已是多余。"(《写诗已是多余》,《新天地》1947年10月号,《韩国现代诗要览》,第523—524页再引用)
③ [韩]李炳注:《虚妄与真实——我的文学经历》:下,首尔:麒麟院,1979年,第11—12页。李炳注1941年在日本留学时接触到了鲁迅。李炳注接触的第一本书是增田涉翻译岩波文库出版的《鲁迅选集》(1935年6月),里面收录了《孔乙己》《风波》《故乡》《阿Q正传》《高老夫子》《孤独者》《藤野先生》等。第二年(1942)李炳注购买了改造社出版的《大鲁迅全集》(全7册,1937年8月)。

学创作之前,并没有只单纯地把鲁迅当作文学家,而是通过鲁迅形成了自己生活的目标。特别是李炳注对鲁迅的接受表现出了其独特性:"在我进行探究的时候,鲁迅曾经一度为我照亮光明,在任何暴风雨中也不会被剿灭的光明。……解放以后的混乱期也正需要鲁迅这样老师,我通过他的眼睛看到了所谓的右翼,也看到了被陋习和私人情感充斥着的反动势力。他不仅表现出了对民主主义的赞扬,也将阴险的权术手段明显地表现出来。我还通过鲁迅的眼泪看到了左翼,我看出他们就是以人民的利益为借口想将人民奴隶化的人面兽心的集团。……通过这样的观察,我不知何时起被右翼当作了容共分子,被左翼当作了恶劣的反共分子。……鲁迅也曾经陷入这样的困境。我一边想想如果鲁迅生活在这样的状况中会怎么做呢?抱着这样的想法我关注着言论界,特别是文学界。"①一个时代失去了坐标或被过剩的意识形态所支配时,需要通过鲁迅寻找到自身的指南针。从这样的陈述来看,这意味着他不仅将鲁迅单纯地当作文学家,更当作生活的老师。

李炳注在决心成为作家的时候也将鲁迅作为自己的精神支柱:"在不写文章的时候,我就是鲁迅忠实的学生。因为周围发生的事情或是看到的文章用鲁迅的精神进行判断和处理就可以了。但是从我开始写作并发表作品之后,鲁迅则成了我难堪的老师。在实践中我渐渐明白,他的精神对我来说是多么的严格,而我的意志又是那么的薄弱。即使如此,我还是想一直做鲁迅的弟子,不过这对我来说是有点儿逞能的,其结果就是我因为笔祸招来了 10 年徒刑。但是笔祸事件的原因并不在于鲁迅,准确地说,笔祸事件的原因在于我并没能很好地学会鲁迅的精神与技法,从而出现的不诚实和欠气量造成的。……其中一个方法便是将散文小说化。被我当作老师的是散文家鲁迅,将方向转为小说必然会出现不同的情况。作为小说家的鲁迅是他的光芒也是核心,但是从整体来看这只是其中的一小部分。而且从小说来看,也不一定非要将他作为老师。……现在韩国有人忽视了鲁迅,我们不能因为中国共产党给予他很高的评价就忽略他。从结果来看,鲁迅从韩国的角度来说不是左翼作家而是真正的民族主义者,最正确的民族主义者。"②

另外,李炳注对于鲁迅的理解给了我们很多启示。李炳注对鲁迅小说的特征

---

① [韩]李炳注:《虚妄与真实——我的文学经历》:下,首尔:麒麟院,1979 年,第 13—14 页。
② [韩]李炳注:《虚妄与真实——我的文学经历》:下,首尔:麒麟院,1979 年,第 15 页。

进行了这样的评价:"鲁迅的小说在如今我国文学评论家看来用了不能称为是小说的笔触。文章以平静而清澈的风格展开,形容词等修饰语非常少。即便如此还能给读者以无限的感动,是因为其准确而敏感的洞察力和正直而温和的思考力。文章应该记录所感所想,他的文章表现出他进行了充分的感受和思考。"①特别是他所说的"准确而敏感的洞察力和正直而温和的思考力"这一观点准确把握了鲁迅文学的核心。②李炳注认为鲁迅文学是志士的文学:"我认为最重要的问题是能将医学和文学同时学好的先例有多少。鲁迅当时再过一年多就可以取得医师资格。一般人往往会进行妥协,在取得医生资格之后再去转向文学。当然,鲁迅放弃学医的理由是复杂多样的,但是可以看出鲁迅是完全忠实于自己内心的人。他不满足于匠人的文学,也不只是将文学作为一个职业,而是选择了为文学牺牲——很明显,他从一开始就选择了志士的文学。"③暂且不谈李炳注的文学世界,从中可以明显地看出李炳注将鲁迅视为自己文学世界的模范。从李炳注对鲁迅独特的看法中明显表现出来:"我为了更好地理解鲁迅而做了如下的区分。就是人道主义文学家与革命主义论客的区分。将一个人这样区分乍一看可能会觉得毫无意义,但是通过这个假设可以发现重要的事实。人道主义文学家的品质给予革命主义论客形象以厚重感,革命主义论客的抱负又给人道主义文学家以生命力,于是虽然鲁迅的形象因此得到了平衡,但是他的文学不能称为革命文学。……革命文学即政治文学,如果说政治文学是关心每年收成的话,人道主义文学则是关心土地的生产性。从这点来看,鲁迅的文学是人道主义文学。"④与此同时,对于鲁迅还有这样的理解:"这是对人类本质的超高度赞扬,也是通过艺术表现出的巨大的心理本体。鲁迅思想与文学的潜在力量正在于此……""陈独秀和胡适的思想和作品如今看来已经过于迂腐陈旧而不被世人所接受。但是鲁迅却仍然在感动着世人。"⑤

柳杨善的作品《狂人日记》几乎模仿了鲁迅的《狂人日记》:"柳先生,如果现

---

① [韩]李炳注:《虚妄与真实——我的文学经历》:下,首尔:麒麟院,1979 年,第 16 页。
② 例如,鲁迅思维方法的特征为"多疑"和"尖刻"(钱理群:《心灵的探寻》,上海:上海文艺出版社,1988 年,第 66—97 页),这与李炳注的观点不谋而合。
③ [韩]李炳注:《虚妄与真实——我的文学经历》:下,首尔:麒麟院,1979 年,第 18—19 页。
④ [韩]李炳注:《虚妄与真实——我的文学经历》:下,首尔:麒麟院,1979 年,第 23—25 页。
⑤ 李泽厚:《胡适,陈独秀,鲁迅》,《中国现代思想史论》,北京:东方出版社,1988 年,第 120—121 页。

在没有好的想法,那就把我当做模特写作吧。要我帮你定个题目吗?叫作'被鬼神附体的人'会很有意思的。就像鲁迅的《狂人日记》一样……啊哈,这样看来闵先生的日记有点儿像《狂人日记》呢!吃人的情节也是啊。鲁迅不是在批判封建礼教吗?向近代社会转向的历史时期,想要破除封建思想。没有什么特别的啊。……不过是适者生存和弱肉强食的道理而已。……结果不就是吃人吗?唉,又是该死的吃人!……总之就像鲁迅说的,我们也要呐喊。"①这部小说引用了鲁迅的作品,以讽刺的手法表现了《狂人日记》和"狂人"形象是多么深入人心。值得一提的是,柳杨善的这部小说,不仅是题目,小说的序、文章进入部分的日记体以及主题等都直接受到了鲁迅《狂人日记》的影响。例如:"(6月××日)死亡、死亡,又是死亡……生活在暴力时代的人们都必然会沾染上暴力。……(6月××日)恶魔的形象,浑浊的眼球,狗的惊叫声,强挤出来的笑声,灭亡的东西……'好!我告诉你。你们已经看清我的内心了吧。好!我是恶魔,是禽兽是虫子!这样行了吧?'……(6月××日)妻子看我的眼神很不寻常。像是怕我又像是在可怜我。……'你干吗这样?你现在才知道我是恶魔吗?'话音刚落妻子开始哭泣并让我一起去医院看病。看来这个女人真的是狐狸啊,分明是因为讨厌看到我所以想把我骗到医院去。"②柳杨善《狂人日记》中所出现的形象与鲁迅的《狂人日记》是完全重叠的。主人公对周围人物的受害意识、强迫观念,特别是"看我的眼神很奇怪"这一句,这是鲁迅的"狂人"对周围人物和事物认识中具有代表性的一句话,柳杨善将它直接用到自己的文章里。柳杨善将文中的患者闵教授设定为后来从精神病中恢复的形象,这也和鲁迅作品中的情节雷同。柳杨善将小说的时代背景设定为1991年,将当时与军政独裁完全对立的社会设定为背景。但是,柳杨善的作品给我们这样的感觉:"鲁迅不是在批判封建礼教吗?向近代社会转向的历史时期,想要破除封建思想。没有什么特别的啊。……不过是适者生存和弱肉强食的道理而已。……结果不就是吃人吗?唉,又是该死的吃人!……总之就像鲁迅说的,我们也要呐喊。"虽然1918年和1991年时间不同,但是还保持着和以前一样的结构,这让人感到很可怕和厌恶。"没有什么特别的啊"这句话中,鲁迅提

---

① [韩]柳杨善:《狂人日记》,《创作与批评》第20册第3号,1992年,第121—136页。
② [韩]柳杨善:《狂人日记》,《创作与批评》第20册第3号,第125—131页。

出的问题是,如果还能感觉到生存的话,那么对我们来说"近代"的问题还未解决。这无论是在鲁迅所在的中国,还是在柳杨善所在的韩国,都依旧是有待解决的问题。从这点来看,鲁迅文学具有强大的生命力。①

2.对知识分子的影响

除作家外,知识分子阶层受到鲁迅的影响也很深。其中,李泳禧受鲁迅的影响最大。"在这方面他给我留下了很多启示。他就是现代中国作家和思想家鲁迅。……鲁迅不仅将自己的思想实践为文学,而且将其实践为社会行动,这在知识分子中为数不多的。我像多数人一样,年轻时从精神上思想上进行了摸索和思索,我读了鲁迅的著作,感动于他是一个'实践的知识分子'。我不再单纯满足于做贩卖知识的教授、技术者或是文艺人,而开始考虑到了我作为知识分子的社会义务,我有义务改变被压迫的社会状况。这个责任感来自'对人类的爱'。我不知道我唤醒了几个沉睡的人,也不知道我使几个人的意识觉醒。我不是像鲁迅那样可以推动'历史'的巨人,所以即使只能和这个时代一起生活我就很满足了。这算是对30年前使我意识觉醒的鲁迅的一点儿小小的回报。"②这里可以看出,比起作为作家的鲁迅,李泳禧更强调了作为"实践的知识分子"的鲁迅,即他通过鲁迅认识到了"来自对人类之爱的责任感和作为知识分子的社会义务",并在这点上给了鲁迅很高的评价。对于从哪点上领会到了鲁迅的思想,李泳禧这样说

---

① 作家朴景利也受到了作家鲁迅的影响。朴景利曾经这样提到鲁迅:"中国作家鲁迅在他的作品《阿Q正传》的第一章序文中说明了作品题目与主人公阿Q名字的由来。按照他的说明,主人公的姓名和出生地均不详,以前做过什么又有怎样的经历也无从知晓,只知道当时的人们都叫他阿Quei,但是Quei这个发音所对应的汉字无从知晓,因此在思考了以后决定用Q字作为他的名字。而称为正传的原因则有很多复杂的理由。于是我大胆地借用了鲁迅《阿Q正传》中的Q字。这是因为我非常喜欢鲁迅的作品,特别是《孔乙己》《故乡》《孤独者》这样的作品,给了我很好的回忆。而且我也不知道这封长信的收信人的名字是有理由的。事实上Q不一定是人,也有可能是窗外的天空,也有可能是围绕在我四周的围墙,也有可能是我面对着的一切。所以,在思索了很久之后我决定借用鲁迅的Q字。但是Q,这是多么凄冷而茫然的称呼啊。我无论如何也无法知道你是谁。有可能是我的影子,也有可能是绕在我四周的墙,也有可能是夜晚天空中遥远的星星。同样你也不知道我是谁。你不会知道我们在唱着在黑暗中寻求光芒的歌,也不会知道这首歌包含着人类不会停止的哭泣。假设我们人类一起在偏僻的后胡同,坐在招牌破旧的小饭馆里一起吃饭,又一起坐在没有客人的茶馆里听着音乐喝着咖啡,街灯恍惚的夜路上依依不舍地分手,因为理解不了我凄凉的意义,那么Q是我的影子吗?还是空虚的?又或者什么都不是吧。"这里所出现的"四周的围墙""光芒""歌""哭泣"等词语都与鲁迅的《呐喊·自序》有着微妙的相似。[韩]朴景利:《致Q》,首尔:松树出版社,1993年,第11—12页。

② [韩]李泳禧:《鲁迅与我》《自由人》,首尔:泛友社,第353—356页部分缩略。

道:"我之所以很早开始就在韩国社会宣传鲁迅,不是从单纯的文学角度来看,而是从他的启蒙思想角度来看的。……作为读者,我从鲁迅的身上感到了人性的温暖。因为鲁迅给当时在黑暗中寻找光明的中国人以启迪,与他们同呼吸共命运。"①说明了鲁迅思想对社会的作用。"我甚至错觉鲁迅是不是描写的近代韩国甚至是现代韩国社会和韩国人的面貌。……而且我也明白了我心中的一切都被鲁迅看得清清楚楚。这就是鲁迅文章给我带来的感动。"②从这点可以清楚地看出李泳禧在接受鲁迅时表现出的独特性。

全遇翊对于鲁迅的接受特点与李泳禧有相似性也有自己的独特性。全遇翊这样提到鲁迅:"鲁迅在他的杂文《随感录六十五——暴君的臣民》中说,没有个人的独立就没有民众的团结,没有民众的团结那么社会就不会发展(战胜宿命论)。有的人认为个人的独立(个人主义)与集体的团结(民族或阶级)是完全对立的,他们认为'团结和统一'一味强调同化和谐,会埋没个人的特性。但是鲁迅在他从1900年到1920年间的文章中一再强调,'个人的尊严''个人的价值''人类的尊严'是最根本的。他在1907年写的《文化偏至论》中对近代西方的'新的人类原理'的理解,使我们知道我们对个人主义的理解是多么的错误。"③他认为鲁迅思想结构的核心是由"个人的自立""民众的团结"和"社会的发展"这三点构成的,这其中鲁迅一直强调的课题就是"为了个人独立而进行的精神上的革新"。这点主要表现为鲁迅思想,特别是前期鲁迅思想的核心要素。特别是1919年的五四运动之后,"青年学生思想大幅度解放,史无前例地受到鼓舞,他们跳出传统的圈子,接受西方文化,向封建思想开炮,争取个人的自由、独立和平等"④。从这点来看,鲁迅这种先驱性的工作更加有意义,而全遇翊深知这一点,他对鲁迅接受的程度很深。从这点来看,全遇翊所说的"民族主义建立在所有人类都一样的基础上,但是鲁迅告诉我们每个人都不同,但是每个不同的个体团结起来就可以实

---

① [韩]李泳禧:《今天的我们从鲁迅身上的发现》,李旭渊译,《朝花夕拾》,首尔:窗,1991年,第6页。
② [韩]李泳禧:上述文章,第77页。
③ [韩]全遇翊:《一个人活得好有什么意思》,首尔:玄岩社,1993年,第75—76页。全遇翊1925年出生于庆尚北道峰和,在日本统治时期完成了中学学业,现已归乡务农。
④ 李泽厚:《中国现代思想史论》,第17页。

现民族主义"①。全遇翊的理解体现了他对鲁迅理解的深度和广度。全遇翊对鲁迅文学接受的另一个特点从下面可以看出来。《狂人日记》中鲁迅批判的对象是民众。虽然也出现了代表封建父权制度的自己的哥哥和富翁赵贵翁,但是批判的对象主要是受剥削受压迫的民众。鲁迅为什么没有批判压迫阶级,而是将利箭射向了受压迫阶级呢?如果说当时他还不知道阶级理论那是不对的。那么是因为他讨厌民众吗?这样做的原因是什么呢?比起攻击压迫阶级,鲁迅将造成"食人社会"的阶级构造当作主要问题,特别重视的是应该作为创造新世界的主体的被压迫阶级。也就是说,他将民众是否能从政治的"客体"转换为政治的"主体"作为主要议题。鲁迅在《狂人日记》中揭露了受压迫民众的卑鄙和残忍,这是因为应该揭露作为变革主体的民众的本质。我认为这是和鲁迅文学中"国民性改造"有着直接关系的。……那么民众真的成为变革的主体需要的是什么呢?鲁迅可能会像下面这样说:"如果民众只停留在受害的角度,那么是毫无希望的。如果只单纯地将民众作为受害者,那么民众将永远是历史的客体,那么他们就永远也无法成为历史变革的主体。被迫害意识在无意识中与加害意识相似,民众一味地纠缠在受害意识里只会让历史重蹈覆辙。"所以鲁迅认为这样下去不行,认为只有"每个中国人都有自己的意识",中国才能有希望。……所以他才将目光放在最落后和软弱的阿Q身上,在绝望中探究他革新的路吧。运动和思想应该从根源上切断保守和落后的民族感情,在他们不明白这是"抵抗和固执"的时候,被抛弃的民众只会变得更加保守。……也就是对自己最落后部分的固执,就是鲁迅所说的"抵抗"。②鲁迅通过"狂人"和"阿Q"批判了他们所象征的当时中国民众,上面的评价与中国学者对《狂人日记》和《阿Q正传》偏左的评价不同,同样与偏右的评价也有差距。因此可以看出,全遇翊领会到了鲁迅文学的核心。即鲁迅自青年时期到老年时期一直在批判的"中国国民性"和对其改造的愿望集中于"受压迫

---

① [韩]全遇翊:《一个人活得好有什么意思》,首尔:玄岩社,1993年,第78页。
② [韩]全遇翊:《一个人活得好有什么意思》,首尔:玄岩社,1993年,第76—78页。

者的本质和个性的确立",因为鲁迅作品中的登场人物形象就反映了鲁迅这样的目的。① 另外特别的是:"'自己想吃别人,但是又怕被别人吃,所以每个人都用怀疑的眼神互相打量。如果抛掉这样的想法,安心地走路、吃饭和睡觉那该有多好啊!……'这是鲁迅 1918 年 4 月写就的第一部作品《狂人日记》第 9 章中的句子。这就是鲁迅所看到的当时中国人的状态,现在我们都战胜它该有多好啊!不幸的是,今天的中国经历了巨大的革命,而韩国也取得了很大的发展,但是这种现象仍然需要我们去解决。但是如今我们并没有要极力解决这个问题。"②这说明他通过鲁迅不仅认识到了过去的事情,也同时认识到了当今的中国和韩国。即全遇翊通过鲁迅形成了自己的世界观和思考体系,这是他接受鲁迅影响的独特性的体现。

另一个受到鲁迅影响的是芮春浩。芮春浩说:"我最尊敬的人就是鲁迅。我喜欢他的《狂人日记》和《阿 Q 正传》,但是最喜欢的作品是《为了忘却的记念》。虽然毛泽东和周恩来对于中国革命的贡献是最伟大的,但是我认为作为知识分子的鲁迅和柔石的作用更大。因为他们深刻地剖析了中国现实,为中国人民指明了前进的方向。"③这是从与之前不同的观点对鲁迅进行的认识。他更加注重鲁迅作为革命的导师和教育者的作用,这是从另一个角度对鲁迅的认识。

## 五、结论:鲁迅文学被接受的意义

从 1926 年鲁迅的《狂人日记》第一次被翻译成韩文开始计算,至今鲁迅文学

---

① 这一点是与给争取个人的自由、独立和平等的"启蒙"和具有爱国反帝特点的政治社会运动的双重变奏中的中国带来的影响有关系的。李泽厚认为,在中国现代史上,启蒙性质较强的新文化运动较先展开(大约 1915 年开始),其后展开了具有反帝救亡特点的五四运动(1919 年),当时的启蒙与救亡运动起到了相互补充和促进的作用。但是"个人的反抗没能找到任何出口,集体理想也在现实面前失败了"的新文化运动在进入衰退分裂期之后,被救亡运动和启蒙运动遮住了光芒。他还认为,在此之后中国在长期的政治军事斗争中,和"自由、民主主义、人格尊严的启蒙"相比,在反帝斗争中,个人的权利、尊严和个性自由不得不被磨灭。(参见李泽厚《启蒙与救亡的双重变奏》,《中国现代思想史论》,第 7—49 页)那么,鲁迅是怎么认识这个问题的呢?他说:"没有个人的独立就没有民众的团结,没有民众的团结那么社会就不会发展(战胜宿命论),表明了三者之间的关系。"全遇翊这样理解鲁迅当时思维体系的核心。例如,《娜拉走后怎样》(1923 年 12 月 16 日北京女子师范大学演讲),鲁迅在 1923 年左右还将"个人的自立(启蒙)"看作最核心的部分,这是很好的证明。
② [韩]全遇翊:《一个人活得好有什么意思》,首尔:玄岩社,1993 年,第 74—75 页。
③ [韩]芮春浩:《新东亚》,1985 年 3 月号。

进入韩国已经有70年左右了。像之前分析的一样,鲁迅文学的翻译一直在持续,作家和知识分子也分别从不同角度持续着自己对鲁迅的理解,从这一点来看鲁迅对韩国所带来的影响是深远的。

正如前面分析的一样,很多朝鲜人在20世纪二三十年代通过与鲁迅的直接接触,更加了解鲁迅并力图将鲁迅介绍到当时的韩国,主要是当时居住在中国的文学青年或留学生,媒体人在这方面也起到了重要作用,这对鲁迅在韩国的被接受起到了引导作用。这个时期的特征是着力介绍鲁迅的文学活动和翻译他的小说。一方面,李光洙和韩雪野在作品创作方面受到了鲁迅的影响,在作品中也体现出了这种影响。20世纪30年代中期以后,由于当时韩国的一些运动,韩国的文艺活动开始没落,这个时期介绍外国作家和作品几乎是不可能的,所以对鲁迅作品的翻译工作也几乎没有进行。1945年以后出现了一些介绍鲁迅短篇小说的文章,鲁迅作品在韩国第一次作为单行本出版。但是1950年以后,受到美苏之间的冷战体系造成的意识形态对立的影响,韩国对于鲁迅的介绍急剧减少。自20世纪70年代后期开始,对鲁迅作品的介绍和翻译又开始活跃起来。这个时期主要以介绍和翻译鲁迅前期作品《呐喊》和《彷徨》为主,并且将鲁迅限定为民主主义者的倾向较为明显。当然,这是由于冷战体制造成的意识形态对立和军事上的紧张局势带来的对中国的敌对意识,在接受和理解鲁迅时,这也成了障碍。由于意识形态的限制,鲁迅被片面地理解,从而出现了对鲁迅极端的评价,即认为鲁迅是"左"派,或者极端地认为鲁迅也会抵抗中共政权,而且出现了将前后期分开理解的情况。

但是20世纪80年代以后,对鲁迅的研究和理解呈现多样化的局面,不再局限于小说。随着对现代中国文化运动和文艺理论关心的增加,开始兴起了对鲁迅后期的关注和将前后期联系起来整体理解鲁迅的风气。鲁迅杂文集的翻译和出版就可以证明这一点。

但是作家和知识分子并没有单纯地将鲁迅片面地看作文学家,他们从多个角度去理解鲁迅。其中一个角度便是单纯地认为他是一个写作技法和人物形象塑造手法很卓越的作家。另一方面,也出现了像柳杨善这样从主题、风格和情节等多方面模仿鲁迅的情况,说明了作家们试图对鲁迅在整体上进行接受和理解。但很明显的是,作家们在刚接触和认识鲁迅时,往往都先从文学家的角度去思考。但是知识分子层则表现出了更重视鲁迅作为实践思想家和社会运动家的倾向,并且在理解鲁迅作品的时候也主要从思想层面或社会影响方面去理解。这首先来自鲁迅自身的多重特性,而对鲁迅作为文学家这一点的忽视也是一个原因。这主要源自对于鲁迅人生历程的崇拜和将其作为自己人生观和世界观的标准。这样的原因虽然很多,但最根本的是在当时半殖民地的情况下,韩国人想要通过中国人,具体来说是通过鲁迅这个人来了解如何解决反帝反封建这个时代性的课题,所以开始接受鲁迅生活的烦恼与历程,将其作为一个榜样。所以鲁迅通过小说和杂文提出的各种问题并不是单纯地局限于某一个时代,而是被从不同的角度理解。

但是如果只将鲁迅的某一个方面去扩大理解,只会误解鲁迅,所以在研究鲁迅的时候应该更加慎重。① 只有这样才能从多角度更好地理解鲁迅文学的深度和广度。另一方面,从我们民族是如何理解和接受鲁迅和鲁迅文学的角度来看,应该对朝鲜是如何接受和理解鲁迅文学的进行考察,但是由于各种条件的限制,以后将继续进行研究。②

**【参考文献】**

[1]鲁迅.鲁迅全集[M].北京:人民文学出版社,1981.

[2]林志浩.中国现代文学史[M].北京:中国人民大学出版社,1979.

[3]十四院校编写组编著.中国现代文学史[M].昆明:云南人民出版社,1981.

---

① 例如,朝鲜对鲁迅是这样评价的:"鲁迅在各方面都有所贡献,他通过文学创作揭露旧社会,表达了要建设新社会的意志和愿望。他的作品反映了中国文学从批判现实主义转向社会主义现实主义的发展过程。"(《文学艺术字典》,科学百科书典出版社,国内影印本,第 275 页)这样的评价只局限于对鲁迅形式上的理解。

② 孙启林:《鲁迅和他的朝鲜读者》,《鲁迅研究资料》11 号,(天津:天津人民出版社,1983 年)依据该书第 433—442 页,朝鲜的鲁迅作品翻译情况如下:1959 年《呐喊》《彷徨》《故事新编》《朝花夕拾》《野草》翻译出版;1956 年《鲁迅全集》1 卷:《呐喊》《彷徨》,朝鲜国立出版社;1957 年《鲁迅全集》2 卷:《故事新编》《坟》《朝花夕拾》中 26 篇;《鲁迅全集》3 卷:《热风》《而已集》《华盖集》《华盖集续篇》中 65 篇与《野草》;[韩]朴兴秉、[韩]李圭海合译,朝鲜文学艺术总同盟出版社,1964 年《鲁迅作品选》;文艺出版社,1971 年《鲁迅短篇小说集》;1979 年《祝福》:收录 12 篇小说。此外,《祝福》拍成电影,代表性的论文有安波的《伟大的革命家——鲁迅》,穆欣的《鲁迅和青年文艺工作者》以及[韩]朴兴秉和[韩]李圭海的《鲁迅生平和文学活动》等。朝鲜对《狂人日记》是这样评价的:"小说中的'狂人'最后高喊'救救孩子们!'朝鲜读者认为,这并非狂人的高喊,而是最勇敢的革命战士进行共同斗争的宣言。"

[4]戈宝权.《阿Q正传》在国外[M].北京:人民文学出版社,1981.

[5]邵伯周.《阿Q正传》研究纵横谈[M].上海文艺出版社,1989.

[6]许杰.鲁迅小说讲话[M].西安:陕西人民出版社,1981.

[7]李泽厚.中国现代思想史论[M].北京:东方出版社,1988.

[8]朝鲜总督府禁止单行本目录[M].首尔:朝鲜总督府警务局,1941.

[9][韩]申一澈编.申彦俊论说选[M].不详,1986.

[10][韩]李光洙.李光洙全集[M].首尔:三中堂,1964.

[11][韩]金外昆编.韩雪野短篇选集[M].首尔:太学社,1989.

[12][韩]金允植.韩国现代现实主义小说研究[M].首尔:文学与知性社,1990.

[13][韩]郑汉模,[韩]金容稷合著.韩国现代诗要览[M].首尔:博英社,1987.

[14][韩]李炳注.虚妄与真实——我的文学经历:下[M].首尔:麒麟院,1979.

[15][韩]全遇翊.一个人活得好有什么意思[M].首尔:玄岩社,1993.

# 索 引

## 作品索引

### A

阿诗玛　43

阿 Q 正传　173,260,261,264,267-271,276,280,282,283,286

### B

白水素女说话　59

白云小说　3,127

包公演义　21,131,134

北厢记　43,68

布衣交集　19

汴都赋　123

白猿传　129

补红楼梦　130,135

薄情郎　21,216

百变孙悟空　　246-248,256

波涛　　255,273,274

## C

彩凤感别曲　　5,13,20,21,71

残唐五代史演义传　　17

朝鲜王朝实录　　129,214,227,237

传奇漫录　　9,14,64,82-84

愁城志　　8

赤壁歌　　57,59,64,232

春秋　　2,3,86,102-104,120,124,129,130,206,228,229,232,236

春香传　　4,5,13,39,42,43,49,56,70,71,73-75,84,215

崔陟传　　15

崔致远　　2,10,13,14,69

楚汉传　　132,133

赤壁大战　　57,59,140

川边风景　　167

长恨歌　　216

## D

大胆姜维实记　　140

大唐秦王词话　　17,130

大越史记　　181,184

唊蔗　　21,78,82

东床记　　39

东人诗话　　3,6

东厢记　　39-41,49,72,78,83

窦娥冤　　42,43

东征赋　　34,72

杜十娘怒沉百宝箱　　20,75,216

东文选　91

洞箫赋　117

洞冥记　129

大明英烈传　133,135

东汉演义　131,134

东游记　131,134

大学　2,4,5,7-10,13-22,26-34,40,42-45,47,48,54-57,59,60,62,64,65,67,71-76,78,79,82-84,87-89,91-96,98-105,108-115,118,121,132,134,137,143,144,170-173,192,194,195,197,207-209,214,215,217,219,220,222,224,225,229,237,239,243,246,251,252,257-259,263-267,276,283,285

E

二程全书　3

F

凤凰琴　19

封神演义　18,131,134,135

G

古今情史　54

古今小说　54

古文观止　87,94,95,113

古文真宝　87,95,112,113,118,232

管子　2

广开土大王碑文　2

公无渡河歌　2

龟旨歌　2

国朝诗删　3

关东别曲　　34,72

高丽史　　53

古本西游记　　18,70

怪谈牡丹灯笼　　211-213

怪人封三娘　　216,223

故乡　　244,256,266,267,269,272,276,280

归乡　　272,281

# H

韩非子　　2,104,110,121

翰林别曲　　3,29,30,69,76

和汉三才图会　　128

虎阱文　　8

虎叱　　8,122

华山仙界录　　17

华容道实记　　140

还魂记　　5,15

黄夫人传　　140

黄鸟歌　　2

红楼梦　　3,9,43,70,130,131,135,140,159,166

洪吉童传　　3-5,16,18,22,75,76,79,82,84

韩客诗存　　10,71

韩昌黎集　　117

韩鹏赋　　119,122

汉武故事　　129

邯郸梦记　　129

花影集　　129,132,133,135

后水浒传　　131,134

红梅记　　130,135

红楼梦补　　130,135

红楼复梦　　130,135

后红楼梦　　3,9,43,70,130,131,135,140,159,166

好逑传　　131,135

海东金石苑　　161

翰林葫芦集　　211

红线传　　216

花神　　75,211,220

黄昏　　272

洪水　　55,61,62,72,80,272

## J

伽婢子　　14,65,82,136,211

贾云华还魂记　　5,15

剪灯新话　　3-9,12,14,15,64,65,70,72,74,76,82-84,127,130,132,133,135-139,142,143,209-211,213-218,223,224

江陵秋月　　19

娇红记　　15,129,132,133

今古奇观　　19-22,131,133,135,215,216

金鳌新话　　3-8,14,15,22,65,69,72,76,82-84,127,136-139,143,213

金瓶梅　　3,131,152,165

金申夫妇赐婚记　　39

金申赐婚记　　39

金现感虎　　13,216

锦香亭记　　20,21,77,84,131-133

警世通言　　19,129,216

荆钗记　　38,47-49,73,77

酒肆杖人传　　8

九云记　　9,70

九云梦　　　　6,9,13,17-19,70,78,82

均如传　　　　27,28

贾谊赋　　　　118

娇红记　　　　15,129,132,133

剪灯余话　　　77,129,132,133,210

剪灯丛话　　　129

金云翘传　　　129

剪灯新话句解　132-133,137,142,210,214,215,217,218,223

镜花缘　　　　130,135,165

吉备津之釜　　211

鉴湖夜泛记　　211,216

绝顶　　　　　274

## K

酷吏列传　　　123

开辟演义　　　131,134

可怜杜十娘　　216

狂人日记　　　148,264,267-269,273,278,279,282,283,285

孔乙己　　　　267,270,271,273,276,280

旷野　　　　　274

## L

老子　　　　　2,3,8,145,157,206

老乞大　　　　45,46,227

李秀卿义结黄贞女　19,54

栎翁稗说　　　3

梁山伯传　　　13,19,54,55,65,70,72,82

列子　　　　　2

林庆业传　　　16

柳与梅争春　　8

龙宫赴宴录　　15,138,139

龙图公案　　21,22

龙泉谈寂记　　3

李娃传　　42,43

梁山伯与祝英台　　54,55

刘忠烈传　　76,215

列女传　　8,12,130,132-135

麟凤韶　　135

绿牡丹　　130

论语　　116,170,191-208

论语集注　　192-193,195,198,201,205-206,208

论语故事　　194

论语讲说　　195

聊斋志异　　130,131,209-211,216,218-224

鲁迅文集　　261,268

鲁迅选集　　261,268,276

鲁迅遗著　　261

## M

满江红　　39-41,49

门神巫戏　　54,55,58

梦决楚汉讼　　19

梦见诸葛亮　　140

牡丹亭　　42,43,165,172,173,175

默斋日记　　47,48,73

明月亭　　20,21,79,215

牡丹灯记　　210-218,223

牡丹灯笼　　211,213,217,218,223

卖油郎　20,216

满老头之死　271

## N

南宋演义　17,134

南炎浮洲志　8

闹阴司司马貌断狱　19

女娲传　82

诺皋记　129

南柯梦记　129

南宋演义　17,134

南溪演义　131,134

女仙外史　131,135

女人死后诱男子于棺内而杀之事　211

呐喊　266-268,279,280,284,285

## P

朴氏传　16

朴通事　18,45,46,245

破闲集　3,6

普贤十愿歌　28

平家物语　76

娉娉传　130,135

平妖记　135

琵琶记　171,172

彷徨　146,266-268,284,285

## Q

青庄馆全书　129

泉水石　　　17

情史　　　54,130,243,258

乔太守乱点鸳鸯谱　　　20

齐谐记　　　129

千里驹　　　130,135

千家诗　　　163

青葡萄　　　274

## R

壬辰录　　　16

儒林外史　　　130,182

## S

三国大战　　　140

三国演义　　　3-6,12,16,17,39,57,59,66,69,70,75-77,82,84,128,131-136,138,140,227,229,232

三国遗事　　　13,27,56,79

三韩拾遗　　　18

三言二拍　　　19-21,83

三元记　　　5

山海经　　　128,130

尚书　　　2,3,44

诗话丛林　　　3

诗经　　　4,26,28,73,163,169,194

史记　　　2,7,89,102,103,109-111,113,115,117-123,125,167,184,229,237

双女坟记　　　13

沈清歌　　　57

水浒传　　　3-5,12,15,16,39,66,69,75,81,82,84,128,130-134,220

水宫歌　　　57

水宫庆会录　15,138

苏大成传　17

苏学士传　19

苏知县罗衫再合　19,79

搜神记　59,130

孙子　2

慎独斋手泽本传奇集　48

苏云传　19,83

四公子列传　124

十州记　129

世说新语　127,130,132,133,136,137,142,143

世说新语补　132,136

孙庞演义　131,133,134

隋唐演义　131,133,134

说岳传　133

双美缘　130,135

三朝北盟会编　162

三山福地志　216

世祖逸事　216

四世同堂　167

四书集成　197

四书释义　197

蛇情　216

三国志平话　227

三国志　80,131,210,215,225-237

T

太平广记　3,14,53,80,127,130-135,137,142

太平通载　13,14,131,137,142

索引 297

桃花扇　42,164,175

唐晋演义　17,78

唐太宗传　18

调信　13,216

田禹治传　18

太平广记详节　14,53,127,131-132,137,142

桃花源记　108,116,119

太原志　131,134

## W

王十朋奇遇记　47-49,73,81

王十朋传　47-49,73,77

韦敬天传　15

慰灵台与梁山伯　54

文苑　90,91,131-133

五代残唐　17

伍伦全备记　38,44-47,49,71,76,79,81

伍伦全伦备传　45

伍伦全兄弟传　45

伍伦全传　44-46,73,78,79

万福寺樗蒲记　15,72

吴越春秋　2,3,86,102-104,120,124,129,130,206,228,229,232,236

文苑楂橘　131-133

文心雕龙　168,169

五洲衍文长笺散稿　222

## X

仙女红袋　13

相思洞记　15

西厢记　　　3-5,13,38-40,42,43,49,56,70,71,75,84,215

西游记　　　3-5,18,70,82,129,131-134,220,239-258

新罗殊异传　　14

兴夫歌　　　57

续今古奇观　　19-22,131,133,135,215,216

宣室志　　　54,130

薛仁贵传　　　17,18,75,131-133

笑林　　　121

循吏列传　　　123

新序　　　129

效颦集　　　129,132,133

西湖游览志　　129

西汉演义　　　131,133,134

西周演义　　　18,133,134

续红楼梦　　　3,9,43,70,130,131,135,140,159,166

醒风流　　　131,135

雪月梅传　　　130,135

悬吐玉麟梦　　215

悬吐汉文春香传　　4,5,13,39,42,43,49,56,70,71,73-75,84,215

悬吐注解西厢记　　3-5,13,38-40,42,43,49,56,70,71,75,84,215

悬吐谢氏南征记　　215

惺所覆瓿稿　　245

## Y

医山问答　　　8

映山红　　　41

莺莺传　　　39

玉玦记　　　42

玉楼梦　　　6,17,18,82,138

索引　299

玉堂春　　4,13,42,43,70

御史朴文秀　　20,21

云英传　　15

喻世明言　　19,54

月峰山记　　19

酉阳杂俎　　127,130,132,133,165

乐章歌词　　53

游仙窟　　14,70,129

玉郎返魂传　　70

玉娇鸾百年长恨　　20,21,216

郁离子　　110,162

仪礼　　111,124

永州八记　　113,117

玉耶经　　124

语林　　129,131

虞初志　　129

瑶华传　　130,135

元朝秘史　　162

言解论语　　116,170,191-208

雨月物语　　211,213

燕山朝秘话　　216

玉壶冰　　131-133

玉娇梨传　　135

引凤箫　　131,135

燕行录　　164,172,175

谚译论语　　116,170,191-208

虞初新志　　130,131,165,219,221

玉支玑　　131,135

慵斋丛话　　131,137,143

玉仙梦　　138

艺苑卮言　　169

夜窗鬼谈　　211,212,219-221,224

## Z

泽堂集　　3

张伯传　　17,78

张风云传　　17

折花奇谈　　19,48,84

芝峰类说　　6

周礼　　2

周生传　　15

周易　　3,229

诸葛亮传　　140

朱子书　　3

诸马武传　　19

左传　　102,103,111,119,123-125

忠孝记　　44

纲常记　　44

中国小说绘模本　　13

战国策　　102,103,111,125

醉翁亭记　　115,117

枕中记　　118,216

赵飞燕外史　　129

钟离葫芦　　69,131-133

忠烈侠义传　　130,135

忠烈小五义传　　135

珍珠塔　　130,135

再生缘　　130,135

中庸　　194

浊流　　272

探索　　3,7-10,40,59,61,62,64,80,87,88,102,121,152,162,165,166,168-170,232,236,248,273,274

## 文学体裁索引

变文　　26-28,33,56,68,101,165,166

词脑歌　　27,28

敦煌文学　　27

高丽俗谣　　26,27,29-31,80

歌辞　　25-27,33,34,72,74,75,77,83

佛典偈颂　　28

讲唱　　43,54,56,57,69,72,78,81,164,175

景几体歌　　25-27,29-31,33,34,66,67,69,71,82

联章体　　26,29,31

骈俪文　　25,26,29,30,33,34

盘瑟俚　　42,43,52,56,57,59,60,62,68,69,71,72,78,81,232

散曲　　27,30-32,34,69,82,154

时调　　25-27,31-34,68,72,76-78,81,82,84,210,216

说话　　2,6-8,13,14,16,52-55,57-62,64-67,70,71,75,78,80,83,84,205

小品文　　94,105,109,114,115,169,221

乡歌　　26-28,31,32

传奇　　3,7-9,13-15,17,38-41,43,48,49,64,67,71,76,81-84,92,103,113,118,127,131,136,154,164,166,172,175,213,216,222,247,257

落语　　211,213

# 作者索引

陈师道　　98,100,111

崔致远　　2,10,13,14,69

崔孝骞　　8

陈后山　　3

成任　　　14,53,127,131

成倪　　　143

成元庆　　267,269

东皋渔樵　43

杜甫　　　3,4,6-8,73,75,125,168

丁若镛　　192,197,201-203,205,208

归有光　　100,105,110,111,116

国木田独步　220

韩愈　　　88,98-101,103,109-111,113-118,120,122,123,125

洪大容　　8

洪万宗　　3

黄庭坚　　3,163

韩愈　　　88,98-101,103,109-111,113-118,120,122,123,125

韩希卨　　45

黄庭坚　　3,163

韩雪野　　271-274,284,286

胡适　　　101,157,167,263,278

金时习　　3,8,14,127,137,143

金昌协　　5,192

金圣叹　　39,43

金仁存　　192

金昌协　　5,192

| | |
|---|---|
| 金九经 | 263,264 |
| 金光洙 | 268,269 |
| 菊池三溪 | 219,220 |
| 金光均 | 274-276 |
| 金正喜 | 4 |
| 李睟光 | 5,6 |
| 李德懋 | 39 |
| 李奎报 | 3,127 |
| 李齐贤 | 3,10 |
| 李仁老 | 3,6 |
| 李文楗 | 47 |
| 李钰 | 39 |
| 李钟麟 | 40 |
| 李植 | 3 |
| 林悌 | 8 |
| 柳梦寅 | 8 |
| 柳宗元 | 3,99,101,103,104,108-111,113,115-123,162 |
| 刘禹锡 | 111,165 |
| 鲁迅 | 103,148,167,169,259-286 |
| 李白 | 3,125,163,217 |
| 李植 | 3 |
| 李混 | 3 |
| 李瀷 | 5,208 |
| 李睟光 | 5,6 |
| 林悌 | 8 |
| 柳梦寅 | 8 |
| 柳彦遇 | 45 |
| 李沆 | 45,79 |
| 李滉 | 192,208 |

柳杨善　278-280,284
李炳注　276-278,286
李箕永　217,272
李圭景　222,223
李陆史　266,274-276
梁启超　67,168
老舍　167
李梦阳　168
梁白华　216,268
李穑　8,9,83
李文楗　47
欧阳修　3,98,99,101,109,110,117,119,121
朴寅亮　14
朴趾源　7,8,182
朴景利　280
朴颐阳　215
权铧　8
屈原　6,34,83,115
瞿佑　3,14,137,143
浅井了意　211
若大生　216
申纬　9,83,163
苏东坡　6,96,99,108,110,113-117,123,163
司马迁　7,103,109,113,115,117,118,121,157,165,184,229
沈守庆　45
石川鸿斋　210,212,213,219,220
上田秋成　211
三游亭圆朝　211-213
陶渊明　3-9,71,73,78,82,83,168

田愚　　　192

王安石　　99,100,111,118-120,124,125

王维　　6,9,83,163

吴敬梓　　182

王实甫　　39,40

芮春浩　　283

王世贞　　168

无声学人　　216

徐居正　　3,6,75,91

许筠　　3,16,34,72,245

元稹　　39

俞晚柱　　221-223

袁宏道　　100,115,116,119,122,168

尹白南　　215-217,224

赵秀三　　17

张岱　　105,109,115

郑澈　　34,72,83

庄子　　3,8,21,79,102,104,108,109,111,113-116,118-125,146,152,157,162

## 研究者索引

安祥馥　　68,171,174

安大会　　43,68

安廓　　25,31,68

安秉卨　　104,108,110,112-118,120

安炳周　　193,197

安秉煜　　196

安英新　　268

| | |
|---|---|
| 白承锡 | 117,118 |
| 卞钟铉 | 82 |
| 表文台 | 195,199 |
| 曹平焕 | 27,28,68 |
| 曹喜雄 | 20,54,64,68 |
| 崔元午 | 60,62,64,70 |
| 成昊庆 | 27,30,41,45,48,65,69 |
| 成镐周 | 27,30,31,69,82 |
| 成耆说 | 53,54,59,64 |
| 成贤子 | 57,65,69 |
| 崔博光 | 15,69 |
| 崔南善 | 3,4,69 |
| 崔溶澈 | 9,13,15,64,69,70,210,211,214,224 |
| 车溶柱 | 14,70 |
| 车相辕 | 6,13,70,74,113 |
| 车柱环 | 10,42,64,100,116,194,199,205 |
| 蔡根祥 | 116 |
| 蔡守民 | 172,174 |
| 曹寿鹤 | 14,69 |
| 曹明和 | 145,158 |
| 崔来沃 | 59,64 |
| 崔元午 | 60,62,64,70 |
| 崔英柱 | 17,82 |
| 崔完植 | 96,112 |
| 崔云植 | 143 |
| 崔根德 | 17,69,82,194,196,199 |
| 崔泳准 | 105,109,111,120 |
| 崔洛民 | 172 |
| 陈益源 | 9,64 |

# 索 引

陈妙如　　21,82

陈文琴　　55,82

陈玉卿　　99,108,116

池妍淑　　82

车泰根　　148

车美京　　173,174

成百晓　　195

崔元植　　263

崔雄权　　262,272,273

丁奎福　　4,8,9,13,17,18,20,26,28,30,32,33,43,54,64,65,67,70,82,143

丁来东　　4,13,25,31,42,43,70,268

丁范镇　　113,267

高奈延　　46,47,71

郭鲁凤　　99,101,109,110,115,117,119

韩荣焕　　6,14,15,65

韩武熙　　95,96,102,111-113

韩秉坤　　148

韩相德　　173

韩必勋　　193,200,205,206

洪永杓　　13,71

洪亿善　　27,82

黄浿江　　74

黄仁德　　59

黄珵喜　　98,111,122,123,125

洪淳旭　　89

洪承直　　92,99,104,109,111,119-121,195

洪瑀钦　　108,110,114-117,119

洪寅杓　　99,100,108,113-116

| | |
|---|---|
| 洪京我 | 149 |
| 洪淳昶 | 115 |
| 洪荣林 | 171 |
| 河炅心 | 171 |
| 黄熙景 | 194,204,205 |
| 黑岛千代 | 219,220,224 |
| 韩武喜 | 268 |
| 金明昊 | 7,10,65,71 |
| 金起东 | 5,13,71 |
| 金圣基 | 71 |
| 金时邺 | 71 |
| 金庠基 | 4 |
| 金铉龙 | 6,13,14,53,54,65 |
| 金学主 | 40,56,65,66,72,95,112,119,194,198 |
| 金在勇 | 72 |
| 金台俊 | 4,12,19,25,26,29,32,40,41,54,65,72,167 |
| 金昌龙 | 9,65,104,112 |
| 金周淳 | 9,82 |
| 金基平 | 13,71,195,204 |
| 金琇成 | 15,72 |
| 金洪哲 | 16,71 |
| 金裕凤 | 16,71 |
| 金镇世 | 17,72 |
| 金延浩 | 20 |
| 金云学 | 26,28,66,113 |
| 金容稷 | 26,74,274,276,286 |
| 金俊荣 | 29,71 |
| 金重烈 | 32,82 |
| 金星洙 | 34,66,72 |

索 引

| 金钟澈 | 42,73 |
| --- | --- |
| 金东旭 | 4,42,56,71,218,224 |
| 金永根 | 46,72 |
| 金献善 | 60,72 |
| 金炯敦 | 71 |
| 金龙兴 | 55,71 |
| 金在勇 | 72 |
| 金永善 | 54,72 |
| 金喆洙 | 112,113 |
| 金钟燮 | 99,100,109,111,123,124 |
| 金都炼 | 100,114-116,118,195,197,205 |
| 金在烈 | 102,108 |
| 金世焕 | 102,104,108,116 |
| 金仑寿 | 95,118 |
| 金圣日 | 103,109,111,117-120 |
| 金圣桓 | 121 |
| 金长焕 | 121,137,143 |
| 金钟声 | 92,103,111,122 |
| 金苑 | 103,110,123,124 |
| 金庠澔 | 145,157 |
| 金秀妍 | 148 |
| 金英淑 | 171-174 |
| 金银洙 | 172 |
| 金钟珍 | 173,174 |
| 金英美 | 173,174 |
| 金暎镐 | 208 |
| 金桢镇 | 193 |
| 金钟武 | 194 |
| 金莹洙 | 194 |

| | |
|---|---|
| 金锡原 | 195 |
| 金泳 | 195,203 |
| 金容沃 | 196,206 |
| 金文卿 | 230,235,237 |
| 金允植 | 230,237,271,272,286 |
| 金河林 | 259,262,266 |
| 金光洲 | 223,267 |
| 姜在哲 | 53,54,71 |
| 姜信雄 | 114 |
| 姜贤敬 | 110,121,124 |
| 姜妗妹 | 172 |
| 矶部彰 | 240,258 |
| 金龙云 | 266 |
| 金时俊 | 67,262,267,268 |
| 金镇旭 | 267 |
| 金外昆 | 272,273,286 |
| 李炳汉 | 10,13,66,73 |
| 李丙畴 | 5,6,65,66 |
| 李东欢 | 73 |
| 李福撰 | 47-49,73 |
| 李慧淳 | 7,8,16,20,26,66,73,74 |
| 李家源 | 4,5,74,91,114,194,203,267,269 |
| 李庆善 | 4-6,13,17,25,26,33,34,66,74,217 |
| 李明九 | 5,13,15,19,26,29,30,54,66,74 |
| 李能雨 | 13,25,26,33,66,74,75 |
| 李相翊 | 5,15,17-18,20,61,66,75,82 |
| 李秀雄 | 9 |
| 李钟殷 | 4,13,82 |
| 李钟周 | 61,75 |

| | |
|---|---|
| 柳晟俊 | 9,76,83,96,112 |
| 林基中 | 27,33,66,75,76 |
| 林荧泽 | 66,76,263 |
| 李炳汉 | 10,13,66,73 |
| 李炳赫 | 4,73 |
| 李钟灿 | 5,75 |
| 李昌龙 | 5,7,73 |
| 李慧淳 | 7,8,16,20,26,66,73,74 |
| 李在秀 | 13,43,66,67,75 |
| 李学主 | 14,82 |
| 李凤麟 | 16,82 |
| 李在春 | 20,75 |
| 李宪洪 | 22,82 |
| 李锡浩 | 39,75 |
| 陆在龙 | 19,83 |
| 李圭昊 | 41 |
| 李熙升 | 42,75 |
| 李垛渊 | 46,47,73 |
| 李承妍 | 47,82 |
| 李福揆 | 47-49,73 |
| 李仁泽 | 55 |
| 李秀子 | 59 |
| 李润石 | 75 |
| 李济雨 | 105,109,111 |
| 李庭卓 | 75 |
| 李庚秀 | 82 |
| 李星 | 89 |
| 李章佑 | 96,98,100,108,112-116 |
| 李基奭 | 96,112 |

| | |
|---|---|
| 李东三 | 96,112 |
| 李永朱 | 96,112 |
| 李钟汉 | 88,98,101,110,118,120,122,125 |
| 李炳姬 | 102,111,120,125 |
| 李准根 | 105,109,115 |
| 李康来 | 105,109,117 |
| 李奭炯 | 118 |
| 李翼熙 | 109,111,118,121 |
| 李寅浩 | 103,109,110,118,120-123,125 |
| 李基勉 | 119,122 |
| 李宣徇 | 122-125 |
| 李圣浩 | 98,111,121,122 |
| 李康齐 | 147,148,154,157 |
| 李珠鲁 | 148 |
| 李喜甲 | 149 |
| 李昌淑 | 172 |
| 李廷植 | 174 |
| 李秀泰 | 194 |
| 李元燮 | 194,201,205,227 |
| 李乙镐 | 194,202 |
| 李又载 | 194,201,205 |
| 李基东 | 195,200 |
| 李民树 | 195 |
| 李东熙 | 195,203 |
| 李洙泰 | 195,203 |
| 李东月 | 216,224 |
| 李政文 | 240,246,257,262,264,265 |
| 李旭渊 | 268,281 |
| 李泳禧 | 280,281 |

| | |
|---|---|
| 刘丽雅 | 55,56,81 |
| 林娅炫 | 76 |
| 梁光锡 | 2 |
| 林光淑 | 47 |
| 柳种睦 | 117,196 |
| 柳在元 | 47,76 |
| 柳映先 | 60,76 |
| 柳渊焕 | 20,83 |
| 柳浚景 | 76 |
| 柳浚弼 | 148 |
| 柳莹杓 | 118-120 |
| 柳正基 | 195,204 |
| 柳中夏 | 266 |
| 罗联添 | 100,116 |
| 卢惠淑 | 115 |
| 林春城 | 103,109,117 |
| 梁会锡 | 144,145,155,157 |
| 梁柱东 | 199 |
| 鲁迅 | 103,148,167,169,259-286 |
| 刘世钟 | 266,268 |
| 林承杯 | 117 |
| 林东锡 | 117 |
| 闵宽东 | 13,66,126,128,131-135,139,140,143 |
| 闵丙三 | 102,108,123 |
| 闵正基 | 148 |
| 南丰铉 | 2 |
| 南胤秀 | 8,83 |
| 南宗镇 | 98,103,110,111,122,123 |
| 南恩暻 | 79 |

| 南宫远 | 98,109 |
| 南晚星 | 194 |
| 朴镇泰 | 55,58,62,66,77 |
| 朴晟义 | 4,5,12,14,15,18,26,30-33,40,43,66,67,76 |
| 朴熙秉 | 7,8,14,67,76 |
| 朴在渊 | 13,16-18,21,48,77,83,134,143,214,222,224 |
| 朴钟声 | 77 |
| 权斗焕 | 32,77 |
| 朴惠淑 | 7,83 |
| 朴炳旭 | 29,76 |
| 朴京珠 | 29,67 |
| 朴善英 | 40,83 |
| 朴有京 | 40,83 |
| 朴相珍 | 46,76 |
| 朴宙明 | 47,83 |
| 朴现圭 | 76,116,117 |
| 朴完镐 | 77 |
| 朴晟镇 | 88,95,103,111,125 |
| 朴宰雨 | 89,103,109,110,115,118 |
| 朴浚圭 | 90 |
| 朴佶长 | 115 |
| 朴壮远 | 120 |
| 朴钟赫 | 121,122 |
| 朴璟兰 | 99,105,110,111,123 |
| 朴成勋 | 171,172 |
| 朴泓俊 | 172 |
| 裴渊姬 | 173 |
| 朴炳元 | 174 |
| 朴一峰 | 95,112,113,195 |

| | |
|---|---|
| 朴琪凤 | 195,202 |
| 蒲原有明 | 220 |
| 朴炳泰 | 267 |
| 朴正一 | 268 |
| 朴云锡 | 268 |
| 权五惇 | 5,77 |
| 权纯宗 | 40,41,67 |
| 权泽茂 | 41,67 |
| 权锡焕 | 85,92,102,104,109,111,119-125 |
| 权修展 | 173 |
| 全弘哲 | 122 |
| 全惠卿 | 9,14,83 |
| 全圭泰 | 77,127,143 |
| 全台焕 | 77 |
| 全英兰 | 34,83 |
| 权纯肯 | 77 |
| 琴知雅 | 77 |
| 沈庆昊 | 7,22,44-46,67,78,83 |
| 史在东 | 56,57,78 |
| 孙晋泰 | 25,53,54,67,78 |
| 孙志凤 | 59,78,83 |
| 沈载淑 | 17,19,78,83 |
| 沈揆昊 | 102,109,118,119 |
| 宋政宪 | 8,9,78,83 |
| 宋晟旭 | 78 |
| 申东益 | 20,67,77,83 |
| 申铉准 | 148 |
| 申基亨 | 41,67 |
| 孙秉国 | 20,83 |

| | |
|---|---|
| 石朱娟 | 47,78 |
| 苏恩希 | 47,78 |
| 申美子 | 115 |
| 神田民卫 | 220 |
| 森鸥外 | 220 |
| 宋贞和 | 239,246,250,251,258 |
| 水尾绫子 | 251,258 |
| 山根一二三 | 252,258 |
| 杉浦茂 | 252,258 |
| 石川纯一郎 | 252,253,258 |
| 申一澈 | 265,266,286 |
| 田晟云 | 19,78 |
| 田耕旭 | 58,67,78 |
| 田光铉 | 45,46 |
| 王国良 | 21,78 |
| 吴秀卿 | 46,79 |
| 吴洙亨 | 92,99,104,111,113,116,118,119,121-124 |
| 吴宪必 | 100,111,124,125 |
| 文璇奎 | 67,96 |
| 文范斗 | 122 |
| 文智成 | 103,111,123,124 |
| 文盛哉 | 171 |
| 徐大锡 | 17-20,55,58,60-62,67,79,84 |
| 许世旭 | 6,32,67,112,114,123,267,269 |
| 许敬仁 | 16,79 |
| 许壁 | 267 |
| 叶乾坤 | 5,13,67,84 |
| 尹柱弼 | 8,45,79 |
| 尹贵燮 | 26,30,80 |

叶庆炳　　100,116

尹日受　　40,78,84

尹顺　　　56,79

尹光凤　　78

尹学老　　60,84

尹正铉　　96,113

尹佑晋　　149

禹春姬　　214,224

严英旭　　266

曾天富　　20,22,84

张孝铉　　7,9,67,81

张筹根　　57,81

赵钟业　　9,68

赵东一　　10,41,62,67,68,74,93,140,177,262,274,275

赵润济　　25,26,29,30,40,68,74

赵显卨　　61,62,80,81,84

郑炳昱　　32,42,68,75,81

郑沃根　　15,16,78,81,84

张基槿　　195,198,267

张介钟　　9,14,84

张德顺　　42,66

张柱玉　　16,84

张亨　　　100,116

张昌虎　　102,103,109,111

张永伯　　92,103,111,120,123,124

赵维国　　14,80

赵惠兰　　20,84

赵娟廷　　47,76

赵兴旭　　68

| | |
|---|---|
| 赵英规 | 20,69 |
| 赵宽熙 | 97 |
| 赵令扬 | 100,116 |
| 赵美娟 | 156,158,171 |
| 郑焕国 | 15,81 |
| 郑雨峰 | 43,44,81 |
| 郑桂顺 | 47,84 |
| 郑莲实 | 47,76,81 |
| 郑学城 | 48,49,68,81,84 |
| 郑吉秀 | 48,81 |
| 郑元祉 | 56,57,68,81 |
| 郑秉宪 | 232 |
| 周王山 | 42,68 |
| 郑后洙 | 195 |
| 折口信夫 | 253,258 |
| 郑汉模 | 274,276,286 |

# 后 记

本书是教育部特别委托项目"20世纪中国文学在域外的传播与影响"韩国卷子项目的研究成果。考虑到项目研究范围过宽，由于实力所限，本人难以全部涉及，因此将研究范围进行了缩略，将书名改为《20世纪韩国关于韩国文学对中国古典文学接受情况的研究》。因此，本文主要总结了韩国学者从接受的角度，对于韩国文学对中国古典文学的接受情况做了哪些研究。因此，本研究涉及的研究对象既有韩国的中国语言文学相关学者的研究，也有很多韩国语言文学相关学者的研究，这样就可以全面地了解这一领域的相关研究，为中国学界的研究提供参考和借鉴。

本书共分为两大部分。第一部分为论述部分，主要从整体上对韩国关于韩国文学对中国古典文学接受情况的研究进行了总结，并分为古典小说、古典诗歌、古典戏曲和民间文学四大部分对相关领域的研究进行了阐述。第二部分为精选论文译文，共选择了9篇韩国学者相关领域的代表性论文，既有整体性研究，如对中国古典散文、中国古典小说、中国文学、东亚文学的研究，也有对代表性作品和作家的研究，如对《论语》《剪灯新话》《聊斋志异》《三国志》以及鲁迅文学的研究。通过这种点和面的结合，可以全面地了解韩国文学对中国文学的接受及其研究情况。

为了搜集更多的资料，研究期间本人曾几次赴韩进行调研，查阅了大量资料，但由于时间和精力有限,未能覆盖全部资料,只是将收集到的所有资料尽可能地最大限度加以利用,并且充分参考了现有研究,论述力争做到客观、全面。尽管如此,相信仍有不少疏漏之处,希望今后能通过不断的学习和研究进行补充完善。

  本书在完成过程中,得到了项目总负责人——北京外国语大学中国海外汉学研究中心(现已更名为国际中国文化研究院)张西平老师的悉心指导。张西平老师从整体框架到研究方法都给我提出了许多宝贵意见,在此深表感谢。同时,本项目在进行过程中也得到了北京外国语大学韩国语系研究生们的大力支持,感谢以下同学的积极参与:倪建波、管通、陈曦、张中玉、王旭峰、李敏、王岩、段炼。

  希望本书的出版能够对中国从事朝鲜半岛文学相关研究的人员有所帮助。

# 拓展区

## 挑战区

| | | |
|---|---|---|
| 过综合 | 单元巩固综合训练 | 单元知识主题串 综合运用 融会贯通 |
| 过拓展 | 单元滚动拓展训练 | 教材拓展新提升 强化思维 温故知新 |
| 过模拟 | 3年模拟精编精练 | 精选精编3年模拟 全面感悟 集训提升 |
| 过高考 | 5年真题强化闯关 | 5年高考强化闯关 洞悉高考 有的放矢 |

综合拓展一遍突破
单元集训强化提升

模拟高考一遍过关
高频考点同步练透

练习不再盲目，高中一遍过！

天猫旗舰店：
tianxingjiaoyu.tmall.com

京东旗舰店：
tianxing.jd.com

@天星教育，我心飞扬，畅享更多精彩！

ISBN 978-7-5651-2541-6

定价：26.80元

主编 杜志建

# 解决你同步学习中的5大困扰！

## ① 教材帮·新知课
**讲全讲细，帮你吃透教材，不留死角！**

多角度剖析知识内涵和外延，全方位拓展重难点，涵盖课本中的思考、提示等方方面面，英语学科更有"全书翻译"；创新六四编排，左讲右例，重点标注，名师提醒，轻松掌握，不留缺漏。

## ② 方法帮·解题课
**讲清讲透，帮你学会方法，轻松解题！**

涵盖各类题型，学习中遇到不会做的题目，都可以在《教材帮》中找到与之类似的例题，甚至原题。每一道题都有透彻的思路分析及详细的解答步骤，归纳解题通法，提醒易混易错，提供解题模板，为你找到每一类题的解决方案。

## ③ 考点帮·考试课
**讲精讲准，帮你对接高考，学考一体！**

"题源探究""链接高考""真题在线"三位一体，建立教材与考题之间的联系，帮你了解本节所有常考热点，考查形式，高考如何设题，明确高考动向，理科更收纳了自主招生题，文科追踪热点话题与材料，帮你多角度对接高考！

## ④ 作业帮·习题课
**强化巩固没好题、盲目刷题效率低**
**练足练会，帮你分层训练，解决作业难题！**

作业帮精选名校期中、期末、月考好题，分层设置，题源好，题量足！答案帮不仅提供书中所有习题的规范解答，更有分层解析和解题反思……帮你找到解题痛点和得分要点！

## ⑤ 考试帮·复习课
**临考复习没头绪，死记硬背得分难**
**讲专讲深，帮你整合知识，高效备考！**

通过图表形式系统梳理全书知识，并以专题为核心建立起知识网络，解读学科素养，突破核心考点，还帮你总结必考公式、必记结论、必读图表……考前扫一眼，考场倍分享！

**《教材帮》——一盏明灯照亮备考路！**